FILHA DO CAOS

A.S. WEBB

FILHA DO CAOS

Para os mortais serem livres, os deuses devem cair.

Tradução
SOLAINE CHIORO

Planeta minotauro

Copyright © A.S. Webb, 2024
Publicado pela primeira vez como *Daughter of Chaos* em 2024 por Michael Joseph, que faz parte do grupo de empresas Penguin Random House.
Copyright © Editora Planeta do Brasil, 2025
Copyright da tradução © Solaine Chioro, 2025
Todos os direitos reservados.
Título original: *Daughter of Chaos*

Preparação: Bárbara Prince
Revisão: Ligia Alves
Projeto gráfico e diagramação: Matheus Nagao
Capa: Elita Sidiropoulou
Ilustração de capa: Tom Roberts
Adaptação de capa: Renata Vidal

Dados Internacionais de Catalogação na Publicação (CIP)
Angélica Ilacqua CRB-8/7057

Webb, A. S.
   Filha do caos / A. S. Webb ; tradução de Solaine Chioro. – São Paulo : Planeta do Brasil, 2025.
   416 p. : il.

ISBN 978-85-422-3416-9
Título original: Daughter of Chaos

1. Ficção inglesa 2. Literatura fantástica I. Título II. Chioro, Solaine

25-1133   CDD 823

Índice para catálogo sistemático:
1. Ficção inglesa

Ao escolher este livro, você está apoiando o manejo responsável das florestas do mundo e outras fontes controladas

2025
Todos os direitos desta edição reservados à Editora Planeta do Brasil Ltda.
Rua Bela Cintra, 986, 4º andar – Consolação
São Paulo – SP – 01415-002
www.planetadelivros.com.br
faleconosco@editoraplaneta.com.br

NOTA DA AUTORA

Este livro contém temas que podem ser sensíveis para alguns leitores, incluindo sangue, parto, perda de criança, morte, coerção induzida por drogas, descrições gráficas, luto, misoginia, referência a agressão sexual, suicídio, linguagem forte e violência.

Para Sam, sempre.

"Antes que a terra e o mar e o amplo céu viessem a existir, a natureza inteira ostentava uma única face, a qual os homens chamavam de Caos."
— Ovídio, *Metamorfoses*

A CAVERNA

A respiração de Danae dançava como pequenos fantasmas no breu. Ela se lançou para fora da caverna escura e encarou a brancura erma. Estava na fenda, no meio de uma montanha indomável no fim do mundo, encoberta por uma névoa congelante de nuvens sem fim. Ninguém se aventurava por ali havia séculos. Nenhum mortal, pelo menos.

Fechando os olhos com força, ela lutou para recobrar o calor de seu sonho. Contudo, não conseguia voltar, não importava o quanto tentasse. O frio da montanha estava em seus ossos.

Se rendendo à realidade, ela se desvencilhou da bolsa e voltou a atenção para suas mãos latejantes. Mordendo a pontinha das luvas de pele de cabra, libertou os dedos. O sangue gotejava dos cortes que havia ganhado durante a subida. Inalando com força, ela colocou uma mão na parede e se levantou, deixando uma mancha vermelha. Ficou de joelhos e se arrastou mais para dentro da caverna, para longe das lufadas pungentes do vento. Sua boca estava com gosto de sal. Ela ergueu uma mão ensanguentada até a bochecha e percebeu que estava chorando.

Sonhara com uma praia. Nuvens de areias brancas esvoaçavam atrás de seus irmãos enquanto eles corriam até a beira do mar. Ela se apressava para alcançá-los, desesperada para ser a primeira a pegar um caranguejo. Sua irmã Alea os observava do barranco, o riso dela saltando pela brisa.

Danae quase não reconhecia sua versão mais jovem correndo pela costa. Aquela infância parecia pertencer a outra pessoa, como se estivesse se escondendo nas memórias de uma desconhecida. Ela olhou para as mãos machucadas e lembrou o que elas haviam feito – o que ela havia feito para chegar ali.

Tinha dezoito anos ao deixar Naxos. Agora deveria ter quase vinte. Pareciam ter se passado dias e décadas, tudo de uma vez. Pensou em seus pais, seus irmãos e seus sobrinhos pequenos. Durante tudo aquilo, eles foram sua âncora. Ela se agarrara à esperança de voltar para eles, mas agora, quando tentava invocar seus rostos, eles deslizavam por sua memória como fumaça.

Ajeitou a pele de leão pendurada sobre os ombros. A bocarra da fera se abria por cima da cabeça dela, com as presas repousando em suas têmporas. A juba desgrenhada escorria pela extensão de suas costas. Diziam que a pele, extraída do infame leão de Nemeia pelo maior herói que já existiu, era impenetrável.

Seu estômago revirou ao imaginar Hércules descobrindo que aquilo fora roubado. A necessidade dela era maior do que a dele, mas não conseguia parar de imaginar a expressão no rosto do herói no momento em que percebesse que ela o traíra.

— Basta — murmurou para a caverna vazia.

Ela colocou a mão dentro da bolsa e tirou de lá um vestido preto, então começou a cortar tiras de tecido com sua lâmina. Assim que envolveu os dedos, ela inspecionou seu arsenal. Tinha uma faca, um odre, uma lasca de ônfalo, seu cachimbo, uma bolsa de ervas quase vazia, uma algibeira com dracmas, seu manto escuro como a meia-noite e um biscoito murcho e meio.

Seu estômago grunhiu. Depois de suspirar, cautelosamente, ela comeu meio biscoito e virou o odre de água nos lábios.

Praguejou.

A água estava congelada. Apertando-o sob o casaco de pele, ela arfou quando o recipiente gelado incomodou sua pele. Com sorte, o calor de seu corpo derreteria a água, ou ela morreria de sede antes de chegar ao cume.

Seus olhos pairaram sobre o último biscoito, então ela percebeu a marca no chão da caverna. Uma ranhura entalhada na rocha. Um par de arranhões de garras. Esquadrinhando o solo, encontrou mais. Ela franziu a testa. Que ave faria ninho em uma condição tão pérfida?

Ela rastejou mais para dentro da caverna, a esperança tremulando em seu peito. Se houvesse um ninho, poderia ter ovos. Quanto mais ela adentrava, mais a luz diminuía. No entanto, a caverna enganava e era maior no fundo. O teto se expandia para cima em um tipo de antecâmara, alto o bastante para ela se levantar.

Seu pé esmagou algo duro. Ela se curvou e pegou um pedaço de osso. *Deve ser uma ave grande.* Grande o bastante para pegar uma presa do porte de uma cabra, a julgar pelo tamanho do osso. Ela se espremeu contra a parede, permitindo que o máximo de luz fluísse até o fundo da caverna.

O chão estava abarrotado de objetos. Gravetos, moedas, rochas, cacos de cerâmica, pedaços de tecido e fragmentos do que um dia devia ter sido uma armadura. Sua pulsação acelerou. Nenhuma ave era acumuladora assim.

Um guincho agudo cortou a fúria da tempestade. Danae se jogou na direção da entrada da caverna, remexendo para pegar sua faca. Um momento depois, um amontoado de penas disparou para a frente, com as garras arranhando a rocha.

À primeira vista, ela acreditou ser uma águia. Uma cabeça penada pairou em sua direção, os olhos amarelos selvagens e o bico curvo com gelo na ponta. O animal preenchia a caverna, as asas fulvas bloqueando a luz ao atingirem as paredes inclinadas. Então, Danae viu o resto do corpo.

Das asas para baixo, a criatura tinha torso, patas e cauda de leão. As pernas da frente eram grotescas, híbridas de dois animais, fortes e musculosas como se fossem de um gato gigante, mas escamadas como as de uma ave, terminando em longas garras arqueadas.

Era um grifo. Uma criatura da qual ela só ouvira a lenda. Em outra vida ela teria ficado petrificada, mas aquela fera era apenas uma gota no oceano de horrores que a garota havia enfrentado.

Meio cega pela escuridão, mergulhou para escapar das garras do grifo. Não foi rápida o bastante: ela gritou quando as garras esfolaram seu antebraço, chegando à pele por baixo da cobertura de leão. Atacou com a faca, mas só conseguiu cortar a ponta de uma asa. O grifo soltou um som gutural, algo entre um berro e um rugido, e seu ataque se tornou mais frenético.

Ela estava tão cansada. Não conseguiria continuar com aquilo por muito tempo.

Mas sempre havia outro jeito.

Ela arfou, batendo o cotovelo na parede da caverna quando se jogou contra a rocha para desviar de outro golpe. Não, estava fraca demais para usar seus poderes. Seus antebraços já estavam rasgados em pedaços sangrentos, e ela mal tinha forças para continuar escapando das garras do grifo.

O que Hércules faria? Embora tivesse a vantagem da força sobrenatural, ele lutara contra dúzias de criaturas mais terríveis do que aquela e sobrevivera. Sem usar seus poderes, tudo que ela tinha era uma faca e uma pele de leão impenetrável, que poderia ser arrancada de suas costas com a mesma facilidade com que se arrancam asas de borboletas.

A *pele de leão*.

O grifo disparou contra ela de novo. Se aquilo desse errado, Danae morreria. A criatura quase a tinha guiado até o fundo da caverna. Em pouco tempo estaria pressionada contra uma parede sólida de rochas, então a fera a despedaçaria de qualquer forma.

Ela baixou a cabeça, assim o rosto do leão ficaria apontado diretamente para o grifo, e rugiu com tudo de si.

Apenas por um momento, a criatura hesitou.

Apertando a faca com as duas mãos, Danae impulsionou a arma para cima com todo o peso de seu corpo. A lâmina afundou pelas penas até a carne. O guincho do grifo se empoçou na garganta quando a faca perfurou sua traqueia. Sangue jorrou pelas mãos de Danae. Ela aguardou enquanto a fera se remexia, soltando apenas quando o animal despencou no chão.

Danae também queria despencar, mas primeiro precisava agir. Em alguns momentos, o poder da força vital do grifo se perderia. Ela colocou a mão sobre a ferida, sentindo o ritmo da pulsação decrescente.

Sua visão duplicou. Por cima do mundo físico estavam os fios brilhantes de energia que animavam todas as coisas vivas. Ela os via por baixo da própria pele, correndo por suas veias, sempre se movendo em uma tapeçaria cíclica de poder. E lá estavam os fios da vida do grifo, escorrendo pelos dedos dela e desaparecendo na escuridão enquanto a criatura morria. Deixou sua mente focar e compeliu cada uma das linhas a irem em sua direção. Os fios da vida mudaram de curso e começaram a fluir para a palma de sua mão, serpenteando por seu braço para se juntar à teia de luz que se estendia por seu corpo inteiro.

Os olhos do grifo ficaram opacos quando a última linha se enrolou nos dedos de Danae. A dor em seus membros derreteu, e suas feridas se fecharam assim que a força vital da criatura percorreu suas veias. Ela sentou e absorveu a euforia de conter tanta vida.

Tanto poder.

PARTE UM

I. TRÊS ANOS ANTES DA CAVERNA

— Justo hoje, dentre todos os dias! — A mãe de Danae fazia alvoroço pelo franzido na túnica da irmã. — Vamos nos atrasar!

Danae estava absorta na grande rede de pesca aberta sobre a mesa de madeira que dominava o centro da pequena cabana. O pai e ela trabalhavam juntos para desembaraçar a rede. O rosto dela estava tenso pela concentração, e as palavras da mãe não passavam de ruídos de fundo.

Alea se esgueirou dos dedos invasivos da mãe e atravessou o cômodo, segurando o braço de Danae.

— Anda, não vamos parar de ouvir sobre isso se não sairmos agora.

— Se você sujar esse vestido... — A mãe parou na porta com as mãos nos quadris.

— Só mais esse... último... — Danae agarrou um pedaço resistente de linho entre as unhas e o torceu.

Ela foi recompensada pelo suspiro satisfeito do pai quando a rede se desenrolou em seu padrão original.

— Obrigado, filha. Suas mãos são tão astutas. Agora vá.

Ela sorriu e estava prestes a seguir a irmã quando percebeu uma sombra perpassar o rosto desgastado do pai.

— O senhor está bem, pai?

— Vou ficar se vocês não se atrasarem. Vão. — Com um empurrão suave, ele a conduziu em direção à porta.

A mãe guiou as meninas pelo quintal, então parou na entrada para apertar a mão do marido.

— Odell, elas não serão escolhidas — sussurrou ela. — Sei que a colheita não tem sido abundante este ano, mas isso não quer dizer que Deméter vá exigir... — Ela inspirou fundo. — Mesmo se o fizer, Alea está noiva, e Danae... — Ela encarou a filha mais nova. — Bem, costumam escolher as garotas mais discretas.

O pai beijou os dedos da mãe. Ele estava com aparência melhor de novo, um homem cujas preocupações haviam deslizado dos ombros, como água sobre uma madeira lubrificada.

Mopso e Pélops saíram trotando do alpendre na lateral da cabana para investigar a comoção. Danae afastou o olhar dos pais e ergueu a mão para acariciar o focinho de Mopso, enquanto a cabra enfiava a cabeça através da madeira de seu cercado.

Depressa, Danae fuçou o bolso de sua túnica e tirou de lá um bolo de mel amassado.

— Não me dedure — sussurrou ela quando a cabra o devorou e depois lambeu os farelos da palma de sua mão.

— Ande, Danae! — Sua mãe passou por ela, conduzindo Alea para fora do portão e indo para a trilha de terra.

Danae acariciou uma última vez a orelha da cabra antes de correr atrás delas.

— Seja boazinha com sua mãe — gritou o pai, sua silhueta esguia na porta. — Traga bençãos para nosso povoado!

Danae sabia que aquilo era direcionado a ela. A garota virou e deu uma piscadela para ele, depois disparou na direção da aglomeração de mulheres que seguiam pela estrada costeira.

❖❖❖

A oeste, o sol morrendo derramava o dourado pelas ondas turquesa. Apesar do calor no solo, Danae estremeceu com a expectativa. Ela olhou para a mãe e para a irmã. Eram tão parecidas; as duas altas e delicadas, coroadas com os mesmos cachos castanho-avermelhados, a pele em um tom claro de marrom e pintada por sardas. Danae sempre ouvira que se parecia com o pai. Ela se orgulhava de ter os traços fortes dele, mas ninguém nunca a chamara de bonita.

A aglomeração aumentou quando mais mulheres se juntaram à procissão, o ar agitado com o ciciar das cigarras e as conversas frenéticas. Era a única ocasião na qual era permitido que todas as mulheres de Naxos saíssem sem seus homens. Naquela noite, todo ano, mulheres de toda parte da ilha faziam a peregrinação do interior até o templo de Deméter para a Tesmofória.

Era vital honrar a Deusa da Colheita naquela noite sagrada. Se Deméter ficasse descontente com a oferenda delas, as safras do ano seguinte seriam um fracasso e as crianças nasceriam sem vida. E naquele ano tanto as safras de trigo como as de cevada tinham sido prejudicadas por pulgões.

Evidentemente, as oferendas do ano anterior não haviam sido suficientes, e, se a deusa não fosse aplacada pelos presentes daquela noite, apenas uma coisa saciaria sua fúria.

Danae presenciara quatro sacrifícios humanos na vida, e a cada ano que a colheita era fraca a ameaça circulava sobre a cabeça das garotas que não eram casadas – como urubus sobre carniças. Contudo, ela não estava com medo. Como a mãe dissera, as sacerdotisas sempre escolhiam o sangue de garotas descompromissadas e dóceis para acalmar a deusa. Nunca alguém que irritava a mãe tanto quanto ela.

Danae olhou as mulheres ao redor, com suas faixas de tecidos coloridos. As esposas da ilha ostentavam as melhores roupas, enquanto as filhas virgens pareciam cordeiros, desajeitadas atrás delas, com suas túnicas brancas. Algumas escondiam bem o medo, outras não conseguiam impedir os lábios de tremerem.

Cabeças se inclinavam quando ela passava. Algumas eram sutis, outras encaravam sem pudor. Ela segurou a bainha cerzida de sua túnica cinzenta, repentinamente constrangida. Erguendo o olhar, quase viu alguém a encarando, mas o olhar da mulher deslizou para repousar sobre Alea. Ninguém estava olhando para ela.

A faixa que sua mãe apertara em volta de seus cachos estava pinicando, e ela afastou o tecido persistente para coçar com os dedos.

Sua mão foi afastada com um tapa.

— Deixa isso quieto. — Sua mãe suspirou. — Já está parecendo um ninho de passarinho.

Danae olhou para a irmã e revirou os olhos.

Alea soltou um risinho, depois sussurrou:

— Eu acho seu cabelo lindo.

Ela sabia que não era verdade, mas amava a irmã por tentar. Não havia um cacho fora do lugar sobre a cabeça de Alea. Ela usava uma notável faixa verde tecida com espigas de milho amarelas. Era a faixa que a mãe delas usara no dia do próprio casamento. Não era por acaso que as pessoas encaravam; Alea estava mais bonita do que a própria deusa da colheita.

Não que Danae um dia fosse dizer isso em voz alta. Os deuses estavam sempre escutando.

— Eleni!

Melia, a esposa do ferreiro, serpenteou até elas pela multidão. Suas filhas, ambas vestindo branco, seguiam atrás dela. As duas famílias navegaram pela fluxo de corpos, até estarem caminhando lado a lado.

Tanto Eleni como Melia abriram a boca para o cumprimento sagrado na mesma hora, mas a esposa do ferreiro foi mais rápida.

— Que os Doze te enxerguem e reconheçam — disse Melia, os lábios se esticando em um sorriso de satisfação.

Claro que Melia se garantiria em ser a primeira a dizer as palavras que davam boas-vindas aos deuses em cada fissura de suas vidas. A mãe de Danae sorriu graciosamente e tocou a testa com o dedo do meio, demonstrando que retribuía o sentimento.

Melia olhou Alea de cima a baixo.

— Ah, ela não está maravilhosa? — Ela se aproximou sem diminuir a voz. — Você precisa me avisar quando será o casamento. Vai ser o evento da temporada! Isso, claro, se Odell conseguir arcar. — Ela deu tapinhas no braço de Eleni. — Bem, você não vai precisar se preocupar com isso por muito tempo. Nada menos do que o filho de um mercador, ainda não posso acreditar.

Danae mordeu a parte de dentro da bochecha. Odiava ter de ser educada com os mexericos odiosos do povoado. Ela olhou para Alea e ficou tensa ao ver o vermelho intenso que se espalhara pelo rosto da irmã.

O noivado de Alea era incomum, e nem todos tinham ficado satisfeitos. Cochichavam pelo povoado que seu pretendente estava se rebaixando por se casar com a filha de um pescador. Ainda havia boatos de que ele a comprometera e fora forçado pelos pais a se casar.

Todos podiam ir para o Tártaro, na opinião de Danae.

— Tenho certeza de que será mais fácil encontrar um pretendente para Danae quando Alea estiver casada. Não tem nenhum filho de pescador para se casar com ela?

Alea tentou alcançar a mão da irmã, mas era tarde demais.

— Alguma de suas filhas está prometida, Melia?

A esposa do ferreiro pestanejou como se tivesse esquecido que Danae estava ali. Ela abriu a boca e parou antes que seus lábios formassem a palavra "não".

— Bem, então talvez a senhora deva manter seus conselhos para si.

— Perdoe-me — murmurou Eleni quando Melia ficou carmim como um pôr de sol. — Deveríamos... vemos vocês no festival!

Sem dar chance para a outra mulher responder, ela segurou as mãos das filhas e as arrastou pela multidão.

— Danae — disse sua mãe, cansada.

— Desculpa, mas ela sempre fala como se estivesse com um dos atiçadores do marido enfiado na bunda.

Alea riu baixinho. A mãe suspirou.

— Você não pode falar o que pensa sempre que quiser.

Danae olhou para a irmã, que sorria, encorajando-a. Alea estava noiva de um homem rico cuja companhia ela podia tolerar; sendo uma mulher, não se podia desejar mais do que isso. Danae deveria estar feliz pela irmã. Ainda assim, um peso familiar se arrastou por seu peito quando pensou no iminente casamento de Alea. Era egoísmo, mas estava apavorada. Ela seria a última filha em casa. Seus irmãos, Calix e Santos, se mudaram havia muito tempo para as próprias cabanas, onde teriam espaço para as crescentes proles. Ela sentia saudade deles, mas com Alea a sensação era de que perderia metade de si.

Aos dezesseis anos, ela era apenas um ano mais nova do que a irmã e sabia que era esperado que ela também começasse a própria família. Percebera isso desde que os olhares de homens começaram a se demorar mais quando ela passava. O desejo deles a incomodava. Contudo, não fora por isso que recebera com sua língua afiada cada um dos camponeses e pescadores que ousaram se aproximar. Assim que uma mulher se casava, ela ficava presa ao lar do marido, e homens tolerantes como seu pai eram uma estirpe rara.

O desejo de se casar bem parecia dominar as mentes de todas as garotas do povoado, mas nem mesmo um marido rico podia comprar a liberdade de Danae.

❖❖❖

À medida que a procissão serpenteava pela ilha, a ansiedade queimava mais o estômago de Danae. Ela já conseguia ver o templo de Deméter. Ladeadas por montes protetores, as colunas de pedra branca eram inflexíveis contra os ouros e os verdes resolutos da terra ao redor. Aquilo sempre a fizera pensar nos ossos de um grande leviatã, descarnado e cintilando depois de ser lavado na costa séculos atrás.

A multidão estava se afunilando na estrada ladeada pelos ciprestes altos. Então o sol mergulhou atrás dos montes, e uma cavalgada de sombras alcançaram o caminho floral que levava até o templo; a escuridão havia caído. Os braseiros foram acesos, a fumaça deles se embaralhando ao aroma doce das flores para formar uma mistura inebriante.

O jardim do templo era um oásis de flora e folhagem que nunca sobreviveria sem o cuidado zeloso das ajudantes do templo e da água que elas andavam quilômetros todos dias para buscar. As opulentas flores das fúcsias se aninhavam em arbustos de céreas folhas esmeralda, e canteiros de flores amarelas e laranja eram cercados por aglomerados de pequenas pétalas azuis como o oceano. Até mesmo na luz do braseiro as cores eram vibrantes.

— Eleni, Danae, Alea! Aqui! — gritou Kafi, a cunhada de Danae, acenando com vigor do outro lado do jardim.

Ela guardara o lugar de costume para elas. Ao seu lado estava a esposa de Calix, Carissa. Uma mulher bonita, que parecia mortificada pelos olhares de desaprovação conquistados pela voz estrondosa de Kafi.

Elas abriram espaço pela multidão para irem em direção às duas mulheres. Kafi se aproximou de Danae, com seu sorriso grande e de dentes separados, e a puxou para um abraço apertado. Danae gostava da cunhada. Ela era espalhafatosa, impenitente e escolhera se casar com o irmão de Danae, Santos, porque quando eles se conheceram – segundo Kafi – ele a fizera rir tanto que ela quase passou mal.

Kafi a soltou, e Danae voltou a atenção para o templo. Um altar temporário fora erguido na frente da construção sagrada. Era uma pilha alta, com tigelas de figos maduros, maçãs crocantes, romãs e um amontoado de cestas carregadas de vegetais. Sacas de grãos, barris de peixe, ânforas cheias de azeite e tigelas de bronze com vinho diluído em água repousavam pela base. Os homens de cada lar haviam entregado os produtos mais cedo naquela manhã, junto com o décimo mensal do templo. Cada família deu mais do que podia ceder.

A barriga de Danae rugiu. Elas estavam de jejum desde o amanhecer em homenagem à recusa de Deméter em comer quando sua filha, Perséfone, fora tomada como refém por Hades, o Deus do Submundo.

Enquanto encarava as oferendas, Danae percebeu um estremecimento ao lado do altar. O ar oscilou como se algo o estivesse distorcendo. Por um momento inquietante, ela pensou ter visto um par de olhos vermelhos desencorpado. Então piscou e eles sumiram. Deviam ser a fome e o aroma intoxicante do jardim pregando peças.

Então, as batidas dos tambores interromperam as conversas da multidão.

— É agora — sussurrou Alea.

Danae segurou a mão da irmã.

Três mulheres emergiram do templo. Elas andavam devagar, com determinação. A primeira sacerdotisa vestia verde, uma faixa de ouro na testa e heras serpenteando por seus braços. Ela era Deméter. A segunda usava uma túnica carmim escura, o rosto coberto por uma máscara medonha com chifres retorcidos. Hades. A terceira estava de branco, seu vestido fino flutuava na brisa da noite. Ela era a filha de Deméter, Perséfone. Quatro ajudantes do templo andavam atrás delas, tocando grandes tambores presos ao pescoço por tiras de couro.

Quando a procissão chegou ao altar, as sacerdotisas ficaram lado a lado diante das oferendas. As três ergueram os braços. Pintado na palma da mão de cada uma estava o olho que tudo vê, o símbolo da onipotência dos deuses do Olimpo. Deméter era a deusa tutelar de Naxos, mas todos os doze deuses compartilhavam o domínio sobre vidas mortais.

As sacerdotisas baixaram as mãos para encarar a multidão, apontando o olhos dos deuses para as mulheres de Naxos.

A congregação se tornou imóvel como um céu sem vento.

A boca de Danae estava seca. Aquele era o momento do julgamento, quando os Doze entrariam em suas almas e revelariam o que havia por dentro. Eles saberiam se alguém estivesse retendo algo que deveria ter sido ofertado.

Não havia como esconder algo dos deuses.

— Que os Doze te enxerguem e reconheçam — entoaram as sacerdotisas.

Em resposta, todas as mulheres levaram um dedo à testa.

A sacerdotisa Deméter cantou uma nota aguda e extensa. Suas irmãs se juntaram a ela, as três vozes se mesclando em uma. Então a sacerdotisa Hades recuou para as sombras e Deméter e Perséfone deram os braços e começaram a dançar.

Danae sorriu. A apresentação era sua parte favorita da cerimônia.

As sacerdotisas rodopiaram e saltitaram, as batidas dos tambores seguindo seus pés. O coração de Danae acelerou à medida que o ritmo aumentava. De repente, Hades saiu do escuro e agarrou o braço de Perséfone, girando para longe do altar. Danae arquejou, apesar de já ter visto a apresentação muitas vezes. Os tambores ficaram mais lentos, e Deméter fingiu procurar pela multidão. Incapaz de encontrar a filha, ela colapsou no chão, com a cabeça nos braços. Então Hades e Perséfone ressurgiram e pararam diante do altar. Hades colheu uma romã de uma tigela de bronze e a perfurou com os dedos. O líquido escuro como vinho escorreu por seus braços enquanto ela oferecia metade da fruta para Perséfone.

A multidão gritou para que ela não pegasse. Todos sabiam que, ao comer a fruta do Submundo, Perséfone seria condenada a permanecer com Hades por toda a eternidade. Os gritos aumentaram quando Perséfone pegou a romã e ergueu aos lábios. O suco fluiu pelo queixo da sacerdotisa, manchando o vestido branco.

As mulheres arquejaram de novo. Um estandarte surgiu atrás dos tambores. As tocadoras se separaram, curvando-se o máximo que o instrumento permitia. No topo de um longo cabo, carregado por uma ajudante do templo que transpirava, estava uma águia dourada. O símbolo de Zeus, o Rei dos Deuses. Um silêncio recaiu sobre a multidão. Deméter se prostrou diante do pássaro grandioso, então se ergueu, com o rosto lavado em lágrimas – essa parte sempre impressionava Danae –, e caminhou até parar diante de sua filha.

— Perséfone comeu seis sementes de romã — disse a sacerdotisa Deméter. — Assim, o Pai da Humanidade, em sua sabedoria infinita, decretou que ela permanecesse no Olimpo com sua mãe por seis meses ao ano. Durante esse tempo jubiloso, Deméter abençoa a terra com vida e abundância. Contudo, pelos seis meses que restam, Perséfone deve viver no Submundo, com Hades. Durante esses meses terríveis, a terra fica fria e seca com o luto de Deméter.

A multidão curvou a cabeça em compaixão ao sofrimento da Deusa da Colheita.

— Esta noite, mulheres de Naxo, nós louvamos aquela que abençoa esta terra fértil. Louvamos aquela que protege nossas colheitas de pragas. Louvamos aquela que provê para nós, para que possamos brotar e que nossos filhos possam prosperar. Deméter, oramos para que continue a zelar por todas nós que estamos aqui esta noite, por nossas famílias em casa e por aqueles que se juntaram aos desaparecidos. Oramos para que, um dia, eles retornem para nós.

Os desaparecidos eram pessoas que tinham sumido. Isso vinha acontecendo desde que todos se lembravam. Vez ou outra alguém simplesmente desaparecia. A média em Naxos era de cinco pessoas por ano. No continente era bem maior. Nem mesmo as sacerdotisas conseguiam explicar. Apesar de suplicarem a Deméter todo ano para que trouxesse de volta os desaparecidos, até o momento ninguém tinha retornado.

— Deméter, zele por nós — murmurou a multidão.

Duas ajudantes do templo caminharam para a frente, guiando um porco enorme até o altar. Essa era a parte de que Danae menos gostava. As batucadas voltaram, lentas e firmes.

As sacerdotisas acariciaram as costas do animal, arrulhando enquanto se mantinham paradas na frente do altar. Outra ajudante do templo correu adiante e se abaixou em um joelho, com uma lâmina prateada equilibrada sobre as palmas de suas mãos viradas para cima. A sacerdotisa Deméter fechou os dedos em volta da faca e a ergueu alto sobre a cabeça.

Um faixo do reflexo do luar cortou o ar. Os tambores chegaram a um crescendo quando o animal guinchou. O sangue respingou na sacerdotisa. Ela cortou a barriga do animal e seguiu com a incisão. Arrancando os intestinos, ela os ergueu ao luar. Os órgãos cintilavam enquanto ela os percorria com os dedos, inspecionando cada um dos segmentos.

A multidão estava muito quieta, nenhuma respiração era ouvida.

A sacerdotisa colocou a víscera na tigela de bronze sob o altar e se virou para encarar as mulheres de Naxos.

— Os presságios se pronunciaram. Deméter vê tudo, ouve tudo, sabe de tudo. Ela olhou em seus corações, e os achou escassos.

Houve arquejos. Alguém gritou:

— Mas nós demos tudo o que temos!

— Suas oferendas não são o bastante — continuou a sacerdotisa. — Alguém entre vocês escondeu o que deveria ter sido dado a Deméter. Alguém pensou que podia mentir para a deusa.

Algumas das meninas mais novas começaram a chorar. Os dedos de Danae se apertaram em volta da mão da irmã. A mãe envolveu as duas com os braços com tanta firmeza que suas unhas afundaram na pele de Danae.

A sacerdotisa ergueu uma mão pintada para passá-la sobre a multidão, enquanto a outra mão desenhava uma mancha de sangue em sua testa. As costelas de Danae apertaram seu pulmão quando a mão chegou mais perto. Então parou.

A sacerdotisa fez sua escolha e apontou.

— Não!

Melia agarrou as filhas quando o olhar da sacerdotisa repousou na sua menina mais nova.

As ajudantes do templo irromperam pelo povo. A esposa do ferreiro soluçava, recusando-se a abdicar de sua filha enquanto tentavam puxá-la para longe.

Um berro cortou a ar. Assustada, Danae olhou em volta, mas tudo o que podia ver era sua confusão refletida nos rostos ao redor.

Elas apareceram de lugar nenhum, descendo de arbustos e saltando de trás das árvores, com as mãos emaranhadas em galhos e samambaias. Pelo menos vinte mulheres, completamente nuas.

Eram as mênades, seguidoras de Dionísio, o Deus do Vinho e do Prazer. Mulheres que haviam abandonado as famílias para viver livres nas florestas. Diziam que elas cediam a mente por completo ao deus delas, bebendo tanto de seu vinho que caíam em um transe extático, e se apresentavam com danças frenéticas para satisfazer os dedos lascivos dele. Os rumores chegavam a dizer que, durante um de seus rituais, elas despedaçaram um bebê, membro a membro, com as próprias mãos.

Como lobos em meio a um rebanho de cabras, as mênades dispersaram a multidão, suas risadas ecoando pelo jardim. Estátuas foram viradas, canteiros de flores foram pisoteados e elas enfiavam as oferendas na boca. Só conseguiram devorar alguns punhados antes de as ajudantes do templo as afastarem, mas o estrago estava feito. Deméter ficaria furiosa.

Eleni agarrou as mãos de Danae e Alea.

— Não se afastem, meninas.

Ela saiu com as duas às pressas na direção do caminho florido, mas o pânico infectara a multidão e as três foram agredidas por mulheres apavoradas, tropeçando umas nas outras na tentativa de fugir.

Melia esbarrou nelas com as filhas, tendo libertado a mais nova das ajudantes do templo, e se chocando contra Danae com tanta força que a garota foi arremessada ao chão. Um estouro de pernas a esmagou. Ela precisava voltar até a mãe e a irmã, mas o ataque violento de corpos a manteve pressionada ao chão. Ela ergueu os braços e se encolheu para se proteger. Então alguém a segurou e a arrastou para fora da turba arrasadora. Ajudaram a colocá-la de pé e ela se viu encarando o rosto de uma das mênades.

Seus músculos enrijeceram, a respiração ficou presa no pulmão, enquanto esperava que a mulher atacasse.

Os olhos da mênade se esbugalharam de preocupação.

— Você está ferida?

Danae abriu a boca, mas estava espantada demais para falar. Ela meneou a cabeça.

— Ótimo. — A mulher abriu um enorme sorriso, deu um tapinha em seu ombro, depois disparou em direção aos arbustos.

— Danae! — Sua mãe veio lutando contra a multidão. — Graças aos deuses, pensei que tivesse te perdido! — Ela puxou a filha para um abraço apertado. — Onde está sua irmã?

— Pensei que ela estivesse com você.

Sua mãe empalideceu. Ela cerrou a mão com força em volta do pulso de Danae, depois a puxou de volta à multidão.

— Alea!

O coração de Danae palpitava em um ritmo nauseante. Ela também clamou pela irmã, esquadrinhando cada rosto que passava apressado, mas não havia sinal de Alea.

Elas procuraram pelo jardim até sua garganta estar esfolada e todos terem desaparecido, exceto pelas ajudantes do templo que haviam sido deixadas para limpar os destroços.

— Você viu minha filha? Vestido branco, faixa verde, parecida comigo — entoou Eleni pela centésima vez, com a voz rouca.

O homem balançou a cabeça e continuou a varrer uma pilha de cacos de cerâmica.

Danae virou para a mãe.

— O que fazemos agora?

Eleni, que sempre tinha uma resposta, disse:

— Eu não sei.

2. DUAS FILHAS

Quando Danae e a mãe voltaram para casa e contaram para o pai que Alea tinha desaparecido, Odell imediatamente correu para juntar seus irmãos e procurar pela ilha.

As notícias do que acontecera na Tesmofória se espalharam depressa pelo povoado. Portas receberam barricadas e o olho que tudo vê dos Doze foi aplicado nos dintéis. Havia pouco que os nativos da ilha pudessem fazer para exigir a punição das mênades. No passado, foram feitas tentativas de descobrir o acampamento delas, mas os homens que as caçavam sempre voltavam ensanguentados e agredidos, balbuciando que Dionísio protegia seu rebanho. O povo de Naxos teria de deixar a punição para os deuses.

Na tarde seguinte, a notícia sobre o desaparecimento de Alea havia chegado até seu noivo.

Filemon era um homem magro de vinte anos com pele leitosa, cabelo cor de areia e olhos infelizes. Para Danae ele parecia uma espiga de milho. Ela e a mãe estavam arrumando a cobertura do alpendre das cabras quando ele e o pai avançaram pela estrada. Tadeu não podia ser mais diferente do filho. Era atarracado e otimista, vestia uma túnica bordô que não ajudava suas bochechas róseas. Ele abriu o portão do quintal, enquanto Filemon se apressava atrás do pai.

— Odell! — bradou ele, secando gotas de suor da testa com a mão grande.

A mãe de Danae se aproximou depressa para recebê-los.

— Tadeu. — Eleni inclinou a cabeça, balbuciando o cumprimento sagrado.

Ele respondeu, depois passou por ela para colocar a cabeça para dentro da porta da cabana.

— É verdade? A pretendente de meu filho fugiu com as mênades?

— Como ousa...? — Danae começou a falar, mas sua mãe a interrompeu.

— Minha filha estava apavorada quando aquelas mulheres atacaram no festival. Ela nunca fugiria com elas. Alea se perdeu na desordem, mas Odell está cuidando disso. Não há necessidade de se preocupar. Ela logo estará em casa.

Tadeu não parecia convencido.

— Bem, se ela não partiu com aquelas meretrizes, deve ter se juntado aos desaparecidos. — Ele se virou para o filho e meneou a cabeça. — Essa sua escolhida.

Filemon olhou para os pés.

Danae afundou as unhas nas palmas das mãos.

— Alea não se juntou às mênades ou aos desaparecidos. Meu pai e meus irmãos estão por aí procurando agora. Eles vão encontrá-la.

Tadeu se virou para Eleni como se tivesse sido ela a falar.

— Se por algum milagre a encontrarem... — Ele parou. — É bom que ela esteja intacta.

Danae sentiu como se ele tivesse lhe desferido um soco. A vergonha. Ela se imaginou pegando a lança de pesca do pai e a enfiando no rosto de Tadeu.

— Claro que estará. — Sua mãe fez o máximo para manter a raiva longe da voz, mas Danae percebia, pela veia pulsando na têmpora de Eleni, que ela também estava furiosa.

— Pai. — Filemon deu meio passo à frente, com os olhos ainda firmemente presos no chão. — Quero ajudar na busca.

— É uma perda de tempo.

Filemon reuniu coragem para encarar o pai.

— Por favor.

Tadeu suspirou e esfregou o rosto.

— Por onde eles procuraram?

— Eles olharam nos campos em volta do templo e no nosso povoado. Seguiram para Sangri esta manhã.

Tadeu assentiu.

— Vamos levar meu barco para o outro lado da ilha. Ver se alguém lá sabe de algo.

— Agradeço. — Eleni remexeu as mãos.

Tadeu respondeu com um "hum" áspero que fez Danae estremecer até os dentes. Se eles não fossem embora logo, ela temia dizer algo de que se arrependeria.

— Nós vamos encontrá-la — disse Eleni para Filemon. — E você dois irão se casar mais cedo do que imagina.

A mãe apresentava uma máscara de coragem, mas Danae sentia que a confirmação era, na verdade, para si mesma.

O garoto abriu um sorriso fraco para Eleni.

— Vamos, filho. Precisamos trabalhar. — Tadeu colocou uma mão no ombro de Filemon e o conduziu quintal afora.

Danae os observou se afastando pela estrada.

— Estúpido!

— Graças aos deuses o filho não é como o pai — balbuciou Eleni. — Tenho pena da coitada da mãe.

Danae olhou para as palmas de suas mãos e para a fileira de marcas em lua crescente feita por suas unhas.

— Mãe, e se Tadeu estiver certo? — ela hesitou. — Acha que Alea se juntou aos desaparecidos?

— Ouça bem — disse a mãe, com o calor abrasador de uma lâmina recém-forjada. — Seu pai vai encontrá-la. Só precisamos ser pacientes.

Danae assentiu sob o olhar feroz da mãe. Tudo que podiam fazer era esperar.

❖❖❖

Era a hora azul. Aquele período silencioso entre a noite e o dia, quando a lua some antes de o sol se erguer, e o céu não pertence a ninguém.

Danae correu até a praia, um balde vazio balançando na mão. Normalmente ela não saía da cabana sozinha, mas não conseguia dormir, e sua mãe se cansara de seu caminhar incessante, então a mandara "fazer algo de útil". Nesse caso, coletar salmoura para o queijo que faziam com o leite de Mopso. Ela ficou contente. Se passasse mais tempo esperando na cabana, perderia a cabeça.

Diminuiu o ritmo quando o caminho de terra deu lugar à areia branca. O pinicar dos grãos entre seus dedos era um conforto familiar. Aquela era a praia na qual ela crescera. Tinha aprendido a nadar e pescado seu primeiro peixe naquelas ondas. Ali era seu verdadeiro lar.

Ela disparou correndo, com o balde batendo contra a lateral do corpo. Não tinha muito tempo e precisaria fazer valer cada momento de liberdade da supervisão de sua mãe. Assim que chegou até as rochas, começou a subir.

Com o balde pendurado no ombro, Danae escalou a rota gasta até o rochedo perto da água. Assim que chegou ao topo, andou devagar pela superfície sulcada até poder ver a baía escondida lá embaixo.

Ela deixou o balde cair com um estrondo, passou a túnica pela cabeça e tirou as sandálias. Um tremor de expectativa perpassou seu corpo quando mergulhou. Elegante como uma flecha, ela repartiu o mar, a água gelada afogando a tensão de seus membros bronzeados. Ela precisava daquilo. Por mais que quisesse estar em casa quando as novidades sobre a irmã chegassem, o mar era um bálsamo para seus pensamentos acelerados. Além do mais, não ficaria ali por muito tempo.

Danae emergiu, inspirou uma grande quantidade de ar, depois mergulhou de novo.

A baía guardava um segredo. Danae gostava de pensar que era algo que só ela sabia.

Ela abriu os olhos. A água salgada ardia, mas ela estava acostumada. Então as ruínas entraram em foco. Danae nadou para baixo, para além da faixa de algas marinhas até as rochas esquecidas havia muito tempo.

Devia ter sido um lugar especial. Muitos dos pedaços estavam lisos, erodidos pela maré, mas alguns ainda continham marcas. Ela nadou, seguindo o padrão circular, até sua pedra favorita. Era quase tão alta quanto ela e emergia do leito do mar como um dente solitário. Havia uma árvore entalhada ali, com os galhos curvados com frutas que em sua maioria haviam sido apagadas pelo oceano. Ela esticou a mão e traçou a ranhura do tronco.

Havia algo na imagem que a fascinava. Talvez a pedra um dia tivesse feito parte de um templo. Provavelmente construído em homenagem a Poseidon, o Deus do Mar.

Ela espalmou a mão contra os entalhes.

Por favor, zele por minha irmã, senhor Poseidon. Ajude meu pai e meus irmãos a trazerem-na para casa.

Seus pulmões começaram a doer. Com relutância, ela deixou as ruínas e bateu as pernas em direção à superfície. Rompeu a água e inspirou profundamente o ar fresco e salgado. Deitando de costas, ela encarou o céu claro através das gotas nos cílios.

Seu pai costumava chamá-la de pequena Nereida, sua ninfa marinha. Mesmo quando era bebê, ela amava a água. Quando era pequena, pulava atrás de cardumes de atuns, desejando desesperadamente ter barbatanas como as deles.

Tudo era mais simples na água. O oceano podia ser uma fera perigosa, mas sempre a acolhera e nunca a abandonara.

❖❖❖

Danae voltou correndo pela praia, com o balde respingando em uma mão, as sandálias estalando ao mesmo tempo. A vermelhidão da aurora já partira do céu. Ela demorara muito tempo.

Enquanto corria pelo caminho até a cabana, quase colidiu com Carissa, que se apressava para a direção oposta.

Sua pulsação acelerou.

— Alguma novidade?

Carissa balançou a cabeça, franzindo a boca para o cabelo encharcado e as pernas com areia de Danae. Ela seguiu seu caminho sem dizer uma palavra.

Com o corpo pesado como rocha, Danae se arrastou através do portão.

Sua mãe ergueu a cabeça de onde estava no curral da cabra, um balde de leite sob a barriga de Mopso.

— Carissa veio aqui por causa de Alea?

Eleni balançou a cabeça. Suas bochechas estavam pálidas.

— Foi por causa das filhas de Melia. As ajudantes do templo as arrastaram da cabana do ferreiro e as sacrificaram antes do amanhecer.

Danae quase derrubou a água. Depois da comoção pela invasão das mênades e do desaparecimento de Alea, ela esquecera que Deméter demandara sangue na Tesmofória.

— As duas?

As mãos da mãe tremiam enquanto ela alisava os cabelos esvoaçantes que escaparam do tecido amarrado em torno de sua cabeça.

— Deméter, com sua sabedoria, desejou uma vida a mais para corrigir a profanação de seu festival.

Com as pernas de repente fraquejando, Danae baixou o balde e se apoiou na cerca da cabra.

— A deusa escolheu duas filhas da mesma família?

Sua mãe ergueu a mão.

— Não é nosso lugar questionar a vontade dos deuses.

— Não, claro — disse Danae baixinho.

Eleni exalou, ofegante.

— Deuses, não gosto de Melia, mas nunca desejaria isso para ninguém... — Sua voz morreu e ela secou o rosto. — Elas vão se reunir no Campo de Asfódelos. Assim como todos iremos um dia.

Havia três reinos no Submundo, todos liderados pelo deus Hades. O Campo de Asfódelos era o plano para onde todas as almas que tiveram uma vida devota e honesta iam depois da morte. Os avós de Danae e seu tio Taron já estavam lá. Era uma terra feliz, com prados ensolarados e montes ondulantes, coberta por flores que desabrochavam eternamente. Um lugar de paz infinita e alegria, sempre primavera e nunca inverno.

O paraíso dos Campos Elíseos, onde as almas eram enviadas para serem consagradas com a imortalidade, depois erguidas aos céus, era reservado para grandes guerreiros e heróis que morreram em batalha. Danae sempre achara triste que aquelas pessoas corajosas não pudessem passar a eternidade com quem amavam. Não importava o quanto fosse esplêndido, o céu pareceria vazio sem sua família.

O último dos três reinos era o Tártaro, um lugar de tormenta e dor perpétua para as almas consideradas condutoras de uma vida indigna. Aprisionados nesse nível profundo e escuro do Submundo estavam os titãs. Uma raça cruel de gigantes que tentaram destruir o mundo antes que os Doze os derrotassem na grande batalha conhecida como Titanomaquia. Danae devia o solo sob seus pés aos Olimpianos. Todos os mortais deviam.

As mãos de Eleni estavam inquietas em seu colo. Uma gota de sangue pingou na saia de sua túnica. Sem perceber, ela havia machucado o dedo.

— Mãe? — disse Danae.

Sua mãe pestanejou.

— Vamos — disse ela, rouca, levantando o leite em direção à cabana. — O queijo não vai se fazer sozinho.

Danae a observou por um momento, depois a seguiu.

Sua mãe virou o leite na panela de ferro, posta sobre a lareira ardente.

— Ela não está produzindo tanto nos últimos dias. A pobrezinha está ficando velha.

A fumaça subiu para o rosto de Danae quando ela acrescentou um pouco de salmoura, depois pegou o pequeno jarro de argila ao lado da lareira, colocando um toque de vinagre no leite.

Eleni acabara de afundar a colher de madeira na mistura quando Danae ouviu o rangido do portão. Ela perpassou a porta e se apressou para o quintal.

Seu pai corria pelo trajeto; ele parecia não dormir havia dias. Atrás dele estavam seus irmãos. Alea estava pendurada nos braços deles, seus cachos castanho-avermelhados caindo em cascata em direção ao chão de terra.

O pai segurou Danae quando ela disparou até os irmãos.

— Ela está viva?

— Está. — Seu pai a conteve. — Mas precisamos levá-la para dentro.

— Alea! — Eleni correu em direção aos irmãos quando eles entraram no quintal e os conduziu para dentro da cabana, segurando a cabeça refestelada da filha. Os rapazes gentilmente deitaram Alea no palete onde as irmãs dormiam. Ela estava pálida como mármore.

A mãe levantou as pálpebras de Alea. A garota não reagiu.

— Onde ela estava? — perguntou Eleni.

O pai de Danae afundou em uma cadeira.

— Uma das sacerdotisas a encontrou esta manhã aos pés da estátua de Deméter.

Sua mãe respirou fundo, ajoelhando-se ao lado do palete e segurando a mão de Alea.

— A deusa a trouxe de volta para nós. Ela ficou tão satisfeita com o sacrifício que nos trouxe Alea de volta.

Danae não sabia como se sentir.

— Quando ela vai acordar?

O pai balançou a cabeça.

— Eu não sei, Dani.

Ela percebeu os irmãos compartilhando um olhar. A inquietação cutucou sua barriga, e ela encarou Santos até os olhos dele encontrarem os dela. Danae jogou a cabeça para o lado e saiu para o quintal. Um momento depois, ele a seguiu.

— O que eles não estão contando?

Ele remexeu os pés grandes na terra.

— Santos.

— Papai nos mandou não te contar nada.

Danae socou seu braço.

— Me conta. Eu sou irmã dela, tenho direito de saber.

— *Está bem.* — Santos esfregou os bíceps e encarou a cabana. — Alea foi sedada.

Ela franziu ainda mais o cenho.

— O que alguém...? — As palavras se tornaram cinzas em sua língua ao ver os olhos de Santos, inundados de pesar e fúria.

Odell surgiu da cabana parecendo ter envelhecido uma década nos últimos três dias, com Calix o seguindo.

— Sua mãe precisa de um tempo sozinha com sua irmã.

Antes que ele pudesse a segurar, Danae o contornou depressa.

Ela entrou na cabana e encontrou a mãe examinando entre as pernas de sua irmã. Eleni ergueu a cabeça, uma expressão aflita, e o peso de uma pedra repousou sobre o peito de Danae.

※※※

Houve uma necessidade implícita de se manterem ocupados no dia seguinte. Calix e Santos tinham voltado para suas famílias, enquanto o pai acordara antes do amanhecer para pescar. Assim, Danae e sua mãe foram deixadas sozinhas na cabana com uma Alea ainda adormecida.

Eleni fez vigília ao lado da filha, esfregando a testa de Alea sem parar com um tecido molhado, Danae zanzando atrás dela.

Sua mãe soltou um suspiro profundo.

— Seja útil. Vá até a margem do rio e colha um alqueire de sideritis. A erva pode ajudar a reanimá-la. Lembre-se de que é aquela com as pequenas flores amarelas.

Ávida por ajudar, Danae pegou uma bolsa de serapilheira no gancho ao lado da porta. Antes que ela fosse para o quintal, porém, sua mãe gritou. Ela se virou e viu a mãe inclinada sobre o palete, com os braços em volta da irmã.

Alea estava acordada.

Danae se aproximou correndo e se amontoou junto às duas. Elas se mantiveram emaranhadas até Alea esganiçar:

— Não consigo respirar.

— Pegue água para ela, Danae — gritou a mãe.

Ela se apressou até a hídria que ficava ao lado da lareira, despejando água do grande vaso em um pote, depois voltou correndo para Alea. Sua mãe pegou o recipiente e levou aos lábios da garota. Alea engasgou antes de se levantar e pegar o pote com as próprias mãos, bebendo tudo. Quando secou a boca, ela franziu o cenho.

— Como está se sentindo? — Eleni tirou o pote de Alea.

— Como se o gado tivesse pisoteado minha cabeça. — Sua carranca se intensificou quando ela olhou para a própria túnica amassada. — Não estávamos no festival agora mesmo?

— Alea, você desapareceu por dias — disse Danae.

A confusão franziu o rosto da irmã.

— Mas... estávamos há pouco na Tesmofória. Assistimos à apresentação, ao porco sendo sacrificado e... — Sua respiração acelerou.

— Qual é a última coisa de que você se lembra? — Sua mãe interrompeu. — Você viu um homem?

Alea balançou a cabeça. Ela parecia prestes a chorar.

A mãe acariciou o cabelo de sua filha.

— Tudo bem, por enquanto basta. — Ela se virou para Danae. — Vá ao povoado e pegue uma galinha com Myron para celebrarmos. — Ela já estava de pé, circulando pela cabana. — Calix e Santos também precisam vir jantar. A família inteira. Toma. — A mãe empurrou Danae na direção da porta enquanto pegava a bolsa que ela deixara cair e pressionava em sua mão, colocando uma moeda na outra.

— Mas...

— Vá! Ou não vai sobrar nenhuma.

Dando uma última olhada para Alea, Danae saiu da cabana.

Ela correu pela estrada costeira que levava ao coração do povoado, suas sandálias batendo contra o caminho salpicado pelo sol, tendo o mar cerúleo como sua companhia constante.

Na beira do povoado, passou depressa pelo santuário dedicado a Dionísio, diminuindo a velocidade apenas quando chegou à coleção de barracas cobertas que se enfileiravam na praça do local. Ela levou um momento para recuperar o fôlego, depois foi direto ao toldo do açougueiro.

Sua determinação em voltar para Alea o mais rápido possível foi comprometida pela chegada da esposa do pescador da baía da cidade ao lado. Ceto, uma mulher magra de pele pálida e olhar intenso, parou bem no caminho de Danae. Ela balbuciou rapidamente o cumprimento sagrado antes de perguntar:

— É verdade? Sua irmã foi encontrada?

— Sim. Ela está em casa.

— Abençoada seja a misericórdia dos deuses. — Ceto pressionou as mãos no peito. — Ela contou o que aconteceu?

— Eu preciso mesmo ir...

Porém, Ceto não a deixava passar. Mordendo o lábio, frustrada, Danae desviou pela direita e disparou em uma corrida em direção ao toldo do açougueiro.

— Estamos muito contentes por ela estar em casa — gritou Ceto atrás dela. — Mas apenas o tempo irá dizer se isso é uma benção ou uma maldição!

Suas palavras deixaram Danae tão inquieta que ela se abaixou para passar pela cobertura desbotada com uma careta. O açougueiro, um homem com a estatura e a cor de um carvalho, estava cortando carne da carcaça de uma cabra. Danae estava acostumada com o cheiro de peixe, mas sempre achava desagradável o cheiro metálico e intenso da barraca de Myron. Ele olhou para cima, esfregando na testa a mão suja de sangue.

— Que os Doze te enxerguem e reconheçam — disse ela, ofegante.

Ele tocou a testa com um dedo ensanguentado.

— Você não deveria andar por aí com uma carranca dessas. O vento pode mudar e vai acabar parecida comigo.

— Acabei de encontrar Ceto — explicou Danae.

— Ah. Não precisa dizer mais nada.

— Estou querendo uma galinha, se tiver alguma.

Myron assentiu e baixou com um baque seu cutelo no bloco de madeira manchado. Ele se arrastou pela barraca, então saiu para os fundos. Depois de alguns momentos, Danae ouviu o guincho e viu as penas voando. Então, um estalo.

Myron retornou, a galinha balançando no punho. Danae abriu sua bolsa de serapilheira para que ele colocasse a ave dentro e lhe entregou uma pequena moeda de cobre.

Ele a encarou com uma pontada de desconforto.

— O preço era, ah... agora são dois óbolos.

Danae olhou para moeda em sua mão, e seu coração afundou no peito.

— Tenho outra criança vindo aí e, com o décimo do templo aumentando... — O açougueiro coçou a cabeça careca. — Odeio fazer isso, mas não tenho escolha.

— Isso foi tudo que minha mãe me deu. — Danae ergueu a cabeça. — Mas irei para casa pegar mais. Aqui. — Ela entregou a moeda e a bolsa com a galinha.

A pena nos olhos dele fez suas bochechas corarem.

Ele pegou a moeda e devolveu a galinha.

— Só desta vez.

Danae levou a bolsa ao ombro.

— Fico contente por sua irmã estar em casa.

— Obrigada — disse ela, baixinho.

O açougueiro pigarreou e pegou o cutelo. Aliviada pelo fim da interação, Danae saiu da loja.

3. FRUTA MADURA

Seis semanas depois, a caminho de alimentar as cabras, Danae encontrou Filemon hesitante na porta da casa. Ele vestia um túnica vermelha nova, com o acabamento em dourado. Não combinava com ele.

Os dois trocaram cumprimentos sagrados.

— Vim ver Alea. — Com orgulho, ele ergueu um pequeno pacote envolvido em tecido.

Danae suspirou escondida. Filemon fizera visitas toda semana desde o retorno da irmã. Ela não aguentaria outra tarde ouvindo as histórias enfadonhas e estava prestes a dizer que Alea estava descansando e que ele deveria voltar no dia seguinte, quando sua mãe apareceu atrás da garota.

— Filemon — disse Eleni, radiante. — Só um instante. Danae, receba nosso convidado enquanto apronto Alea.

A porta se fechou atrás dela, e Danae foi deixada frente a frente com o pretendente de sua irmã. Ele recuou e remexeu no embrulho de seu presente de uma distância segura.

Eles ficaram em silêncio por um tempo. Danae cruzou os braços e buscou em sua mente algo educado para dizer. Acabou decidindo apontar para o pacote na mão dele.

— Então, o que é isso?

O rosto de Filemon se abriu em um sorriso enorme de satisfação enquanto ele tocava a lateral do próprio nariz.

— Ah, *ah*. Não quero que você estrague a surpresa.

Ela ergueu uma sobrancelha.

— O que posso te dizer — concedeu ele — é que esse é um presente muito especial. Veio direto de…

— Atenas?

O pai de Filemon era dono de um grande olival e negociava seus produtos na cidade. Pelo que Danae ouvira das conversas dele com Alea, Filemon falava sem parar sobre a última moda, a comida e a cultura superior. Aparentemente, até mesmo o ar era mais doce em Atenas.

Filemon franziu o cenho de leve.

— Na verdade, sim. — Ele ajeitou a postura. — Eu estive lá ontem mesmo por causa de um negócio muito importante com meu pai. Queria poder levar Alea para ver o novo Templo de Atena. É realmente uma construção incrível. Sabia que demorou dez anos para terminarem? Só os frisos foram...

As palavras dele se tornaram zumbidos para Danae. O que a irritava não era ele ser entediante, monopolizar o tempo de Alea ou se tornar uma ameba submissa toda vez que o pai estava por perto, mas era ele poder ir ao continente. Quando Danae era mais nova, ela amava sair no barco do pai e ajudá-lo a vender sua pesca no porto de Naxos. Contudo, sua mãe dera um fim em tudo isso. Jovens mulheres em Naxos não saíam de suas cabanas, exceto para lavar roupa no rio ou fazer tarefas no povoado. E elas definitivamente não iam para Atenas.

Eles foram salvos de interagirem mais quando a mãe dela abriu a porta e conduziu Filemon para dentro. Danae ia segui-lo, mas Eleni esticou o braço e bloqueou o caminho.

— Dê privacidade a eles. — Ela tirou de trás de si uma cesta de vime quebrada. — Seja útil e conserte isso.

Danae pegou a cesta e encarou a mãe.

— Então você vai ficar aí dentro?

— Claro. Eu sou mãe dela.

— Tudo bem.

Ela se sentou perto das cabras e começou a trançar os pedaços quebrados de palha para refazer o recipiente de treliça. Terminou bem antes de Filemon ressurgir, com um enorme sorriso irritante. Assim que ele saiu do quintal, ela se colocou de pé e correu para o interior da casa.

Alea estava sentada ao lado da lareira, com as bochechas coradas, a mãe delas ocupada prendendo algo em sua túnica. Assim que Danae se aproximou, ela viu o brilho. Era um broche. Uma coruja de bronze com penas entalhadas no metal e duas pequenas gemas verdes como olhos.

Sua irmã encarou o objeto, com o rosto radiante.

— Danae, não é lindo? Já viu algo tão adorável?

— Não — respondeu ela, com honestidade.

— Mãe, a senhora não concorda?

Danae encarou a mãe, esperando que ela compartilhasse da alegria de Alea, mas a mulher parecia distante.

— Mãe?

Eleni voltou a si e sorriu para a filha mais velha.

— É maravilhoso, meu amor, um sinal da força da afeição dele.

Por mais que Danae não gostasse de Filemon, não pôde evitar sorrir.

Então, Alea se ergueu abruptamente da cadeira e cambaleou porta afora. Danae foi atrás da irmã e a viu vomitando no quintal, atrás do curral das cabras.

Ela segurou as madeixas de Alea e esfregou suas costas.

— Devemos chamar a curandeira? — Ela encarou a mãe, que as seguira.

Eleni olhou ao redor, como se estivesse preocupada de alguém tê-las visto.

— Não — disse ela, com os lábios pressionados. — Sei o que há de errado. Voltem para dentro, depressa.

※※※

Alea estava sentada no palete, encarando seu colo, com os olhos desfocados. Danae buscou a mão da irmã, mas Alea remexeu os dedos para longe.

Danae olhou para mãe.

— Tem certeza? — perguntou, solenemente.

— Acredito que sim. Fiquei enjoada assim com vocês quatro. — Eleni se ajoelhou ao lado da filha. — E, Alea, sua menstruação está atrasada.

Quem quer que tenha feito aquilo com sua irmã merecia ter a genitália mutilada e os membros arrancados do corpo enquanto ainda respirasse. A ira de Danae borbulhou até se transformar em lágrimas. Ela se virou e rapidamente secou os olhos. Alea não estava chorando. Se sua irmã podia ser forte, ela também poderia.

— Alea, ouça. — Sua mãe colocou um cacho atrás da orelha da filha. — Isso não muda nada. Você ainda vai se casar com Filemon.

— Como? — A voz de Alea era quase inaudível.

— Vamos conversar com Tadeu e pedir que ele adiante o casamento. Vou pensar em algo para convencê-lo. Bebês chegam mais cedo o tempo inteiro, ninguém vai saber que não é de Filemon. — A mãe ajeitou a postura e atravessou o quarto para ir até um baú de vime aos pés do palete das garotas. Ela começou a tirar vestidos de lá. — Qual é mesmo seu favorito?

— Tadeu vai concordar com isso? — perguntou Danae.

— Ele vai ter de concordar — disse a mãe, inspecionando uma túnica azul-celeste.

— Não quero mentir para ele.

Sua mãe baixou o vestido. Alea ergueu a cabeça, uma compreensão cristalina em seus olhos cor de mel.

— Não quero enganar Filemon. Quero contar a verdade. Se ele não me quiser mais... — Sua voz vacilou. — Se ele não me quiser mais, então eu ficarei aqui.

Danae sentiu uma explosão de amor pela irmã. A bela e nobre Alea. Ela se moveu e parou ao lado dela, com a mão em seu ombro.

— Eu vou ajudar Alea a cuidar do bebê. Podemos fazer isso juntas.

Ela imaginou as duas correndo pela praia, uma criança rechonchuda balançando entre os braços delas. Poderiam ser uma pequena família, e nenhuma delas precisaria se casar. Poderiam se sustentar vendendo queijo, e ela poderia pescar como o pai.

Os olhos de Eleni se incendiaram. Ela soltou o vestido e caminhou pela pequena sala para segurar o queixo de Alea.

— Olhe para mim. Você *precisa* se casar com aquele garoto.

— Mãe... — Danae começou a falar, mas sua mãe disparou contra ela.

— Que os deuses me ajudem, Danae, agora você é uma mulher. Deveria ser mais sábia. Seu pai e eu não podemos sustentar vocês para sempre. Como acha que viveriam? Seríamos párias, todos nós.

Danae pressionou os lábios e os mordeu por dentro para impedi-los de tremer.

Sua mãe alisou o avental e suspirou.

— Nós iremos superar isso, mas vocês duas precisam confiar em mim.

※※※

Foi acordado que Danae, Alea e a mãe visitariam Tadeu na manhã seguinte. O pai deveria estar com elas, mas, naquela noite, quando Odell voltou para casa e a esposa contou sobre a condição de Alea, ele não disse uma palavra. Em vez disso, ele se retirou para o quintal com uma jarra de vinho que não se preocupou em diluir com água.

As garotas deitaram no palete e tentaram ignorar o conflito das vozes dos pais do lado de fora.

Alea encarou a parede, de costas para Danae.

— Você está com medo?

Houve uma pausa.

— Não.

— Ótimo, porque eu estarei com você. Em tudo.

— Eu sei.

Danae se perguntou como deveria articular o pensamento que a corroía desde o retorno de Alea. Parecia tão grande e emaranhado que não sabia como começar.

Por fim, ela disse:

— Sei que não lembra, e não precisa falar sobre isso se lembrar de algo... mas você pode se quiser... Eu só... Eu só quero que saiba disso.

Mais silêncio. Seus ossos pareceram pesados quando ela se virou.

Danae fechou os olhos. Mesmo depois de os pais pararem de falar e voltarem para dentro de casa, o sono fugiu dela como a sombra foge do sol.

❖❖❖

Danae encarava a porta grande de madeira enquanto a mãe batia a aldrava de ferro. Ela apertou a mão da irmã, esperando reconfortá-la. No fim, a mãe escolhera a túnica azul para Alea. Ela estava perfeita, embora um pouco pálida. Seu cabelo estava enrolado de forma elaborada, o broche de coruja preso com orgulho no peito. Não sobrara muito tempo para Danae depois de aprontar a irmã dela, então a mãe apenas envolvera uma tira de tecido em torno de sua cabeleira indomável e a colocara em uma das antigas túnicas verdes de Alea.

Mesmo vestidas dessa forma, as pessoas encaravam. Filemon e sua família viviam no outro lado do povoado, onde ficavam as casas grandes. Eles tinham cômodos separados e persianas de madeira. Danae estava animada para ver por dentro. Ela nunca entrara na casa de um mercador antes.

A porta se abriu. A mãe de Filemon estava parada na entrada. Ela era loira e esbelta como o filho. Seu rosto era pálido de um jeito anormal, pintado com alvaiade. Era uma tendência que navegara pelo mar vinda de Atenas. Estiloso ou não, ela parecia meio morta.

A mãe de Filemon sorriu sonhadoramente e entoou o cumprimento sagrado.

— Melhor vocês entrarem.

Ela recuou e jogou um braço pelo ar, direcionando para o interior da casa.

Danae suprimiu um arquejo quando entrou. A casa fora construída em volta de um pequeno jardim. Uma oliveira grande crescia em um canteiro central com a grama perfeitamente cuidada, esticando-se até o céu entre um quadrado aberto nas telhas terracota. Colunas de pedra sustentavam o teto, e cômodos brotavam de cada lado do jardim.

— Sua casa é adorável — disse Eleni.

A mãe de Filemon aspirou um "hum" suave e as chamou para o jardim. Elas se sentaram em um banco sob a oliveira, pontinhos de raios de sol salpicando suas pernas.

A mãe de Filemon bateu palmas, e um garoto de tanga saiu disparado de um dos cômodos. Danae encarou Alea. Era raro um mercador conseguir arcar com um escravizado. Os negócios de Tadeu deviam estar mesmo indo muito bem.

— Traga vinho.

— Ah, apenas água para nós. Obrigada — disse a mãe de Danae depressa, antes que o garoto fosse embora.

A mãe de Filemon suspirou.

— Traga os dois. — Ela abriu para elas outro sorriso lânguido que não alcançou seu olhar. — Não esperávamos a visita.

— Sim, perdoe-nos pela surpresa. Eu esperava poder conversar com seu marido.

— Ele saiu. Filemon e ele logo devem chegar em casa... ou não. Nunca dá para saber com Tadeu.

O garoto voltou, e a mãe de Filemon pegou uma taça de vinho da bandeja, erguendo-a imediatamente aos lábios.

Danae olhou para as azeitonas. Suas cascas verdes eram tão brilhantes que pareciam prestes a explodir. As mãos dela remexiam na barra da túnica. Ninguém estava dizendo nada.

— Como se faz azeite de oliva? — ela soltou, no silêncio.

— Danae — sibilou a mãe ao passar um copo de água para Alea.

— O quê? Eu só estava puxando assunto.

Ela foi poupada de mais reprimendas quando a porta da frente se abriu. Tadeu e Filemon entraram no jardim. O rosto do rapaz se iluminou ao ver Alea, o olhar fixo em sua pretendente. Danae sentiu uma pontada no coração. Ele parecia se importar mesmo com sua irmã. Deuses, ela torcia para que a mãe pudesse persuadir Tadeu a adiantar o casamento.

A mãe de Danae ficou de pé.

— Perdoe-nos por impor nossa presença sem avisar, mas...

— Onde está Odell? — interrompeu Tadeu.

— Está pescando. A esta hora ele fica muito ocupado. Ele queria poder estar aqui.

Tadeu se sentou pesadamente ao lado da esposa enquanto Filemon puxou um banco para perto de Alea.

— Prossiga, então. O que houve?

A mãe de Danae alisou a saia de sua roupa.

— Depois de tudo o que aconteceu, achamos que esses dois jovens não deveriam precisar esperar mais. A própria Deméter devolveu Alea para nós, e queremos honrar isso adiantando o casamento para o mês da colheita.

Filemon olhou com empolgação para o pai. Houve uma pausa tensa antes de Tadeu rir.

— Você se lembra quem está pagando por esse maldito casamento?

Eleni contraiu os lábios.

— Odell está contribuindo com o que pode.

— Uma ninharia — disparou Tadeu. Sua esposa se encolheu. — Nós concordamos com o mês da deusa. Todos os arranjos foram feitos. Faz ideia do quanto custaria adiantar os preparativos?

— Ficaremos contentes em reduzir a celebração se isso significar...

— Reduzir? Meu filho não terá uma cerimônia de casamento de camponês. Pode ser que estejam acostumados a isso, mas, pelos deuses, minha família não está. — O olhar de Tadeu deslizou para Alea. — Por que a pressa repentina?

Alea parecia estar derretendo sob o escrutínio dele. A pulsação de Danae acelerou. Ela conseguia ver a perspiração brotando na testa da irmã.

— Como eu disse — continuou a mãe —, acreditamos que estaríamos honrando Deméter ao uni-los em matrimônio assim que possível.

A deusa, em sua misericórdia, nos devolveu Alea para que Filemon e ela pudessem ficar juntos e...

Silenciosamente, como se tivesse sido presenteada com sono por um deus malicioso, Alea desmaiou.

Filemon se lançou para a frente, segurando-a quando a jovem se curvou, e Danae caiu de joelhos ao lado da irmã, a grama verdejante manchando sua roupa. Alea estava pálida como uma rocha.

— Garoto! — berrou Tadeu. — Chame a curandeira!

— Não. — Eleni pulou para ficar de pé. — Ela só desmaiou, ficará bem em um instante.

— Dê um pouco de vinho para ela — disse a mãe de Filemon.

Tadeu as ignorou quando o garoto entrou no jardim.

— Busque Iatromea, agora.

— Realmente, Tadeu, não precisa se incomodar, por favor. Sabe como são as mulheres. Ela só foi dominada pela animação por causa do casamento.

Havia pânico na voz de Eleni. Sendo curandeira do povoado, Iatromea fizera o parto de incontáveis crianças, inclusive de Danae e de sua irmã. Não podiam deixá-la chegar perto de Alea naquelas condições, especialmente na casa de seu pretendente.

Tadeu virou para a mãe de Danae com um brilho no olhar.

— Ela é minha futura nora. Não deixarei nada ao acaso.

❂❂❂

— Abra mais. — Iatromea cutucou a língua de Alea com seu dedo nodoso.

Alea abriu mais a boca para a curandeira. Danae olhou para a mãe. Eleni estava encarando a nuca de Iatromea como se pudesse ver os pensamentos da mulher só de olhar firme.

Filemon sentou perto de Alea no banco. Ele não soltou a mão dela. Seria uma cena tocante, não fosse o segredo que crescia no útero de Alea.

— Então? — perguntou Tadeu, impaciente. — O que há de errado com ela?

Iatromea resmungou algo incompreensível, depois seguiu tocando e cutucando Alea em vários lugares. Assim que se sentiu satisfeita com o exame, a mulher endireitou a postura.

— Exaustão pelo calor.

— Viu? — A voz de sua mãe estava leve pelo alívio. — Eu não falei? Não há com o que se preocupar.

— Mulheres — resmungou Tadeu.

— Pai. — Filemon se colocou de pé. Ele estava tremendo. Danae percebeu os nós de seus dedos ficando brancos enquanto ele segurava firme a mão de Alea. — Eu também quero que o casamento seja adiantado. Vivi o pior momento da minha vida quando Alea estava desaparecida... — Ele olhou para sua pretendente e engoliu em seco. — Não quero desperdiçar mais tempo.

Ele ergueu o queixo e encarou o pai intensamente. Danae pensou que aquela devia ser a coisa mais corajosa que Filemon já fizera.

Tadeu o encarou como se não pudesse acreditar no que acabara de ouvir. Filemon se manteve firme, como uma folha de grama resistindo sob o calor fulminante do sol.

— Eu... eu sou um homem agora, e tenho o direito de me casar quando quiser.

Houve silêncio enquanto Tadeu considerava o que o filho dissera. Danae prendeu a respiração.

Então Tadeu soltou uma gargalhada estrondosa.

— É bom que um homem fale o que pensa. Sim, você é um homem agora. Para chegar a algum lugar na vida, precisa ir atrás do que quer sem desistir até ter essa coisa entre seus dentes. — Ele deu um tapa no ombro de Filemon. — Certo, então você terá seu casamento no mês da colheita.

Filemon pareceu tão surpreso que Danae se perguntou se ele também desmaiaria.

— Ah, Tadeu, obrigada... — Eleni começou a dizer, mas o homem a interrompeu.

— Pronto, conseguiram o que queriam. Agora podem ir! — Ele gesticulou na direção da porta. — Sou um homem muito ocupado.

— Sim, claro. — Eleni segurou as mãos de ambas as filhas e recuou. — Não vamos mais tomar seu tempo.

Iatromea tossiu.

Tadeu grunhiu e gritou para o garoto buscar sua algibeira.

— Não, nós pagamos, eu insisto.

Danae olhou para a mãe, franzindo o cenho. Tadeu era infinitamente mais rico do que elas. Ele provavelmente não sentiria falta da moeda, enquanto pagar a curandeira significaria uma semana sem pão para a família delas.

Filemon as levou até a saída, ainda ruborizado por ter enfrentado o pai. O jovem se despediu, deixando-as no calor do dia, e fechou a porta.

Danae enlaçou a cintura de Alea com o braço quando a mãe se virou para a velha curandeira.

— Quanto devo?

Um sorriso desagradável repuxou os cantos de seus lábios.

— Cinco óbolos.

Eleni estacou. Os olhos da curandeira deslizaram até a barriga de Alea. O sangue de Danae gelou. Ela sabia. Ela sabia o tempo todo.

Sua mãe pressionou os lábios até ficarem brancos e revirou a bolsa. Tirou dois óbolos de lá.

— É tudo o que tenho aqui, mas a senhora receberá o resto amanhã.

Iatromea pegou as moedas depressa.

— Até o pôr do sol. — Ela lançou um olhar desdenhoso para Alea, depois se afastou pela estrada de terra.

— Mãe? — disse Alea, com a voz trêmula.

— Está tudo bem — disse Eleni, depressa, enquanto conduzia as meninas para longe da casa. — Eu vou cuidar disso.

Elas começaram a voltar pelo povoado.

— Me desculpe — disse Alea de maneira tão suave que quase não foi audível.

— Não é sua culpa. Essas coisas podem acontecer no começo da gravidez. Eu deveria ter vindo sozinha.

Danae observou Alea com um peso de ferro na barriga. Intuir os pensamentos da irmã costumava acontecer tão naturalmente quanto respirar. Agora ela parecia uma desconhecida. A irmã estava se distanciando, e Danae não sabia por quê.

Seu olhar deslizou pelas grandes casas descoloridas pelo sol à esquerda e se demorou em uma com persianas pintadas de azul. Ela se reconfortava em saber que o plano da mãe funcionara. Talvez sua irmã acabasse morando em uma casa como aquelas, com o próprio pátio com jardim e uma macieira no centro. Maçã era a fruta favorita de Alea. Danae sorriu. Ela se esgueiraria até o pomar de Tímon quando chegassem em casa e voltaria com a saia cheia de maçãs para a irmã.

Ela parou de andar. No espaço escuro entre duas casas havia um par de olhos vermelhos, as mesmas orbes carmim que vira na Tesmofória. O ar em torno deles parecia ondular, como se os olhos estivessem presos a um corpo que de alguma forma estava e não estava lá ao mesmo tempo.

— Danae. — A mãe tocou seu braço e ela piscou. Os olhos sumiram. — O que está encarando?

— Nada — respondeu ela quando a mãe a puxou para longe.

❊❊❊

Algumas semanas após a visita a Tadeu, Danae e Alea estavam carregando a hídria da família pelo caminho de terra até o povoado. A cada passo, o vaso ficava mais pesado. Danae ajustou a mão quando a alça escorregou entre seus dedos úmidos. O sol do meio-dia era implacável. Normalmente elas fariam o trajeto durante o frescor da manhã, mas o enjoo de Alea as atrasara.

Antes do desaparecimento de Alea, as irmãs costumavam conversar por todo o caminho até a fonte. Contudo, o abismo entre as duas estava aumentando, alimentando-se do silêncio a cada dia. Danae não conseguia afastar a sensação de que havia algo que Alea não estava lhe contando.

Grudentas e irritadas, elas finalmente chegaram até a praça. Depois de suspenderem a hídria pelo último trecho de terra e largá-la na fonte de tijolos, juntas, ergueram o gancho pesado de ferro e içaram o balde na profundeza aquosa.

Um estrondo de cerâmica quebrando ecoou do lado mais distante da praça. Filemon e seu pai estavam do lado de fora da barraca do ferreiro, e fragmentos de uma ânfora se espalhavam em volta dos pés de Filemon. Ele não parecia perceber. Seus olhos estavam fixos em Alea.

Atrás deles, Melia surgiu da barraca do marido. Ela reduzira de tamanho desde a morte das filhas, um esqueleto detonado da mulher que um dia fora. Ela cambaleou para além de Filemon e Tadeu, com o rosto retorcido de ódio.

— Você não merece estar viva — berrou ela. — Minhas filhas lindas se foram e *você* ainda está aqui. Nojenta, depravada...

Ela caiu de joelhos, soluçando. O marido correu e a levou de volta para dentro, quase a arrastando.

Danae não conseguia respirar. Melia sabia.

Tadeu segurou Filemon pela gola da túnica e gritou algo em seu ouvido, empurrando o filho na direção das irmãs. Naquela altura, uma multidão se formara, esperando, absorta em silêncio, pelo drama que se desdobrava.

Ver Filemon atravessar a praça foi agonizante. Quando finalmente as alcançou, ele parecia prestes a vomitar. Por um longo momento, ninguém se moveu. Então uma gargalhada ressoou pela praça. A raiva fez as bochechas dele corarem.

— Filemon, eu... — Alea começou a falar.

Com a mesma violência que teria usado para agredi-la, Filemon cuspiu no rosto de Alea.

4. AS SEGUIDORAS DE DIONÍSIO

A tensão se rompeu. Por toda a volta, os aldeões gritavam, recebendo permissão pelo ato de condenação de Filemon.

— Besta imunda!
— Meretriz!
— Você não é bem-vinda aqui!

Em meio à comoção, Danae viu Iatromea na multidão. Ela estava com uma expressão satisfeita, daquelas reservadas para quem acreditava ser agente da justiça.

— Como pôde? — gritou Danae, envolvendo a irmã em seus braços. — Você prometeu! Recebeu nosso pagamento!

Iatromea ergueu seu queixo enrugado.

— Minha alma adoeceu com seu segredo, então fui até as sacerdotisas. Elas disseram que eu deveria levar isso à luz, para o bem de todos. — Ela encarou Filemon. — Ele tem o direito de saber. *Todos* nós temos o direito de saber que há uma mênade escondida entre nós!

— Eu sabia que ela tinha fugido com elas naquela noite — disse Ceto, apontando para a barriga de Alea. — Ela dançou com aquelas mulheres perversas, então abriu as pernas para o primeiro homem que viu!

Um garoto, Karan, de quem Danae cuidara quando a mãe estava doente, pegou uma pedra e a lançou. Ele mirou na cabeça de Alea. Danae se jogou na frente da irmã, a dor percorrendo a pele quando a pedra acertou seu braço. A criança imediatamente se curvou, arranhando o chão para pegar mais munição. Outros seguiram seu exemplo, atirando qualquer coisa que tivessem em mãos: galhos, torrões de terra, pão velho e fruta que apodrecera com o calor.

As irmãs se afastaram da fonte, mas a multidão se fechou em torno das duas. Danae tentou proteger Alea, mas o ataque recaiu pesado e rápido.

Aquelas pessoas conheciam as irmãs a vida inteira; o povoado era como uma família estendida. Contudo, em um único respiro, a raiva os envenenara. Danae temia que pudessem ser apedrejadas até a morte se não fossem embora.

Uma sombra passou por elas. A multidão ergueu a cabeça quando um pássaro os sobrevoou, momentaneamente bloqueando o brilho do sol.

— Uma águia! — gritou alguém.

— A ave sagrada de Zeus!

Algumas pessoas recuaram, largando as armas improvisadas.

— Vamos! — Aproveitando a oportunidade, Danae agarrou a mão da irmã e mergulhou no espaço entre a multidão.

Elas correram pelo caminho abrasado pelo sol, parando apenas depois de atravessar as margens do povoado. Ofegante, Danae caiu de joelhos, então olhou para trás, para garantir que não estavam sendo seguidas. A terra já tinha baixado no caminho vazio.

Ela secou o suor dos olhos e se virou para Alea.

— Você está bem?

A túnica da irmã estava imunda, o cabelo coberto por polpa, e havia um corte brilhando na testa. Danae a enlaçou e a abraçou com força. O corpo de Alea se contorceu. Enquanto as lágrimas da irmã ensopavam seu ombro, ela se imaginava de novo na praça. Em vez de fugir, ela se atirava contra as pessoas, dando socos e chutes. Afundava as unhas no rosto odioso de Iatromea e batia a cabeça de Filemon contra a fonte de novo e de novo, até se partir.

Ela se forçou a manter a respiração profunda e estável.

— Está tudo bem. Vai ficar tudo bem — balbuciou, mesmo não fazendo ideia de como tudo poderia ficar bem de novo.

Ela queria desesperadamente tomar para si a dor da irmã, sugar como se fosse o veneno da picada de uma abelha. Contudo, nada poderia salvar Alea naquele momento.

❊❊❊

A novidade sobre a condição de Alea percorreu o povoado como um furacão. De uma noite para a outra, a família de Danae se tornara pária. No mercado, o pai descobriu que sua pesca valia metade do que tinha valido no dia anterior. Muitos dos comerciantes se recusavam a vender para eles, e não eram mais bem-vindos a lavarem as roupas com mais ninguém no rio atrás do povoado. Então, Danae e a mãe foram forçadas a pegar o caminho mais longo até os montes no dia de lavar roupa. Alea não as acompanhou. Depois do ataque na fonte, sua mãe proibira a filha de sair da segurança do jardim.

Elas pararam para respirar no meio do caminho rochoso, cestos de vime repletos de túnicas sujas equilibrados em seus quadris. Danae olhou para trás. O povoado se estendia abaixo dela, na beira do mar. As casas pareciam minúsculas daquela perspectiva, presas à terra como as cracas no casco do barco de seu pai. Dali, as pessoas não pareciam sequer pessoas, apenas aglomerados de formigas. Ela se curvou e pegou uma pedra. Fechando um olho, ela a segurou acima das moradias. Danae se perguntava como seria a sensação de ter a força de um deus e esmagar qualquer um que machucasse quem ela amava.

— Danae, pare de enrolar.

Ela baixou a mão e deixou a pedra cair de novo na trilha.

As duas se arrastaram pela grama escassa e amarelada, que dava lugar para uma trilha no bosque, até finalmente chegarem às rochas largas da margem do rio.

Elas soltaram o peso e mergulharam e esfregaram as roupas coloridas na água. Era silencioso, exceto pelo fluxo da correnteza, o ciciar das cigarras e o canto esporádico de um francelho. Danae inalou o ar verdejante, grata por estar longe da atmosfera opressiva da cabana da família. Ela torceu uma túnica encharcada e a esticou na rocha para secar. Quando cavoucou o cesto para pegar outra, ouviu o ressoar de uma risada. Danae virou a cabeça abruptamente. Elas tinham sido seguidas? Então avistou alguém bem longe, na outra margem.

A mulher deslizou para dentro do rio, arquejando quando a água translúcida cobriu sua pele de mogno. Ela submergiu, então rompeu a superfície e jogou para trás o cabelo molhado. Outra mulher surgiu por entre as árvores e se atirou por completo no rio, borrifando água na primeira.

Danae olhou para mãe.

— Mênades? — sussurrou ela.

Eleni assentiu e franziu o cenho, preocupada. Ela ergueu o dedo aos lábios.

Petrificada, Danae observou as mulheres rindo e espirrando água uma na outra. Nunca vira duas pessoas tão livres de inibição. Sabia que deveria afastar o olhar, mas nunca vira realmente um corpo nu antes, fora vislumbres acidentais da irmã quando ela se trocava. Os seios das mênades emergiam na água, os tufos de pelos nos sovacos se cacheavam com a umidade. Suas peles se dobravam, rolavam e esticavam quando se moviam. Elas eram hipnotizantes.

Danae estava tão fascinada pelo corpo delas que mal reparou nos rostos. Quando seu olhar finalmente subiu, percebeu algo.

A primeira mulher era a mênade que a salvara de ser pisoteada na Tesmofória. Antes de perceber o que estava fazendo, ela ficou de pé. Sua mãe sibilava, mandando-a se sentar, mas ela era como um cão atraído pelo cheiro de um coelho.

— Mênades! Quero falar com vocês!

As mulheres estacaram. Quando viram Danae, elas imediatamente nadaram até a margem.

— Danae! — Sua mãe tentou segurá-la, mas a garota deslizou para longe dos dedos de Eleni e mergulhou na água.

Os gritos da mãe foram abafados pelo rio que a envolveu. A correnteza ameaçava carregá-la, mas ela se libertou, os membros fortes dos anos lutando contra a maré do oceano. Sabia que a mãe não podia a seguir. Eleni nunca aprendera a nadar.

Quando chegou ao lado mais distante, as mênades tinham desaparecido entre as árvores. Danae agarrou um punhado de grama e se ergueu para fora da água. Tendo o vislumbre de uma trilha de pegadas molhadas na terra, ela correu atrás das mulheres.

Enquanto as seguia pelo bosque, ocorreu-lhe o quanto aquilo era perigoso. As mênades eram selvagens, capazes de qualquer coisa. Ela triturou o medo entre os dentes. Aquelas mulheres haviam levado sua irmã na Tesmofória, era a única explicação. Elas provavelmente arrastaram Alea pela floresta, depois a levaram para ser abusada pelo primeiro homem que a encontrasse. Danae não se importava com o quanto fossem perigosas. Ela as mataria, todas elas, com as próprias mãos.

Então se lembrou da mulher que a ajudara no festival, recordou da preocupação genuína nos olhos dela. As chamas de seu ódio crepitaram. Ela estremeceu nas sombras das árvores enquanto a túnica molhada grudava em seu corpo, e de repente percebeu que não fazia a menor ideia de onde estava.

Então algo atingiu suas costas.

Ela se virou para ver uma maçã rolando pelo chão atrás de si. Depois outra colidiu com seu ombro. Ela se virou de novo.

Risos zuniram entre as árvores. Danae não conseguia saber de qual direção vinham.

— Apareçam, covardes.

— *Apareçam, covardes.*

Aquilo era uma brincadeira para elas. Seu ódio queimou novamente.

— Sei que levaram minha irmã na noite da Tesmofória. Sei que foram vocês.

O riso cessou.

A mênade que a salvara saiu de trás das árvores. Danae foi desarmada por sua nudez, o tufo escuro entre as pernas, a maneira como o cabelo molhado deslizava por cima dos seios fartos e a curva arredondada da barriga. Ela forçou o olhar para cima e enrijeceu a mandíbula.

Os olhos da mulher eram profundos e sérios. Pelas marcas em torno deles, Danae percebeu que a mênade era mais velha do que achara a princípio.

— Nós não raptamos mulheres.

Danae deu um passo para trás e tropeçou em uma das maçãs.

— Eu não acredito. Sei o que vocês, mênades, fazem. Vi vocês no festival.

— Você nos viu dançando. Conturbamos seu ritual, mas não machucamos ninguém. Eu te ajudei, lembra?

— Mas... — Danae não podia negar. Então, ela se lembrou do que acontecera com as filhas de Melia. — Uma garota a mais foi sacrificada por causa de vocês. — Ela não pôde esconder o tremor na voz. — Vocês trouxeram a fúria de Deméter sobre nós.

Os olhos da mulher se encheram de tristeza.

— Sinto muito por isso. É uma exigência terrível para ser feita por uma deusa.

Danae a encarou. Como ela podia proferir tal blasfêmia?

A outra mênade surgiu dentre as árvores. Era mais jovem do que a primeira, o cabelo cacheado pingando sobre os ombros queimados pelo sol.

— Nós não a levamos, mas há alguém que pode saber o que aconteceu com sua irmã.

O coração de Danae deu uma guinada.

— Quem?

As mênades se entreolharam.

— Venha conosco. — A primeira mulher estendeu a mão.

Danae hesitou. Sua mãe devia estar desvairada do outro lado do rio. Ela deveria voltar, dizer que estava a salvo, mas duvidava que as mulheres esperariam seu retorno.

Engolindo a culpa, ela segurou a mão da mênade.

❊❊❊

O acampamento das mênades era um caos.

Um pomar de árvores com frutas silvestres se espalhava pela encosta, e o ar era doce por causa do cheiro das maçãs, figos e romãs. As árvores estavam todas misturadas – como se alguém tivesse bagunçado as sementes e jogado um punhado para o alto, deixando o destino por conta do vento. Vinhas também se enrolavam pelos galhos das árvores frutíferas maduras, beijando os galhos com aglomerados de uvas.

Havia mênades por toda parte. Mulheres velhas e jovens, todas nuas, algumas equilibrando cestas nos quadris enquanto colhiam frutas. Animais e crianças corriam por seus pés, galinhas cacarejando e cabras mastigando frutas penduradas em galhos baixos.

Além do pomar, havia uma estrutura. Parecia um dia ter sido uma casa grande, que gerara extremidades adicionais ao longo dos anos e agora era uma compilação labiríntica de residências unidas.

As duas mênades guiaram Danae pelo pomar até uma mulher mais velha que estava sentada com uma ninhada de crianças nos degraus da casa.

— Ariadne — chamou a primeira mênade. — Essa é... — Ela olhou para Danae.

— Danae.

Ariadne se levantou lentamente, e com gentileza enxotou as crianças. Sua pele era cor de creme fresco, seu cabelo grisalho era tão longo que ia além das marcas prateadas em seu abdômen. Ela caminhou e puxou Danae para um abraço apertado.

Danae ficou tensa com a proximidade de corpos nus de desconhecidas. Afastando-se, ela disse:

— Minha irmã foi levada da Tesmofória. A... — Ela olhou para a mênade mais jovem.

— Enone — ofereceu Ariadne.

— Enone disse que você pode saber o que aconteceu com ela.

Os olhos pálidos de Ariadne foram para Enone e depois voltaram para Danae.

— Não posso dizer ao certo. Posso apenas lhe contar o aviso que recebi de meu marido.

— Você é casada?

As histórias que ela ouvira diziam que as mênades eram uma comunidade apenas de mulheres que não interagiam com ninguém de fora da seita. Olhando em volta, Danae não via homem algum no pomar.

Ariadne sorriu.

— Sou a esposa de nosso senhor, Dionísio.

— Você é casada com um dos *Doze*?

Os lábios de Ariadne se retorceram com a incredulidade em seu tom.

— Os deuses do Olimpo tomam mortais como amantes desde o começo da humanidade. É tão estranho assim que nossas almas desejem viver em união pelo tempo que tenho neste planeta?

Danae não sabia o que dizer. Ela esfregou o rosto e tentou focar.

Qual foi o aviso? Me conte.

Ariadne pegou as mãos de Danae. A pele da mulher era macia e enrugada como um pêssego passado.

— Meu marido avisou que uma criatura viria à nossa ilha. Uma fera invisível com olhos escarlates que caça mortais. Ele o chamou de espectro, e as vítimas, vocês chamam, acredito eu, de desaparecidos.

Danae sentiu a respiração gelada do medo em seu pescoço. Ela o vira. Duas vezes.

— Mas os desaparecidos nunca retornam. Aquele espectro não pode ter levado minha irmã, porque ela retornou para nós. Deve ter sido um homem, porque... ela está grávida... — Suas palavras se dissolveram com a expressão dolorosa no rosto de Ariadne.

Os lábios dela se abriram, mas ela não conseguiu fazer a pergunta, não conseguiu vocalizar o horror que se enraizara em sua mente.

Ariadne colocou os braços em torno de Danae, e ela desmoronou, soluçando, como se chorar toda a dor fosse desfazer o que acontecera com Alea.

Finalmente, seus ombros pesados ficaram imóveis. Ela empurrou Ariadne, com brutalidade e constrangimento.

— Sinto muito — disse Ariadne, suavemente. — Não sabemos ao certo se foi o espectro que a levou. De qualquer forma, o que ocorreu com sua irmã é um crime terrível. Fico contente por ela pelo menos ter você. Queria eu, em meu momento de necessidade, ter tido minha irmã.

Havia dor nas palavras de Ariadne, um rio de compreensão que Danae tocara sem perceber. Ela secou o rosto.

— O que aconteceu?

Ariadne soltou um pequeno suspiro.

— Eu era uma garota tola que traiu a família por um príncipe e pela promessa vazia de casamento. Ele tomou o que queria de mim e me deixou aqui para morrer. Hoje ele é o rei de Atenas, creio eu. — Sua expressão se suavizou. — Mas faz décadas que Dionísio me encontrou, e veja. — Ela encarou o pomar. — O tempo é gentil. Pode fazer o corpo doer, mas cura as dores do coração.

Uma dor de cabeça começou a latejar por trás dos olhos de Danae.

— O que acontece com os desaparecidos? Seu marido te contou?

Ariadne balançou a cabeça.

— Ele disse apenas que, uma vez que alguém é levado pelo espectro, é como se estivesse morto. Ele não quis falar mais nada sobre o assunto.

— Por que não o forçou a te contar?

Ariadne riu.

— Meu marido é um deus, criança. Benevolente, mas um deus. Ele não pode ser forçado a nada.

O cenho de Danae ficou ainda mais franzido.

— Mas Alea voltou. Eu não compreendo. Por que o espectro devolveria Alea ao templo, e por que a...? — Ela não conseguiu se forçar a dizer a palavra — Por que faria *aquilo* com ela?

Ariadne inclinou a cabeça. A compaixão no olhar da mênade fez Danae estremecer como uma pedra atingindo um metal.

— Eu não sei. Existem criaturas neste mundo que se regozijam com a dor e o sofrimento de outros. Seja grata por sua irmã estar viva.

— Essa coisa vai voltar? — sussurrou Danae.

Ariadne não respondeu de imediato.

— Eu teria cautela. Há um motivo para sua irmã não ter se juntado aos desaparecidos. O espectro pode ter assuntos inacabados com ela.

O bebê. Uma onda de náusea a tomou.

Ariadne colocou a mão no braço da garota e disse suavemente:

— Você deveria ir para casa. Sua família deve estar preocupada.

Danae assentiu e deixou que a mênade a guiasse em direção ao bosque.

— Você e sua irmã sempre serão bem-vindas aqui. Não julgamos nenhuma mulher pelas adversidades que a vida jogou sobre ela. Não perca as esperanças. — Ariadne a puxou para um último abraço. — Cuide-se, Danae.

Danae deu um passo em direção à floresta, depois se virou.

— É verdade... que as mênades matam bebês?

Ariadne meneou a cabeça, com tristeza.

— Somos mulheres livres, não monstros.

Danae engoliu em seco.

— Obrigada por me contar sobre o espectro.

Quando se virou mais uma vez na direção das árvores, Ariadne a chamou.

— Lembre-se: meu senhor, Dionísio, protege seu rebanho. Não seria sábio se você falasse onde podemos ser encontradas.

Danae deu uma olhada para trás, depois disparou em uma corrida por entre o bosque. A última coisa que queria era causar a ira de um deus.

✧✧✧

Danae correu o caminho inteiro até sua casa, mas o sol já havia derretido por trás do mar quando ela chegou ao quintal. Ficara longe pela maior parte do dia.

Ela colidiu contra o portão, curvando-se para a frente para recuperar o fôlego, depois adentrou a cabana. Mal teve tempo de observar o cômodo antes que sua mãe cruzasse o lugar e segurasse seus ombros.

— Onde você esteve?! Está ferida?! O que elas fizeram com você?!

— Eu estou bem.

Eleni a encarou por um instante, então a estapeou. Atordoada com a dor, Danae ficou imóvel.

Sua irmã chorou baixinho.

— Ah, Danae, estávamos tão preocupados.

— Como pôde? — Sua mãe tremia.

— Desculpa, eu...

— Seu pai está lá fora agora, te procurando.

Além do latejar em sua cabeça, um peso nauseante repousou no estômago de Danae.

— Não posso acreditar que, depois de tudo pelo que passamos com sua irmã, você fugiria com *aquelas mulheres* — sua mãe falou baixinho.

Aquilo perfurou Danae mais fundo do que se Eleni tivesse gritado.

— Sinto muito, muito mesmo, mas descobri algo importante. — Ela se virou para a irmã. — As mênades não são nada como nos falaram. São gentis, e me contaram sobre uma criatura invisível de olhos vermelhos que tem raptado os desaparecidos. Elas a chamam de espectro. E... foi isso que a levou no festival. Ariadne disse que pode haver assuntos inacabados. — Danae olhou para a barriga da irmã. — Então precisamos ter cuidado...

— Chega dessa sandice! — A mãe agarrou o braço de Danae. — Quer fazer companhia aos animais? Então pode ir dormir lá fora com as cabras.

— Mãe, por favor — protestou Alea, mas Eleni a ignorou.

Ela pegou a antiga corda de pescar do marido e a amarrou em volta dos pulsos de Danae, depois a empurrou até o cercado das cabras e fechou o outro lado da cerca.

Danae estava surpresa demais para lutar contra aquilo. A raiva tinha se destilado em uma determinação firme como diamante nos olhos de sua mãe. Eleni desapareceu para dentro da cabana, depois voltou com uma coberta, que jogou aos pés da filha. Sem dizer mais nada, ela conduziu Alea de volta para dentro e fechou a porta com força.

Danae desabou contra a parede da cabana, sob o toldo das cabras. Puxou a coberta para cima das pernas. Pélops trotou para perto. Ela pressionou o rosto nos pelos bolorentos da cabra e grunhiu.

No silêncio, o horror que represara desde o acampamento das mênades surgiu.

Se fora o espectro que levara sua irmã, o que estava crescendo dentro de Alea?

❖❖❖

Danae despertou com o rangido do portão no quintal. Seu corpo doía por causa da noite maldormida, revirando-se para lá e para cá na terra firme. A mente estava inquieta, cada pensamento mais terrível do que o outro. Bocejando, Danae esticou o pescoço, olhou para cima e encontrou o pai a encarando. Os olhos dele estavam emoldurados por sombras. A coberta deslizou para o chão quando ela se debateu para ficar de pé.

— Pai, sinto muito... — Ela começou a falar, mas o pai se virou sem dizer uma palavra e desapareceu dentro da cabana.

Ela caiu sentada e puxou de novo a coberta para cima das pernas. Um momento depois, ajeitou a postura de novo quando o pai retornou com as redes de pescar penduradas sobre o ombro. A esperança palpitou em seu peito, depois afundou. Ele não a encarou ao atravessar o quintal e tomar o caminho até o mar. Danae repousou a cabeça nas mãos amarradas, a culpa a corroendo por dentro.

Ao ouvir a porta de novo, ela ergueu a cabeça. Alea caminhou até o curral das cabras, carregando um copo de água. Sua irmã entrou no cercado e sentou ao seu lado. Danae pegou o copo e o esvaziou em poucos goles.

— Obrigada. — Ela secou a boca, e seus olhos deslizaram até a barriga de Alea. Sentiu um nó na garganta.

— Talvez você durma aqui por mais algumas noites. — Alea pegou o copo, depois começou a repuxar os nós na corda em volta dos pulsos de Danae. — Mamãe está furiosa.

Danae se forçou a sorrir.

— Tudo bem, dormi melhor aqui fora mesmo. As cabras não roncam.

A irmã revirou os olhos enquanto a corda se afrouxava nas mãos.

Danae esfregou os pulsos.

— Alea, se foi essa criatura, o espectro, que te levou... — Ela olhou de novo para a barriga da irmã. — Não quero te assustar, mas... talvez o bebê não seja humano.

Alea sustentou seu olhar e disse calmamente:

— Você está certa.

Danae viu o segredo de Alea se erguendo até flutuar sob a superfície. Ela não ousou falar, com medo de fazê-lo voltar às profundezas.

— Eu deveria ter dito antes, mas tive medo de que não compreendesse... — Alea hesitou. — Sei quem é o pai do meu bebê.

A boca de Danae ficou seca.

— Em certo momento, eu despertei... e vi o rosto dele.

Ela ficou enojada. Alea sempre soubera.

— Era o espectro? — perguntou Danae, com a voz fraca.

Uma inquietação percorreu sua coluna com o sorriso que se abriu no rosto da irmã.

— Era Zeus.

5. SANGUE E CASCA

Todos já tinham ouvido histórias sobre mortais engravidando de deuses, e os heróis que seus filhos semideuses se tornavam. Contudo, isso era algo que acontecia com pessoas de longe, não na ilha delas. Não com as filhas de um pescador.

— Danae?

O mundo voltou ao foco. Alea a observava.

— Isso é... isso...

— Maravilhoso. — Sua irmã repousou a mão na barriga. Ao ver a expressão de Danae, ela disse: — Eu também fiquei assustada no início. Não conseguia me lembrar de nada e pensei ter perdido a cabeça. Então, numa noite, isso voltou à minha mente. Uma águia voou por meus sonhos e, quando acordei, conseguia me lembrar do rosto de Zeus. Posso sentir, Danae, a fagulha divina crescendo dentro de mim. Agora você pode entender. Toda dificuldade, toda dor valerá a pena. — Ela sorriu. — Pode acreditar? O Rei dos Céus me escolheu.

Pena dominou o coração de Danae.

— Alea, eu não te culpo por querer transformar o que aconteceu em algo...

Sua irmã esticou o braço e segurou as mãos de Danae.

— Foi por isso que não te contei. Sabia que acharia difícil aceitar, mas você precisa acreditar em mim. — Ela colocou as mãos de Danae em sua barriga. — Posso sentir a semente de Zeus dentro de mim. E se lembra do dia em que aldeões nos atacaram? Uma águia veio nos salvar. Consegue ver? O Rei dos Céus estava protegendo sua prole. — Um fio prateado escorreu de seus olhos brilhantes.

Danae recuou, sentindo um vazio na barriga. Ela acreditara que o abismo entre as duas se fecharia quando descobrisse o segredo da irmã.

No entanto, enquanto encarava Alea, a fissura aumentou mais do que nunca. Ser admirada por um deus era uma honra elevada. No entanto, mesmo se aquilo fosse verdade, Danae não encontrava alegria alguma em seu coração pelo que fora feito com sua irmã. E se Alea estivesse mesmo carregando a prole de Zeus, então corria grande perigo. Tão infame quanto a adoração do marido pela beleza mortal era a vingança de sua esposa, Hera, contra quem excitava a luxúria dele.

E sempre existia a chance de Alea ter imaginado tudo aquilo, para se proteger da verdade terrível, de ter sido raptada e violada pelo espectro.

— Vamos manter isso entre nós duas por enquanto — disse Danae depressa. — Você estava certa em não falar sobre o assunto; outras pessoas podem não entender. Até mesmo mamãe e papai.

Por um momento, ela temeu que a irmã discordasse, mas o rosto de Alea se suavizou e ela assentiu.

— Segredo nosso.

※※※

Na noite seguinte, Odell retornou para casa com a mandíbula machucada e o nariz inchado.

— Mas que Tártaro é isso? — Eleni imediatamente foi até ele, com um pano em mãos, e limpou o sangue encrostado em seus lábios. — Quem fez isso?

Ele não respondeu, apenas a afastou gentilmente e foi até a ânfora de vinho ao lado da lareira.

Danae compartilhou um olhar com Alea enquanto a mãe segurava o braço dele.

— Odell. Quem te bateu?

O pai soltou um suspiro de cansaço e, sem olhar nos olhos da esposa, balbuciou:

— Calix.

Danae ficou tensa.

— O quê? — sussurrou Eleni, apertando com mais força o braço do marido.

— Foi um desentendimento sobre o território de pesca, não é nada. — Odell fez outra tentativa inútil de pegar o vinho.

— Como não é nada? — Eleni bloqueou seu caminho, com as bochechas coradas. — Nosso filho te bateu.

Calix não pusera os pés na cabana desde que se espalhara a notícia sobre a gravidez de Alea. Santos pelo menos os visitara algumas vezes, mas Calix cortara todos os laços.

Danae encarou Alea, e seu estômago se revirou ao ver as lágrimas brotando nos olhos da irmã.

Antes que o pensamento tomasse forma completa, ela se colocou de pé e correu para fora da cabana. O som de alguém chamando seu nome logo foi abafado pela rispidez de sua respiração ao correr pelo caminho que levava ao norte do povoado.

O crepúsculo alongava suas asas índigo pelo céu quando ela chegou à cabana de Calix. Ela bateu com força na porta. Seu irmão a abriu, e o rosto bonito cedeu ao ver Danae suja e suada em seus degraus.

— Você não deveria estar aqui...

— Como pôde? — disparou ela. — Seu próprio pai!

Rapidamente, ele saiu e fechou a porta atrás de si.

— Você não faz ideia de como tem sido — sibilou ele. — Tenho tido que trabalhar pesado para me livrar da mancha de Alea, só para trazer comida para a mesa, e Carissa está grávida de novo.

— *Mancha*?

Ele ergueu o queixo.

— Carissa me ajudou a ver a verdade. Isso é culpa de nossos pais. Vocês duas deveriam ter se casado anos atrás, não serem deixadas perambulando pela ilha como um par de mênades. E papai te levando para pescar, te ensinando a lutar... Isso não é normal, Danae. É errado. É incrível que algo assim não tenha acontecido antes.

Ela não conseguiu impedir as lágrimas de escorrerem por suas bochechas.

— Você abandonou sua própria família.

— As pessoas dentro desta cabana são minha família. — Calix enrugou o nariz. — Vá para casa.

Danae sentiu gosto de metal. Mordera o lábio com tanta força que arrancara sangue.

Calix se virou para entrar.

A tempestade dentro dela se rompeu. Danae chutou a parte de trás do joelho dele e o fez cair no chão. Calix grunhia e se remexia para ficar de pé quando ela atacou de novo, dessa vez com o punho, acertando-o na barriga. Ele cambaleou para trás, até a porta, o ar escapando dos pulmões.

— Eu não sou normal, é? — Danae mirou um golpe em sua mandíbula. Recompondo-se a tempo, Calix desviou e a segurou pela cintura, lançando os dois ao chão.

A porta da cabana se abriu. Carissa se encolheu ao ver o marido se engalfinhando na terra com Danae.

— Eu sou sua irmã, sou a porra da sua irmã — choramingava Danae ao desferir soco atrás de soco nas costelas de Calix.

Uma mão segurou o ombro dela. Sem olhar, Danae arremessou o próximo golpe para cima. Carissa voou para trás, segurando o nariz enquanto o sangue pingava no vestido.

Os membros de Danae morreram, o terror se espalhou por ela quando Calix cambaleou até sua esposa grávida.

— Me perdoe, eu não quis... Ela está bem?

Carissa gemeu, e Calix se virou para Danae com ódio no olhar.

— Você não é minha irmã.

Com os olhos queimando, Danae se virou e correu.

❖❖❖

Quando Danae era criança, algumas vezes ela era tomada por crises de raiva tão violentas que caía no chão e batia na terra até o ódio desaparecer como a chuva.

Um dia, seu pai a levara até um afloramento rochoso acima do povoado. Uma árvore antiga ficava entre as pedras pontudas, seus longos galhos mortos retorcidos em direção ao céu azul.

— Não conte para sua mãe. Foi aqui que ensinei os meninos a lutar.

Danae fez uma careta, os dedinhos traçando as ranhuras na casca cinza. O pai pegou as mãos dela e as envolveu com tiras de tecido.

— Agora, erga os punhos assim, está vendo? — Ele curvou os dedos dela para dentro da palma. — Sempre coloque o dedão para fora; se colocar para dentro, vai quebrá-lo.

Ela olhou para o pai, para as rugas que percorriam as bochechas até a barba.

— Com quem eu vou lutar?

Ele sorriu, com os olhos mais acolhedores do que o sol.

— Com ninguém, Dani. Estou te ensinando isso para que não acabe lutando consigo mesma.

— Não seja bobo. — Ela se virou para a árvore. — Eu só lutaria contra homens maus. — Ela mordeu o lábio, imaginando-os. — Piratas e bandidos e ladrões e soldados inimigos e...

Seu pai riu. Ele espalmou a árvore com a mão.

— Vamos começar com a velha Barba-cinza aqui. Podemos fingir que é um pirata, se você quiser.

Danae assentiu entusiasmada e semicerrou os olhos, sua imaginação metamorfoseando a árvore em um pirata assustador.

— Agora, deixe as mãos para cima assim. Mantenha os pés leves, os ombros relaxados. Mire onde quer acertar e desfira o golpe com a parte plana dos dedos.

Depois disso, seu pai a levara até a árvore todos os dias. Em pouco tempo ela estava treinando com os irmãos, até eles ficarem altos e fortes demais para lutarem com Danae.

Desde aquele primeiro dia, ela nunca teve outra crise. Sua mãe acreditara ser um milagre e ficou tão aliviada que nunca perguntou a Odell para onde ele levava a filha todos os dias por uma hora.

Agora, Danae estava diante da árvore mais uma vez, com o peito pesado e as mãos doendo por causa da briga com Calix. Seus olhos estavam sensíveis pelo sal, mas as lágrimas haviam secado. Ela encarou as marcas que os punhos pequenos deles haviam deixado na madeira morta, como se fossem oleiros moldando argila.

O pai não tinha muitas habilidades para ensinar, exceto como dar um soco sem quebrar a mão. No entanto, lutando com os irmãos, fora a única vez que Danae se sentira realmente no controle. Eles eram uma equipe, um pequeno exército próprio.

Agora era só ela.

Danae se encolheu ao escutar o guincho de uma ave acima. Por um momento, pensou ser a silhueta de uma águia contra as nuvens cortadas pelo sol. Sua pulsação disparou, mas, quando cobriu os olhos para evitar a claridade, percebeu que era apenas um falcão.

Baixou a mão e, enquanto o braço balançava ao lado do corpo, ela inalou com força. Por um breve momento, ela elevou o punho direito e desferiu um golpe na casca cinza. Quando se afastou, o sangue escorria pelo tronco descascado. Contra a cor vinho escura do fluido, ele parecia osso.

— Adeus, Barba-cinza — sussurrou Danae, e se virou, derramando sangue no solo ao caminhar.

6. FILHO DO TROVÃO

Seis meses mais tarde, a cabana fedia a ervas amargas, suor e sangue. Danae massageava as costas da irmã, que estava de quatro, com cobertas sob sua barriga grande.

— Danae — grunhiu Alea.

Ela se inclinou para mais perto para que a mãe não ouvisse.

— Não quero que ela veja. — Os olhos de Alea foram para a imagem em madeira de Hera que a mãe colocara sobre a mesa.

A esposa de Zeus era a deidade protetora dos partos. Aquela imagem estivera presente nos partos de todos os filhos de Eleni e era um amuleto para a mãe, que não sabia nada do que aquilo significava para filha.

Danae assentiu e ficou de pé.

— Pegue mais panos — ordenou Eleni.

Danae olhou para trás. A mãe estava de joelhos entre as pernas da irmã, preocupada demais para perceber sua outra filha virando a imagem para o lado contrário de Alea.

Durante os longos meses desde que Alea se confessara com Danae, ela ficara cada vez mais nervosa com a ideia de Hera se vingando de sua criança. Para reconfortá-la, Danae contava histórias de Hércules, o filho mortal de Zeus e o maior herói que já existira. Recontava as histórias de Hera mandando um par de cobras venenosas para o berço de Hércules. O herói pegara as duas com seus pequenos punhos e as sacudira tão forte que confundira seus cérebros. Diziam que ele fora encontrado dormindo na manhã seguinte, abraçado com os répteis mortos como se fossem duas bonecas. Alea amava aquela história, mas Danae se arrependera de contar, pois, dali em diante, a nova obsessão da irmã se tornara ponderar quais poderes especiais de semideus sua criança herdaria.

Danae considerara compartilhar o segredo de Alea com os pais. Contudo, ela mal via o pai. Ele se levantava antes do amanhecer e voltava depois de escurecer, trabalhando duas vezes mais para trazer metade do dinheiro de antes. Sua mãe ficara mais áspera sob o peso de manter a família unida. O gênio de Eleni se tornara volátil. Assim, Danae não ousara falar de novo sobre Zeus, o espectro ou as mênades.

O parto de Alea começara nas primeiras horas do dia. Danae acordara no escuro e descobrira que o palete estava ensopado. Seu pai já havia partido para pescar. Ela e a mãe se ocuparam em preparar a água quente, rasgar túnicas e queimar ervas sagradas.

Ela imaginara que seria como o parto de um cabrito, intenso e visceral, com o suplício sendo rápido. Contudo, Alea sofrera o dia inteiro. Danae via a força sendo drenada da irmã a cada espasmo. Enquanto o tempo se arrastava, sua sensação vaga de preocupação se tornava um nó retorcido no estômago.

Alea se balançava para a frente e para trás, abaixando-se como uma novilha ferida.

E se a criança não nascesse? E se o bebê fosse um cacodemônio, um espírito do mal, que mataria sua irmã ao sair, despedaçando-a?

Sua mãe secou o suor da testa e pressionou as laterais da barriga da filha. Ela ergueu o olhar, o rosto tenso de medo.

— O bebê está virado para o lado errado.

Alea berrou quando outra contração atormentou seu corpo.

— Danae — chamou a mãe. Ela foi para o lado de Eleni, que sussurrou: — Preciso de sua ajuda. Tenho de virar o bebê ou ele vai morrer sufocado. Assim que eu disser, preciso que a faça empurrar, entendido?

Danae assentiu, engolindo a saliva que se juntava em sua boca. Ela voltou a ficar na frente da irmã e levou os dedos entre os punhos apertados de Alea.

— Segure minhas mãos.

Enquanto Eleni virava o bebê, Alea berrou. O ar fugiu dos pulmões de Danae quando a irmã apertou seus dedos com tanta força que pensou que eles fossem se quebrar. Então a cabeça de Alea caiu sobre as mãos unidas delas, apenas para seu corpo se retesar um instante depois, quando outra contração rompeu.

— Agora, empurre agora! — ordenou Eleni, com os braços escorregadios pelo sangue de Alea.

— Não consigo — choramingou Alea. — Não consigo.

Danae pressionou a testa contra a da irmã.

— Você consegue, vamos fazer isso juntas. Estou aqui com você.

Um soluço ficou preso no fundo da garganta de Alea. Ela assentiu.

Danae ficou tensa com a irmã quando a próxima contração chegou, o ar saindo do pulmão das duas em uníssono. De novo e de novo, elas empurraram, navegando a maré do parto juntas, até que, com um último empurrão, o bebê deslizou para fora de Alea.

Com o coração na garganta, Danae espiou para além da irmã e vislumbrou um pé com aparência bem humana. O alívio a inundou.

— Danae — disse a mãe, ofegante. — Pegue uma faca e a esterilize.

Ela se colocou de pé e cambaleou até a mesa. Segurando a lâmina de um jeito estabanado, ela a colocou sobre o fogo, depois voltou até a mãe. Ela encarou maravilhada a pessoa pequenina nos braços de Eleni. Era um menino. Sob toda a gosma, ele era perfeito, até nos minúsculos dedos do pé e nas pequenas mãos que repousavam nos braços da mãe dela.

— Corte o cordão.

Com as mãos tremendo, ela cortou o cordão sinuoso e sua mãe sacudiu a criança no alto, batendo em suas costas. O bebê não chorou.

— O que está acontecendo? — murmurou a irmã, fraca.

Ninguém respondeu. Danae caiu de joelhos, fitando o pequeno corpo coberto de sangue, enquanto sua mãe continuava a tentar ativar os pulmões dele.

Finalmente, um choro cortou o ar.

Sua mãe soltou um suspiro e deitou a criança chorosa em seu ombro, balançando-o gentilmente para cima e para baixo.

De repente, sua irmã se ajoelhou, apertando a barriga. Ela grunhiu.

— O que há de errado com ela? — Danae acariciou as costas da irmã, sem poder fazer nada além de ver Alea aguentar ainda mais dor.

— A placenta. — A atenção de sua mãe ainda estava no bebê. — Coloque-a de costas e pressione a barriga dela.

Por um momento, Danae pensou que suas pernas fossem ceder, mas ela forçou os membros a agirem e ajudou a irmã a deitar de costas, colocando as mãos trêmulas sobre a barriga de Alea.

— Isso. — Sua mãe pairava sobre ela com o bebê. — Ajude-a.

Ela pressionou o abdômen da irmã para baixo. Alea arquejou e o resto do parto escorregou por entre suas pernas. Danae encarou a bolsa ensanguentada. Era estranhamente bonita. Veias parecendo raízes se desenrolavam pela tromba do cordão umbilical e serpenteavam em volta da membrana, como uma árvore retirando seu sustento da própria pequena algibeira de terra.

Então a porta se abriu, e seu pai entrou na sala. Seus olhos vagaram pela carnificina de sangue e corpos até repousarem no neto.

— Está tudo bem. — Sua mãe sorriu. — Um menino.

Soltando as redes e as cordas, ele se apressou até Alea e deu tapinhas gentis em seu ombro.

— Muito bem, minha menina.

— Mãe — sussurrou Alea pelos lábios cerosos.

A mãe limpou o bebê choroso e depois o colocou sobre o peito de Alea. Danae observou o menininho subir e descer junto com a respiração da irmã. Enquanto era segurada pela mãe, a criança se acalmou.

Ela se aproximou. Tinha pelos macios no rosto dele. Ele mudava de momento em momento. Em um minuto, estava com a testa enrugada como a de um velho; no minuto seguinte, sua pequena língua rosa sobressaía como um botão de flor. Um calor se espalhava dentro dela. Danae não esperava por isso. Até mesmo as partes avermelhadas em seu rosto eram perfeitas.

O bebê se contorceu, e suas pequenas pálpebras inchadas se abriram pela primeira vez. Ela prendeu a respiração. Seus olhos eram poças de um azul-escuro que parecia mais antigo do que a criatura nova na qual habitavam.

Alea a encarou, os olhos brilhando através das lágrimas.

— Arius.

— Oi, Arius — sussurrou Danae.

Ela esticou o braço, e ele segurou seu dedo entre o pequeno punho. Ela ficou maravilhada com a força naquelas mãos minúsculas, cada unha um fragmento de uma concha.

Naquele momento, o mundo inteiro estava contido na cabana. Então Danae levantou a cabeça e viu algo que fez uma onda de medo descer por sua espinha.

Um par de olhos carmim os observava através da janela.

7. OFERENDAS

Elas partiram ao amanhecer. Uma brisa fresca roçava em suas bochechas, e o fedor de peixe flutuava da cesta que balançava entre elas. Danae lançou um olhar para a mãe. Eleni parecia tão terrível quanto Danae se sentia, com os olhos vermelhos, cercados por pele enrugada e roxa. Haviam se passado três semanas desde a chegada de Arius, e nenhum deles dormira mais do que algumas horas por vez. Apesar de ser uma criatura tão pequena, seus pulmões eram como um par de trompas de caça. Alea perdera tanto sangue durante o parto que mal tinha forças para cuidar dele, seu leite secando cada dia mais. Danae precisava de toda a sua determinação para não ficar destroçada ao ver a irmã murchando a cada volta do sol.

— Quanto acha que ele vai nos dar?

Sua mãe olhou para os corpos escamosos na cesta.

— Eu não sei — disse ela, sucintamente. — Contanto que consigamos o bastante para Alea, nada mais importa.

"Ela precisa de carne", dissera Eleni antes de elas saírem da cabana.

Eles já haviam sido obrigados a vender as cabras para uma família de um povoado do outro lado da ilha, mas continuavam mal tendo dinheiro para sementes. Então sua mãe pegara uma porção da pesca de Odell daquela manhã e estava torcendo para que Myron, o açougueiro, estivesse disposto a fazer a troca.

Elas não conversaram de novo até chegarem ao povoado. A praça estava silenciosa. Apenas alguns toldos estavam abertos, desenrolados pelos mercadores madrugadores. Sua mãe apressou o passo em direção à barraca do açougueiro, e Danae deu passos largos para alcançá-la. Eleni insistira que elas visitassem o açougueiro antes que a barraca abrisse, já que a família delas fora banida de negociar no povoado, e Myron provavelmente não faria a troca sob os olhares odiosos de seus fregueses.

Sua mãe ergueu o punho e bateu depressa na porta do açougueiro. Alguns momentos depois, a porta se entreabriu, e Myron espiou para fora, o rosto ainda enrugado de sono. Antes que ele pudesse falar, Eleni tirou a cesta de peixe de Danae e ofereceu para ele.

— Não temos dinheiro, mas precisamos de carne. Cabra, galinha, o que puder trocar conosco.

O olhar do açougueiro deslizou do rosto dela para a praça lá atrás.

— Vocês não deveriam estar aqui — balbuciou ele.

— Myron — tremulou a voz de Eleni —, minha filha está prestes a morrer, e seu bebê vai morrer de fome se ela não se recuperar. Se tiver um pingo de compaixão no coração, por favor... nos ajude.

Danae teve a sensação de ter alguém apertando seu pescoço enquanto Myron retorcia as mãos, com os olhos indo para qualquer lugar que não o rosto delas.

Finalmente, seus ombros caíram.

— Tudo bem. — Ele pegou os peixes. — Esperem aqui.

Quando ele desapareceu para dentro da loja, uma explosão de risos surgiu atrás delas. Danae se virou. Três camponeses, provavelmente a caminho dos campos no interior da ilha, estavam atravessando a praça. Um deles gritou:

— Mande um beijo para a meretriz da sua irmã por mim!

Num piscar de olhos, ela estava caminhando depressa na direção deles.

— Minha irmã não é uma meretriz.

— Não é isso que Davos anda dizendo — desdenhou o garoto. — Ele disse que a teve por um pedaço velho de pão. — Ele riu de novo. — Ela mal podia esperar para abrir as pernas.

— Mentiroso! — Chamas de fúria lambiam a pele de Danae.

A mãe chamava seu nome, mas ela não prestou atenção ao plantar ambas as mãos no peito dele e o empurrar. O rapaz cambaleou para trás, depois um sorriso nojento surgiu em seu rosto.

— Também está querendo, é?

Ele se jogou na direção dela, mas Danae foi mais rápida e desviou do caminho. O camponês podia ter vantagem física, mas ela tinha em seu arsenal anos brigando com seus irmãos altos e fortes. E ela tinha raiva.

Danae se virou, jogando todo o seu peso para o punho, e o socou no meio do rosto. O nariz dele se quebrou, espirrando gotas vermelho-rubi sobre os dois. Ela rugiu e o golpeou de novo, acertando sua pele com os punhos, cotovelos, joelhos. Os outros dois camponeses precisaram afastá-la e jogá-la no chão. O garoto estava caído de costas, gemendo por entre os dentes quebrados.

— Afastem-se dela! — A voz de Eleni ondulou como uma correnteza pela praça.

Os garotos cercando Danae recuaram quando sua mãe avançou, segurando como um cajado uma perna de cordeiro envolvida em tecido.

— Animal — disparou um deles para Danae enquanto ajudavam o amigo golpeado a se levantar.

Eleni agarrou Danae pela túnica desmazelada e a puxou para cima. Foi só então que ela percebeu quantas pessoas tinham saído de suas barracas. Algumas seguravam espetos. Algumas tinham facas. Ela cambaleou quando a mãe a puxou para correrem. Não olhou para trás.

Enquanto se apressavam pelo caminho costeiro, Danae de repente se deu conta do latejar intenso em sua mão. Olhou para baixo e viu que a pele fora cortada nos nós dos dedos.

Sua mãe não diminuiria o ritmo até chegarem à trilha que dava na cabana delas. Danae finalmente teve coragem de lançar um olhar para mãe. A raiva que sentira na praça empalideceu em comparação ao ódio irradiando de sua mãe.

— Mãe...

— Não. — A voz de Eleni era como uma lâmina de ferro. — Você não tem o direito de falar.

Ela sabia que pagaria caro pelo que fizera, e era improvável que Myron as ajudasse de novo. Contudo, mesmo com as mãos trêmulas e o corpo dolorido, Danae não se arrependia. Depois de tudo que acontecera com sua família, valera a pena – mesmo que só por um momento – se sentir poderosa.

※※※

A terra floresceu. Pétalas caíram para dar lugar a frutos amadurecendo, e o sol começou a descer no céu, fazendo um arco mais baixo a cada dia que passava. Quando a claridade ofuscante do verão derreteu para virar o vermelho, o amarelo e o marrom-escuro do outono, Alea recobrou a força. Lentamente, a cor voltou às suas bochechas, e as cavidades ocas de seu corpo foram preenchidas e se tornaram macias. Danae não sabia dizer que dia fora, só sabia que uma manhã ela olhou para a irmã e percebeu o medo que a acordava toda manhã tinha passado. Alea não os deixaria para ir ao Submundo, ainda não.

— Você me prometeu que, assim que ele tivesse idade suficiente, iria levá-lo ao templo. — Arius balbuciou feliz e agarrou um punhado do cabelo de Alea. Ela fez uma careta e tentou soltar os fios capturados. — Já faz seis meses!

— Exatamente, *apenas* seis meses. — Danae sovou um pedaço de massa com as mãos.

A promessa fora feita durante um momento fraco de privação de sono, e ela torcera para que Alea se esquecesse disso.

— Por que não quer levá-lo?

Danae colocou a mão no vaso de farinha e polvilhou sobre a mesa.

— Eu já te disse! Depois do que a mênade Ariadne me contou, acho que devemos ficar longe do templo.

Ela olhou para o quintal, onde sua mãe varria o antigo curral das cabras. O apoio de Eleni teria sido útil.

— Ainda está preocupada com o espectro? Danae, isso foi meses atrás, certamente já deve ter ido embora a essa altura.

Olhos escarlate espiando pela janela da cabana estavam gravados em sua memória. Ela abriu a boca para falar, mas o medo deixou sua língua imóvel.

— O momento é perfeito — continuou Alea. — Você pode entregar nossas oferendas para a Tesmofória e levar Arius para receber a benção de Deméter.

Ela suspirou.

— Alea, por favor...

— Você não ama seu sobrinho? Não quer protegê-lo da fúria de Hera?

— Shh — sibilou Danae.

Alea tensionou a mandíbula.

— O pai dele certamente virá visitá-lo logo, o que revelará tudo. Se ele estiver sob a proteção de Deméter, é menos provável que *ela* — Alea olhou para o céu — o machuque.

— Ele está seguro aqui, em casa. Só os deuses sabem o que pode acontecer com ele lá fora. — Danae espalhou farinha pelo cômodo ao gesticular. — Você não tem saído desta cabana. Não sabe como tem sido para mim e para mamãe...

— Pelo menos eu não estou puxando brigas!

— Eu estava te defendendo!

— Chega! — A mãe delas entrou pela porta. — Estou farta desse bate-boca! — Ela se virou para Alea. — Você precisa se acalmar, isso não faz bem.

Danae descontou a frustração na massa e a jogou sobre a mesa com um estalo vigoroso.

Sua mãe pegou Arius da irmã.

— Você deveria descansar.

— Eu estou bem.

Elas sabiam que aquilo era mentira. Ao olhar para a irmã, Danae sentiu uma pontada de culpa. Embora estivesse mais forte do que nas primeiras semanas, Alea não era a mesma desde o parto. Ela se cansava com facilidade e mal tinha forças. Discutir daquele jeito teria um custo para Alea.

Danae suspirou.

— Eu o levarei amanhã com as ofertas e vou suplicar que Deméter o abençoe.

Ela de certa forma torceu para que a mãe a proibisse de fazer tal coisa, mas Eleni assentiu sabiamente.

— É o certo. Deméter devolveu Alea para nós, no fim das contas.

O rosto pálido de sua irmã se iluminou. Ela sorriu para a mãe, depois olhou para Danae.

— Obrigada.

Os medos de Alea podiam ter sido aplacados, mas levar Arius para longe da segurança da cabana significaria que Danae encararia os próprios medos.

✧✧✧

O céu estava da cor escura do jacinto, mas o frio da noite ainda pairava no ar. Danae ficou contente. O calor do verão havia durado mais tempo naquele ano, e, enquanto o sol ornava o horizonte, não demoraria muito para a terra estar queimando.

Ela empurrou o portão para abri-lo. Arius estava preso ao seu peito, uma bolsa cheia de queijos e uma fatia de pão estava pendurada no ombro. Havia pelo menos uma semana de alimento em sua bolsa; bem menos do que sua família ofertara na Tesmofória dos anos anteriores. Ainda assim, bem mais do que podiam dispensar. Ela guardou o ressentimento para si.

Quando chegou ao trajeto ladeado por árvores, um calor nebuloso se assentara sobre a terra. Danae apertou o tecido que envolvia Arius sobre a cabeça do bebê, cobrindo-o do brilho do sol. Eles provavelmente precisariam se abrigar no templo durante a parte mais quente do dia antes de voltar para casa. Ela suspirou ao pensar em passar horas presa sob o escrutínio das sacerdotisas.

Pegou o odre da bolsa, deu um grande gole, depois o guardou de novo. Os lábios de Arius tremeram. Ela colocou o dedinho na boca dele, esticou o rosto, depois contraiu. Ele riu, e seu riso efervescente afastou a irritação de Danae. Contudo, quando removeu o dedo, o rostinho dele se contorceu, e um choro irrompeu de sua boca.

— Shhh, calma.

Ela o balançou para cima e para baixo, mas nada o tranquilizava, nem mesmo colocar o dedinho na boca de novo.

Danae seguiu caminhando, com o choro de Arius os acompanhando até chegarem ao caminho ladeado por árvores que conduzia ao vale do templo. Tendo se cansado, Arius adormeceu, o rosto manchado de lágrimas encostado no peito da tia. Ela respirou fundo com o silêncio.

Então, algo passou diante de sua visão. Ela olhou na direção dos arbustos. As folhas estavam paradas, e não havia barulho além do ciciar das cigarras. Respirou fundo para aquietar o medo que subira como bílis para sua garganta. Assim, ela seguiu, andando pela trilha com a velocidade renovada.

Logo seu ritmo ficou mais letárgico com o calor, e ela deu outro gole no odre. Misericordiosamente as árvores dos dois lados da trilha ficaram mais densas, sarapintando o solo com fragmentos de sombras.

Danae parou. Diante deles, uma nuvem de poeira assentava, como se alguém tivesse acabado de atravessar correndo. Contudo, não havia outra pessoa à vista.

— Olá?

Ninguém respondeu.

Então um estalo fraco, quase inaudível por cima das cigarras, levou os olhos dela para os arbustos da esquerda. Ela envolveu Arius com um braço e se curvou para a frente, fechando os dedos em volta de uma pedra. Os pelos de seus braços se arrepiaram apesar do calor. Parte de sua mente gritava para que voltasse, a outra tentava desesperadamente entender o que ela achava de tão incomum.

Eram as folhas. Havia um tufo no centro que era exatamente da mesma cor e forma das outras ao redor, mas elas pareciam lisas, como se tivessem sido pintadas num afresco.

Então o arbusto se revelou. Danae cambaleou para trás, e as folhas e os galhos se retorceram diante dela, se desdobrando e desfocando em uma massa mosqueada e marrom-esverdeada. Brevemente, ela viu a silhueta de um homem, antes de seu contorno se derreter em folhagem. Ela ficou petrificada, se perguntando se o calor distorcera sua mente.

Então, onde estivera o formato da cabeça momentos antes, surgiu um par de olhos vermelhos penetrantes. De perto eles eram ainda mais terríveis. Pupilas pretas como tinta, cercadas por íris que sangravam em escarlate onde deveria ser branco.

A pedra rolou da mão de Danae e, quase tropeçando pela afobação, ela disparou pelo caminho. Arius, despertado pelo movimento, berrou. Ela o apertou mais forte, mas seguiu correndo, o som da própria respiração irregular explodindo em seus ouvidos.

Ela nunca deveria ter deixado Alea convencê-la a levá-lo ao templo.

Assim como temia, o espectro viera atrás de Arius.

Danae só diminuiu a velocidade depois que a clareira estava muito para trás e eles haviam chegado à estrada que serpenteava pelo povoado até sua cabana. Ela caiu de joelhos, ofegante. Sua cabeça latejava como se tivesse sido esmurrada. O berreiro de Arius diminuíra para um choramingo.

— Está tudo bem — sussurrou ela entre arquejadas. — Não vou deixar que ele te leve.

Assim que Arius nascera, ela tivera certeza de que ele não poderia ter sido gerado pelo espectro. Ele parecia humano. Ela acariciou o cabelo macio de sua cabecinha e se perguntou: se aquele era apenas um garoto mortal, por que o espectro o assombrava?

Alea estaria certa? Ele podia mesmo ser filho de Zeus?

Olhou para o caminho atrás deles. O ar tremeluzia com o calor do sol de meio-dia, mas nenhuma poeira dançava por cima da trilha. Continuou achando que podia ver aqueles olhos vermelhos a encarando, mas eles sumiram quando piscou.

Ela cambaleou para ficar de pé. Havia um pequeno altar dedicado a Dionísio a um mero arremessar de pedra adiante. Depois de um momento de hesitação, ela caminhou até lá. Fuçando em sua bolsa, pegou as oferendas para a Tesmofória e as colocou ao lado do prato de água que estava diante da pedra, com flores flutuando em sua superfície espelhada. O semblante do deus cravado no altar era acolhedor. Vinhas coroavam sua cabeça e uvas estavam penduradas em mechas de sua barba. Havia uma suavidade em sua expressão e uma jocosidade no declive de seu olhar. Ele cuidava de Ariadne e das mênades, então talvez atendesse a oração de Danae. Dessa forma, pelo menos ela cumpriria parte de sua promessa e suplicaria a um deus para manter seu sobrinho seguro.

Ela curvou a cabeça e tocou a testa com o dedo.

— Por favor, aceite esta oferenda, senhor Dionísio. Em troca, zele por Arius e cuide para que nenhum mal recaia sobre ele.

Depois de liberar a oração para o mundo, ela correu para casa.

❖❖❖

— Isso foi rápido.

Sua mãe estava sentada nos degraus da cabana, remendando uma pilha de túnicas desbotadas. Danae fechou o portão e olhou para trás por cima do ombro.

— Nós não chegamos ao templo.

Eleni baixou a agulha.

— O que aconteceu?

— Tinha um... na estrada, tinha algo espreitando nos arbustos.

— Era alguém do povoado? — Eleni parou de costurar e caminhou até eles.

Ela soltou as faixas de Arius e o pegou nos braços.

Danae respirou fundo.

— Era um espectro. — Os olhos de sua mãe cintilaram. — Sei que não quer ouvir, mas isso vem nos observando desde...

Eleni soltou um suspiro alto.

— Ai, deuses, Danae! Por favor, de novo não...

— Ouça! — Seu corpo ainda tremulava de medo. — Eu o vi na Tesmofória, estava olhando pela janela na noite em que Arius nasceu, e estava esperando no caminho hoje. Eu não deveria tê-lo levado.

Ela lançou a última frase no ar com mais violência do que gostaria. Arius começou a chorar, mas Eleni não deu atenção. Ela parecia tão cansada. Estava mais magra, todos eles estavam, e a pele de seu rosto começava a virar pelanca. Danae costumava acreditar que não existiam problemas que sua mãe não pudesse superar. Contudo, não era mais criança e podia ver que Eleni estava tão perdida quanto ela.

— Você acredita em mim?

Sua mãe a encarou como se ela fosse a fonte de todas as suas preocupações.

— Não sei mais no que acreditar.

Ela levou Arius para dentro e deixou Danae sozinha no quintal.

8. DANÇA DAS PROFUNDEZAS

Desde o fracasso da visita ao templo de Deméter, não houve mais sinal do espectro. Em alguns dias Danae mal pensava sobre isso. Talvez Dionísio tivesse respondido sua prece no fim das contas. Ou talvez a criatura estivesse ganhando tempo.

— Acho que eu deveria contar para mamãe e papai hoje — disse Alea.

Sua irmã estava ao lado da mesa que elas haviam carregado para o quintal, com Arius apoiado no quadril.

— Humm? — O calor do forno externo atingiu as bochechas de Danae quando ela espiou lá dentro, observando os bolos de mel que acabara de colocar no interior flamejante.

— É o primeiro aniversário de Arius, que hora melhor para contar para eles quem é o pai?

Danae virou a cabeça bruscamente.

— Alea, não acho que essa seja uma boa ideia.

Tendo em vista a reação da mãe delas quando Danae tentou convencê-la sobre o espectro, ela mal podia imaginar como Eleni receberia a alegação de que Arius era filho de Zeus.

— Mas e se ele vier visitar o filho hoje? Em algum momento ele virá, Danae, ele precisa vir. E a mamãe nunca me perdoaria por não a avisar.

O peito de Danae se apertou com a expressão esperançosa da irmã. Toda vez que Alea falava sobre o pai de Arius, Danae era forçada a encarar a semente de dúvida enterrada bem fundo dentro de si. A voz baixinha que sussurrava que Alea criara aquela fantasia sobre Arius ser um semideus para se proteger do que acontecera de verdade.

Danae não podia explicar por que o espectro levara a irmã, ou por que continuava observando seu sobrinho, mas, por mais que tentasse, também não conseguia se convencer de que, entre todas as mulheres na Grécia, o Rei dos Céus olhara do Olimpo e escolhera sua irmã. A mãe de Hércules era uma princesa, assim como a de Perseu. Alea era bonita, mas era feita do mesmo tecido humilde que o resto de sua família.

Não, a terrível verdade era que, por mais horríveis que fossem os eventos em torno da Tesmofória, Alea devia ter sido violada por um homem mortal. Se isso fosse trazido à luz, o escrutínio de seus pais podia destruir as paredes que a irmã construíra em volta de sua dor. Se isso acontecesse... Danae não queria pensar no que Alea poderia fazer.

— Não deixe os bolos queimarem, Danae! — gritou Eleni ao surgir com uma jarra de água, que colocou sobre a mesa. — Só o mel custa...

Ela se perdeu, observando Arius balbuciar de felicidade enquanto brincava com o cabelo de Alea. Um sorriso contente se abriu nos lábios da mulher, e ela voltou depressa para a cabana.

O portão do quintal rangeu.

Alea arquejou, e Danae se virou para ver Santos entrando. Os filhos dele, Egan e Minos, corriam de trás de suas pernas.

— Dani! Dani!

Abandonando os bolos, ela se apressou até os dois. Os meninos atiraram os braços ao redor dela, e Danae os abraçou forte.

— Olha como vocês estão grandes, ursinhos!

Minos estufou o peito.

— Eu não sou um urso, sou o Hércules!

Egan o empurrou.

— Não, é minha vez de ser o Hércules! Você é a hidra!

Eles começaram a se perseguir pelo quintal. A mãe dos meninos, Kafi, vinha andando atrás do marido. Ela foi direto até Alea e Arius.

— Ele se parece tanto com você. Vai crescer e ser um homem forte e lindo, dá para ver.

Alea sorriu.

— Quer segurá-lo?

O rosto de Kafi se rompeu com um sorriso cheio de dentes, e ela pegou o sobrinho no colo.

— Danae, os bolos! — De forma barulhenta, sua mãe soltou os potes e copos que trazia da cabana e correu na direção do forno esfumaçado. — Você só tinha um trabalho a fazer!

Danae estivera tão absorta em observar a troca entre Kafi e Alea que esquecera dos bolos de mel. Fez uma careta quando a assadeira saiu com os bolos pretos nas pontas.

— Não se preocupe, mãe, eu gosto deles tostados. — Santos caminhou até a mãe e a puxou para um abraço. Ao se afastar, ele olhou para os próprios pés. — Sinto muito por não termos vindo com mais frequência.

Danae jogou o braço em volta do irmão.

— Você está aqui agora.

Ele sorriu e foi até Alea.

— Fui inspirado por meus filhos quando fiz o presente de aniversário de Arius. — Do bolso de sua túnica, ele tirou uma imagem de madeira de Hércules.

Alea pegou o boneco e passou o dedo pelos entalhes. Os detalhes eram adoráveis, tinha até mesmo a famosa pele de leão que o herói era conhecido por usar.

— Ah, Santos, é perfeito. Agora ele vai saber como é o irmão.

O coração de Danae parou de bater por um instante. Santos olhou confuso para a irmã.

Agora não, não desse jeito. Por favor, nos deixe ter um dia bom.

Danae sentiu um puxão na túnica. Egan estava ao seu lado.

— Brinque com a gente!

Ela aproveitou a oportunidade para criar uma distração.

— Vocês *dois* são o poderoso Hércules, e eu sou a terrível hidra de muitas cabeças! — Ela correu atrás dos meninos, rangendo os dentes e dando golpes com as mãos como se fossem garras, enquanto os sobrinhos guinchavam e fugiam.

Santos riu e correu atrás deles, projetando os dedos da mandíbula como se fossem presas.

— E *eu* sou o temido javali de Erimanto!

— Honestamente, vocês dois, estamos prestes a comer! — A censura na voz de Eleni foi suavizada pelo sorriso que ela não conseguiu impedir de curvar sua boca pesarosa.

Alea riu e pegou Arius de volta de Kafi, seu mundo se limitando ao brilho rosado no rosto do filho.

Enquanto Danae corria pelo quintal, o nó em seu estômago se afrouxou. O segredo de Alea estava seguro novamente. Pelo menos por enquanto.

❖❖❖

Danae acordou encharcada de suor. O colchonete onde ela dormia desde o nascimento de Arius estava empapado. Ela rolou para encarar o palete que agora a irmã dividia com o bebê. Quando a escuridão se solidificou em sombras cinza, a nitidez dos corpos deles dormindo entrou em foco, e seu medo diminuiu.

Ela vinha acordando do mesmo sonho havia semanas.

Em um céu sem estrelas, a lua e o sol pairavam juntos sobre a praia, ambos queimando em crateras vermelho-sangue. Danae estava paralisada no raso, com os pés enraizados no leito do mar por uma ligação invisível. Então fios dourados de luz rachavam a escuridão. Eles cortavam o ar, ficando mais e mais iluminados, até a noite se partir. Ela jogava os braços para cima da cabeça, esperando ser esmagada pela queda de pedaços da lua ou do sol, mas o golpe não vinha. Então baixava os braços. Os corpos celestiais tinham partido; assim como a teia de fios cintilantes. O céu estava vazio, e seus membros estavam cobertos por uma camada fina de poeira preta.

Sua mãe disse uma vez que sonhos chegavam por dois portais, um de chifre e outro de marfim. Os sonhos criados pelo chifre revelavam aquilo que aconteceria de verdade, mas aqueles invocados pelo marfim eram tecidos para enganar.

O olhar dela deslizou para a imagem de madeira de Hércules esquecida no chão. No fim do dia, Alea se fechara na cabana. Sua mãe aceitara a desculpa de que a filha precisava descansar, mas Danae sabia o motivo verdadeiro. Zeus não viera, e Alea estava decepcionada. Apesar do gosto pungente na língua, Danae tentara convencer a irmã de que uma celebração mortal era um lugar muito aquém do Rei dos Céus, e ele certamente honraria o filho à sua própria maneira. Mesmo assim, Alea chorara até dormir. Danae não sabia por quanto tempo mais conseguiria lidar com aquilo.

Ela pestanejou. Talvez algum resto de sono ainda estivesse presente, ou fosse uma ilusão causada pela noite, mas podia jurar que a miniatura de Hércules se movera.

O ar pareceu ondular, movendo-se ao lado do palete da irmã. Danae esfregou os olhos. Era como se estivesse olhando para a cama através de uma poça com ondas.

Então a respiração se solidificou em seu peito.

Arius estava flutuando. Em um minuto ele estava dormindo nos braços de Alea, no minuto seguinte estava levitando no ar.

Ela devia estar dormindo. Danae se colocou de pé e afundou as unhas nas palmas das mãos. A dor atingiu sua pele. Ela definitivamente estava acordada. Ao barulho de seu movimento, o ar em volta do bebê ficou opaco e o medo se infiltrou pelos membros dela.

Então um par de olhos carmim se contorceu na direção dela.

Danae gritou.

Em um instante, a criatura disparou, com Arius em suas garras. Danae cambaleou e correu atrás deles. Sem enxergar bem no escuro, ela correu pelo quintal, seguindo o choro do sobrinho através do portão que oscilava. Ela mal ouvira os gritos da irmã ao arrancar em direção à praia. Pedras cortavam seus pés descalços, mas ela não diminuiu a velocidade. Os dedos dos pés afundavam na areia, e a lua emergiu de trás de uma nuvem, iluminando a terra com luz prata. Danae esquadrinhou a areia, procurando por pegadas do espectro. Contudo, não havia nada.

Ela correu freneticamente de um lado para o outro, chamando o nome de Arius na noite. Por um breve momento, pensou ter ouvido asas batendo. No entanto, tanto o céu como a terra estavam vazios.

Arius sumira.

❈❈❈

Quando sua família alcançou Danae na praia e ela contou o que havia acontecido, Alea colapsou na areia. O grito que rompeu de sua irmã perpassou seus ossos. Depois disso, Alea não se moveu. Enfim, seus pais tiveram de carregá-la entre os dois. Danae caminhou atrás, como um fantasma, observando seus corpos trêmulos e tensos ao luar.

Alea chorou por dias. O som de seu pranto acompanhou o silêncio da exaustão deles. Era uma visão dolorosamente familiar, ver seu pai saindo ao clarear em busca de Arius. Odell procurou pela praia, pelo povoado e pelas terras ao redor. Desta vez, apenas Santos o acompanhou. Ninguém mais estava interessado em desperdiçar o precioso tempo com o bastardo de uma meretriz que dançara com as mênades.

Por fim, Alea parou de chorar. De alguma forma, isso foi pior.

A ausência de Arius era como poeira. Suas partículas flutuavam pelo ar, ficavam presas na garganta e faziam o olho coçar. Não havia um canto na cabana, uma migalha de pão, uma lufada de vento que não contivesse isso.

Danae se sentia presa no tempo, observando os grãos de sua vida escoando, um a um. De noite, as paredes se aproximavam em sua direção, e toda manhã ela acordava e achava a cabana menor. Às vezes ela ficava acordada no escuro, observando os tijolos de barro pelo canto dos olhos, mas não detectava nenhum movimento. Às vezes ela acreditava que conseguia ouvi-los sussurrando. Até mesmo as paredes a culpavam.

Depois de três dias de busca, seu pai voltou para casa.

— Sinto muito, Alea. — Sua irmã não olhava para ele. — Fizemos tudo que estava ao nosso alcance.

Ele pegou um jarro de vinho e levou para o quintal. Danae podia ver seus ombros sacudindo em um choro silencioso ao sair pela porta.

— Você estava certa sobre o espectro. — Sua mãe se sentou curvada à mesa, encarando as fibras da madeira. — Eu deveria ter te escutado.

Danae quisera muito ouvir aquelas palavras, mas agora desejava mais do que tudo no mundo que a criatura tivesse sido fruto de sua imaginação.

Eles esperaram por semanas, torcendo em vão para que uma ajudante do templo viesse correndo até a porta deles, ofegante e dizendo que um bebê fora deixado aos pés da estátua de Deméter, assim como acontecera com Alea. No entanto, quanto mais o tempo se arrastava, mais e mais escassas ficavam as esperanças deles, até desaparecerem.

Ninguém falava sobre o que significava o desaparecimento de Arius. Não precisavam. Arius se juntara aos desaparecidos e, ao contrário da mãe, ele não voltaria.

❖❖❖

Ela andou com determinação, guiada por uma estrela sempre presente. O luar prateado se embrenhava entre seus cabelos, e o mar sussurrava; era hora de voltar para casa. Seus pés a carregaram por terra, por rochas e por pedregulhos, até finalmente os dedos se derreterem na areia. Ela encontrou a maré como se fosse uma amiga antiga e recaiu de bom grado em seu abraço. O vestido estufou ao seu redor enquanto ela avançava mais e mais, até o último cacho cintilante desaparecer e a superfície mais uma vez ficar intacta. As ninfas do mar subiram para cumprimentá-la e lhe ensinaram a dança das profundezas. Ela rodopiou e girou enquanto o oceano lavava sua dor até não sobrar mais nada.

❊❊❊

O sonho permaneceu, como cheiro de carne queimada. Danae rolou e se percebeu sozinha no palete. Ela se levantou sobre os cotovelos e olhou a cabana ao redor. Sua irmã não estava lá. Ela esfregou o rosto e afastou o tremor que percorreu sua pele.

Andando silenciosamente, ela calçou as sandálias e foi para fora nas pontas dos pés. Depois de vasculhar sem sucesso o quintal, abriu o portão.

Havia alguns lugares aonde Alea poderia ter ido, mas Danae sabia onde procurar primeiro.

Ela se sentia estranhamente calma ao correr pela praia. A aurora estava se esgueirando pelo horizonte, e o mar ondulava como cacos de vidro na luz fria.

Não demorou muito para que ela encontrasse as pegadas serpenteando até a margem. Não era do feitio de Alea sair para nadar tão cedo. Danae seguiu os rastros da irmã. Depois seu olhar recaiu na massa escura flutuando no raso.

O tempo parou quando ela percebeu que era um corpo.

Ela foi adiante, a maré repuxando suas pernas. O corpo estava de barriga para baixo, balançando gentilmente com as ondas, um amontoado de algas marinhas se emaranhando nas mechas à deriva. Com a pulsação latejando em seus ouvidos, ela agarrou os braços e arrastou o corpo até a margem. Livre do mar, Danae aproximou as mãos tremendo, e uma comoção de pânico retumbou por ela ao afastar os fios de cabelo mergulhados em sal.

Seu mundo implodiu quando ela encarou a pele manchada e os olhos opacos de Alea.

Danae vomitou na areia. Ela queria se afastar e fugir para sempre. Contudo, se forçou a encarar.

Sua bela irmã. Sua melhor amiga. A alma de Alea tinha ido para o Submundo, deixando para trás um corpo inchado pelo mar.

Ela gritou e caiu em cima do cadáver da irmã, uma tempestade de raiva e luto fustigando-a de dentro para fora. Então sentiu um puxão nos braços. Danae ergueu a cabeça e viu os fios cintilantes de luz escorrendo por entre seus dedos. Ela afastou as mãos bruscamente, mas as fitas luminosas continuavam se espalhando pela pele de Alea, até se alinharem com o comprimento de suas costelas.

Houve um rangido e um estalo. Ela recuou assim que a túnica de Alea se rasgou, a pele rachando por baixo quando o peito de sua irmã se abriu como as asas de uma borboleta.

Um broto verde surgiu no coração imóvel de Alea e se retorceu para além dos filetes abertos dos ossos, indo em direção ao céu. Horrorizada, Danae se arremessou para a frente e tentou desesperadamente conter a videira, que não parava. Ela forçou caminho por entre os dedos de Danae e cresceu em uma árvore jovem, continuando a subir e ficando mais grossa até que o tronco era maior do que o corpo de Alea.

Folhas brotaram de seus galhos retorcidos e, no intervalo de alguns instantes, uma árvore pairava sobre ela. Danae foi para trás, sentando-se sobre os calcanhares, com os olhos redondos como a lua. Então, botões floresceram e se transformaram em frutos, curvando os galhos com maçãs radiantes e douradas. Elas eram mais brilhantes do que o sol, tão luminosas que chegavam a eclipsar sua dor.

Tudo que era físico foi derretido. Parecia que Danae estava suspensa em um tonel de luz líquida e só existiam ela e a árvore.

Arrebatada, esticou o braço para cima e, como se estivesse oferecendo seus frutos, a árvore abaixou um galho ao encontro dos dedos dela.

Danae arrancou uma maçã perfeita e dourada e a mordeu.

9. O CORAÇÃO DE UMA ÁRVORE

Danae acordou em agonia. Parecia que seu corpo fora esmagado por uma pedreira.

Ela estava no quintal, e o sol do meio-dia pairava alto sobre a cabana. Tentou mexer os braços e não conseguiu. Precisou de um momento para perceber que estavam amarrados em volta de uma haste do curral de cabras. Havia um cheiro no ar que não pertencia àquele lugar. Algo doce que ela reconhecia, mas não sabia dizer o que era.

Não fazia ideia de como chegara ali. Lembrava-se de pedaços de um sonho estranho, uma árvore com frutos dourados. Sua boca estava amarga. Tinha a sensação distinta de estar se esquecendo de algo. Podia sentir a marca disso em seus ossos. Por que não conseguia lembrar?

Olhou em volta e viu uma tigela de água ao seu lado. Ela se lançou para a frente, repentinamente tomada por uma sede violenta. Praguejou ao bater na tigela com a testa e derramar água pelo chão.

— Mãe — falou com a voz esganiçada, mas sua mãe não apareceu. — Mãe?

Ainda sem resposta.

Ela se inclinou e arrastou a tigela em sua direção com os dentes. Depois afundou o rosto nela, bebendo água como um cachorro. Sua cabeça parecia um ovo esmagado. Tártaro, por que ela estava amarrada?

Com água escorrendo pelo queixo, ela gritou:

— Mãe!

Desta vez, a porta da cabana se entreabriu. Sua mãe se demorou na entrada, com uma mão no batente, a outra apertando o cabo de uma faca de trinchar.

— Mãe?

Eleni deu um passo para o quintal. O cheiro doce se intensificou. Ela não olhava nos olhos de Danae. Ao se aproximar, tocou a testa, traçando na pele o olho que tudo vê dos Doze. A faca tremia em sua outra mão.

— Você está me assustando.

Sua mãe respirou fundo e ergueu a cabeça.

O olhar dela fez Danae sentir um frio na espinha. Eleni estava aterrorizada. Olhava para Danae como se não fosse sua filha, mas sim algo monstruoso.

— Não se mexa. — A mão da mãe apertou o punho da faca.

— Eu não entendo... — Danae puxou as amarras.

Lágrimas escorreram pelas bochechas de Eleni, e ela se virou, como se olhar para a filha lhe causasse dor.

Danae vasculhou o quintal, e seu olhar recaiu sobre a mesa, visível através da porta da cabana. De repente, percebeu o que era o cheiro. Óleos de embalsamamento.

Um par de pés manchados estava sobre a mesa, projetando-se para fora do tecido branco que o enrolava.

Com uma clareza impactante, ela se lembrou de tudo.

— Alea — choramingou ela.

— Não diga o nome dela, cacodemônio — sibilou a mãe.

Danae afastou o olhar do cadáver da irmã.

— O quê?

— Não sei o que fiz para merecer isso. — A boca de Eleni se abriu em um grito silencioso, lágrimas e muco escorrendo por seu queixo.

A mente de Danae, confusa pela dor, tentou juntar as peças. Era como se tivesse de alguma forma entrado em um pesadelo que parecia exatamente com seu mundo. Talvez ela tivesse morrido e ido para o Tártaro, e aquele fosse seu tormento pessoal.

— Mãe... sou eu. — Ela mal conseguia pronunciar as palavras.

— Eu vi o que fez com ela. — Os olhos de Eleni se esbugalharam, sua voz estrangulada pelo luto. — Encontrei o coração dela nas suas mãos.

Danae encarou a mãe, a cabeça latejando a cada palavra.

— Eu não... Eu jamais machucaria Alea. Mãe, por favor...

— Não! — Eleni ergueu a faca entre as duas enquanto Danae se debatia contra as cordas. — Você não usará sua magia maligna em mim.

— Magia maligna? Mãe, sou eu, Danae. Sou sua filha... Eu não a matei!

A faca tremeu na mão de sua mãe.

— Você roubou a pele dela, mas não é a minha Danae. — Ela virou o rosto. — Não consigo te olhar. Você se parece com ela. — A mulher respirou fundo. — Eles logo estarão aqui, então tudo terminará.

Ela se virou e correu de volta para a cabana.

— O que quer dizer? Quem está vindo? Mãe!

A mãe fechou a porta.

— Não me abandone!

Danae gritou até a garganta doer, mas sua mãe não voltou.

Talvez ela *estivesse* possuída. Seus pensamentos continuavam indo para a árvore, para a atração que sentira, para o sangue quente que passava por suas mãos saindo da pele de Alea e aqueles fios de luz. A imagem do corpo de sua irmã despertara uma onda de lembranças. Em seu estado de transe, os galhos retorcidos e as maçãs douradas pareciam ter sido tão reais; a areia, o mar e Alea eram como um sonho.

Era impossível; uma árvore não podia brotar do coração de um cadáver humano e crescer até sua fase madura em questão de segundos. Apenas os deuses tinham esse tipo de poder. Danae buscou em cada canto de sua mente, mas a última coisa da qual conseguia se lembrar era de morder uma das maçãs douradas. Depois disso, nada.

Um soluço ficou preso no fundo de sua garganta. Tudo estava errado. Ela deveria estar lá dentro, ajudando a mãe a preparar o corpo da irmã para os ritos funerários. Alea estava a caminho do Campo de Asfódelos. A morte finalmente fizera o que Danae não conseguira e levara embora a dor de sua irmã.

Ela ficou tensa. Havia movimento ao longe. Algo se aproximava pela trilha. O medo a inundou. Contorcendo-se, ela tentou desesperadamente soltar as mãos à força.

Quando a pessoa se aproximou, ela parou de se remexer.

Com o hábito de alguém que passara a vida toda acordando cedo e se esgueirando para fora da cabana, seu pai silenciosamente abriu o portão do quintal.

Danae abriu a boca, mas ele ergueu um dedo aos lábios.

Rapidamente, ele se apressou até ela e, com as mãos ágeis de um pescador, desfez o nó. Seu suor fedia a vinho rançoso, e seus olhos estavam fundos e vermelhos, mas ele olhava para ela como sempre fizera, como se fosse sua pequena Dani.

A perna dela estava dormente de tanto ficar sentada, e ele precisou ajudá-la a ficar de pé. Danae vislumbrou as próprias mãos e vacilou. Estavam encrostadas por sangue seco.

— Está tudo bem — sussurrou ele, segurando os dedos manchados da filha.

Enquanto atravessavam o quintal, ela encarou a porta da cabana, convencida de que a qualquer momento seria aberta e sua mãe voaria até Danae com a faca. No entanto, os dois fugiram pelo portão sem serem descobertos.

— Pai — arfou ela enquanto corriam pelo caminho de cascalhos dispersos. — Não fui eu.

— Eu sei.

Ela cambaleou quando alcançaram a areia. A praia se esticava diante deles, as ondas turquesa lambendo a margem. O único lugar onde Danae se sentia em casa, o lugar que levara a pessoa que ela mais amava.

A árvore não estava lá.

— Vamos. — O pai puxou seu braço. — Precisamos ir para o barco.

— Por quê?

— Eu explico quando estivermos no mar.

Arrancando o olhar do local onde encontrara o corpo de Alea, ela deixou que o pai a puxasse pela praia até a enseada onde Odell mantinha seu barco de pesca, segurando com força suas mãos grandes e quentes.

Eles avançaram pela água, e o pai soltou as cordas do ancoradouro quando ela embarcou. Era uma pequena banheira, apenas um par de remos e uma vela, e sempre fedia a peixe, mesmo quando estava vazia. Danae encarou as tábuas manchadas, que cintilavam com escamas soltas. Seu pai enrolou a corda em volta do braço e subiu para o barco, posicionando-se entre os remos e grunhindo.

— Pai, o que está acontecendo?

Rapidamente, o pai começou a remar.

— Sua mãe chamou ajudantes do templo.

O estômago de Danae afundou. Se ajudantes do templo acreditassem que ela estava possuída por um espírito do mal, eles a matariam.

— Não vou deixar que a levem, Dani. Não vou perder outra filha.

Ao ouvir seu apelido de infância, ela começou a chorar. Em meio a todo o caos, seu pai e o barco eram a tábua de salvação de tudo que lhe fora arrancado.

Assim que se esconderam por trás do rochedo na baía seguinte, Odell soltou os remos. Então, enlaçou-a com os braços e secou suas bochechas marcadas por lágrimas.

Ela estava nauseada. Não conseguia ignorar a imagem das costelas de Alea se desprendendo do corpo.

Danae se afastou dos braços do pai.

— Acho que os deuses me amaldiçoaram.

Por mais que temesse que o pai a olhasse do jeito que a mãe fizera, ela contou tudo o que acontecera, desde quando encontrara o corpo de Alea no mar até a estranha macieira de frutos dourados.

Odell olhou para ela profundamente.

— Ah, Dani, sinto muito. Eu não entendo isso mais do que você. Às vezes acredito que o destino apenas rola os dados.

Ela levantou o olhar para as gaivotas de pernas amarelas que planavam no céu, grasnando umas para as outras enquanto procuravam um lugar para fazer ninho no penhasco.

— Eu preciso sair de Naxos, não é?

Seu pai assentiu, com um oceano de tristeza no olhar.

— É a única forma de ficar a salvo. Os ajudantes do templo vão te caçar pela ilha inteira.

Ela sabia que ele estava certo. Mas isso não facilitava nada.

Seu pai fuçou o bolso da túnica e tirou de lá o broche de coruja que Filemon dera a Alea. Ele o pressionou contra as mãos da filha. Danae passou os dedos pelas gemas verdes. Parecia ter sido uma vida atrás a primeira vez que ela vira aquilo preso no peito da irmã.

— Vá ao oráculo de Delfos. Isso pagará sua entrada. O oráculo sabe tudo. O que quer que esteja acontecendo com você, se *estiver* amaldiçoada, a pítia te dirá como consertar isso. Então poderá voltar para casa.

Delfos. O continente. Ela nunca estivera em Atenas, quem dirá nas terras mais distantes.

— Nunca estive em nenhum lugar que não fosse Naxos... como vou chegar lá?

Seu pai a segurou pelos ombros.

— Leve este barco e navegue para noroeste, para além das ilhas, até alcançar o litoral do continente. Depois percorra a costa em direção ao oeste por dois dias até chegar ao monte Parnaso. Lá você encontrará Delfos.

— Mas se eu levar seu barco, como o senhor vai pescar?

Os olhos de Odell estavam pesarosos.

— Vou dar um jeito.

— O senhor e Santos dependem disso. Não posso levar, ou vocês vão passar fome!

— É preciso — respondeu ele, sua voz vacilando. — Você tem que sair da ilha.

Danae mordeu o lábio.

— E se eu for em outro barco?

Odell franziu as sobrancelhas.

— Os mercadores navegam de Naxos para Atenas todo dia. Eu poderia me esconder em uma das embarcações deles. — Ela segurou a mão do pai. — Consigo fazer isso.

Então, ele desmoronou e a abraçou, as lágrimas se misturando às escamas no fundo do barco.

※ ※ ※

Uma hora depois, a boca do Porto de Naxos se abria diante deles, navios de todas as formas e tamanhos sobressaindo no píer como dentes pontudos.

— Abaixe-se — sussurrou o pai quando se aproximaram.

Danae se encolheu no fundo do barco. Não demorou muito para ela sentir o choque suave da embarcação deles contra o píer. Odell recolheu a corda e a amarrou no poste do ancoradouro de madeira.

O ar zunia com a tagarelice e o retinir constante dos mercadores e de suas mercadorias, interrompido pelos estalos úmidos de polvos jogados em pedras quando pescadores espalhavam suas pescas sobre as rochas para secar. Danae inspirou o cheiro que conhecia tão bem. Peixe, suor, especiarias e madeira envernizada. Ela queria se lembrar de cada detalhe. Não fazia ideia de quando sentiria aqueles cheiros de novo.

Seu pai se curvou, fingindo conferir a corda.

— Está vendo o navio bem atrás de você? — sussurrou ele.

Ela espiou discretamente por cima da borda do barco e viu uma pequena embarcação de um mercador quase cheia de peças de queijo.

— Eu conheço aquele homem, ele vende em Atenas. Você pode se esconder entre os queijos.

Ela deu outra espiada por cima do ombro. O mercador estava parado ao lado do navio, batucando os dedos irritadamente na proa. Ele era corpulento, tinha a barba farta e estava supervisionando um garoto – Danae presumiu que fosse seu filho – que descarregava mais queijo de uma carroça conduzida por uma mula.

— Como vou embarcar com eles observando?

— Eu tenho uma ideia, confie em mim. — Ele apertou a mão dela. — E lembre-se, Danae: todos os mares são uma mesma fera. Quando estamos viajando por ela, não importa a distância entre nós, estamos viajando juntos. — Ele abriu a palma da mão para mostrar uma pedrinha. — Está pronta?

Ela assentiu. Ele atirou a pedra.

Ela uivou pelo ar e acertou bem na traseira da mula. A criatura empinou e disparou pelo píer, com a carroça a reboque, espalhando as mercadorias pelo caminho.

— Meus queijos! — berrou o mercador.

Seu filho correu atrás da mula, e, enquanto o mercador estava de costas, Odell sibilou:

— Agora!

Um pedaço da alma de Danae foi arrancado quando ela saltou do barco do pai. Ela correu pelo píer, pulou para a proa do navio do mercador e caiu estendida entre os queijos. Rapidamente, dobrou os membros entre as pilhas de queijo e puxou a lona encerada para cima de si. Tampando a boca com a mão, lutou contra a vontade de vomitar quando o fedor azedo do queijo obstruiu sua garganta.

Por fim, um som de trotar relutante sinalizou o retorno da mula.

— Maldito animal inútil! — Danae ouviu o mercador dizer. — Mãos à obra!

O navio mexeu quando o garoto seguiu carregando o resto da carga. A cada balanço, ela ficava tensa, esperando que a lona fosse puxada e sua localização fosse revelada, mas esse momento não veio. Então, a embarcação afundou quando o mercador e seu filho subiram a bordo.

— Um momento. — Uma voz diferente. — Que os Doze te enxerguem e reconheçam.

Houve uma pausa enquanto o mercador, provavelmente, retribuía com o gesto sagrado.

— O que foi? Preciso estar em Atenas em três horas.

— Não vamos tomar muito do seu tempo. O senhor tem uma licença para esses...?

— Queijos — completou o mercador, bruscamente. — Sim, claro que tenho.

— É apenas isso que está levando?

Houve o farfalhar de um pergaminho, depois a ponta da lona se retorceu. O coração de Danae batia tão forte que ela tinha certeza de que poderiam ouvir. Não tinha para onde fugir. Se fizessem uma busca no barco, seria o fim.

Uma fenda do céu apareceu, a luz se derramando pelas cascas malhadas dos queijos enquanto a cobertura era puxada. O corpo inteiro de Danae se retesou à medida que ela se preparava para lutar e escapar.

Então alguém gritou do outro lado do píer:

— Telchis, veja isso!

A cobertura parou de se mover um pouco antes de a perna de Danae ser revelada. O homem deu um passo para trás, murmurando para o mercador:

— Tudo parece estar em ordem.

O alívio a percorreu com o som dos passos se afastando pelo píer e o chiado da lona sendo colocada de volta sobre os queijos. Ela contorceu a mão entre as pernas, encontrou o broche de coruja que prendera por dentro da túnica e traçou os rebites no bronze.

O que quer que estivesse acontecendo com Danae, o oráculo teria a resposta.

10. REGISTROS E MENTIRAS

O sopro da trompa vibrou pelos dentes de Danae. Deviam estar perto de Atenas. Graças aos deuses. Depois de várias horas apertada, ela desejava esticar as pernas e se libertar daquela jaula de queijos fedidos.

O navio tremulou ao se chocar com algo firme. Então a embarcação afundou quando alguém subiu a bordo. Danae ouviu o mercador instruir o filho a descarregar a carga. Sua pulsação acelerou. A qualquer momento.

A lona tremeu. Então foi puxada, e ela se apressou em se jogar para cima, os cotovelos afundando no queijo quando se impulsionou para a lateral do navio. O filho do mercador a encarava como se ela fosse uma criatura das profundezas. Suas pernas berraram em protesto, mas ela aproveitou o momento e disparou. O garoto pulou para fora do caminho de Danae e tombou no mar quando ela saiu do barco e foi para o píer. Por um mísero segundo, ela pensou que suas pernas cederiam, depois cambaleou para a frente, correndo o mais rápido que seu corpo formigando permitia.

— Pare! — O mercador girou. — Passageira clandestina! Parem-na!

O porto era vasto, pelo menos cinco vezes o tamanho do Porto de Naxos. Danae mal teve tempo para observar os navios que eram borrões quando passava. As embarcações de ambos os lados do largo píer eram tão grandes, era como se ela estivesse correndo por uma alameda de árvores gigantes e sem folhas. Os grandes cascos pintados tinham três camadas de buracos para os remos, como centenas de olhos observando-a passar depressa.

Ela desviou de mercadores que descarregavam seus produtos, contornando caixas de seda e barris de azeitona, ânforas de óleos perfumados e embrulhos de carne defumada. Os navios e os vendedores traziam consigo o cheiro de seus lares, e o ar ficava tão sobrecarregado com aromas diferentes que ela mal conseguia sentir a maresia.

Pessoas, tantas pessoas, conversando, gritando, mais pessoas do que ela já vira.

Um ponto azul chamou sua atenção. Ela olhou para a esquerda e viu uma frota de navios de guerra deslizando até o porto. Eram magníficos – o bastante para deter o medo que percorria seus membros. Moviam-se como se fossem um só, as proas curvadas como pescoços de cisnes, e as velas cerúleas uniformes traziam o brasão real de Atenas, o sol de doze raios. Graças àquelas visitas de Filemon, Danae sabia bastante sobre a cidade que nunca vira.

Ela arrancou o olhar dos navios um pouco tarde demais e colidiu com afobação em alguém que estava na entrada do píer.

— Cuidado — grunhiu o homem, franzindo o nariz pelo cheiro impregnado de queijo.

— Guarda, pare-a!

Danae olhou para trás e viu o mercador de rosto avermelhado a perseguindo. Ela tentou disparar para além do guarda, mas ele foi mais rápido e agarrou seu braço. Quanto mais ela se debatia, com mais força ele a segurava.

O mercador finalmente os alcançou e se jogou em uma pilha de caixas, secando o suor da testa.

— Essa garota é uma passageira clandestina — disse ele, ofegante. — E ela estragou metade da minha carga!

O guarda olhou para Danae como se ela fosse um mosquito que acabara de picá-lo.

— Entendo. É melhor você vir comigo.

O mercador se ergueu.

— Espero que isso não demore muito. Eu já deveria estar em Atenas.

— Nós não estamos em Atenas? — perguntou Danae.

Os dois homens riram.

— Essa aqui é das fracas. — Lentamente, o guarda prosseguiu: — Aqui é o Porto de Falero. Atenas fica a seis léguas naquela direção. — Ele apontou para leste. — Não que você vá sequer chegar perto de lá.

Ela se contorceu, tentando fugir de suas mãos, mas o guarda era forte como um touro. Ele puxou o braço de Danae para trás das costas e a dor latejou em seu ombro.

— Para onde está me levando? — arquejou ela.

O guarda a puxou para longe sem responder.

❖❖❖

Diante do píer havia uma rua movimentada. Carroças e cavaleiros em suas montarias se apressavam em ambas as direções. O guarda arrastou Danae consigo, erguendo a mão grande para impedir o trânsito enquanto atravessavam a rua. Ela olhou em volta desenfreadamente, procurando alguém, qualquer pessoa que pudesse ajudá-la. Contudo, os transeuntes afastavam o olhar, como se fosse comum ver uma jovem sendo rebocada pela rua.

Assim que chegaram do outro lado, ela marchou pelos degraus de uma grande construção de pedra coberta por telhas terracota. Pilares descoloridos pelo sol estavam ao longo da fachada aberta em uma organização crescente, e mesas compridas abarrotadas de pergaminhos e registros repousavam atrás das colunas.

O guarda passou direto por uma fila que se alongava pelos degraus. Ignorando os resmungos insatisfeitos, ele empurrou Danae na frente de um atendente, que a espiou por cima de uma pilha precária de autorizações. O homem era magro e quase careca. Ele a fazia lembrar de uma noz.

— Graeculus, temos uma passageira clandestina.

O atendente se moveu suavemente para examinar a fila que seguia crescendo atrás deles.

— Entendo. — Sua voz era tão seca quanto a pele.

O mercador deu um passo à frente, fez o cumprimento sagrado, depois declarou:

— Eu sou Memnos, fornecedor dos excelentes queijos de Naxos. Esta garota entrou em meu navio sem pagar e arruinou minha carga. Eu busco reparação.

Graeculus suspirou, respondendo o cumprimento e observando Danae com cautela.

— Ao que parece, você deve a este homem pela passagem em sua embarcação e pelo preço da carga que estragou. Como irá pagar?

Ela arquejou.

— Não posso, não tenho um tostão.

O único item de valor que tinha era o broche, e ela precisava daquilo para conseguir a entrada no oráculo.

— Hummm. — Os dedos de Graeculus foram em direção a um pergaminho. — Se não pode pagar, então precisarei te mandar de volta às autoridades de... Naxos, é isso?

Ela não podia deixar que a mandassem de volta para casa. Precisava ir para Delfos.

— Posso trabalhar para pagar minha dívida, faço qualquer coisa. Por favor, não me mande de volta.

A mão de Graeculus estacou. Ele encontrou seu olhar suplicante, depois os olhos dele deslizaram para baixo, rastejando pelo corpo de Danae. Ela se remexeu. O atendente olhou para o guarda. Algo não dito se passou entre os dois.

Com o raspar da madeira na rocha, o homem se desdobrou de trás da mesa. O mercador o seguiu por uma porta atrás, e o guarda empurrou Danae atrás deles.

A sala era fria e bolorenta. Tinha cheiro de poeira e pergaminhos, e as paredes estavam cheias, do chão ao teto, com pilhas de documentos.

— Extraoficialmente — disse Graeculus em voz baixa, dirigindo-se ao mercador. — Você não irá recuperar suas perdas. A garota evidentemente não tem nada, e oficiais do porto não são responsáveis por passageiros clandestinos.

A expressão do mercador ficou obscura.

— Contudo — Graeculus baixou a voz ainda mais —, há uma forma de lucrar com essa situação desafortunada.

Memnos enrugou os lábios.

— Prossiga.

O medo pulsou por Danae. Ela estava bem ciente do quanto o guarda era grande, sua forma pesada se elevando atrás dela.

— Meu colega aqui, Elias, e eu temos um combinado. Não segue as regras estritamente, mas por certo um homem com sua sagacidade comercial compreenderá que às vezes alguns passos precisam sair do que é estritamente legal.

Memnos fez um gesto largo com as mãos.

O atendente sorriu.

— Uma jovem sadia como essa poderia render um valor excelente no comércio humano.

Danae encarou Graeculus.

— Não podem fazer isso!

Elias pressionou a mão sobre a boca dela.

— Nós receberíamos uma parte, é claro, mas aposto que ela valeria pelo menos dez dracmas.

Memnos cruzou os braços.

— De quanto seria essa parte exatamente?

A pulsação latejava nos ouvidos de Danae. Ela se retorceu sob a mão de Elias e a mordeu. O guarda praguejou, mas não a soltou. Ele segurou com mais força, os dedos afundando em suas bochechas.

Em meio ao pânico, Danae se lembrou de algo que sua mãe lhe dissera quando ela e sua irmã estavam desabrochando em mulheres.

"Sejam cautelosas com os homens. Sempre façam as tarefas com sua irmã, nunca sozinha, e se alguém encostar a mão em você, dê um chute no meio das pernas e fuja."

Sua luta pareceu fraquejar quando ela fingiu estar exausta. Elias afrouxou os dedos, só um pouco. Ela olhou para baixo para estimar a posição dos pés dele, depois deu um chute para trás com toda a força. Seu calcanhar colidiu com algo macio, e o guarda a soltou, grunhindo como um urso ferido.

Rápida como um peixinho vairão, ela disparou em direção à porta, puxando uma torrente de pergaminhos das estantes ao passar correndo. Com a pulsação acelerada, ela se arremessou à luz do sol. Colunas brancas tremeluziam quando ela passava, e os mercadores corriam para fora do caminho dela quando Danae se apressava pela fileira de mesas alfandegárias.

Finalmente, ela chegou ao fim do prédio e se encolheu na lateral. Ela se curvou, as mãos apertando os joelhos para ter apoio, inspirando com força para seus pulmões doloridos. Olhando para trás, ficou aliviada ao se ver sozinha.

Ela ajeitou a postura, então um punho colidiu com a lateral de sua cabeça.

II. GRILHÕES E HISTÓRIAS

Primeiro Danae notou o cheiro. O ar era sufocante com o odor de produto agrícola maduro demais e especiarias apodrecidas. E algo mais, algo pungente e humano. Então veio a dor, brotando de sua têmpora esquerda e pulsando pela cabeça.

Lentamente, ela abriu os olhos. Estava escuro. A única fonte de iluminação brilhava fraca por uma fresta da janela. O chão estava cheio de palha suja. Ela percebeu algo firme e gelado na pele. Olhou para baixo e viu as algemas de ferro presas em volta dos dois pulsos. Estava acorrentada a uma alça de metal aparafusada na parede. Ela retorceu as mãos, procurando por alguma fraqueza nos elos. No entanto, quanto mais puxava, mais o metal beliscava sua pele.

Um tilintar do outro lado da sala a sobressaltou. Ela semicerrou os olhos para o breu e viu que não estava sozinha. Havia outros, presos ao mesmo grilhão comprido, aferrolhados em intervalos pelas paredes.

— A garota nova acordou.

Um homem estava sentado contra a parede à sua direita. Sombras o escondiam, exceto por uma lasca de luz em seu rosto bronzeado e barbudo.

— Onde estou? — A voz dela estava rouca; a boca, seca.

— Na cela de contenção do porto.

— Por quanto tempo eu...?

— Algumas horas, mais ou menos.

Ela passou a mão pela bainha da túnica e ficou feliz por sentir a coruja de bronze. Balbuciou um "obrigada" baixinho aos deuses por darem a ela o pressentimento de que deveria esconder o broche antes de chegar em Falero.

Ela olhou de novo para o homem barbado, que a observava. Danae afastou a mão da roupa.

— O que acontece agora?

O homem barbado deu de ombros.

— Esperamos até alguém nos levar ao comércio e, se tivermos sorte, podemos conseguir comida até lá.

A palavra "comércio" fez um frio correr sua coluna.

— O comércio humano?

O homem barbado inclinou a cabeça.

— Um conselho: fique quieta e não irrite os guardas.

Danae engoliu em seco. Era um pouco tarde para isso.

Ela estava ciente dos outros que escutavam a conversa deles. Quando seu olhar se acostumou com a iluminação fraca, tentou os distinguir. Do outro lado havia um garoto que parecia alguns anos mais jovem do que ela. Seus joelhos estavam dobrados na frente do peito, escondendo metade do rosto. Perto dele havia um homem de cabeça raspada e saia vermelha de soldado espartano. Sua pele era costurada por cicatrizes.

Passos ecoaram de algum lugar do lado de fora, acompanhados do retinir de chaves. Danae se arrastou até as sombras, para o mais longe que o grilhão permitia.

A porta pesada de madeira foi entreaberta, e um guarda atarracado entrou, carregando um balde de água. Alguns dos prisioneiros se esticaram na direção do balde. A onda de pânico no peito de Danae se acalmou um pouco.

— Para trás! — berrou ele, e mirou um chute em uma idosa.

A mulher se encolheu para longe do guarda, mas seus olhos não saíram do balde. Ao som da água espirrando, a boca de Danae ardeu.

O guarda se moveu pela sala, despejando água direto de um copo moldado de forma tosca para as bocas à espera. Ele não tomou muito cuidado, várias vezes derramando o líquido no rosto das pessoas.

Quando finalmente chegou em Danae, o guarda parou, o copo equilibrado de forma tentadora sobre o balde. Ela esperou, desejando o sabor delicioso da água. O guarda continuou a encará-la. Então, para seu alívio, a mão do homem afundou no balde e tirou de lá o copo cheio. Ela abriu a boca. Antes de alcançá-la, o guarda virou o pulso e a água foi derramada no chão. Sem pensar, Danae se jogou para a frente, lambendo a sujeira entre a palha, desesperada para tomar o líquido antes que fosse absorvido.

O guarda riu e a chutou na barriga. Cuspe e sujeira voaram de sua boca quando o ar foi arrancado dela com o golpe.

— Vagabunda nojenta. — Ele cuspiu nela e se afastou, o martelar e o ressoar de seus passos ecoando pelos ouvidos de Danae por muito tempo depois de ele ter saído e batido a porta.

Ela ficou onde caíra, a cada inspiração um espasmo agudo de dor.

— Você tem sorte.

Danae demorou um momento para perceber que o homem barbado estava falando com ela.

— Outro guarda passou quando você estava apagada.

Ela ficou enojada. Não por causa da dor em sua barriga.

— Ele era terrivelmente bravo. Ficou falando sobre ficarem quites e assim por diante... — Ele parou. — E teria prosseguido se o gordo não o tivesse impedido.

Danae ergueu a cabeça para olhar para o homem. Ele estava girando um pedaço de palha entre os dedos sujos.

— Não é permitido estragar a mercadoria, sabe? Alguns machucados são esperados, mas ninguém quer comprar uma escravizada maculada.

Ela encolheu as pernas em direção ao corpo, puxando a barra da túnica até onde podia ser esticada, e virou de costas para o homem barbado. Não queria que ele a visse chorar.

❖❖❖

Por um punhado de conversas, Danae entendeu que a maioria dos outros estava na cela havia pelo menos alguns dias. O garoto chegara um pouco antes dela.

— Qual é o seu nome, rapaz? — perguntou o homem barbado.

O garoto fungou.

— Lycon.

— De onde você é, Lycon?

O rosto rosado e marcado por lágrimas apareceu detrás dos joelhos do menino.

— Creta.

— É mesmo? Ouvi dizer que é uma ilha linda. Alguns dizem que é a melhor de toda a Grécia.

Lycon assentiu, a sombra de um sorriso repuxando sua boca. O tom do homem era amigável, mas ele lembrava Danae de um leão da montanha brincando com a presa.

— Você tem idade suficiente para se lembrar do Minotauro?

O menino balançou a cabeça. Apesar de seu pressentimento, Danae estava intrigada.

— O antigo rei de Atenas costumava enviar catorze crianças, iguais a você, de Atenas para Cnossos todo ano. Os pais deles os vestiam com as melhores roupas, como se fosse um dia de festividade. Bem, de certa forma, suponho que era. — Ele riu. — Então eles eram enviados pelo mar até Creta e exibidos pela cidade até o palácio. Sabe o que acontecia depois?

Lycon balançou a cabeça.

— Autólico, deixe o garoto em paz — disse a velha.

O homem barbado a ignorou.

— Eles viravam comida da criatura que vivia no labirinto embaixo do palácio. Uma fera terrível, com corpo de homem e cabeça de touro, sempre sedenta por sangue humano. As crianças gritavam e gritavam, mas ninguém...

— Ah, cale-se! — A velha sacudiu a cabeça.

Autólico pareceu magoado.

— Estou apenas tentando animar o garoto, fazendo-o lembrar de casa. Uma ilha tão adorável. Eu mesmo tenho lembranças afetuosas do sacrifício anual. — Ele suspirou. — Até que nosso rei mais nobre e justo massacrou o monstro e deu um fim nisso. Uma pena. Teria sido muito mais divertido se o Minotauro tivesse matado Teseu.

Lycon voltou a chorar.

— Você vai matar todos nós com essa conversa — resmungou a idosa.

Autólico riu.

— Nós já estamos basicamente mortos.

Danae torceu para que ele estivesse brincando.

De repente, o soldado espartano se mexeu bruscamente. Ele agarrou o grilhão que estava em seus dois lados e o chicoteou contra o chão com um tilintar ecoante.

— Basta. — Sua voz estava enferrujada pela falta de uso.

Todos ficaram em silêncio.

Danae ouvira histórias sobre o exército espartano. Histórias bárbaras contadas por camponeses e filhos de pescadores. Dizia-se que eles levavam os meninos de suas famílias aos sete anos para começarem a treinar. Aos dez anos, para podar qualquer fraqueza, eles eram colocados em duplas e forçados a lutar até a morte.

Não houve mais conversas naquela noite. Pelo menos ela ficou contente por Autólico deixá-la em paz. Não estava com ânimo para ser provocada.

À medida que as horas se alongavam, ela não sabia se a perturbação de seu estômago era do machucado ou de fome. Pensou em casa, em seu pai. Em silêncio, implorou aos deuses para que o poupassem de punição por sua fuga.

Afastou para uma cova funda a memória de Arius sendo levado, a imagem do corpo afogado de sua irmã e o olhar terrível de sua mãe, e se imaginou empilhando rochas em cima desses pensamentos. Ela não podia se deixar levar por isso. Se o fizesse, se espedaçaria, e não acreditava que seria capaz de juntar os próprios pedaços de novo.

Eu chegarei a Delfos. Encontrarei um jeito.

Ela entoou as palavras de novo e de novo em sua mente, até enfim adormecer.

✧✧✧

— Psiu.

Danae envolveu os braços na cabeça.

— Psssssssiu.

Grunhindo, ela rolou no chão.

— O quê?

Autólico abriu um grande sorriso. Na luz da manhã, ela percebeu que ele não tinha vários dentes.

— Quero saber seu nome.

Ela o observou com cautela, mas supôs que não faria mal algum, e se ela contasse ele podia deixá-la em paz.

— Danae.

— Ah, *Danae*. — Ele deixou o nome se prolongar na boca como se fosse um bom vinho. — Já existiu outra com esse nome. Ela era bonita, dizem. Uma princesa muito radiante, o pai a prendeu em uma câmara de bronze bem no fundo da terra, longe dos olhares dos homens. Foi profetizado que o neto o mataria, sabe? Então ele fez tudo que estava ao seu alcance para prevenir que ela concebesse uma criança. Mas Zeus já a vislumbrara com seus olhos de águia. E nenhuma parede de bronze ou pedra pode manter um deus afastado do que ele deseja.

Ele a encarou. Ela pestanejou.

— Mas você não se parece nada com ela, então duvido que terá esse problema.

Ela soltou o ar com força pelo nariz.

— O que você quer?

Aquele brilho divertido sumiu dos olhos de Autólico.

— Vida eterna.

Eles foram interrompidos pelo chacoalhar de chaves.

A porta da cela foi aberta. A palha foi esmagada por passos, e dois homens novos acompanhavam o guarda rechonchudo. Um era fraco e pequeno, olhos ousados e barba irregular. Ele vestia uma capa de viagem azul-marinho e carregava um chicote preso na cintura. Seu companheiro era grande e musculoso. Cicatrizes decoravam seus antebraços volumosos. Ele sombreava o homem menor, e a mão direita nunca saía do cabo da espada.

— O que acha, Kakos? — disse o guarda.

O olhar do homem fraco deslizou de um prisioneiro para o outro, tudo enquanto tocava o chicote. Os pelos da nuca de Danae se arrepiaram quando o olhar dele se demorou sobre ela.

— Vou ficar com todos.

Kakos passou uma algibeira de moedas para o guarda. Ele a pesou na mão antes de enfiá-la no bolso com suavidade.

Os lábios de Kakos se esticaram e revelaram os dentes amarelados.

— Hora de ir para o comércio. — Ele estalou os dedos. — Traga-os.

O guarda se moveu pela cela, soltando o grilhão dos anéis de ferro. Assim que sua tarefa estava completa, ele bateu palmas.

— Vocês o ouviram. Para fora!

Danae se forçou a ficar de pé, com hesitação, tirando consolo do peso do broche de Alea contra sua coxa. Ela se perguntou se poderia usar o alfinete para abrir a fechadura de sua algema quando estivesse do lado de fora.

A fila se mexeu, e ela tropeçou para a frente. Não foi rápida o bastante.

O homem grande segurou seu braço. Ela fez uma careta quando os dedos grossos apertaram os machucados do dia anterior.

— Mexa-se — ordenou ele, puxando-a para o corredor.

Enquanto se arrastavam, ela pôde ver mais do lugar onde estavam sendo mantidos. Tinha um teto baixo com portas em intervalos ao longo da passagem à direita. Na ponta extrema, o muro de pedra era substituído por barras de ferro que fechavam a última sala.

Cargas confiscadas se empilhavam do chão ao teto. Havia um arco-íris de caixotes de frutas e vegetais, inclusive uma fruta laranja coberta por espinhos que Danae nunca vira antes. Ânforas desordenadas de óleos e vinhos se espalhavam pelo chão com sacos de grãos derramados por cima. Um par de brincos de rubis cintilava entre uma pilha de pratos de cerâmica, e bem no canto ao fundo havia uma estátua em tamanho humano da deusa Afrodite. Uma espada oscilava da bainha pendurada em seu braço esticado, e uma confusão de sedas brilhantes serpenteava em volta de seu pescoço. Era chocante ver a estátua de uma deusa tratada de forma tão descuidada.

Uma pequena vasilha preta aos pés de Afrodite chamou a atenção de Danae. Estava rachada de um lado, mas o emblema ainda era visível: uma árvore pintada, com os ramos retorcidos curvados para baixo com frutos. Ela encarou os pedaços de folhas de ouro pressionados em cada uma das maçãs minúsculas. Sua pele formigou. As correntes ficaram tesas, e ela foi forçada a prosseguir.

O homem grande os conduziu até o interior de uma carroça e trancou a porta. Danae se colocou de joelhos e segurou as barras de ferro da janela, pressionando o rosto contra o metal frio. Ela estremeceu quando a carroça se movimentou, e o mundo lá fora começou a saltar a cada pedra sob as rodas.

— Para onde estão nos levando?

— Não ouviu o homem? — disse Autólico. — Comércio humano.

— Eu sei, mas onde?

Autólico riu.

— Atenas, claro.

Danae afastou o rosto das grades. Ela estava indo para Atenas. Sentiu uma onda de esperança. Atenas era uma das maiores cidades da Grécia; devia haver pessoas viajando de e para Delfos todos os dias. Se ela conseguisse escapar de alguma forma, ainda podia chegar até a cidade sagrada.

12. O COMÉRCIO HUMANO

Depois de deixar para trás os portões forjados em ferro de Falero, a carroça sacolejou para entrar em um caminho que se estendia de forma vasta. De ambos os lados daquela estrada havia muros altos que pareciam moldados para deixarem tudo e todos do lado de fora. Ou de dentro. O chão era macio por conta da passagem de milhares de cascos e rodas, e, mesmo tão cedo, a rua fervilhava de viajantes. Carroças, cavaleiros e carrinhos de mão de todos os tamanhos passavam com pressa.

Por fim, eles chegaram a outro par de portões imensos de ferro, que exibiam o sol de doze raios ateniense. A carroça saiu da rua principal e os muros sumiram, dando lugar a construções da mesma pedra descolorida que compunha o escritório alfandegário do Porto de Falero. Danae vislumbrou casas altas e com colunas, e homens perambulando pela rua com luxuosas túnicas tingidas.

A carroça parou repentinamente e, alguns momentos depois, a porta se abriu. O fiscal do comércio humano estava ali, a silhueta contornada contra a luz do sol. Ele segurava um odre e um pão nas mãos grandes.

— Kakos não quer ninguém desmaiando. — Ele abriu um sorriso maldoso. — Dividam direitinho. — Depois tacou as provisões na carroça e bateu a porta com força.

Por um instante, ninguém se mexeu. Depois todos se jogaram para a frente. Batendo cabeças, esticando os grilhões, e as unhas de Danae arranharam dolorosamente a algema de alguém ao tentar agarrar o odre. Quando o enrosco de membros se desfez, foi revelado que o soldado espartano segurava o pão, e Autólico apertava o odre.

Três pares de olhos disparavam entre os homens.

— Ora, vejam só. — Autólico abriu um sorriso largo para o espartano. — Eu troco meio a meio.

O espartano o encarou impassível. Depois cortou o pão em dois.

O coração de Danae afundou no peito. Ela estava com tanta sede, sua boca parecia areia. Autólico deu um longo gole no odre, depois lambeu os lábios, encarando a metade do pão na expectativa. Ele franziu o cenho quando viu o soldado continuar a partir as metades em quartos.

— Eu posso mastigar sozinho, não precisa...

Ele parou de falar quando o espartano jogou o primeiro pedaço no colo de Lycon. O garoto encarou o pão, depois o espartano, então enfiou o pedaço inteiro na boca antes que alguém pudesse tirar dele. O espartano jogou os pedaços restantes para cada um dos prisioneiros, um de cada vez. Não sobrou nada para si.

— Divida. — O espartano jogou a cabeça na direção do odre.

— Vejam só, ele conhece mais do que uma palavra. — Autólico segurava o pedaço de pão em uma mão, o odre na outra.

O espartano o fitava com um olhar penetrante.

— Se não dividir, você vai morrer.

Houve uma pausa. Autólico riu, mas não parecia tão confiante como antes.

— O soldado sai de Esparta...

Ele roubou um último gole antes de fechar novamente o odre e jogar com relutância para o soldado. De novo, o espartano não bebeu, e passou o recipiente para a mulher idosa. Ela tomou rapidamente, depois passou com pressa para o garoto, balbuciando:

— Obrigada.

Ver o odre sendo passado era agonizante. Quando, enfim, chegou em Danae, ela ficou aliviada por perceber que ainda havia água e entornou. Não era muito, mas, sedenta como estava, o sabor era de vida líquida.

— O que quero saber — disse Autólico — é o que um homem com suas habilidades está fazendo acorrentado com um bando de desajustados esfarrapados. Certamente poderia ter escapado a esta altura.

O espartano ficou em silêncio por um momento. Depois, disse:

— Não há honra após ser capturado. Sem honra, a vida não tem significado.

Autólico ergueu as sobrancelhas.

— Perdão pela pergunta.

❊❊❊

Depois de horas, a carroça parou pela segunda vez. Então, o homem grande os despachou por uma estrada de cascalho.

À direita, um declive que descia da carroça, havia uma floresta densa. Ao longe, Danae conseguia ver o contorno das muralhas da cidade. Elas afunilavam a estrada larga que ligava Falero a Atenas, depois se dividiam para se expandirem em torno da cidade inteira, o que incluía o próprio arvoredo. À esquerda, havia um grande teatro, um semicírculo de bancos de madeira curvados cambaleando sobre uma plataforma elevada.

Filemon contara que o teatro de Atenas era onde os cidadãos se reuniam para chorar por peças trágicas, rir de comédias e se ressentir com a última filosofia culta de um pensador.

Ele falhara em mencionar que era usado para a venda de escravizados.

Danae olhou para cima. O teatro fora construído ao lado de um monte, e um punhado de árvores salpicavam a terra ao redor. No topo, guardada por mais muros – como uma pequena cidade por si só –, estava a acrópole. O palácio real e as construções ao redor presidiam o resto de Atenas das alturas, e bem no cume estava o novo Templo de Atena.

Danae conseguia entender por que Filemon se alongara liricamente sobre a construção. Era magnífica. Um templo com seis vezes o tamanho do templo de Deméter em Naxos, suas colunas lustrosas, grossas como carvalhos antigos, sobressaindo orgulhosas contra o céu azul. Diziam ser o templo mais caro já construído, dedicado a Atena, a Deusa da Sabedoria e da Guerra.

O resto da cidade ficava escondido do outro lado do monte da acrópole, embora Danae pudesse ouvir. O ar estava repleto de gritos de vendedores ambulantes na rua, crianças, ferreiros, peixeiros, açougueiros, o ressoar de carrinhos de mão, pessoas comendo e bebendo nas várias *kapeleias* e tantos outros sons que ela não conseguia decifrar.

Também havia alguma coisa de diferente no ar dali. Faltava algo na mistura de pedras quentes, cavalos e o aroma agradável da floresta.

Era o mar.

Aquele odor fresco e salgado que fora constante na sua vida inteira não estava lá.

— Sigam-no — ordenou o homem grande, apontando para Kakos, que subia no palco.

Danae respirou fundo enquanto eles se arrastavam atrás do negociante de humanos até a plataforma de madeira. Mal havia um assento vago nos bancos espalhados acima dela. Havia centenas de pessoas ali, apontando para o palco e conversando entre si. Ela avistou Memnos, o mercador de queijos, na fileira da frente. Sem dúvida esperando para coletar o dinheiro pela venda dela.

Danae e seu grupo não eram os únicos sendo leiloados naquele dia. Alguns outros estavam ao longo do palco, também acorrentados, acompanhados por um homem que ela presumia ser outro comerciante de humanos.

Ela percebeu dois guardas de ambos os lados do palco, usando armaduras de bronze e capas azuis idênticas, bordadas com o sol de doze raios. Havia mais deles espalhados pelos assentos. Danae olhou para trás e viu que mais dois guardas tinham aparecido atrás do palco.

Suas esperanças de escapar diminuíram para o que mal era uma fagulha.

Um jovem alto estava sendo desacorrentado na frente do palco. Seu negociador o empurrou para a frente.

— Quem dá cinco dracmas por este companheiro forte? — O homem espalmou a mão no ombro do rapaz.

Vários homens se levantaram, erguendo as mãos e gritando suas ofertas.

— Seis, sete, oito, nove... dez. Dez, para o homem de túnica verde, última chance...

— Onze.

A multidão murmurou, mas nenhuma outra oferta foi feita.

— Onze dracmas! Dou-lhe uma, dou-lhe duas... vendido!

Um dos guardas avançou e puxou o jovem na direção de uma pequena construção de pedra ao lado do palco. Um velho usando túnica branca foi andando pelos assentos para coletar a compra.

Em seguida, uma jovem foi levada à frente. Ela estava tremendo. Quando os lances começaram, Danae percebeu uma poça úmida em volta de seus pés descalços. Era bárbaro. A moça era apenas uma criança.

O olhar de Danae deslizou para além da menina até a multidão e repousou em uma figura usando uma capa com capuz cinza-escura. Os homens dos dois lados da pessoa estavam um pouco afastados, como se achassem sua presença desconcertante. O capuz da pessoa estava puxado para baixo, escondendo o rosto no escuro, e as mãos estavam cobertas por luvas de couro preto. Por um momento, Danae se perguntou se havia mesmo alguém ali embaixo.

— Vendida para o homem de marrom.

Distraíra-se tanto com o desconhecido de capa que perdera os lances.

Um guarda se aproximou para levar a menina embora, mas ela ficou plantada, tremendo como uma árvore jovem no vendaval. Depois de um momento, ele a jogou por cima do ombro e a carregou para fora do palco.

Kakos apontou o chicote na direção de Danae.

— Pode ser ela primeiro.

O homem grande abriu as algemas dela, e Kakos a arrastou para a frente. Aquele era o momento. Danae finalmente estava livre dos grilhões, mas não tinha para onde correr. O calor de centenas de olhos cravados nela. O ar tinha cheiro de medo e mijo. Ela piscou para afastar as lágrimas que brotavam e se imaginou sendo de ferro. Fria e imóvel. Ela não os deixaria vê-la chorar.

Kakos a cercou, apertando seus ombros.

— Uma mulher jovem em idade reprodutiva — gritou para o público. — No auge da saúde física. Vai durar muitos anos e pode trabalhar duro. Quem dá cinco dracmas?

Um homem atarracado e calvo ergueu a mão.

— Excelente! Quem dá seis?

Um homem alto de rosto esquelético deu o lance. Então outro e outro. Os olhos de Danae iam de um licitante ao próximo, tentando adivinhar que tipo de mestre eles poderiam ser pelo inclinar de cabeça ou como posicionavam o queixo.

Ela foi tragada de novo para a figura de capa. As demais vozes ficaram distantes quando ela encarou o fundo do capuz.

Danae pensara já ter sentido medo antes, mas aquilo fora apenas a sombra do terror que sentia naquele momento.

Da escuridão sob o capuz, um par de olhos carmim a encarava.

De repente, a multidão ficou de pé, gritando e apontando para trás de Danae. Ela se virou para ver que o soldado espartano tinha, de alguma maneira, conseguido uma espada. Lycon, Autólico e a velha caíram enquanto ele agitava a arma, puxando o grilhão que compartilhavam, para decapitar o fiscal de Kako com um único golpe. A cabeça decepada do homem grande espirrou um arco de sangue pelo ar antes de rolar pela plataforma de madeira.

Os guardas dispararam para o palco em uma enxurrada azul. Apesar de ter as mãos algemadas e estar preso a três outras pessoas, foram necessários cinco guardas para diminuir os ataques do espartano. Ele lutava como uma fera selvagem e matou três antes de finalmente ser desarmado.

Com o sangue escorrendo de uma miríade de cortes, ele urrou "Esparta!" e foi posto abaixo por um mar de capas azuis.

Danae olhou de novo para os assentos. Muitos dos compradores tinham fugido. Contudo, o estranho de capa cinza ficara, encarando-a com seus terríveis olhos vermelhos.

Ela não hesitou um segundo a mais e, enquanto os guardas e Kako estavam distraídos, disparou pelo palco e saltou para a trilha.

Conseguiu ouvir Autólico gritando lá atrás:

— Isso, garota! Corra, Danae, corra!

Esperando sentir a mão de um guarda segurar seu ombro a qualquer momento, ela correu o mais rápido que podia pelo cascalho e mergulhou na floresta.

13. CIDADE DO SOL

As folhas chicoteavam no rosto de Danae, e gravetos agarravam seus membros, mas ela não diminuiu a velocidade. Então, uma raiz prendeu seu pé e a fez tropeçar até cair no chão. Remexendo-se de costas, ela encarou as árvores atrás de si, esperando ver Kako, os guardas ou o estranho encapuzado rompendo a folhagem.

Contudo, ninguém apareceu.

Ela ficou no chão da floresta enquanto acalmava a respiração. Talvez, no caos, eles tivessem desistido dela.

O ar estava abafado, enfraquecido pela seiva das árvores e a umidade da terra. A luz do sol brilhava através das folhas, mas seu calor não chegava ao chão. Danae estremeceu. Era como estar embaixo d'água, observando a luz dançar na superfície, como se pertencesse a outro mundo. No entanto, ela conhecia o mar, suas marés e as criaturas que moravam lá. Aquela floresta era uma fera diferente.

Ela olhou para os vergões em seus braços e os rasgos em sua túnica. Sua pulsação agora não era só ensurdecedora, o farfalhar das folhas e o som de animais que ela não via pioraram. Ela se encolheu quando uma coruja piou da copa lá em cima. Então suas mãos foram para a bainha da túnica. Ela suspirou. O broche de Alea ainda estava ali.

Danae pensou no soldado espartano, a única pessoa a ser gentil com ela desde que saíra de Naxos. Ela se ajoelhou e fez uma prece a Hades, o Deus do Submundo.

— Por favor, avalie com misericórdia o espartano que morreu no comércio humano de Atenas hoje. Por favor, mande o barqueiro carregá-lo pelo rio Estige, mesmo se ele não tiver moeda para pagar.

Ela duvidava que Kako faria os ritos funerais e colocaria óbolos nos olhos do espartano. Mesmo assim, ela esperava que a alma dele não fosse deixada para vagar nas margens do Estige até o fim dos tempos.

Danae esfregou o rosto e se sentou sobre os calcanhares. Estava viva. Estava em Atenas. O horror do comércio humano ainda vibrava por seu corpo, mas precisava chegar à cidade. Era a única forma de encontrar a estrada para Delfos.

Persistentemente, ela se forçou a se colocar de pé e começou a abrir caminho pela vegetação quebrada.

Horas se passaram, e a luz acima esvaeceu. Sua cabeça estava latejando quando encontrou uma corrente escoando entre a vegetação rasteira. Jogando-se na água rasa, Danae bebeu até a barriga doer. Então se forçou a levantar e continuou andando, e parou apenas quando mal conseguia ver as árvores à sua frente.

A noite caíra sobre ela; estava exausta, além de completa e inteiramente perdida.

Ela se encostou contra uma grande árvore, com a determinação escorrendo pelas sandálias. Seu estômago grunhiu. A escassa porção de pão consumida na carroça parecia ter sido muito tempo antes. A última coisa que Danae queria era passar a noite na floresta, mas precisava descansar, e seria impossível encontrar o caminho no escuro.

Ela ouviu um farfalhar por perto. Sua pulsação se apressou. Danae olhou em volta, cortando a grande escuridão em busca de algum lugar para dormir, algum lugar em que não fosse descoberta.

Seus olhos viajaram para o alto.

Ela segurou o galho mais baixo da árvore e se impulsionou para cima. Subiu, apertando os dentes quando a casca arranhou as palmas de suas mãos. Diferente das rochas que costumava escalar em casa, a árvore parecia descontente com a invasão e se curvava com o peso. Um galho baixou com tanta violência que quase a fez tombar de volta ao chão.

Finalmente, ela chegou a um galho robusto que era grosso o suficiente para sustentar com segurança seu peso e alto o bastante para que ela ficasse escondida. Danae se encaixou em uma curva entre o tronco e o galho, e, naquele espaço entre o céu e a terra, esperou até adormecer.

※※※

Um lobo gigante com uma cobertura cinza-escura rondava a base da árvore. Danae se agarrou aos galhos, seu corpo trêmulo balançando as folhas. O animal se empinou e plantou as duas patas grandes no tronco. *A árvore tremeu sob seu peso, mas Danae falou para si mesma que ele não poderia alcançá-la, que estava segura.*

Então a fera começou a subir.

Ela encarou com horror quando aqueles olhos fulvos se incendiaram em vermelho. Seus membros se retorceram, as garras se esticando dos dedos cobertos em preto, e sua pele se desdobrou em uma capa casta, o capuz ocultando um rosto dissolvido em escuridão, exceto por aqueles terríveis olhos carmim.

Ela tentou chutá-lo para longe e descobriu que sua perna não era uma perna de forma alguma, mas sim um galho. Fios de luz fluíam pela casca que era sua pele. A criatura tombou de seus galhos sacolejantes, e ela soube que ele não subiria de novo. Ela conseguia sentir a vida avançando por seu tronco, por suas folhas e descendo até suas raízes enterradas fundo na terra.

Ela era a árvore, mas ao mesmo tempo era muito mais do que isso. Ela era tudo que se ligava à árvore. Ela era o solo e todos os seres contidos nele. Era todos os oceanos e todas as criaturas que nadavam nas profundezas. Ela era o mundo inteiro. Ela era a tapeçaria infinita da própria vida.

✦✦✦

O sopro de uma corneta fez Danae acordar bruscamente. A aurora, com seus dedos rosados, coloria o céu. Ela fez uma careta quando um graveto cutucou suas costas. Movendo-se de bruços com cuidado, ela se agarrou ao galho embaixo de si e espiou através das folhas.

O lobo não estava em lugar nenhum. Fora apenas um sonho.

Mas e quanto à corneta?

Por um momento, Danae ficou imóvel e seu corpo congelou pela indecisão. Então ela se soltou do galho e começou a descer pelo tronco. Não podia perder tempo esperando naquele abrigo de folhas; precisava chegar à cidade, encontrar comida e orientações para ir a Delfos.

Caindo de um galho mais baixo, ela se estatelou esparramada no chão da floresta. Suas pernas estavam duras, seus músculos doíam. Ainda por cima, estava subnutrida. Quando ficou de pé, ela ouviu o ressoar de cascos. A corneta soprou de novo, muito mais alta do que antes. Quem quer que fosse, estava por perto. Talvez os guardas ainda estivessem procurando por ela no fim das contas.

Sem tempo para subir de novo nos galhos, ela se abaixou atrás da árvore. Um instante depois, um homem rompeu por entre os arbustos e passou correndo. Era jovem, com pele marrom-clara e cabelo escuro, vestia uma túnica vermelha rubi. Seus olhos se esbugalharam de medo, e seus lábios repletos de saliva se afastaram quando ele arquejou.

Uma matilha de cães disparou atrás dele, seguidos por um grupo de homens montados em cavalos. Na liderança estava um homem atarracado de túnica azul, uma faixa de ouro repousava em suas madeixas grisalhas.

O rei Teseu.

Danae se pressionou contra o tronco e ficou bem quieta até ter certeza de que a caçada havia passado, então espiou em volta da árvore. A pequena clareira estava calma mais uma vez. Ela se retirou com cuidado pelo caminho que os cavalos haviam pisoteado. Agora, ela pelo menos tinha uma rota para sair da floresta.

Alguns momentos mais tarde, ela congelou quando gritos romperam o ar, acompanhados pelos rosnados dos cães que haviam encontrado a presa. Ela pressionou as mãos sobre as orelhas, mas não conseguiu bloquear os gritos agonizantes e o último som lamentável do homem implorando por sua vida.

Danae disparou em uma corrida e se apressou pela trilha da caçada o mais rápido que suas pernas doloridas permitiam.

Quando enfim emergiu da floresta, ela se encontrou não muito longe de onde a adentrara no dia anterior. Seu coração afundou no peito, mas, felizmente, não havia carroça estacionada do lado de fora do teatro.

Ela se demorou na última fileira de árvores, esquadrinhando a área em busca de guardas. A estrada de cascalho parecia deserta. Danae mordeu o interior da bochecha, depois decidiu arriscar e correu pelo trajeto até as árvores do outro lado.

Um corvo planava no alto. Ela o observou bater as asas contra o sol, depois se virar bruscamente e mergulhar na direção do teatro.

Capturada pela curiosidade, Danae saiu da pouca segurança das árvores e se apressou em direção aos assentos de madeira. A ave pousara no centro da fileira mais alta de bancos e estava bicando a cabeça do espartano, que emoldurava uma lança. Sua pele cinza já estava ficando flácida no calor, e gotas de sangue seco manchavam a madeira sob seu pescoço partido.

Uma onda de náusea fez a barriga de Danae se contrair.

Ela reconhecia os pontos de referência de Atenas pelas histórias de Filemon, mas aquela não era a cidade que imaginara. Ele a descrevera como o auge da civilização, cultura e sofisticação. Tudo que Danae vira até agora era crueldade e violência. Quanto mais cedo ela deixasse aquele lugar e fosse para Delfos, melhor.

Olhou para cima, para a acrópole no cume do monte, o Templo de Atenas, a joia da coroa. Se alguém sabia o caminho para Delfos, seria uma sacerdotisa de Atena. Diziam que o depósito de tesouros ateniense era o maior da cidade sagrada, e que estava sempre abastecido. Em troca, sempre que alguém da realeza ou nobreza ateniense quisesse visitar o oráculo, eles podiam passar na frente na fila. Aparentemente, havia até mesmo uma estátua de Atena na entrada da cidade, apesar de Apolo ser a deidade protetora.

Danae se virou e correu para a esquerda do teatro, disparando para trás do punhado esporádico de árvores. Quando chegou ao nível do solo do pico dos assentos, dois guardas pararam na frente dela. Danae derrapou até parar. Eles a encararam, as cabeças com elmos obstruindo o sol. Tinham estado no comércio humano? Ela não sabia.

— O que estava fazendo lá embaixo? — disse o primeiro guarda. — O teatro está fechado hoje.

Graças aos deuses, eles não a reconheceram. Pensando depressa, enquanto retribuía o cumprimento sagrado que eles lhe fizeram, ela ajeitou os ombros e mordeu o lábio, torcendo para parecer jovem e indefesa.

— Desculpe, eu fui à floresta para procurar por comida. Não temos muita desde que papai morreu e agora mamãe está doente... — divagou ela, encarando o chão com tristeza para acrescentar efeito.

Ela se forçou a ficar calma enquanto os guardas a escrutinavam.

Então, o primeiro disse:

— Tem sorte de os cães do rei não terem te encontrado. Ele está caçando hoje.

Ela queria saber quem era o homem que ele havia perseguido, mas não ousou perguntar.

— Saia daqui. Que não te encontremos de novo — avisou o segundo guarda.

Lutando contra a vontade de sair correndo, Danae se forçou a caminhar calmamente em torno deles, em direção à cidade. Assim que eles saíram de vista, ela saiu correndo até os degraus da acrópole.

O único caminho até o templo de Atena era através do complexo da acrópole, serpenteando para cima em degraus de pedra, ladeados por mais guardas. Mesmo tão cedo, uma fila de pessoas já estava subindo. O rosto de várias mulheres estava pintado por tinta branca, contrastando muito com suas vestes tingidas em cores claras. Elas pareciam fantasmas se arrastando com elegância pelos portões do Submundo.

Danae esperou um momento, depois pulou por cima da mureta e deslizou entre a correnteza de corpos. Enquanto a multidão seguia para cima, ela olhou para a cidade lá embaixo. Atenas se espalhava sob ela, uma massa em expansão de construções com colunas solenes, casas, praças, comércios com toldo, barracas e estábulos, difundindo-se por tanta terra que Danae mal conseguia distinguir o muro da cidade ao longe. Para ela, a única coisa comparável seria se alguém tivesse juntado todos os povoados de Naxos e os espremido juntos no vale onde ficava o templo de Deméter.

Ela se movimentava atrás de um par de mulheres nobres fofoqueiras quando um guarda olhou em sua direção. Apesar da multidão ao seu redor, Danae se sentiu exposta. Sua túnica estava esfarrapada e suja, e continuava fedendo a queijo. Ela não estava se misturando tão bem com os atenienses arrumados ao redor. Contudo, conseguiu subir sem ser impedida até que enfim a entrada do local surgiu à frente. Era tão grande que, se não soubesse, ela acharia que era o próprio Templo de Atena. Pilares altos e canelados davam suporte ao frontão, esculpido com imagens da deusa. Ela flutuava por cima dos fiéis, trajando uma armadura completa, o olhar vigilante sobre seus súditos devotos enquanto eles passavam ali por baixo.

Assim que passou pela entrada, Danae seguiu com o povo até um pátio aberto. O palácio se encontrava atrás de portões dourados à sua esquerda, e diante dela estava o Templo de Atena. Seu corpo se agitou, animado. Ela estava quase lá.

Enquanto subia os últimos degraus até o templo, o coração dela afundou no peito ao ver que as portas de mogno abertas eram protegidas por ainda mais guardas, com suas lanças de bronze cruzadas na frente da entrada. Danae se escondeu atrás do grupo de homens usando longas túnicas brancas, espiando entre eles para ver dentro do lugar sagrado.

O interior do templo era vasto. Colunas altas e uniformes seguravam o teto aberto, e posta no centro do local estava uma piscina retangular, com água imóvel como vidro, espelhando o céu. E no fundo do templo ficava uma imagem de Atena que capturava a própria divindade. Tinha mais de doze metros de altura, esculpida inteiramente em bronze e marfim. A deusa estava coroada por um elmo de cinco pontas, a lança e o escudo descansando ao seu lado, e ostentava um vestido leve que tinha o aspecto de sol líquido. A pele de Atena parecia irradiar sua própria luz perolada, e cada um de seus olhos safira era mais largo do que a cabeça de Danae. Eram tão penetrantes que ela estava convencida de que a deusa podia ver o fundo de sua alma.

Danae segurou a respiração quando as lanças dos guardas se separaram para os homens diante dela. Assim que passou pelas portas, ela disparou em volta deles.

Foi puxada para trás imediatamente pela gola de sua túnica, e o guarda a jogou nos degraus. Seu quadril e cotovelo colidiram contra a pedra quando ela se espatifou no chão.

— Não pode mendigar no templo.

— Eu não... — ela começou a falar, mas o guarda baixou a lança e avançou na direção dela.

— Volte para as ruas, ralé.

Ela se arrastou para longe da ponta da lança. Os atenienses se afastaram quando ela saiu meio correndo, meio cambaleando pelo pátio. O medo se espalhou por seu peito quando ela repentinamente percebeu o quanto estava visível. Precisava se afastar da multidão.

Serpenteou pelos degraus da acrópole, como uma pedra afundando na correnteza de um rio.

Sua primeira tentativa podia ter falhado, mas ela encontraria alguém que pudesse orientá-la a chegar em Delfos. Precisava encontrar.

✦✦✦

Quando chegou ao fim dos degraus da acrópole, Danae se viu rodeada por barracas improvisadas empilhadas com imagens em miniatura da deidade protetora da cidade. Os vendedores gritavam um por cima do outro, lutando para promover seus produtos mais alto que os demais.

Ela parou diante de uma das barracas. Uma bandeja de broches estava equilibrada em cima de um barril. Eles eram todos iguais. Uma coruja de bronze com olhos de pedra verde.

— Três óbolos é um bom negócio, de longe o mais barato. Não são lindos? A ave sagrada de Atena. Por que não experimenta um?

Ela recuou.

— Não... Eu não quero...
— Dois óbolos. Estou roubando de mim mesmo aqui.

Ela se virou e lutou para abrir caminho pelo mar de comerciantes que barganhavam. Entrando em uma rua lateral, reclinou-se contra a parede, segurando o choro. Pensou no rosto iluminado de Alea no momento em que a mãe prendera o broche de Filemon no peito dela. Ele parecia tão especial cercado pelo interior acabado da cabana de sua família. No entanto, era apenas um entre muitos. E perto da riqueza verdadeira da acrópole, Danae o via pelo que era de verdade: uma réplica barata.

A vergonha causou uma pontada em sua garganta. Filemon estava errado, Alea teria odiado aquele lugar. Danae esfregou os olhos e expirou lentamente pelo nariz. Não podia se distrair. Precisava haver alguém naquela cidade infernal que soubesse o caminho até Delfos.

Ela seguiu descendo por duas ruas e encontrou todas as portas e janelas trancadas, então avançou e chegou à grande praça do mercado. As lojas estavam protegidas por toldos coloridos de todos os lados. Inicialmente, Danae ficou perplexa. Havia tantas pessoas. A quem perguntar? Ela se demorou em uma barraca de maçãs, decidindo que o dono da loja parecia amigável.

— Com licença.

O homem estava de costas para ela.

Ela pigarreou e estava prestes a falar de novo quando ele se virou. Com os olhos arregalados, ele pegou a vassoura de trás da porta da loja e a golpeou na barriga.

— Fora. Não vai ganhar comida.

Ela cambaleou para trás. Atenienses colidiram com ela quando Danae foi agredida. Ela tentou perguntar para as pessoas que passavam, mas recebia mais da mesma reação. Alguns a enxotavam, outros simplesmente a ignoravam. Era como um sonho que tivera uma vez, em que era um fantasma e todos de quem se aproximava para pedir ajuda para encontrar seu corpo passavam através dela.

Depois de certo tempo, sua barriga começou a doer. Exausta, ela encarou os produtos das barracas que estavam por perto. Havia pratos de figos maduros e barris de azeitonas, bandejas com doces e potes transbordando de nozes. A quantidade de comida era obscena.

Avistou um homem magrelo arrumando uma pirâmide de laranjas. Ela observava quando uma oscilou de cima da pilha, depois tombou para o chão, rolando para longe da barraca. O vendedor suspirou e se virou para recuperar. Contudo, Danae tinha a urgência da fome do seu lado. Seus dedos se fecharam em torno da fruta, e ela partiu.

— Pare! — gritou o vendedor.

Porém, ela já estava disparando pelo beco. Danae correu até ter certeza de que o havia despistado. Depois do que vira da cidade, ela não queria descobrir a punição por roubo.

Danae devia ter chegado ao distrito onde morava a nobreza. De cada lado havia casarões imaculados com muros brancos e telhados de terracota. As pessoas a encaravam com desdém, mas ninguém a ameaçou ou a afugentou. Sentia-se grata por pelo menos isso.

Enfiou a unha na casca da laranja. O cheiro ácido preencheu suas narinas quando a retirou. O suco escorreu por seus dedos e ela os lambeu vorazmente, sem se importar com a sujeira nas mãos. A fruta estava deliciosa, doce e suculenta. Danae estava tão absorta em comer que quase trombou com um homem saindo de uma porta. Ele arremessou o conteúdo de um balde para a frente, e mijo respingou pelas sandálias dela, antes de escoar pela valeta que percorria os dois lados da rua.

Ela praguejou e recuou.

O homem olhou irritado.

— Olhe por onde anda!

— Espera! — chamou ela quando o homem entrou de novo. Ele parou na entrada. — Sabe o caminho para Delfos?

O homem semicerrou os olhos.

— Quanto vai pagar?

Ela olhou para a metade restante da laranja, arrancou um pedaço e ofereceu para ele o gomo que gotejava.

O homem franziu o nariz e bateu a porta na cara dela.

Danae suspirou, continuando pela rua à medida que terminava o resto da fruta, sua polpa saborosa sendo uma pequena distração dos pés doloridos.

— ... da cidade sagrada.

Ela ficou de orelhas em pé. Dois homens estavam andando à sua frente; um usava a armadura de bronze e a capa azul de um soldado ateniense, de alto escalão pela aparência de seu elmo emplumado. Seu companheiro vestia a toga branca de um erudito.

— Talvez eu devesse consultar o oráculo de novo? — perguntou o oficial.

— Não acho que seja sábio, Aristides. A profecia não é um amigo que se possa questionar até receber a resposta que deseja.

Eles entraram em uma rua agitada e ladeada por lojas, e um grupo de mulheres parou na frente de Danae. Ela as contornou, mas não conseguia mais ver os dois homens. Apertando os dentes, frustrada, ela disparou pela rua, espiando pelas várias portas e janelas.

Contudo, sua busca se mostrou inútil. Ela os perdera.

❄❄❄

Danae perguntou o caminho para Delfos tantas vezes que as palavras se tornaram baboseiras em sua língua. Devia ter falado com mais pessoas naquele dia do que em sua vida inteira.

Ela vagou por horas e se viu em uma parte menos abastada da cidade. As construções ali eram feitas de madeira. Eram menores e mais juntas, varais de roupas se esticavam entre os telhados, e crianças descalças corriam pelas ruas, sem parecerem se importar de estar espirrando dejetos humanos. As sarjetas ali claramente não recebiam manutenção como era feito nos distritos mais ricos.

Pelo menos as pessoas não olhavam para ela como se fosse um verme.

Algumas ruas depois, ela percebeu uma mudança no ar. Algo estava tirando as pessoas de suas casas. Elas rodopiavam como moscas de frutas, indo das portas para janelas, debatendo em sussurros.

Algo havia acontecido.

A maioria das pessoas caminhava para a direção oposta, para o coração da cidade e da acrópole. Danae se virou e deixou que o fluxo a levasse de volta para o lugar de onde viera.

Passou por um balneário e ouviu um grupo de homens conversando animadamente ao entrarem na rua.

— Não imagino como Teseu vai conseguir se recuperar disso.

— É o que acontece quando se casa com uma mulher de Creta.

O riso desapareceu na aglomeração de transeuntes quando os homens foram absorvidos pela multidão. Danae correu atrás deles, fragmentos de conversas rodopiando ao seu redor.

— Ouvi dizer que um dos criados encontrou os dois.
— Dormindo com o próprio enteado! É uma abominação.

As ruas perto da acrópole estavam lotadas. Danae serpenteou pelo aglomerado, esforçando-se para conseguir mais informação.

Quando os grandes degraus até a acrópole ficaram à vista, uma comoção rompeu atrás dela. A multidão se afastou da rua. Empurrada em direção às casas à esquerda, Danae lutou para ver o que estava acontecendo por cima da cabeça das pessoas adiante.

Uma procissão passava pela rua.

Danae ficou nas pontas dos pés. Na frente da procissão estava o rei Teseu, com os ombros drapejados com um manto azul-cobalto que se acumulava em cima da traseira de seu corcel castanho. A faixa que usara durante a caçada havia sido substituída por uma coroa de ouro, e seus olhos cinza eram frios como o céu no inverno.

Ela abriu caminho, esgueirando-se até a primeira fileira de curiosos bem a tempo de ver a corda se estirando da parte de trás da sela do rei. Seu estômago se revirou quando o viu arrastando o cadáver do homem que ele perseguira pela floresta. Estava tão machucado que Danae quase não o reconheceu. Estava nu, e sua forma maleável estava cortada e pontuada por marcas de mordidas, a pele encrostada por sangue seco.

Agora ele é o rei de Atenas.

Ela se lembrou do que a mênade Ariadne contara sobre Teseu. Aquele era o homem que se deitara com ela e depois a abandonara em um litoral desconhecido. Ele sempre fora cruel, mesmo antes de seu coração ser envenenado pela vingança. Ser traído pelo próprio filho era mesmo uma mágoa penosa, mas caçá-lo como um animal e profanar seu corpo ia além da brutalidade.

Atrás do corpo do filho de Teseu caminhava uma mulher. Ela não usava joias, e seu longo vestido de seda se arrastava em volta dos pés descalços. Danae arquejou. A semelhança era assombrosa. Ela era mais nova do que Ariadne, o longo cabelo grisalho ainda tinha mechas loiras, mas a inclinação de sua boca e o formato da mandíbula eram uma réplica da mênade. Aquela devia ser a irmã de quem Ariadne falara. Danae se perguntou se aquela mulher sabia o que acontecera entre a mênade e seu marido.

A rainha de Atenas encarava o corpo desalinhado do enteado, como se a multidão não estivesse ali e só existissem os dois. Ela não chorava, mas seus olhos verde-claros eram cavernas de tristeza. A um passo atrás dela estavam seis guardas, e dois a ladeavam. Eles trajavam a armadura ateniense completa, com os elmos de plumas azuis mascarando seus rostos, as mãos repousando sobre os pomos das espadas. Danae tinha a sensação de que eles estavam ali para vigiar a rainha em vez de protegê-la.

Fechando a procissão, vinha uma mulher de tez austera e pele marrom-clara, montada em uma égua cinza rajada. Seu cabelo escuro estava cortado curto, como todas de seu tipo, e ela estava envolvida por uma túnica preta. Apesar do horror da procissão, vê-la fez a pele de Danae formigar. Devia ser a vidente real.

Danae só vira outra vidente, muito tempo antes, no Porto de Naxos. Homens e mulheres que se tornavam videntes eram escolhidos desde muito jovens para estudar sob a tutela de um mestre e aprender o segredo das artes de detectar os agouros. Então eles escolhiam qual rei ou comandante militar serviriam. Uma vidente mulher era uma anomalia, uma mulher fora dos limites das restrições sociais. Até mesmo uma rainha era governada pelos caprichos do marido, mas uma vidente podia viajar para qualquer lugar com qualquer pessoa e impor respeito. Uma mulher que decidia o próprio futuro.

O rei Teseu desmontou na base dos degraus da acrópole e começou a subi-los. Sua vidente o seguiu, e os guardas desprenderam o corpo, arrastando-o pelo meio da escada. Ainda cercada por guardas, a rainha foi posicionada perto dele. Era uma visão assustadora: o rei olhando seus cidadãos, sua esposa e seu filho assassinado abaixo dele.

Teseu ergueu a mão, e o silêncio se fez.

— Atenienses, que os Doze vos enxergueis e reconheçais. — Ele falava como um príncipe que nunca tivera de lutar para ser ouvido. — Vosso rei está aqui hoje, diante de seu povo, para abordar os boatos que decerto todos ouviram a esta altura. — Ele parou. A cidade estava em completo silêncio. Até mesmo os vendedores de lembrancinhas estavam quietos. — Um adultério foi cometido. Que nenhum de nós esqueça: uma mulher trair o marido é um pecado contra os deuses. É uma doença que precisa ser afugentada e cauterizada. Ninguém está acima de julgamento, nem mesmo a realeza.

A tensão em sua voz entregava como aquilo era difícil, mas Danae não conseguia ver em seu rosto a dor de um coração partido, apenas a fúria de um orgulho ferido.

A vidente assentia lentamente enquanto ele falava. Danae se perguntou se Teseu fora forçado a admitir aquilo. Reis podiam governar o povo, mas sacerdotisas governavam os reis.

— Meu filho, Hipólito, era um problema com o qual eu precisava lidar. — Teseu encarou sua vidente. — Mas deixo o destino da rainha Fedra para Atena.

As pessoas balbuciaram entre si, depois o silêncio recaiu de novo quando a vidente ergueu os braços para o céu. Os olhos dela rolaram para cima, depois ela abriu a boca e despejou um idioma que Danae não compreendia, os tons guturais eriçando os pelos dos braços da garota. Aquela mulher estava se comunicando com os deuses.

A multidão aguardou, enfeitiçada.

Depois de um momento, a vidente baixou os braços e olhou em volta, como se acordasse de um transe.

— Atena se pronunciou. A vida da rainha será poupada.

Muitos arquejaram. Não era do feitio dos deuses serem misericordiosos. A boca de Teseu se retorceu; ele quase parecia decepcionado.

— No entanto — continuou a vidente —, ela precisa ser purificada e expiar seus pecados. Atena deseja que a rainha Fedra viaje até Delfos imediatamente para ser purificada pelo oráculo. Se não o fizer, uma praga terrível recairá sobre a cidade. — A vidente se virou para Teseu. — Os destinos se alinharam, meu rei. As iniciadas escolhidas devem ir até a cidade sagrada amanhã para se apresentarem como candidatas a nova pítia. A rainha deve acompanhá-las.

Fedra pestanejou e não disse mais nada. Houve uma pausa quando o rei olhou intensamente para a vidente. Então ele se voltou para a multidão.

— Que a vontade de Atena seja atendida.

Danae não prestou atenção no que aconteceu em seguida. Enquanto as pessoas ao seu redor voltavam para suas casas, ela continuou imóvel.

E começou a arquitetar um plano.

14. QUEIMANDO OURO

— Por favor, que isso dê certo — sussurrou Danae ao segurar uma pedra em uma tira do tecido que rasgara da bainha de sua túnica.

Ela mordeu o lábio e mirou.

A primeira pedra não alcançou, quicando nos degraus do templo de Atena. A segunda acertou um dos guardas usando peitoral de bronze. Ele nem sequer se moveu.

Ela praguejou baixinho.

Pressionando-se contra a coluna na qual estava escondida, ela olhou para o palácio lá atrás, depois para sua roupa rasgada. Descartara a ideia inicial de como distrair os guardas por ser muito arriscada, mas sua aparência era tão terrível que talvez funcionasse.

Balbuciando uma prece rápida a Hermes, o deus protetor dos trapaceiros, ela correu pelo pátio.

— Ajuda! Alguém ajuda!

Os guardas viraram a cabeça em sua direção, e Danae deixou que o horror do que vivera nos últimos dias vertesse em rios por suas bochechas.

— Um homem no palácio. Ele matou um guarda, depois me atacou; ele estava procurando pela rainha. — Ela caiu de joelhos, soluçando.

Entre os dedos, viu ambos os guardas correrem na direção do palácio. Um momento depois, ela estava de pé, subindo depressa os degraus do templo.

A primeira parte estava finalizada. A próxima exigiria furtividade e paciência.

Ela esperou, escondendo-se atrás de um pilar largo de pedra, até o último adorador sair do templo e as portas serem trancadas. Os olhos pintados de Atena a encararam quando Danae se esgueirou do esconderijo.

A tranquilidade do salão vasto fez um frio descer por sua coluna. O espelho-d'água estava tão calmo que parecia capturar a lua, emitindo a própria iluminação pálida. Danae precisava desesperadamente se lavar, mas tomar banho na água sagrada seria um ato indescritível de sacrilégio.

Cada passo que dava parecia desajeitado, cada respiração era mais alta do que a anterior. Ela não pertencia àquele lugar sagrado, na presença de uma deusa. Mesmo uma feita de bronze.

Afastando o olhar do rosto de marfim de Atena, ela se abaixou atrás do pedestal da estátua e pressionou as costas contra o mármore frio. Seu corpo precisava desesperadamente dormir, mas temia qual sonho teria se fechasse os olhos.

Em vez disso, ela focou no que aconteceria em seguida. Se as sacerdotisas de Atena fossem um pouco parecidas com as irmãs de Deméter, começariam cada dia com preces e bênçãos matinais.

Seria nesse momento que atacaria.

❖❖❖

Danae disparou do templo como um cavalo picado por uma vespa.

Ela correu mais rápido do que nunca, apertando uma capa azul-clara na mão. As pessoas desviavam de seu caminho, mas ela não parou, nem ao menos olhou para trás. Se Falero lhe ensinara algo, foi que deveria garantir para valer que escapulira de seus perseguidores antes de diminuir a velocidade.

Enquanto as sacerdotisas estavam ocupadas com a cerimônia matutina, ela se esgueirara do esconderijo e passara silenciosamente pelas sombras quando as iniciadas se despiram. Tudo estava indo muito bem até que uma delas a viu, e Danae fora forçada a criar uma distração, conseguindo sair apenas com o manto naquela comoção.

Depois de descer correndo os degraus da acrópole, Danae rapidamente se lavou no cocho de um cavalo no estábulo mais próximo, depois vestiu a roupa da iniciada. Ela se permitiu um momento para aproveitar a maciez luxuosa do material contra a pele, então deixou o fluxo de pessoas guiá-la pela cidade. Estavam todos indo para o mesmo lugar.

Pelo que ela sabia, só havia duas formas de entrar e sair de Atenas. Uma era a passagem murada para o Porto de Falero, a outra era o portão que naquele momento se estendia diante de si. Danae se abaixou atrás do toldo de um carrinho de um vendedor de azeitonas e puxou o capuz azul-claro de iniciada para esconder o rosto. Se estivesse certa, a rainha Fedra e as candidatas a pítia passariam por ali ao deixarem a cidade.

Não precisou esperar muito.

Um bloco de guardas marchou pela rua, dividindo o trânsito, seguidos por vários outros guardas na cavalaria e duas carruagens ornamentadas seguidas por carroças estampadas pelo sol de doze pontas ateniense.

A procissão parou, e Danae olhou entre as carruagens. Uma devia conter as iniciadas, e a outra, a rainha Fedra. Não fazia ideia de qual era qual. O rangido retumbante chamou sua atenção quando os portões da cidade começaram a se abrir. Sua pulsação se acelerou, e ela virou de novo para as carruagens.

Tinha quase alcançado a primeira quando um par de mãos apertou seus ombros. Ela se virou para encarar um guarda carrancudo.

— Aonde pensa que está indo?

— Eu... eu estou atrasada — desembuchou ela. Com o coração palpitando, ela elaborou: — Sou uma candidata.

Ela apertou a capa com mais força em volta de sua túnica, torcendo para o guarda não perceber as sandálias esfarrapadas.

— Por que não está com as outras?

— Quis me despedir uma última vez de minha irmã.

O guarda semicerrou os olhos. A mente de Danae disparou, procurando por algo que pudesse ajudar a convencê-lo. Então se lembrou do homem que seguira no dia anterior e rezou com toda a alma para que fosse mesmo um oficial de alta patente.

— Vou garantir que meu pai saiba como você tem sido prestativo.

Ele franziu a testa.

— Quem é seu pai?

Danae estufou o peito.

— Aristides.

Os olhos do guarda se arregalaram em reconhecimento, e o coração dela saltitou.

— Sim — prosseguiu ela. — E se eu for deixada para trás ele ficará furioso.

As ranhuras entre as sobrancelhas do guarda se aprofundaram. Ele não se moveu.

Com a boca seca, Danae deu um passo em direção a ele, abaixando a voz.
— Qual é o seu nome?
— Cyrus.
Ela segurou a mão dele, a outra mantendo a capa perto da túnica. Enquanto seus dedos tocavam a pele dele, Danae pestanejou.
— Eu pressinto grandes coisas sobre você, Cyrus. A Deusa da Sabedoria sussurra para mim do monte Olimpo. — Ela fechou os olhos como se estivesse se esforçando para escutar. — General.

O guarda a encarou por mais três batidas agonizantes de seu coração, depois virou para dar um toque na janela da segunda carruagem e abrir a porta.
— Entre — disse ele com aspereza, sem encará-la. — E obrigado.

Quando ele ajudou Danae a entrar no compartimento, bílis subiu à boca da garota ao pensar na blasfêmia que acabara de pronunciar.

Ela foi recebida por três rostos sobressaltados. Antes que alguém pudesse falar, ela cambaleou até o chão quando a carruagem disparou. O interior era cheio de almofadas suntuosas em uma miríade de cores, nas quais as três iniciadas escolhidas estavam reclinadas. Danae nunca estivera em um lugar tão luxuoso. Nem mesmo deitar na areia macia da praia era tão confortável quanto aquilo.

Um coro de "Que os Doze te enxerguem e reconheçam" ecoou das garotas. Com dezoito anos, ela era de longe a mais velha. Concluiu que as duas à direita não tinham mais do que quinze anos e a mais nova parecia ter apenas treze. Do chão da carruagem, ela retribuiu com o gesto sagrado, rezando para ter se movido depressa o suficiente no Templo de Atena para que nenhuma das iniciadas se lembrasse de seu rosto.

— Quem é *você*? — perguntou a garota à direita, as bochechas corando em um rosa claro.

Seus olhos azuis deslizaram pelo cabelo esvoaçante de Danae, desaprovando, enquanto ela colocava seus fios loiros e sedosos atrás da orelha.

— Acréscimo de última hora. — Danae se levantou do estofado luxuoso.

A garota do meio franziu o cenho. Sua pele era marrom avermelhada, e seu rosto suave era emoldurado por uma nuvem de cachos pretos.

— A alta sacerdotisa nunca te mencionou. Por que não tem estudado conosco?

— Sou de uma cidade próxima — disse Danae, depressa. — Levei um tempo para chegar aqui.

— Eu não acredito em você — disse a loira.

Danae lutou para se manter calma.

— Acha mesmo que os guardas teriam permitido que eu entrasse se não fosse uma candidata?

A loira a encarou, examinando-a.

— O que seu pai faz?

— Ele é dono de um olival.

A garota fez um som depreciativo no fundo da garganta.

— Pensei que escolhessem apenas filhas de nobres para serem iniciadas.

Danae deu de ombros.

— Acho que eu sou especial.

A loira ainda não parecia convencida.

— Qual é seu nome? — perguntou a iniciada de cabelo cacheado.

Depois de um instante, Danae disse:

— Carissa.

A garota sorriu.

— Eu sou Dimitra. — Ela jogou a cabeça na direção de sua companheira loira. — Essa é Olympia.

— E eu sou Lyssa — disse a mais nova das três. Sua pele cor de cobre era salpicada por uma explosão de sardas, e ela tinha grandes olhos verdes que faziam Danae se lembrar de um sapo.

Ela contraiu os lábios.

— É um prazer conhecer todas vocês.

— Estávamos agora mesmo falando sobre visões — disse Dimitra. — Eu ainda não tive uma, mas tenho certeza de que ouvi a voz de Atena...

— Claro que ouviu — interrompeu Olympia. — Ou não estaria aqui. — Ela ainda encarava Danae com desconfiança. — Eles costumavam deixar apenas descendentes das melhores estirpes serem candidatas. Devem estar desesperados.

As bochechas de Danae coraram. Olympia provavelmente desmaiaria se descobrisse que estava, na verdade, dividindo a carruagem com a filha de um pescador.

— A pítia atual não é da nobreza — disse Lyssa, com sua voz alta e aguda. — Ela é filha de um vendedor de seda.

— Cale-se, Lyssa. — Olympia cruzou os braços e olhou para fora da janela.

A pítia era a sacerdotisa que traduzia as profecias do oráculo. Era a nomeação mais sagrada de toda a Grécia. Só existira uma pítia durante sua vida, mas Danae sabia que ela era escolhida de uma seleção de sacerdotisas iniciadas e virgens, enviadas de todas as maiores cidades.

— Você já teve uma visão? — perguntou Dimitra.

Em sua mente, Danae viu a árvore brotando do coração de Alea, seus galhos entregando uma maçã de ouro para ela.

Ela foi poupada de responder devido a um rangido intenso. As garotas se lançaram para as janelas. Os portões da cidade estavam se fechando atrás delas.

Danae se recostou e, pela primeira vez desde que chegara em Atenas, sentiu que podia respirar tranquilamente. Conseguira. Estava a caminho de Delfos. Sua mão foi instintivamente para o broche de Alea.

— A pítia deve estar doente — disse Dimitra. — Por qual outro motivo estariam reunindo iniciadas para substituí-la? Ela não deve ter nem quarenta anos. Certamente não é sua hora de fazer a passagem para o Submundo.

— O que aconteceria se ela morresse antes de uma sucessora ser escolhida? — perguntou Danae.

Dimitra deu de ombros. Nem mesmo Olympia respondeu.

As garotas caíram no silêncio. Por um momento, Danae observou as planícies abertas e os pedaços de florestas passarem. Logo o cansaço pesou sobre ela. Tentou ficar acordada, mas, ninada pelo sacolejar da carruagem e o acolhimento macio das almofadas, suas pálpebras se fecharam, e ela se juntou às demais no sono.

✧✧✧

Danae acordou com o tranco da carruagem parando. A luz estava esvaecendo. Ela devia ter dormido por horas. Olhou pela janela mais próxima e viu os montes vigorosos descendo pela estrada. O terreno era ainda mais esparso do que o anterior, com apenas algumas árvores aparecendo entre tufos de grama áspera e terra pálida e erodida.

Bateram na porta da carruagem, então ela foi entreaberta. Um guarda se inclinou e colocou uma bandeja de comida nos travesseiros entre as garotas, seguida de uma jarra e quatro copos.

Danae fitou. A bandeja estava carregada de figos, um pote de mel, carne defumada, queijos e bolos doces. Foi necessário todo o seu autocontrole para não enfiar tudo na boca de uma só vez. Em vez disso, ela se forçou a imitar suas companheiras e apanhou delicadamente o alimento. Os dias de fome rugiram dentro dela, quase encobrindo o gosto das primeiras porções. Ela mergulhou um figo no pote de mel, depois gemeu de prazer quando a doçura explodiu em sua língua. Dimitra riu e passou um copo de água para ela. Danae o drenou com um gole.

— Você é familiar. — Lyssa encarava Danae. — Já nos conhecemos?

— Não, acho que não — respondeu ela no que torceu para ser um tom indiferente.

Lyssa deu de ombros.

— Talvez você tenha um daqueles rostos.

— Bem, todas as pessoas comuns são parecidas — disse Olympia.

Danae fantasiou sobre agarrar o cabelo loiro de Olympia, arrastá-la para fora da carruagem e esfregar sua cara na terra.

— Acho que é bom Carissa estar aqui — disse Lyssa. — A nova pítia deve ser escolhida por seu talento, não por sua origem.

Olympia riu baixinho.

— Você não sabe do que está falando. Daqui a pouco dirá que deveríamos escolher nossos reis. Ridículo.

— Por que não? Meu pai diz que Teseu está arruinando Atenas.

— Cuidado. — Dimitra tocou o braço de Lyssa e olhou para a porta. — Não se deve repetir coisas assim, nunca. Pode causar problemas para seu pai.

Bateram mais uma vez à porta. Lyssa se contorceu e olhou preocupada para Dimitra, que apertou sua mão.

O guarda abriu a porta.

— Fui instruído a conduzi-las até… o quarto de banho.

Uma a uma, elas desceram da carruagem. A procissão havia parado na beira da estrada para passar a noite. A outra carruagem estava na frente da delas, e as três carroças ficaram atrás.

— O que tem nas carroças? — perguntou Danae.

Olympia riu.

— Ouro, é claro. Para o depósito de tesouro.

— As três? — Sua mente se desintegrou quando tentou imaginar quantos povoados poderiam ser alimentados por três carruagens de riquezas.

Olympia a encarou, incrédula, como se ela tivesse acabado de perguntar o que era o sol.

— De onde mesmo você disse que veio?

Elas foram interrompidas pelo guarda as chamando para segui-lo. Danae virou de costas para as outras e puxou a capa para mais perto. Precisava parar de fazer perguntas tolas.

Algumas tendas haviam sido erguidas ao lado dos veículos, presumidamente para os guardas dormirem, já que não havia uma carroça para eles. As garotas passaram por eles até uma área onde um lençol fora estendido entre duas árvores, mascarando uma vala rasa e recentemente cavada.

— Eu não vou ali atrás. — O rosto de Olympia se contorceu, enojado.

— Sinta-se à vontade para encontrar outro lugar — disse o guarda.

Olympia olhou em volta, para a evidente falta de abrigo na charneca, e repuxou os lábios.

O guarda e as iniciadas esperaram do outro lado da divisão improvisada enquanto Danae se aliviava. Quando saiu de lá, ouviu alguém choramingando. Ela olhou em volta e viu Fedra, com os braços presos ao lado do corpo por outro guarda, enquanto voltava depressa para a carruagem. Por um momento, o rosto da rainha pairou pela janela depois de a porta ser fechada com força. Os olhares das duas se encontraram. Um tremor desceu pela coluna de Danae.

Com a tarefa terminada, o guarda da rainha caminhou até o guarda delas.

— O que foi isso? — perguntou o guarda das iniciadas.

— Ela está maluca — resmungou o outro. — Queria pegar minha arma. Estava tentando...

Ele fez um movimento de cortar a própria garganta.

O guarda das iniciadas balançou a cabeça.

— Não tenho inveja de você.

Lyssa, a última a se aliviar, surgiu de trás do lençol.

— Certo, é melhor eu colocar esse bando para dentro — disse o guarda das iniciadas. — Vamos, garotas, hora de voltar. — Ele acenou para o outro. — Boa sorte.

O homem grunhiu.

— Vou mijar. — Ele desapareceu atrás da cortina.

Enquanto caminhavam de volta, os olhos de Danae se demoraram na janela da rainha, mas Fedra se retirara para a escuridão da carruagem.

❊❊❊

Na tarde seguinte, a quantidade de árvores tinha aumentado, ondulando pela paisagem em uma cobertura verde. Quando a caravana começou a subir as montanhas, outros viajantes se juntaram a eles na estrada, e logo eles eram parte de um fluxo constante de carroças e carruagens, e cavaleiros esporádicos em suas montarias.

— Consigo ver! — guinchou Lyssa.

Todas elas se apressaram até a janela, assim que a carruagem contornou o cume inclinado do monte Parnaso. Abaixo da encosta, banhada por raios de sol, estava a cidade sagrada de Delfos.

Não era tão grande quanto Atenas, mas era majestosa. Uma estátua de pedra de Atena, de braços abertos para receber os peregrinos, presidia sobre os portões da cidade. Graças aos degraus inclinados do local, Danae conseguia ver dentro das muralhas. O santuário de Apolo, que era a morada do oráculo, se aninhava ao centro. Ela sabia que aquele era o templo pela imagem enorme do Deus do Sol em cima, banhada em ouro, as madeixas brilhantes coroadas com folhas de louro. Mais acima da montanha, entalhados em uma rocha inclinada, ficavam o teatro e o ginásio. Uma procissão de peregrinos seguia pela cidade, andando pela rua quase toda tomada, a via sagrada que levava até o oráculo.

Enquanto elas se aproximavam dos portões, os dedos de Danae foram de novo para o broche de Alea. Ela segurou o peso na mão e se lembrou do pai o pressionando em sua palma. Não era muito para oferecer comparado à riqueza ao seu redor, mas ela torcia para ser o bastante.

Guardas com capa bordô ladeavam os portões, com as armaduras brilhantes de bronze cintilando ao sol. Danae olhou através da janela, encarando os muitos peregrinos a pé, até Olympia fechar a cortina.

— Não é apropriado que a plebe nos veja.

Danae ficou tentada a abri-las de novo, mas se forçou a sentar e esperar. Logo estaria com o oráculo, só isso importava.

A estrada se inclinava sob a carruagem, e, com o declive, a pulsação de Danae acelerou. Estava quase lá.

De repente, a carruagem parou e ela ouviu o tinir de uma armadura. O guarda abriu a porta.

— Por ordem de Apolo, todos devem andar pela via sagrada.

O rumor da multidão foi abafado pela pulsação palpitando em seus ouvidos enquanto Danae descia da carruagem e se agrupava com as outras candidatas. Ela olhou em volta procurando Fedra, mas um grupo de guardas se aglomerou em torno delas, formando um escudo humano entre as iniciadas e os peregrinos. Os sentidos de Danae foram sufocados por armaduras de bronze, capas bolorentas e gritos de "abram caminho!" à medida que subiam, apressando-se para manter o ritmo dos guardas. Seus dedos roçaram os de Dimitra, e a garota agarrou sua mão. Danae ficou contente.

Sua respiração saía brusca e rápida quando os guardas pararam de andar. Eles se retiraram para revelar a entrada inclinada do Templo de Apolo e formaram uma fileira atrás das garotas, afastando os peregrinos.

O santuário de Apolo fora construído em um padrão similar ao Templo de Atena, com colunas altas coroadas por um telhado oblíquo e murais pintados com detalhes em folhas de ouro.

Uma mulher surgiu das sombras dos pilares. Ela parecia flutuar, sua túnica carmim ondulando pela pedra. A roupa era cingida na cintura por broches de folhas de louro em bronze, sua cabeça estava coberta por um véu translúcido da mesma cor, coroado por um ornamento de moedas douradas.

— A pítia pediu que as iniciadas entrem uma de cada vez. Quem será a primeira?

Danae esperava que Olympia se agarrasse à chance de ser a primeira apresentada à pítia, mas ninguém se moveu quando chegou o momento.

— Eu vou — disse ela, depressa, a ideia de voltar para casa brilhando como um farol em sua mente.

— Boa sorte, Carissa — sussurrou Dimitra e apertou sua mão uma última vez.

Danae olhou para os guardas que continham a multidão de peregrinos. Seu estômago se apertou ao ver o mar de rostos desesperados além dos homens de armadura. Se tivesse ido andando, demoraria uma era para passar por todas aquelas pessoas.

As batidas de seu coração atingiram um crescendo quando ela virou novamente para a sacerdotisa e caminhou pela rampa de pedra em direção à entrada do templo. Mesmo que estivessem escondidos, ela conseguia sentir os olhos da mulher cravados em si. Ela apertou mais a capa azul em volta de sua túnica esfarrapada. Outra sacerdotisa surgiu da escuridão lá de dentro, e, sem dizer nada, as mulheres a chamaram com um gesto para o breu, aproximando-se de Danae quando ela saiu da luz do sol e entrou na sombra fresca do santuário.

Diferentemente do Templo de Atena, a entrada ali não dava em um salão aberto, mas em uma passagem de pedra baixa. Danae se encolheu quando as portas se fecharam atrás de si. Depois do clamor da via sagrada, o corredor estava sinistramente silencioso. Tudo que podia ouvir eram as batidas do próprio coração e o tilintar das joias das sacerdotisas. Braseiros perfumados soltavam fumaça em intervalos ao longo das paredes. À medida que andavam, as sacerdotisas pareciam tremeluzir na luz dançante, como se fossem visões e não estivessem ali de verdade.

Danae sentia que tinha andado por horas quando finalmente desceram uma escada estreita. Na base, uma porta pairava nas sombras. Era feita de carvalho e surpreendentemente plana. Uma das sacerdotisas torceu o trinco de ferro e a entreabriu. A outra colocou a mão nas costas de Danae e a empurrou. Ela cambaleou para dentro da câmara do oráculo e ouviu a porta ser fechada com força.

A sala era sufocante.

Danae tossiu quando um vapor fumegante queimou o fundo de sua garganta. Quatro pratos de bronze com incenso queimando devagar repousavam em cada canto da câmara. A iluminação lambia as paredes cavernosas, derramando sombras vacilantes pelo teto abobadado. Uma fenda cortava pelo comprimento da sala, dividindo o chão em dois, uma fumaça sulfurosa saindo em espirais dessa profundeza.

O oráculo.

Os pensamentos de Danae derreteram como se alguém tivesse derramado óleo quente em seu cérebro. Ela precisava se apegar ao motivo de estar ali. Precisava que o oráculo explicasse o que acontecera com ela, se estava amaldiçoada e se havia cura.

Uma figura surgiu através do vapor. Era difícil dizer onde a pítia começava e a névoa terminava. Gavinhas de fumaça serpenteavam por seu longo cabelo escorrido. Ela vestia uma simples túnica branca, e, diferentemente das outras sacerdotisas, nenhuma joia adornava seu corpo. Ela era dolorosamente magra. A pele pálida pendia das maçãs do rosto, e os olhos com bordas vermelhas fitavam da junta sombria.

Na fumaça vertiginosa, Danae se atrapalhou para soltar o broche do interior da túnica, depois o ofertou à pítia.

— Isso é para a senhora. Sei que não é muito... — Sua voz soava abafada e distante. — Mas preciso de sua ajuda. Há algo de errado comigo... Acho que posso estar amaldiçoada.

A mão da pítia se fechou em torno da dela. Danae olhou para baixo. Os nós dos dedos da mulher pareciam pérolas repousadas em um leito de seda amarrotada. Seus dedos apertavam com firmeza surpreendente.

— Fiz uma árvore crescer do peito da minha irmã. — Pareceu importante explicar. — Ela já estava morta, mas... havia maçãs de ouro...

Sua voz morreu, a língua se tornando pesada e desajeitada.

A pítia colocou um dedo esquelético sobre a boca de Danae. Os lábios finos se esticaram em um sorriso sobre as gengivas enrugadas.

— Venha, iniciada — disse a pítia, com a voz crepitando como folhas secas sob os pés.

Ela acompanhou Danae até as duas estarem bem na beira da fissura. A mulher empurrou Danae para o chão, depois se moveu para ficar atrás dela. A pítia agarrou sua cabeça e a enfiou no oráculo.

— Respire.

Havia algo dentro da fenda. Algo liso e brilhante, como um grande olho preto, coberto por uma teia de rachaduras. E ali, no coração da coisa, havia uma lasca, como se faltasse um pedaço.

— Toque — sussurrou a pítia —, e me diga o que vê.

Danae sentiu necessidade de explicar que não era uma iniciada. Em vez disso, ela se viu esticando o braço até seus dedos se ligarem a algo liso e firme.

Por um momento, não sentiu nada além do vapor batendo contra sua cabeça e o gosto acre de enxofre na boca. Então, sentiu um puxão intenso no braço. Ela não conseguia se mexer. Tentou gritar, mas seus músculos pareciam presos. Então o chão desapareceu sob seus pés.

A escuridão pressionou contra seus olhos. Assim, ela percebeu que nem sequer tinha olhos. Ela era imaterial, suspensa fora do corpo em um vasto vazio. Por um momento terrível, pareceu que ela era a única coisa viva que existia. Então um único fio de luz dançou pelo vácuo. Danae o observou disparar e de alguma forma, sem as mãos, o pegou antes que desaparecesse. Sua consciência foi absorvida pelo fio, e logo outros apareceram, flutuando pela escuridão em sua direção. Eles serpenteavam e encontravam outros fios emaranhados, até ela fazer parte de uma teia grande e entrelaçada de fios brilhantes.

Ela viu formas que conhecia: um gramado, uma espiga de trigo, um besouro, uma gaivota, um cavalo galopando. Sentia vibrações de todas as vidas fluindo pela tapeçaria, sempre mudando, sempre tecendo enquanto a energia viajava de um corpo morrendo para uma nova vida no momento de sua concepção. Enquanto disparava por entre eles, Danae percebeu que os fios eram a vida *em si*. E ela, uma faísca correndo pela rede da criação.

Então ela parou.

Diante de si havia uma macieira, rascunhada pelos fios sempre em movimento da vida que circulavam. Danae não conseguia ver a casca ou a cor dos frutos, mas sabia, com certeza, que era a mesma macieira dourada que crescera do coração de sua irmã.

Havia figuras se movendo ao redor. Doze espectros com capa e capuz. Então onze recuaram enquanto um se aproximou, erguendo os braços para tocar o tronco. Os fios da imagem começaram a fluir para o casco, e lentamente o fantasma encapuzado se dissolveu na árvore. De repente, a tapeçaria em volta de Danae borbulhou. Os fios da vida se avolumaram, depois se tornaram mãos, esticando, pegando e arrancando o fruto. As figuras restantes foram arrastadas e consumidas até não restar nada entre a árvore e os dedos glutões.

Um grito brotou dentro de Danae, mas ela não tinha boca para liberá-lo. Iam destruir a árvore. Ela não podia deixar isso acontecer.

A pressão se tornou tão intensa que ela pensou que explodiria. Então a árvore se incendiou. Seus fios explodiram em chamas e arderam com uma força ofuscante. No entanto, ela não conseguia desviar o olhar. Não tinha cabeça para virar ou olhos para fechar. As mãos se afastaram do fruto queimando, mas não podiam fugir do inferno. Nada podia.

Danae observou, enquanto tudo queimava.

15. A ÚLTIMA FILHA

A dor se ramificou pela cabeça de Danae. Algo duro estava pressionado contra seu rosto. Ela levou um momento para perceber que era o chão. Estava de volta ao seu corpo, na câmara do oráculo.

Seus pensamentos queimavam, chamas se moviam furtivamente em sua visão. Parecia que ela havia tocado a mente de um deus.

Algo estava diferente. Sua cabeça ainda girava com o aroma inebriante da sala, porém o ar estava mais frio, mais nítido. Então ela foi puxada do chão e, enquanto a sala se inclinava para a esquerda, viu que o chão de pedra agora estava coberto por um fino pó preto e minúsculos pedaços de obsidiana.

O oráculo havia se partido.

As paredes do santuário estavam rachadas, e uma marca corria pelo chão onde estivera a fenda contendo o oráculo. Estava selada tão bem que nenhum vapor podia escapar.

Danae tomou consciência das vozes e do movimento ao seu redor. Ela se contorceu para ver um guarda de armadura segurando seus braços atrás das costas. Quatro outros guardas com capas bordô se apressaram pela porta, agora aberta, com as armas empunhadas, todas apontando para ela. Atrás deles estavam as sacerdotisas de Apolo. Então Danae percebeu a pítia sendo mantida contra a parede por um sexto guarda.

— Eu não compreendo — gritou Danae. — Diga-me o significado da visão!

A pítia riu, seu grasnado rouco ecoando contra as paredes. O guarda que a segurava tapou sua boca, depois a arrastou para fora da câmara.

— Não! — Danae se contorceu, mas seu guarda a segurava com força. — Por favor, me ajude!

Soluços pesaram sobre seu peito, a mente ainda uma cacofonia de ouro queimando. Viera para Delfos acreditando que se curaria. Ela nem sequer sonhara que sua maldição destruiria o oráculo.

❖❖❖

A cela era úmida e desprovida de luz solar. A única iluminação escoava pela grade na porta, vinda de um braseiro de parede no corredor lá de fora. O ambiente estava vazio e fedia a excremento humano velho.

Danae sabia que estava no subsolo. Não sentira o calor do sol desde que vendaram seus olhos, depois marchou para fora do santuário na ponta da espada. Ela sentia o peso da cidade a pressionando. Cada parte de si se revoltava por estar ali embaixo, como se fosse algo morto e enterrado.

Ficou por algum tempo esparramada onde a jogaram e se forçou a reviver o que acontecera.

Havia tocado o oráculo. Ele lhe mostrara uma visão: a tapeçaria de luz, a árvore, a estranha figura encapuzada, as mãos se esticando, e ela queimando tudo. Enquanto vivenciava aquilo, ela se sentira tão poderosa. Agora, a imagem a aterrorizava. Não sabia como, mas tinha destruído o oráculo.

O rangido da madeira raspando contra pedra a afastou da visão e a levou ao fundo da cela. Danae se afastou da entrada, arrastando os pés até colidir com a parede. Uma sacerdotisa estava na porta, a silhueta tremeluzente contra a luz do braseiro. Quatro guardas armados se espalhavam atrás dela, dois deles carregando tochas acesas. Eles fecharam a porta e flanquearam a entrada, enquanto os outros dois seguraram os braços de Danae. Ela não tinha mais força para resistir.

Lentamente, a sacerdotisa foi na direção dela e se ajoelhou, colocando uma pequena caixa de madeira no chão. A mulher abriu o fecho e tirou a tampa.

Um sibilo foi emitido dentro da caixa. Apesar do frio, uma gota de suor escorreu pelas costas de Danae. A sacerdotisa colocou a mão dentro e tirou uma cobra de lá. Danae teria gritado se sua garganta não estivesse bloqueada pelo medo. As escamas da serpente eram vermelho-sangue, e formas de diamantes pretos coroavam sua cabeça achatada, se repetindo ao longo do corpo. O animal se movia preguiçosamente, serpenteando pelos dedos da sacerdotisa, fazendo tilintar seus anéis de ouro.

Um repique muito agudo estourou nos ouvidos de Danae. Ela se contorceu.

— Mantenham-na parada. — A sacerdotisa se aproximou.

Finalmente, Danae encontrou sua voz.

— Não, por favor! Não era minha intenção. Sinto muito, por favor, não...

Os guardas a seguraram com mais força.

— É só uma picadinha — disse a sacerdotisa, como se estivesse acalmando uma criança assustada.

A parede áspera de pedra arranhou as costas de Danae quando a sacerdotisa baixou a cobra, e a dor pulsou por seu antebraço. Os guardas a soltaram e, em um piscar de olhos, a sacerdotisa estava trancando a tampa da caixa.

Danae olhou para os dois furos vermelhos em sua pele. A sacerdotisa se sentou sobre os calcanhares e puxou o véu para longe do rosto. Ela era linda, a pele dourada, as íris tão escuras que quase pareciam pretas.

Danae se reclinou contra a parede.

Então sua morte seria assim. Talvez fosse melhor. Veria a irmã de novo. Se permitissem que ela entrasse no Campo de Asfódelos, depois do que fizera.

— Quanto tempo demora?

A sacerdotisa inclinou a cabeça.

— O que quer dizer?

— O veneno.

Ela riu. Parecia o badalar de sinos.

— Isso foi só para que relaxasse.

Danae a encarou. Ela se sentia mesmo mais calma, como se estivesse flutuando no mar de verão.

— Qual é o seu nome?

— Danae.

— De onde você é, Danae?

— Naxos.

A sacerdotisa sorriu.

— É bem longe daqui. — Sua voz era como mel. Danae poderia ouvi-la o dia inteiro. — Como chegou a Delfos?

As beiras da sala estavam difusas; ela não notara antes. Confundiam-se umas nas outras, como se ela estivesse dentro de um ovo gigante.

— Um navio de queijo. Me levaram para Atenas como escravizada. — Ela abriu um sorriso largo. — Mas eu fugi. Dormi em uma árvore, depois Atena me deu uma capa e eu...

Ela franziu o cenho. Havia uma comichão no fundo de sua mente.

— Continue. — A sacerdotisa se aproximou.

— O oráculo... Não posso ir para casa sem uma cura para minha... minha...

A sacerdotisa a observou atentamente.

— Quem te ajudou?

— Meu pai... — Seus olhos desfocaram, e a sacerdotisa se transformou em seu pai. Lágrimas escorriam pelo rosto desgastado dele, indo para a barba.

A sacerdotisa estalou os dedos, e o rosto do pai de Danae se dissolveu.

— Quem te ajudou a entrar no oráculo?

— O...? — A comichão continuou atiçando, como se fosse uma mosca em seu cérebro.

— O rei Teseu a enviou, foi?

Era difícil focar nas palavras da sacerdotisa, o zunido era tão distrativo.

— Como você fez? — Agora a mulher estava de pé. — Como fechou a fenda e destruiu o oráculo?

Os membros de Danae ficaram moles, e ela começou a tremer.

A sacerdotisa suspirou e colocou novamente o véu sobre o rosto. Ela recolheu a caixa e virou para os guardas.

— Não vamos conseguir tirar mais nada dela por enquanto. Não deixem ninguém entrar aqui. Entendido?

Danae deslizou para o chão, com manchas vermelhas e douradas dançando em sua visão enquanto os guardas trancavam a porta ao sair.

❖❖❖

Danae não fazia ideia de quanto tempo demorou para o veneno da cobra sair de seu sistema. Horas podiam ter se passado, ou até dias. Não tinha como ela marcar o tempo em sua cela sem sol nem janela. Depois de as convulsões devastarem seu corpo, ela desmaiou. Quando acordou, havia um copo de água e um naco de pão velho perto dela. Por algum motivo, queriam mantê-la viva.

Sentiu-se solta, à deriva em um mar de medo. Pela primeira vez na vida, não conseguia ver uma saída. Ela se reclinou contra a parede, a rocha gelada a conectando com algo sólido.

Quando era pequena, seu pai lhe ensinara a remendar redes de pesca. Eles se sentavam por horas no chão da cabana, tufos de rede esticados diante deles. O pai mostrava o truque de passar metodicamente cada seção pelos dedos para que nunca perdesse uma junção. Quando era preciso remendar, ele dobrava os dedos da filha em volta da agulha, posicionando-os da forma certa. "Sem apertar e com agilidade", ele costumava dizer. O linho precisava ser cerzido exatamente assim. Um pequeno buraco podia arruinar um dia de pesca. Se os pontos fossem fracos demais, a força do cardume os romperia.

Ela ergueu as mãos vazias e as moveu naquele padrão como se dançassem. Era reconfortante se refugiar na memória muscular. Um lugar em que ela não precisava pensar ou sentir.

O cadeado estalou. Instintivamente, Danae pegou o copo vazio e o empunhou diante de si, apesar de não ter a menor ideia de como usá-lo para se defender.

A porta foi aberta. Um guarda com armadura completa entrou na cela. Ele parecia estar indo para uma batalha. Os dedos de Danae se apertaram forte no copo de madeira.

— Você vem comigo — disse ele, com a voz rouca.

Ela não se moveu. Eles iriam torturá-la. Por isso a mantiveram viva.

O guarda levou a mão para o pomo de sua espada.

— Agora.

Diante da espada, Danae se levantou lentamente, com o copo inútil tremendo na mão.

— Deixe a capa.

Ela hesitou.

— Por quê?

— Tire-a.

Ela soltou o prendedor e relutantemente deixou a capa azul de iniciada deslizar para o chão. Por um breve tempo, aquilo fora a coisa mais cara que ela já possuíra. Bem, que roubara.

Impacientemente, o guarda agarrou o braço dela e a arrastou para o corredor vazio. Eles marcharam depressa pelo labirinto de túneis. As celas eram infinitas. Porta atrás de porta pontuavam as catacumbas. Danae se perguntou por que uma cidade dedicada à veneração precisava de uma instalação para manter tantos prisioneiros.

— Para onde está me levando?

O guarda não respondeu, mas seus passos ficaram mais rápidos. O medo borbulhou na garganta de Danae. Ela precisava correr um pouco para não tropeçar enquanto ele a arrastava consigo. Mais dois guardas surgiram da direção oposta, em uma curva. O aperto da mão do guarda dela ficou mais forte no seu braço. Os homens fizeram uma saudação com a cabeça e passaram por eles.

Ela respirava mais rápido quando chegaram a uma porta grossa de madeira, trancada por um cadeado de ferro. Com a mão livre, o guarda tirou as chaves do cinto. Elas retiniram quando ele deslizou a primeira na fechadura.

A chave não virou.

Ele soltou o braço de Danae e tentou a próxima, depois a seguinte, praguejando baixinho quando o trinco não cedia. Havia algo diferente em sua voz; não soava tão grossa quanto soara na cela.

Ela deu um passo para longe dele.

— Quem é você?

A barra de metal deslizou com um tinir. O guarda não teve tempo para responder quando vozes ecoaram pelo corredor. Ele puxou a porta para abri-la. A luz do sol cegou Danae quando ele a empurrou para subir um lance de escada.

— Corra!

Ela hesitou por um instante, depois suas pernas arrancaram em disparada.

Danae semicerrou os olhos contra o brilho, deixando que eles se ajustassem à claridade do mundo lá fora. Ela estava em um pequeno pátio no fundo de um dos depósitos de tesouros que ladeavam a via sagrada. Ciprestes bem-cuidados e estátuas de bronze estavam posicionadas a intervalos precisos diante dos muros altos, e mosaicos giravam em quadrados uniformes em cada lado da passagem de cascalhos.

Ela mal teve tempo de absorver tudo antes que seu salvador estivesse atrás dela. Ele bateu e trancou a porta, depois passou a mão pela dela e a puxou pelo pátio até o muro.

Quando chegaram lá, ele soltou a mão de Danae e se jogou contra um pedestal vazio. Para surpresa dela, aquilo tombou sob o peso do homem e se estraçalhou no chão, revelando ser oco. Na base do muro atrás do pedestal, tijolos tinham sido removidos, deixando um buraco grande o bastante para um adulto passar rastejando.

— Vai! — Ele tirou a espada da bainha.

Desta vez, ela não hesitou. Com o coração acelerado, lançou-se no chão e rastejou pelo buraco, ignorando a dor quando as pedras arranharam seus joelhos. Danae surgiu do outro lado e se viu em uma rua agitada. Ali havia apenas moradas oficiais feitas de pedra, dedicadas à veneração ou a oferendas, mas a cidade sagrada aumentava com retalhos de barracas e moradas de madeira, que brotaram em volta, vendendo mercadorias para serem apresentadas ao oráculo, ou comidas de oferendas e abrigo para peregrinos.

Danae mal teve tempo de absorver tudo antes de uma espada retinir aos seus pés, seguida pelo elmo de seu guarda desertor.

Ele já estava na metade do caminho quando foi puxado de volta. Danae se atirou e segurou suas mãos, apertando os dentes enquanto tentava puxá-lo em sua direção.

— Solta — grunhiu ele.

— Quê?

— Obedeça!

Ela o soltou. Houve um estrondo do outro lado do muro.

Seu salvador evadiu e se arrastou pelo buraco. No entanto, antes que pudesse ficar de pé, uma mão passou pela abertura e segurou o calcanhar dele.

Danae se curvou e pegou a espada. Era tão pesada que ela mal conseguia erguer. Tentou golpear o braço do agressor, mas acabou girando a lâmina perigosamente perto da cabeça de seu salvador.

— Bendito Tártaro, cuidado!

Ele deu um chute, mas o assaltante ainda o segurava. Então o salvador assoviou. Um momento depois, um monte de pelos veio correndo até eles e se atirou contra a mão. Houve um grito atrás do muro, e o braço sangrento recuou.

— Bom menino, Lithos — disse o salvador de Danae, ofegante, enquanto se endireitava.

O cachorro desalinhado latiu e pulou em seu mestre, balançando o rabo. Era uma criaturinha estranha, com pelo marrom áspero, patas brancas e apenas um olho. O guarda afagou rapidamente suas orelhas pontudas.

— Eu fico com isso. — O guarda de Danae pegou a espada e mais uma vez segurou a mão dela. Ele sorriu quando viu a expressão surpresa no rosto dela. — Vamos, você não está segura aqui.

No momento em que o rosto de um guarda furioso surgiu no buraco, os três desapareceram na multidão.

❅❅❅

Eles se jogaram pelas ruas sinuosas de Delfos. O salvador de Danae a puxava por passagens estreitas flanqueadas por barracas coloridas, casas de banho improvisadas e residências de aparência oficial e imponente. Depois da quantidade de corridas que fizera na última semana, Danae deveria estar acostumada, mas, quando se esconderam atrás da cobertura da loja de um mercador de vinho, ela estava chiando como um bode velho. O proprietário nem sequer piscou quando um guarda, um cachorro e uma garota maltrapilha se amontoaram em seu estabelecimento.

Eles passaram correndo por pilhas de ânforas de todos os formatos e tamanhos. O guarda de Danae afastou uma cortina gasta no fundo da loja e a fez passar por ali. Havia uma pequena sala atrás, cheia com mais algumas ânforas empoeiradas e uma mesa surrada com pergaminhos espalhados por cima.

Seu salvador começou a enrolar um tapete de serapilheira e abriu um alçapão escondido embaixo, mas Danae estava distraída com a marca rascunhada com carvão na parede em cima da mesa.

Uma macieira.

Galhos flamejantes arderam em sua mente. Ela cambaleou para trás. O guarda desertor jogou a espada pelo buraco, depois parou na beira do alçapão.

— Vou explicar tudo assim que estivermos seguros, mas você precisa confiar em mim.

Lithos passou galopando por Danae e saltou para dentro do porão. Havia vozes atrás dela. Alguém acabara de entrar na loja.

Suas opções eram limitadas. Quem quer que fosse aquele homem, ele a libertara da morte quase certa. E prometera respostas.

Ela desceu pelo buraco.

O alçapão foi fechado, e Danae ficou momentaneamente sem enxergar. Então uma vela surgiu tremeluzindo, lançando uma luz mórbida sobre o elmo de seu salvador. Eles estavam em um pequeno porão com paredes de terra batida e com espaço suficiente para ficar de pé. Parecia vazio, exceto por algumas ânforas e uma pilha de cobertas nas quais Lithos já se deitara.

O guarda desertor abaixou a vela no chão e tirou o elmo. Ele suspirou e passou a mão pelo cabelo curto. Sua pele bege amarelada estava corada, e seus olhos cor de mel dançavam na luz bruxuleante.

Agora que a pressa da fuga tinha passado, Danae finalmente notou sua armadura desajustada; o peitoral era largo demais para o torso e o cinto com a bainha da espada estava muito apertado.

— Você não é um criminoso, é? — Seu salvador ergueu uma sobrancelha. — Que outro tipo de homem libertaria uma prisioneira da cadeia?

— Não sou um homem.

— Ah... — Danae franziu o cenho. — Eu pensei... por causa da armadura. Então, você é mulher?

— Também não sou mulher. — Diante da expressão confusa de Danae, um sorriso torto se esticou em seu rosto. — Nem tudo pode ser colocado em caixas. Eu sou Manto.

Assim, Manto continuou a tirar a armadura. Por baixo, usava uma simples túnica marrom.

— Não podemos ficar aqui por muito tempo. Nicolau, que está lá em cima, é um dos nossos, mas os guardas vão fazer uma busca pela cidade, especialmente tão perto assim do santuário.

Das sombras, Manto abriu uma ânfora grande, colocou o braço dentro e tirou de lá um amontoado de tecido preto, seguido por uma bolsa.

Depois de passar para Danae o que parecia ser um longo vestido preto, Manto tirou a própria túnica e se enfiou em uma preta combinando com a anterior. Por fim, puxou uma faca.

Algo dentro de Danae despertou. Ela estava cansada de correr, cansada de sentir medo, cansada de não saber o que estava acontecendo com ela.

— Pare! — Ela apertou o tecido nos punhos. — Você me prometeu respostas, agora me diga o que Tártaros está acontecendo.

Manto a encarou por um momento, depois balançou a cabeça, como um servo reagiria ao seu mestre.

— Claro, desculpe. Preciso cortar seu cabelo para que nós dois possamos nos disfarçar como videntes.

Danae olhou para a faca, alarmada.

— Você quer fazer *o que* com o meu cabelo?

— Você ficará menos reconhecível. Videntes costumam vir para Delfos, então isso nos dará passagem livre. — Enquanto Manto segurava a faca, sua boca se moveu em um sorriso torto.

Danae mordeu o lábio.

— Tudo bem.

Manto se colocou a trabalhar, tufos de um cabelo espesso e castanho caindo em volta de Danae como folhas marrons de uma árvore. Quando terminaram, ela levantou as mãos com hesitação para a cabeça e explorou o corte. Sua nuca parecia estranhamente fria. Ela nunca gostara de seu cabelo em particular. A mãe sempre lhe dizia que ele era difícil e feio, mas era dela. Quanto mais viajava para longe de Naxos, mais se sentia desmoronando, como as rochas do templo submerso erodidas pela maré.

— Coloque o vestido — lembrou Manto.

Danae tirou sua túnica maltrapilha timidamente e se esgueirou para dentro do vestido. Ele era amarrado na cintura e sob os seios, como as túnicas das sacerdotisas de Atena. Não era tão macio quanto a capa de iniciada, mas parecia seda comparado com sua túnica.

Ela encarou o tecido escuro como a meia-noite e de repente ficou inquieta, mas rapidamente se distraiu com Lithos, que saiu de seu ninho de cobertas para farejar os cabelos descartados.

Ela encarou o cachorro com cautela.

— Ele não morde. — Manto afagou o pelo áspero atrás da orelha dele, caminhando para perto do alçapão. — Bem, ele não vai *te* morder. Não podemos ficar aqui. Precisamos ir para o abrigo antes do cair da noite. Depois eu prometo que te conto tudo.

Manto pulou e empurrou a porta, fazendo um estrondo abafado. A lufada repentina de ar apagou a vela. Após erguer Lithos, virou-se para Danae.

— Só quero dizer que... é uma honra.

Danae franziu o cenho, mas Manto já subira pelo alçapão.

❖❖❖

Manto tinha razão. Ninguém prestava muita atenção a quem navegava pelas ruas de Delfos em túnicas obsidianas. Era uma regra não dita que apenas videntes usavam preto. Danae tentou não pensar sobre qual seria a punição se fossem pegos se disfarçando. Esse seria o menor dos seus problemas se os guardas de Apolo a encontrassem.

À medida que a inclinação da cidade se erguia, as construções ficavam mais pobres. Danae se retorcia sempre que ouvia um tinir, esperando que soldados surgissem em cada esquina.

— Ninguém te incomodará aqui — sussurrou Manto. — A não ser que você tenha algo que valha a pena roubar.

Quando subiram alto o suficiente para as construções de pedra ficarem para trás, a noite havia consumido a cidade. Abaixo, Delfos se espalhava pelo declive do monte Parnaso, uma massa de telhados pintados, toldos coloridos e luzes cintilando de braseiros. Acima estava o ginásio.

Uma coleção de casas de madeira em ruínas se aglomerava na base dos assentos do estádio. A dupla passou pelas moradas até chegar a uma com um tecido antigo nas janelas. A luz das velas iluminava o lado de dentro. Algumas pessoas entravam e saíam, com capuzes puxados sobre o rosto. Duas mulheres estavam sentadas em barris do lado de fora, com seios à mostra, os vestidos soltos na cintura. Lithos correu até uma delas. A mulher se curvou e fez festa para o cachorro, acariciando seu pelo atrás da orelha.

— Noite movimentada, Hetaria? — perguntou Manto.

Hetaria suspirou.

— O mesmo de sempre. Seria melhor se acontecesse uma guerra.

— Você gosta de um general, não é?

— Gosto do quanto eles pagam. — Hetaria desviou o olhar delineado por kohl para Danae. — Qual é o problema dessa aí? Nunca viu um par de peitos antes?

Danae corou.

— Não o melhor par da cidade — respondeu Manto.

Hetaria ergueu os olhos, orgulhosa, e se conteve para não sorrir.

— Galanteios não te levarão a lugar nenhum. Agora suma daqui antes que afaste minha clientela.

E diziam que Delfos era o centro da piedade religiosa.

— Os oficiais sabem sobre este lugar? — perguntou Danae.

Manto riu.

— Ah, eles sabem. Não fazem nada porque é bom para os negócios. Peregrinos precisam se ocupar enquanto esperam para ver o oráculo. Os oficiais recebem uma parte, claro. Lithos, venha!

Lithos disparou para longe de um bêbado que tentava dar para o cachorro o que havia em seu copo. Danae e Manto seguiram por uma das passagens com entrada em arco até a arena do ginásio. De perto, ela viu que a estrutura fora semeada. Musgo crescera entre as tábuas e vários dos tijolos estavam se esfarelando.

— Quase lá.

Manto atravessou o chão de terra até uma grade de metal que ficava no meio das primeiras três fileiras de assentos. Com um grunhido, abriu a grade e revelou uma passagem esculpida em pedra.

O coração de Danae afundou no peito; iria voltar para o subsolo.

Manto deu tapinhas na pedra.

— Isso foi feito na época em que usavam leões nas pelejas. Precisavam manter os animais em algum lugar antes da apresentação. Agora é para onde as pessoas esquecidas vão. O ventre escuro da cidade sagrada. Bem-vinda ao abrigo.

A cavidade sob os assentos do ginásio era surpreendentemente espaçosa. Assim que Danae e Manto passaram pela entrada de rocha, as paredes se alargaram em uma caverna grande de terra batida. Mais ou menos trinta rostos estavam ali, iluminados por uma fogueira central. Um buraco fora cavado no teto para a fumaça escapar, mas o lugar ainda era enevoado e asfixiante. O odor forte de corpos ficou preso no fundo da garganta de Danae, e ela tossiu.

— Você vai se acostumar com o cheiro — disse Manto.

Um garotinho por volta de oito anos correu para perto e jogou os braços em volta da cintura de Manto. Ele só tinha uma mão.

— Estou morrendo de fome!

— Você não comeu nada hoje?

O menino meneou a cabeça, com tristeza.

— Não é verdade! — disse uma garota mais ou menos da mesma idade, ao correr atrás dele. — Um peregrino deu uma maçã para ele, eu vi.

Manto abriu um sorriso malicioso, mostrou dois biscoitos e os ofereceu para as crianças. A dupla sorriu, pegou a provisão e correu de volta para o calor da fogueira.

Os olhos de Danae estavam presos em uma garota ainda mais nova do que as duas crianças. Ela vestia uma túnica grossa de tecido velho, e um homem a alimentava com um caldo em um pote de madeira rústico. Havia dois cotos em carne viva onde suas mãos deveriam estar.

Manto a viu encarando.

— Punição por roubo.

Um nó brotou na garganta de Danae.

— Quem são eles?

— Peregrinos que foram negligenciados, órfãos, pessoas desesperadas com apenas o corpo para vender, aqueles que se escondem da lei de ferro de Apolo. Os abandonados e perdidos de sempre. — Manto colocou a mão no ombro de Danae. — Venha.

Caminharam até um canto afastado do fogo. Era mais frio, mas mais isolado. Ao se sentar, Danae se deu conta de que, como as mênades, Manto não fizera o cumprimento sagrado. Em seu povoado, isso seria como esquecer de respirar. Seria insinuar que escondia algo dos deuses e traria anos de má sorte para sua família. Ou era o que todos acreditavam.

— Não se preocupe, não contei para ninguém quem você é. Apenas a Prole de Prometeu sabe.

— Prometeu... o titã? — Não podia ser isso que Manto estava dizendo. Os titãs eram a personificação do mal.

— Não, meu tio Prometeu. — Manto ergueu uma sobrancelha. — Sim, Prometeu, o titã.

O cenho de Danae ficou ainda mais franzido.

— Por que eles saberiam quem eu sou?

Manto riu. Sua alegria rapidamente desapareceu quando percebeu a expressão dela. Por um momento, seu rosto aparentou preocupação, então seus olhos se aguçaram com a percepção.

— Você está certa. Por enquanto, só eu sei que a última filha chegou. Finalmente.

As suspeitas de Danae se confirmaram.

— Sou grata por ter me salvado, sou mesmo... mas acho que cometeu um erro.

Manto franziu o cenho.

— Erro?

— Você resgatou a pessoa errada.

A expressão severa de Manto ficou ainda mais séria.

— Não foi você que destruiu o oráculo?

— Bem... sim.

Manto suspirou.

— Que bom! Me encheu de preocupação por um instante. Sabe quanto trabalho deu te tirar de lá? — Manto a encarou com o olhar intenso de alguém que tentava solucionar um mistério complexo. — Sabe... você não é o que eu esperava.

Não, ela supunha que não aparentava ser o tipo de pessoa com o poder de destruir o oráculo de Apolo. Fosse pela fumaça, ou pelas horas fugindo, Danae de repente ficou com a cabeça muito leve, e a beirada de sua visão começou a escurecer.

— Você está bem? — A voz de Manto soava distante. — Quando foi a última vez que comeu?

Danae balançou a cabeça.

Manto desapareceu por um momento, depois retornou com algo que parecia um roedor em um espeto, embora o aroma fosse delicioso. Lithos uivou, então se sentou ereto, com o rabo de ponta branca varrendo o chão.

— Aguenta um pouco — disse Manto. — Nossa convidada precisa comer primeiro.

Danae pegou o espeto e afundou os dentes na carne. O gosto era parecido com carne de cabra.

Manto tirou uma pequena ânfora da bolsa, removeu a rolha com os dentes e tomou um gole.

— As vantagens de conhecer um vendedor de vinhos. Deixa um pouco para a pessoa que livrou sua cara.

— Desculpa — balbuciou Danae, entregando o que restava da carne.

Ela lambeu a gordura dos dedos e suspirou. Sentia-se bem mais humana.

Manto arrancou alguns pedaços e os jogou para Lithos, que esperava pacientemente, depois devorou o que sobrou na carcaça.

— Não fiz de propósito.

— Hã? — resmungou Manto de boca cheia.

— O oráculo — sussurrou Danae. — Não sei como o destruí, ou por que fico tendo visões de uma árvore com maçãs de ouro. Eu só vim a Delfos para me curar.

Manto jogou os ossos para Lithos, depois deu outro gole no vinho.

— Não precisa fazer isso — disse, limpando a boca com as costas da mão. — Podemos falar livremente aqui. Então, qual é o próximo passo?

— Próximo passo?

Parecia que Manto e Danae falavam idiomas diferentes.

— O grande plano. — Os olhos de Manto cintilaram. — Para nos libertar dos deuses.

Danae arquejou e se encolheu por instinto. Esperava que Manto de repente caísse morto ou que um trovão estourasse o teto. Contudo, nada aconteceu.

Devagar, ela se colocou de pé.

— Obrigada por me resgatar e pela comida, mas eu preciso ir embora.

Manto segurou o pulso de Danae. Ela tentou se afastar, mas Manto a segurou com força, o desespero estampado em sua expressão.

— Não pode nos abandonar agora. Tantas pessoas morreram para que a profecia, a *sua* profecia, pudesse sobreviver. Você é nossa única esperança.

Danae puxou o braço para se libertar. Conseguia sentir os olhos das pessoas ao redor do fogo presos em suas costas.

— Você encontrou a pessoa errada — sibilou ela. — Eu sou Danae, filha de um pescador de Naxos. Não quero nos libertar dos deuses e estou indo para casa.

Ela ajeitou a postura. Manto a encarou como se ela tivesse acabado de fazer seu mundo desmoronar.

— Você não sabe quem é.

— Acabei de te falar quem sou. Adeus, Manto.

Ela se virou para ir embora.

— Eles vão te matar.

Danae hesitou.

— Eu consigo me esgueirar dos guardas.

Manto entoou um riso sem vontade.

— Não estou falando dos guardas. Estou falando dos deuses.

16. A IRA DE APOLO

— Você não sabe o que está falando.
Manto entornou o resto do vinho e jogou a ânfora vazia para o lado. Danae não se moveu.
— Se os deuses me quisessem morta, eu estaria a caminho do Submundo agora... não é?
— É isso o que eles querem que você pense.
Danae abriu a boca e depois fechou de novo. Tudo que Manto dizia era irritantemente vago.
— Vou precisar de algo mais forte. — Manto enfiou a mão na bolsa e tirou de lá um cachimbo e uma algibeira com ervas. — Não saia daí.
Lithos choramingou quando Manto acendeu o cachimbo na fogueira, depois voltou a se sentar e deu uma longa tragada. A fumaça saía em espirais de seus lábios. Tinha uma característica adocicada e terrosa.
— Eu era criança quando levaram meu pai. A última coisa que ele me fez prometer foi que eu seria vigilante e que, quando te encontrasse, te ajudaria a todo custo. — Manto meneou a cabeça. — Que decepção.
Danae tentou manter a irritação longe da voz quando se ajoelhou no chão, pressionando os punhos na terra.
— Sinto muito por seu pai, mas não faço ideia do que está falando. Eu vim a Delfos para me curar de uma maldição. Não sei como destruí o oráculo ou o que é a Prole de Prometeu.
Manto a encarou como se ela tivesse acabado de dizer que não sabia quem era Zeus.
— A Prole de Prometeu são os marginais iluminados que seguem os ensinamentos de Prometeu, o libertador dos humanos. Nós lutamos por

conhecimento e livre-arbítrio. E é nosso dever sagrado preservar a profecia do titã e facilitar a chegada da última filha... *você*.

Ela engoliu em seco. Toda criança grega crescera ouvindo a história da Titanomaquia e a consequente derrota dos titãs pelas mãos dos Doze Olimpianos. Ela conseguia ver a mãe, sentada perto da lareira, alisando a túnica enquanto se preparava para contar a história.

Antes de a humanidade caminhar sobre o mundo, os Doze Deuses estavam presos em uma batalha cósmica contra os titãs. As estrelas lamentavam e o céu ressoava com os gritos terríveis da guerra. Parecia que a destruição nunca terminaria, pois ambos os lados eram fortes e igualmente unidos.

No entanto, Prometeu traiu seu irmão cruel, contando a Zeus sobre o acampamento secreto em troca de sua liberdade. Os deuses forjaram uma emboscada enquanto os titãs dormiam e jogaram os inimigos nas profundezes do Tártaro, uma prisão da qual nunca poderiam escapar. A guerra foi vencida, trazendo paz ao mundo. Como presente ao seu novo senhor, Prometeu confeccionou o primeiro corpo de um homem com o barro do rio, e Zeus soprou a vivacidade divina nele, criando a vida mortal.

Contudo, Prometeu era desonesto por natureza. Sempre buscando uma forma de ganhar poder, o titã roubou um dos trovões de Zeus e o deu ao rei dos homens, para que eles pudessem se rebelar contra o criador. Porém, eles eram fracos e, mesmo em posse de um fragmento sagrado do trovão, não eram páreo para o poder do Olimpo. A rebelião foi esmagada e, como punição, Zeus acorrentou Prometeu ao cume mais alto do monte Cáucaso, no fim do mundo, para sempre ser atormentado por uma águia dilacerando sua barriga e devorando suas entranhas, só para elas se refazerem e serem devoradas de novo no dia seguinte.

— Qual é a profecia? — sussurrou Danae.

Manto tragou. A fumaça se retorceu para fora de sua boca enquanto falava:

— *Quando o profeta cair, e o ouro que cresce não produzir fruto, a última filha virá. Ela dará um fim ao reino do trovão e se tornará a luz que libertará a humanidade.*

Os pelos nos braços de Danae se arrepiaram, como se uma brisa despercebida tivesse soprado por sua pele. Ela estremeceu e afastou essa sensação.

— Por que acha que é sobre mim?
— Você destruiu o oráculo.
— Isso pode se referir a um profeta diferente.

Manto a encarou com um olhar sardônico.

— Ah, claro, porque oráculos são comuns e as pessoas os destroem o tempo inteiro. E o que você falou antes sobre uma árvore com maçãs de ouro?

O ouro que cresce não produzir fruto.

Danae afastou as palavras de sua mente.

— É coincidência.

— Não existem coincidências. Pergunte ao destino. — Outro filamento de fumaça subiu em espiral dos lábios de Manto. — Você é a última filha, gostando ou não.

Um silêncio pesaroso recaiu sobre eles.

— Alguém em Delfos sabe o que aconteceu com o oráculo? — sussurrou Danae.

Manto riu baixinho.

— Claro que não. Acha que as sacerdotisas de Apolo deixariam o mundo saber que a filha de um pescador entrou facilmente no oráculo sagrado e o destruiu? Pense no dinheiro que perderiam.

— Então como *você* soube?

Manto contraiu a boca.

— O que acha que venho fazendo todos esses anos? Sento e não faço nada? Eu conheço pessoas. Aquelas que ninguém nota. Aquelas que são enviadas para fazer a limpeza.

Danae repetiu a profecia em sua mente. *Quando o profeta cair, e o ouro que cresce não produzir fruto, a última filha virá. Ela dará um fim ao reino do trovão e se tornará a luz que libertará a humanidade.*

— O que a profecia significa?

Manto se jogou contra a parede de terra, com os olhos vermelhos pelo efeito do cachimbo.

— Não tenho certeza sobre a parte do fruto. Mas o resto basicamente significa que você vai atacar o Olimpo, matar Zeus e nos libertar da tirania dos Doze escrotos.

Danae se encolheu.

— Você não deve... Não diga coisas desse tipo.

— Por que não? — Manto gesticulou amplamente para a caverna ao redor. — Cometi blasfêmias pelo menos três vezes desde que chegamos aqui, e minha vida não foi ceifada. Deixe-me contar uma coisa sobre os deuses: eles querem que acreditemos que podem ver nossos pensamentos e ouvir tudo o que dissermos, mas é mentira. — Manto se curvou ainda mais. — Quem é a deidade protetora em Naxos?

— Deméter.

— Certo. Aposto que todos vocês se matam de trabalhar para produzir oferendas e pagar o décimo ao templo dela. Mas, apesar de toda a devoção, toda a sua piedade e sacrifício, as pessoas ainda morrem e passam fome e se juntam aos desaparecidos, e sua deusa não move um dedo sobre isso. Os deuses não são tão poderosos quanto as pessoas acreditam.

Rachaduras repugnantes apareceram na realidade de Danae.

— Sabe o que é engraçado? — Manto estava praticamente na horizontal agora. — Pensei que você fosse ser uma guerreira feroz com um plano magnífico, uma Hércules mulher. Mas olha só você. O destino tem um senso de humor doentio.

Enquanto Manto falava, seu dedo deslizava pelo cachimbo, e Danae reconheceu o símbolo familiar gravado com uma tinta que descascava.

A macieira de ouro.

Ela apontou.

— Essa é a árvore, a das minhas visões.

Manto segurou o cachimbo perto do rosto, depois o abaixou e sorriu para Danae.

— A árvore do conhecimento. Essas maçãs de ouro miudinhas simbolizam o dom da verdade que Prometeu nos entregou. Pelo menos foi isso que meu pai me contou. A Prole de Prometeu desenha isso nos lugares para que saibamos em quem confiar e onde... — Manto bocejou — estaremos seguros.

Ouro que cresce. As mãos flamejantes indo até o fruto de ouro.

— Existem muitos de vocês?

Manto deu de ombros.

— Tenho um punhado de contatos na cidade sagrada. Às vezes recebo instruções, mas não sei de quem vieram. A Prole protege seu anonimato. É assim que nos mantemos vivos.

Danae encarou o chão, a cabeça girando com pensamentos desorientadores.

Quando olhou para cima, os olhos de Manto estavam fechados, com o cachimbo tombado em seu colo. Lithos se aproximou e empurrou com o focinho o objeto para longe da túnica, depois se aconchegou perto de Manto.

Agora Danae podia ir embora, encontrar o caminho até um porto e velejar para Naxos. Contudo, ela era a garota que havia destruído o oráculo. Não podia se arriscar a levar tal perigo para Naxos.

Por mais que Danae quisesse fugir, e fosse lá qual esquema sacrílego em que se envolvera, Manto a salvara da morte quase certa. Talvez essa Prole de Prometeu também pudesse ajudá-la.

Talvez houvesse esperança para uma cura, no fim das contas.

※※※

Danae acordou assustada com o latido de Lithos. O fogo se extinguira em cinzas, mas uma luz laranja brilhava pela passagem. Ela ficou atenta aos barulhos do lado de fora, colisões e gritos. O ar tinha um cheiro acre e pungente. Acima deles, o chão roncava e torrões de terra caíam do teto.

— Fora! Todo mundo para fora! — Manto já estava de pé, com a bolsa pendurada no ombro. — Vem, Danae.

Manto e Danae se juntaram à multidão de pessoas que se empilhavam na passagem. Danae quase caiu quando as paredes de terra chacoalharam com a força de outra colisão. Assim que saiu do túnel, a dupla correu pela arena, pela qual rolavam pedras, vindo dos assentos despedaçados acima. Abaixaram-se ao passar por uma entrada e, quando estavam longe do ginásio, as pernas de Danae pararam de se mover.

Ondas de fumaça preta subiam da cidade em chamas. Uma luz apareceu no céu, um rastro de fogo queimando a escuridão para explorar as moradas abaixo. Então vieram mais um e mais um.

— Lithos! Lithos! — Manto procurou em volta freneticamente.

A resposta veio em um latido rouco, e o cachorro se arremessou contra Manto, que o pegou no colo e encarou o céu.

— Ele está aqui. — A voz vacilava como as rochas sob seus pés.

Quando Danae olhou de novo para cima, percebeu que havia algo no centro das nuvens turvas. Uma silhueta escura formada por mais do que fumaça. Então o vento soprou e, por um momento, as espirais se partiram.

Ele estava tão longe que Danae tivera apenas um vislumbre das asas e do ouro antes de o céu escuro o engolir de novo, mas foi o suficiente. Ele parecia exatamente com o equivalente que ficava de guarda sobre seu templo.

O temor a infiltrou. Apolo.

Enquanto Danae estava petrificada, outra bola de fogo surgiu crepitando onde as nuvens escondiam o deus. O fogo voou em sua direção e colidiu contra o teto de um dos bordéis. Um momento depois, um homem saiu cambaleando pela porta, gritando enquanto as chamas derretiam sua pele como se fosse cera.

— Hetaria! — Os olhos marejados de Manto refletiam o fogo que se espalhava de uma estrutura de madeira para outra.

Em instantes, toda uma fileira de casas estava queimando. Não havia como ninguém sobreviver lá dentro.

Os gritos eram terríveis. Um horror líquido corria pelas veias de Danae. Tinha a sensação de que não podia fazer nada além de ver a cidade queimar.

— Isso não pode ser por minha causa... Não pode...

— Vem. — Manto levantou Lithos sob um dos braços e segurou a mão de Danae. — Eu jurei que te protegeria e não vou faltar com minha palavra.

Passaram por um bordel ardendo lentamente no momento exato em que outra explosão atingiu o ginásio. O lugar colapsou, irrompendo uma nuvem de terra no ar incandescente.

As ruas estavam lotadas de pessoas fugindo de suas casas. Alguns carregavam o peso de pilhas de pertences, outros nem sequer haviam colocado as sandálias. O ar estava tão denso pela fumaça, Danae mal podia respirar. Manto a puxou pelas ruas flamejantes, ambos tropeçando e escorregando em pertences perdidos e cerâmicas quebradas. Meio cega e com a cabeça latejando por conta da fumaça, Danae apertou a mão de Manto como se fosse uma tábua de salvação.

Por fim, eles chegaram à via sagrada. As construções de pedra que, um dia antes, pareciam tão grandes e imaculadas agora estavam pretas e se desintegrando. Partes de corpos queimados sobressaíam dos destroços. Aqueles que ainda conseguiam correr fugiam da cidade. Peregrinos, sacerdotisas, guardas e cidadãos, todos iam como um rebanho até os portões.

Danae e Manto foram empurrados pela multidão, para fora da cidade, em direção à estrada na base do monte Parnaso. Ali o povo se dividiu: alguns correram para a esquerda, contornando a base do monte, em direção a Atenas, e outros seguiram na direção oposta.

— O que tem para aquele lado? — gritou Danae, apontando para a direita.

— O porto de Kirra.

Ela olhou para o alastramento de casas incendiadas na encosta. As chamas inflamaram uma raiva profunda dentro dela, que crescia a cada infortúnio, a cada sofrimento sem amparo, a cada prece não respondida. Os deuses não se importavam nem um pouco com os mortais. Seus familiares eram pessoas boas, e os Doze não haviam feito nada enquanto eles eram escorraçados pela crueldade de devotos. Onde estavam os deuses quando os aldeões se esquivaram deles, quando Arius foi levado, quando Alea se afogou?

E agora Apolo destruiria uma cidade inteira só para erradicar uma pessoa?

Enquanto assistia a Delfos queimar, o muro inexorável que havia entre Danae e a profecia desmoronou. Manto não era a única pessoa a acreditar que as palavras de Prometeu eram sobre ela. Os deuses também acreditavam.

Ela era a última filha.

17. FUGA

Enquanto Danae encarava a cidade queimar, as chamas lambiam o resto de sua resistência, deixando a verdade brilhar como ossos em uma pira funerária. O poder que despertara dentro dela no dia em que encontrou o corpo de Alea não era uma maldição. Era o destino. O futuro de Danae estava entrelaçado com a profecia de Prometeu. E, com a adrenalina da compreensão, uma voz ressoou. Vinha de dentro dela. Ainda assim, não era ela. Vinha de uma parte em si que sabia de coisas que ela ainda não compreendia.

Isso é apenas o começo. Você não pode se esconder de seu destino.

Um entusiasmo perpassou seu corpo. Danae deixou que a tomasse e, por um instante, voou por cima dos medos. Sentia-se como se estivesse dissolvendo, ao mesmo tempo que se tornava parte de algo maior, que não conseguia compreender tão bem.

Então a realidade da situação voltou de uma vez. A rede de membros da Prole de Prometeu em Delfos fora destruída. Manto dissera que o resto da organização protegia o anonimato. Não sobrara ninguém para ajudar Danae.

Ninguém mortal.

Ela se virou para Manto.

— É verdade que Prometeu está acorrentado no pico mais alto do monte Cáucaso, no fim do mundo?

— Foi isso que meu pai disse.

Danae respirou fundo.

— Ele fez a profecia, e acho que pode me ajudar a cumpri-la. — Ela olhou para o lado direito da bifurcação na estrada. — Você disse que esse caminho leva a um porto?

Manto assentiu.

— Então vamos encontrar um barco.

❖❖❖

Não demorou muito para Danae e Manto chegarem a Kirra. A cidade era um pequeno amontoado de casas baixas de pedra, construídas sobre um pé protuberante do monte Parnaso. Depois da última fileira de casas, o penhasco dava em uma queda livre. O porto em si só podia ser acessado por degraus escondidos e largos, cravados na rocha.

Despertados pela comoção, os habitantes de Kirra haviam saído de suas casas para ver as pessoas inundando a pequena cidade. A maioria correu de volta para dentro e trancou as portas. Aqueles que ficaram para observar o céu queimando foram absorvidos pela aglomeração e arrastados junto.

Danae ouviu os gritos antes de chegar ao penhasco. Pessoas estavam caindo no oceano, já que o amontoamento de corpos forçara muitas delas para os degraus. Manto enfiou Lithos sob um braço e segurou a mão de Danae.

— Aconteça o que acontecer, não solte.

Ela assentiu. Então um traço carmim atravessou sua visão. Ela procurou entre a multidão e avistou a roupa vermelha de uma sacerdotisa. O véu da mulher e o ornamento da cabeça não estavam mais lá, seu cabelo preto estava solto. Algo no reclinar da cabeça da mulher fez os tendões no pescoço de Danae retesarem. Como se pudesse sentir o olhar sobre si, a sacerdotisa se virou.

Era a mulher que a interrogara com o veneno de cobra.

Os olhos da sacerdotisa encontraram os de Danae e brilharam ao reconhecê-la. A mulher andou contra a corrente, abrindo caminho em direção a Danae. Ela tentou se virar, mas estava presa no lugar pelos corpos apertados.

— Manto — gritou ela —, a sacerdotisa!

Bem quando os dedos da mulher se esticaram perto o bastante para tocar em Danae, todos chegaram ao topo dos degraus. Manto se lançou contra a sacerdotisa, mas seu corpo foi empurrado para o lado pela multidão, sendo forçado a soltar a mão de Danae. Com um grunhido de triunfo, a mulher agarrou o tecido do vestido de Danae. A garota tentou afastá-la, mas seus dedos eram firmes como ferro.

— Você fez isso — disse ela, puxando Danae em sua direção, e depois vacilou quando seu calcanhar escorregou pela borda do primeiro degrau.

Ela caiu, arrastando Danae junto, e as duas rolaram escada abaixo.

Danae ouviu Manto chamar seu nome enquanto era pisoteada. Através das pernas apressadas, ela viu a sacerdotisa se arrastando em sua direção. Então Manto soltou Lithos e se arremessou contra a massa de corpos, em direção à mulher.

A sacerdotisa liberou um rugido gutural quando a faca de Manto afundou em sua coxa. Ela agarrou Manto pelo cabelo até a beira dos degraus, empurrando várias pessoas, aos gritos, para o mar.

— Não! — berrou Danae, lutando para abrir caminho até os dois.

Manto desapareceu da beirada. Então Lithos estava no pescoço da sacerdotisa, um aglomerado confuso de dentes e garras. A mulher ergueu os braços para proteger o rosto e perdeu o equilíbrio. Ela cambaleou por um momento, depois o ataque de Lithos a derrubou e ela tombou, ainda lutando contra o cachorrinho feroz quando caiu nas rochas.

Danae se arrastou até a beirada. Manto se pendurava com uma mão enquanto agarrava o rabo de Lithos com a outra.

Atordoada de alívio, ela conseguiu ajudá-los a subir. Manto embalou Lithos nos braços e, juntos, todos se arrastaram pelo aglomerado de pessoas, em direção ao muro principal, e se pressionaram contra a rocha enquanto corpos se esbarravam.

— Você está bem? — perguntou Danae, com a voz esganiçada.

— Estou respirando. — Manto abriu um sorriso.

— Graças a Lithos.

Em resposta, o cachorrinho lambeu a sujeira do rosto de Manto.

— Vamos.

O rosa do amanhecer se esgueirava pela crosta de fumaça da noite quando Danae e Manto chegaram ao fim dos degraus e correram em direção ao porto. Vários navios, carregados com peregrinos em fuga, já tinham deixado o ancoradouro. A dupla se juntou ao clamor de um grupo que tentava embarcar em um navio de comércio. O capitão estava diante da prancha, impedindo as pessoas de subirem a bordo.

Manto abriu caminho acotovelando as pessoas.

— Somos videntes! Deixe-nos passar.

A cabeça do capitão se virou na direção deles. Então a multidão explodiu, quase jogando o homem ao mar. Ele agarrou o poste do ancoradouro e desembainhou uma faca longa, passando a lâmina pelo ar como uma foice.

— Se alguém me empurrar de novo, ninguém entra no navio!

O primeiro grupo de pessoas recuou para a fileira de trás, tagarelando em desespero.

— Quem falou que era vidente? — gritou o capitão por cima da algazarra.

— Nós! — Manto puxou Danae pela aglomeração, com Lithos sob o braço.

O capitão franziu o cenho ao ver os rostos sujos, as túnicas pretas maltrapilhas e o cachorro molambento.

Manto ajeitou a postura para ficar em sua altura máxima.

— Que os Doze te enxerguem e reconheçam. Eu sou vidente Melampo de Micenas. Esta é minha aprendiz, Daeira. — As mentiras saíam sem esforço de sua boca. — Estávamos em Delfos por ordens do rei Euristeu. Garanto que nosso mestre te recompensará com generosidade por nos levar em segurança para casa.

— Está bem — disse o capitão. — Vocês dois podem embarcar, mas o vira-lata fica.

Os olhos de Manto brilharam.

— Como ousa?! Esta criatura é sagrada para Apolo.

Se não fosse pela seriedade da situação, Danae teria gargalhado.

O capitão semicerrou os olhos.

— Ele só tem um olho.

— Assim como o destino.

Danae conseguiu sentir seu sangue pulsando pela cabeça enquanto o capitão avaliava Lithos. Como se estivesse desempenhando seu papel, o cachorro ergueu a cabeça e entoou um latido imperioso.

— Hum. — O capitão pressionou os lábios. — Entrem, então.

Ele deu um passo para o lado para deixar que eles corressem pela prancha, causando gritos de fúria ao passarem.

O navio estava tão lotado que as pessoas se abarrotavam como sardinhas nas plataformas das duas pontas. Mal havia um centímetro de madeira que não estivesse coberto por refugiados com fuligem no rosto. Atrás deles, Danae ouvia o capitão gritando que não havia mais espaço.

— Dion! — gritou o capitão para o timoneiro ao se apressar pela prancha. — Nos tire deste lugar esquecido pelos deuses.

Quando ele pulou entre os bancos do remo, dois tripulantes puxaram a prancha. Houve gritos daqueles que tinham pulado atrás dele e caíram no mar.

Assim que se abrigaram no convés, Manto se virou para Danae.

— Para o fim do mundo, então? — perguntou enquanto acariciava os pelos de Lithos e o cachorro se aconchegava entre suas pernas.

— Você não precisa vir comigo.

Manto riu baixinho.

— Não vai se livrar de mim assim tão fácil. Fiz uma promessa e vou te ajudar a cumprir seu destino. E, depois de ver como você é perdida, não confio na sua sorte de chegar ao monte Cáucaso sem mim.

Danae abriu um sorriso cansado.

Uma ideia iluminou o rosto de Manto.

— Sabe, para chegar até Prometeu vamos precisar atravessar o mar Negro.

— Sim...?

— É lá que meu pai está.

— Pensei que seu pai tivesse morrido.

— Não, ele foi exilado em algum lugar pela costa do mar Negro. Se conseguirmos encontrá-lo, sei que ele pode nos ajudar.

A esperança abriu asas no peito de Danae. Pela primeira vez, uma luz atravessou a nuvem de terror que pairava sobre ela desde a visão do oráculo. Existia alguém por aí que entendia o que estava acontecendo com ela. Talvez precisasse viajar até o fim do mundo, mas encontraria respostas. E não teria que fazer isso sozinha.

Ela fechou as mãos em punhos. Um dia, quando tudo aquilo acabasse, ela veria Naxos de novo.

PARTE DOIS

18. AVES DE RAPINA

O sol nascente brilhava nas bochechas cobertas de cinzas dos passageiros que encaravam o caos deixado para trás. O Porto de Kirra se contorcia com pessoas gritando por navios para carregá-las para longe da cidade em chamas. Danae se sentiu grata por não conseguir mais ver o rosto delas. Os destroços de Delfos se escondiam por trás do monte Parnaso, mas o céu ainda brilhava com as chamas furiosas, e as nuvens espessas de fumaça cresciam na aurora.

Ela se forçou a desviar o olhar da devastação em terra firme. A tensão em seus ombros se afrouxou quando ela olhou em volta no navio. Não via em nenhum canto a túnica vermelha das sacerdotisas de Apolo ou a capa bordô dos guardas. Além disso, era difícil avaliar a condição de qualquer pessoa sob as camadas de roupas rasgadas e escurecidas pelas cinzas. Todos ali, de alto ou baixo nível, abarrotavam a mesma embarcação, fugindo da fúria do Deus do Sol.

A cada centímetro que os remadores afastavam o navio de Kirra, os pulmões de Danae se expandiam. Ela escapara. Estava livre.

Pelo que entendera ao escutar uma conversa entre o capitão e o timoneiro, nem toda a tripulação conseguira embarcar. Apenas cinco homens se espalhavam pelos seis bancos de remadores.

O capitão subiu entre os remadores e foi até a proa do navio. Ele se espremeu pela plataforma, para que todos pudessem vê-lo, e posicionou as mãos ao lado da boca.

— Escutem, todos! Meu nome é Erastus e sou o capitão do navio. Nós não costumamos transportar peregrinos, então vocês têm sorte de estarem a bordo. Não toquem, repito, não toquem nas minhas provisões. — Ele secou a testa. — Vejam, tem sido uma noite horrível para todos nós.

Se tiver algum homem que consiga remar, apresente-se a Dion. — Ele apontou para o timoneiro esguio posicionado no remo de direcionamento. — Se nos for concedido um bom vento do oeste, chegaremos a Corinto em mais ou menos duas horas. De lá, vocês seguirão o próprio caminho.

Depois de feito o anúncio, ele pulou para baixo, pousando no meio do convés, e correu pelos bancos para conversar com Dion em tom baixo.

Danae se virou para Manto.

— Você tem algum dinheiro nessa bolsa aí?

Manto franziu o cenho, enfiou o braço na bolsa e vasculhou.

— Acho que tem uns óbolos aqui...

Manto olhou em volta pela plataforma, depois tirou algo do tamanho da palma da mão, envolvido em um pedaço de tecido marrom. Com cuidado, colocou o objeto sobre a mão e o desembrulhou.

Era o pedaço de uma obsidiana. A luz do sol cintilou nas beiradas afiadas da rocha. Por entre a névoa de suas lembranças, Danae viu a câmara do oráculo e algo preto e cintilante, posto logo abaixo das bordas quebradas da pedra.

— O que é? — sussurrou ela.

— É uma pedra de profecia. — Manto rapidamente a embrulhou de novo no tecido. — Meu pai costumava usá-la para profetizar. Eu estava esperando para te entregar.

— Ela prevê o futuro? — Danae encarou a rocha enquanto Manto a pressionava cuidadosamente contra a mão dela. — Você já a usou para profetizar?

— Não — respondeu Manto, rapidamente. — Meu pai disse para nunca tocar nela sem proteção, apenas mantê-la segura e entregar para a última filha.

Quando os dedos de Danae se fecharam em volta da pedra, ela sentiu um formigamento através do pano.

— Como eu a uso?

Um sorriso se retorceu nos lábios de Manto.

— Fazendo exatamente o que meu pai disse para eu não fazer.

Danae começou a retirar o tecido.

— Aqui não. — Manto olhou em volta de novo e pegou a pedra, tomando cuidado para mantê-la coberta. — Que tal se eu a mantiver segura por enquanto?

Manto deslizou a pedra para dentro da bolsa de novo.

— Nunca sentiu vontade?

Houve uma pausa antes de Manto responder:

— Eu cumpro minhas promessas.

Depois disso, os dois ficaram em silêncio por um momento, os murmúrios dos outros passageiros e o mar quebrando permeavam seus pensamentos.

— Como é seu pai? — perguntou Danae.

Manto sorriu.

— Ele é... excêntrico. Acho que você vai gostar. Ele não se importa muito com as regras da sociedade. Acredita que previsões deveriam ser para todos, não apenas para quem pode pagar.

— O que aconteceu com ele?

Manto suspirou e ergueu a cabeça para o céu.

— Quando eu era menor, costumávamos viajar pela Grécia. Meu pai trocava profecias por uma cama e uma refeição quente. Um dia, ele teve uma visão com a pedra e disse que precisávamos ir para Delfos, e que ele se tornaria vigilante e esperaria pela última filha. Pensou que poderia continuar lendo o futuro na cidade sagrada, mas as sacerdotisas... elas não gostaram de ver alguém compartilhando algo que elas cobravam para fazer. No fim, vieram atrás dele.

— Sinto muito.

— Não sinta. — Manto a encarou com o olhar em chamas. — Nós iremos derrubar a porra do Panteão inteiro.

※※※

Lithos grunhiu. Danae se sentou e esfregou o rosto. O calor do sol a embalara em um estupor.

— O que foi, garoto? — Manto acariciou as costas do cachorro, mas ele continuava com os pelos eriçados e mostrando os dentes.

Nada pareceu inadequado quando Danae olhou pelo navio, depois encarou Manto, que deu de ombros. Ao redor deles só havia o oceano calmo e vazio. Ela inclinou a cabeça para o céu, protegendo os olhos do brilho.

Três manchas pretas tapavam o sol. Por um momento, Danae pensou que fossem gaivotas, mas as formas ficaram maiores. E estavam indo na direção do navio.

Então uma mulher gritou.

Perto dela, Manto já estava de pé. Lithos latia ao lado deles. Os homens pararam de remar. Os passageiros e a tripulação cambalearam para se colocar de pé, encarando as formas escuras que vinham em sua direção.

As batidas do coração de Danae desaceleraram, depois voltaram a acelerar. Aquelas formas eram grandes demais para serem aves, maiores até do que águias, e o formato não estava certo.

O navio ficara bizarramente silencioso. Ela procurou pelo capitão e o viu de queixo caído. Então as pessoas começaram a gritar. Tão rápido quanto o fogo arrasara Delfos, o pânico se espalhou pelo navio. Alguns passageiros se jogaram na água, outros ficaram de joelhos, balbuciando preces desesperadas a Poseidon, o Deus do Mar.

As criaturas estava quase acima deles. De perto, pareciam ter saído de pesadelos.

As vastas asas rígidas se alongavam dos corpos flexíveis e escamosos, e as longas pernas musculosas se curvavam em garras. Havia algo sinistramente humano em seus rostos raivosos, cabelos opacos e seios. Contudo, seus guinchos de lamúria eram rugidos de predadores se aproximando para matar.

Manto segurou o braço de Danae, afundando as unhas na pele dela.

— Harpias.

Os três cães de caça de Zeus. Suas armas pessoais para se vingar.

Um pavor congelante a perpassou. Por um instante, Danae viu seu medo refletido nos olhos de Manto. Então isso sumiu para ser substituído por uma calma mais profunda do que o oceano que os apoiava.

Manto segurou os ombros de Danae e pressionou a testa contra a dela.

— Sei que está com medo, mas precisa acreditar em mim: você é a última filha. Você é a esperança da humanidade. Encontre Prometeu e acabe com aqueles Olimpianos bastardos. Se encontrar meu pai, diga a ele que vigilante manteve a promessa.

Antes que Danae pudesse responder, Manto a empurrou pela lateral do navio.

Despreparada para a queda, ela caiu de barriga na água. Ela boiou por um momento, atordoada e ofegante, cegada pelo sal. Então se virou para ficar de costas, arfando, incapaz de preencher os pulmões doloridos.

De algum lugar lá em cima, ela ouviu Lithos latindo e Manto gritando:

— Diga ao seu mestre que o fim começou. Eu sou o acerto de contas!

Danae piscou freneticamente, tentando limpar a visão. As criaturas pairavam sobre o navio como morcegos famintos, com as asas escondendo a visão do que estava acontecendo. Ela só conseguia ter vislumbres de membros se agitando e garras dilacerando.

Entendeu, então, o que Manto fizera por ela. Suas idades e aparências eram semelhantes, especialmente com o cabelo curto de Danae e com as roupas combinando de videntes. As harpias pensariam que haviam conseguido o que vieram buscar. Seu instinto era voltar nadando até Manto, mas, mesmo se tentasse subir de novo ao convés, nunca chegaria a tempo. E o sacrifício teria sido por nada. Lutando contra toda a vontade de gritar e voltar ao navio, Danae ficou parada, boiando como algo morto na água.

Os barulhos acima lhe causavam arrepios profundos, gritos se misturavam com guinchos sobrenaturais e peles sendo rasgadas. Então, tão depressa quanto apareceram, as harpias subiram ao céu e voaram em direção a Kirra.

Engasgando, com a boca cheia de água do mar, Danae disparou na direção do navio. Suas unhas arranharam a lateral da embarcação ao tentar subir de volta, mas os dedos deslizavam pelo casco oleoso. Ela olhou para cima quando o vermelho surgiu na água em volta dela. Filetes de sangue escorriam pela lateral do navio.

Vasculhando freneticamente o casco, Danae viu a escada de ganchos presa na proa. Ela nadou até lá, com os membros tremendo ao subir e se arrastar por cima da borda.

O convés estava uma carnificina. O sangue parecia infinito, ainda jorrando dos corpos recém-desmembrados. O capitão Erastus estava caído perto dos pés dela, suas entranhas esparramadas entre os bancos. Então Danae ouviu o choramingo de Lithos e forçou suas pernas a se moverem até encontrar Manto, que havia caído onde estivera antes, o peito tendo se tornado uma bagunça sangrenta de carne e osso, o cachorrinho ao seu lado com o pelo manchado de sangue. Ela caiu de joelhos, a água de sua túnica encharcada se misturando ao convés cor de vinho.

As harpias tinham arrancado seu coração.

— Manto... — As lágrimas desciam queimando por suas bochechas cobertas de sal. — Eu vou contar para seu pai. Prometo.

Ela puxou o corpo de Manto para perto, balançando-o enquanto soluços a faziam tremer.

Parecia que ela estava olhando para o navio lá de cima. Tudo estava tão menor, como se a embarcação fosse apenas um brinquedo sacolejando na superfície de uma poça. Danae conseguia se ver, uma pequena forma no convés. Sabia que precisava continuar, mas havia dor lá embaixo, tanta dor. Em cima, só existia o céu infinito. Ela poderia apenas flutuar para longe e nunca olhar para trás.

Não fuja. Lute, disse a voz.

Ela voltou para o corpo em um tranco. Uma onda de náusea apertou seu estômago quando Danae olhou para Manto. O peso de seu sacrifício era esmagador. Ela não sabia como poderia suportar.

Não havia escolha.

— Eles vão pagar. Farei com que paguem — sussurrou para o cadáver de Manto.

❋❋❋

Danae envolveu com cuidado o corpo de Manto no tecido da túnica. O conteúdo da bolsa continuava seguro, e ela pescou dois óbolos do fundo e os colocou nos vincos ensanguentados. As moedas deveriam ser postas sobre os olhos de Manto, mas ela queria garantir que não se perdessem, ou a alma de Manto não teria como pagar o barqueiro e ficaria vagando nas margens do Submundo.

Enquanto ela trabalhava, aqueles que haviam sobrevivido ao ataque por pularem na água subiram de volta a bordo. Não sobraram muitos, e apenas dois eram da tripulação: Dion, o timoneiro, e um remador que fora atingido no braço até o osso pelas garras.

A cor foi drenada do rosto do timoneiro quando ele observou o capitão dilacerado e percebeu que, por padrão, ele agora estava no comando.

— Certo... — Ele olhou para o convés repleto de sangue e com partes de corpos espalhadas. — Preciso que todos os que conseguirem embrulhem os mortos.

Uma jovem mãe, com o rosto de sua criança afundando em sua saia, gritou:

— E se elas voltarem?

Elas não vão voltar, pensou Danae. *Acreditam que conseguiram o que vieram buscar.*

— Eu entendo — disse Dion. — Mas não podemos remar com...

— Somos um alvo fácil aqui! — gritou o mercador que fora o primeiro a se jogar ao mar.

A criança começou a chorar.

— Poseidon, por que nos abandonou? — A mãe se ajoelhou, apertando o filho em prantos contra o peito.

— Não podemos deixá-los assi... pare! — Dion disparou na direção do mercador, que agarrara um remo e estava remando freneticamente, fazendo o navio virar em uma curva inútil.

Enquanto lutava com o homem, o timoneiro começou a respirar com dificuldade. Esgotado, ele recuou para longe do mercador e se sentou em um banco.

Danae olhou por cima do corpo de Manto. O navio recaíra no caos. Algo precisava ser feito.

Ela se colocou de pé e gritou, com o que torcia para ser uma voz autoritária:

— Silêncio, todos vocês!

O silêncio se instaurou. Até o choro da criança foi reduzido a um choramingo.

— Quem é você? — perguntou o mercador, observando sua roupa preta e cabelo curto.

— Ela é uma vidente — disse Dion, ofegante, ao se levantar do banco.

Agora que tinha a atenção deles, o que Tártaro ela iria dizer? Como a vidente de Atenas fizera, Danae reclinou a cabeça para o céu e revirou os olhos. O limite da blasfêmia fora ultrapassado havia tanto tempo que nem dava mais para vê-lo. Contudo, se os deuses já a queriam morta, que mal faria uma pequena adivinhação falsa?

Uma única nuvem flutuou na frente do sol, poupando o navio de seu brilho por um breve momento. Danae ergueu a mão e apontou.

— É um sinal! A ira dos deuses foi aplacada e todos nós fomos poupados por nossas virtudes. Mas precisamos honrar Poseidon e dar os mortos ao mar.

Uma pausa tensa se alongou pelo navio, então a jovem mãe gritou:

— Louvem o senhor do Oceano, louvem-no!

Enquanto Danae falava, a criança avistara Lithos. Ele se afastou da mãe e atravessou o convés para acariciar com hesitação as orelhas do cachorro. Em retribuição, Lithos lambeu sua mão. A criança sorriu.

O olhar de Danae encontrou o de Dion, e o timoneiro inclinou a cabeça, depois retomou o comando.

— Tem um toldo guardado sob a plataforma do leme e uma vela de lona extra. Podemos usá-los.

Envolver os cadáveres era um trabalho de revirar o estômago. As entranhas soltas deslizavam pelos dedos como enguias, e o calor tornava o cheiro cada vez mais intenso. Quando a tarefa por fim foi terminada, eles se afastaram, com a respiração pesada e os braços e roupas cobertos por sangue.

— Pode fazer uma prece? — pediu Dion.

Enquanto o timoneiro, o mercador e as outras duas mulheres começaram a erguer os corpos embrulhados pela lateral do navio, Danae pigarreou. Ouvira as palavras tantas vezes, mas nunca as dissera.

Ela ergueu o dedo do meio até a testa.

— Que os Doze te enxerguem e reconheçam. Que as Queres abram suas asas sobre vocês enquanto seguem pelo caminho do julgamento. Que suas almas encontrem paz do outro lado do último rio.

— Vão com a benção dos Doze — murmuraram os outros.

Danae sentiu um nó no fundo da garganta ao ver o corpo de Manto se afastar pelas ondas brilhantes.

Sua visão ficou borrada. Não pudera ver o funeral de Alea. Deveria ter estado lá, ajudado a mãe a lavar e ungir o corpo da irmã, deveria ter chorado com a família.

Enquanto os outros observavam o momento de quietude, lágrimas silenciosas escorriam pelo rosto de Danae.

Depois do silêncio, Dion subiu na plataforma da popa. O calor agora era sufocante, sem vento para oferecer um sopro de alívio. Ele analisou a vela desenrolada e suspirou, depois apontou para o mercador.

— Você fica no primeiro banco da direita. E você, no do meio. — Ele colocou o remador ferido atrás do mercador, depois se sentou no primeiro banco da esquerda.

— Não consigo remar — disse o homem ferido, entredentes.

— Você tem um braço bom, não tem? Use-o.

O homem encarou as costas de Dion, depois se sentou no banco ao qual foi designado.

O timoneiro se virou para Danae e para as outras duas mulheres.

— Perdão por pedir isso, mas nunca chegaremos à costa só com três pessoas.

— Podemos remar — disse Danae depressa.

As outras mulheres assentiram.

Dion gesticulou para que a mãe compartilhasse o banco com o ferido, e Danae e a mulher de capa azul ficaram em lados opostos. A criança se sentou contra o convés, com Lithos aconchegado em seu colo.

Eles seguraram os remos, e Dion gritou:

— Sigam minha contagem: um, dois, um, dois...

✲✲✲

As palmas de Danae doíam. Conseguia sentir as bolhas se formando. Não havia nada para ver, nada para distraí-la da dor de remar, exceto o brilho azul sobre o horizonte.

Ela encarou sua companheira. O rosto da mulher estava escondido sob o capuz, seus dedos pálidos ornados com anéis. Um, no quarto dedo da mão esquerda, era deslumbrante. Continha a maior safira que Danae já tinha visto, repousando sobre um leito de diamantes. A mulher se contraía toda vez que elas puxavam o remo.

— Vai doer menos se os tirar.

A mulher olhou para ela, e Danae teve um vislumbre do rosto de sua companheira de remo. Havia algo familiar no formato de sua mandíbula e na curva de seu nariz. A mulher parecia inquieta e evitava contato visual. Danae não podia culpá-la, depois de tudo pelo que haviam passado.

— Posso remar sozinha por um momento.

A mulher assentiu, e Danae assumiu o controle enquanto ela deslizava os anéis para o bolso da capa.

— Obrigada — disse ela ao segurar de novo sua parte do remo.

Se as joias não fossem o bastante, seu sotaque confirmava. Aquela mulher era nobre.

Por baixo do capuz azul, os olhares das duas finalmente se encontraram, e a mente de Danae se iluminou ao reconhecê-la. Isso deve ter ficado claro em sua expressão, porque a mulher balbuciou:

— Por favor, não quero que ninguém saiba quem eu sou.

Danae de repente sentiu frio apesar do calor e do esforço de remar. Dentre todas as pessoas em Delfos, ela acabara no banco com a rainha de Atenas.

— Não vou dizer nada. — Ela torceu para estar irreconhecível desde a última vez que Fedra a vira disfarçada de iniciada.

— Obrigada. — As palavras da rainha saíram afetadas pelo esforço.

Mais algumas remadas ocorreram entre elas.

Danae deu outra olhada na rainha. Ela era diferente da irmã. Pelo que Ariadne lhe dissera em Naxos, ela se perguntou se Fedra sequer sabia que a irmã ainda estava viva.

Ela mordeu o lábio. Sabia que era arriscado, mas precisava dizer algo. Não poderia viver consigo mesma se não o fizesse.

— Eu conheci sua irmã, Ariadne.

As mãos de Fedra se afastaram bruscamente do remo, impulsionando a haste delas para o homem adiante.

— Do meio! — gritou Dion. — Mantenham o ritmo!

Com as mãos atrapalhadas pelo suor, Danae e Fedra recobraram o controle do remo.

— Você está enganada. — A voz da rainha soava espinhosa. — Minha irmã morreu há muito tempo.

— Eu juro! Ariadne está viva e bem, em Naxos. Ela vive com um grupo de mulheres, as mênades. Ela é feliz.

Fedra ficou em silêncio. Danae olhou para o lado e viu que a frente da capa da rainha estava manchada de lágrimas.

— Teseu me disse que ela estava morta. Todos esses anos desperdiçados.

— A senhora ainda tem tempo.

Fedra meneou a cabeça.

— Há caminhos dos quais não dá para voltar.

— Eu só conheço um: a morte.

As palavras saíram com uma agressividade não intencional. A cabeça de Fedra se virou bruscamente em sua direção. Danae mordeu o interior da bochecha, mas não conseguiu impedir seus pensamentos de serem exteriorizados.

— Eu daria qualquer coisa para rever minha irmã. Mas ela está no Submundo, e vou precisar esperar a vida inteira. A senhora pode ir até Ariadne agora e viver com ela pelo resto de seus dias. Não desperdice o tempo que lhe resta.

Elas continuaram manejando o remo em silêncio, a respiração cansada sendo o único som entre as duas.

— Sinto muito — disse Fedra, enfim. — Por sua irmã.

Danae não confiava em sua capacidade de falar. Ela virou o olhar para os fragmentos de brilho da luz solar que saltitavam pela água. Perguntou-se quanto tempo levaria para chegar ao fim do mundo. A culpa fez seu estômago se contorcer. Prometera encontrar o pai de Manto. Ainda assim, Danae tinha poucas esperanças de achá-lo. Nem sequer sabia seu nome. E constantemente as palavras da profecia pesavam sobre seu coração.

Prometeu era sua única esperança.

19. NOVOS COMEÇOS

— Terra à vista!

Suspiros de alívio acometeram os remadores. Apesar das horas de braços doloridos e das palmas em carne viva, eles redobraram os esforços. Danae encarou os montes salpicados em verde de Corinto se materializando no horizonte. Nunca ficara tão feliz por ver terra.

O porto de Corinto e o de Kirra tinham o mesmo tamanho. Fileiras de navios comerciais, como o deles, aglomeravam as beiras do único píer. Preso em seu assento, Dion gritou para que eles guardassem os remos, depois os conduziu até uma parte vazia da água. Enquanto Danae ajudava Fedra a puxar o remo, ela notou que cabo estava manchado de sangue. Ela se encolheu ao desdobrar os dedos e olhar para suas próprias palmas rachadas.

Dion saltou para o píer. Ele gritou para que o mercador jogasse a corda e se pôs a amarrar o navio no poste do ancoradouro. Assim que baixaram a prancha e o resto dos passageiros estava em terra firme, todos se reuniram em volta de Dion como ovelhas.

— Bem, então... — O timoneiro coçou a cabeça. — Vou encontrar o chefe do porto e contar o que aconteceu. — Ele olhou para o homem ferido, que estava em um tom preocupante de verde. — É melhor você vir comigo e encontrar um curandeiro. — Ele recuou do resto do grupo. — O resto de vocês pode seguir seu caminho. Ah... Tenho certeza de que os oficiais do porto os ajudarão a chegar em casa.

Até parece, pensou Danae.

— Dion — chamou ela.

Ele olhou em volta.

— Obrigada.

O homem pigarreou e assentiu antes de se afastar. Os outros olharam entre ela e o timoneiro, depois perambularam atrás de Dion. Apenas o menino se demorou, encarando Lithos enquanto a mãe o puxava.

— Pode ir — disse Danae.

O cachorrinho latiu e correu atrás do garoto, balançando o rabo de ponta branca.

Ela olhou para a cidade além das construções de pedra branca no porto. Suas mãos apertaram a alça da bolsa de Manto enquanto se perguntava o que fazer a seguir. Então se deu conta de que Fedra continuava parada ao seu lado.

— Como é Naxos? — A rainha encarava o mar.

— É o lugar mais lindo do mundo.

— É seu lar?

— Não — respondeu Danae, depressa. — Só um lugar que visitei uma vez.

Fedra sorriu.

— Não acho que meu lugar seja de volta a Atenas, no fim das contas. — Ela olhou ansiosamente para Danae. — Podemos viajar juntas. Não tenho dinheiro, mas acho que tenho joias suficientes para comprar nossas passagens.

O coração de Danae pesou. Ela queria desesperadamente dizer sim, navegar de volta para Naxos e ver sua família. Porém, sabia que não podia ir para casa.

— Não posso. Preciso ir para outro lugar.

Um dia, quando tivesse certeza de que a ira dos deuses não a seguiria, ela caminharia de novo pela trilha de terra que dava em sua cabana.

Fedra assentiu e deslizou a mão para dentro do bolso da capa. Então pressionou algo na palma da mão de Danae. Era o anel de safira.

— Eu... eu não posso aceitar.

— Se não aceitar, eu o atirarei no oceano. Não preciso mais dele.

As duas mulheres se encararam. A determinação de Danae rompeu primeiro, e ela pegou o anel com relutância.

— Obrigada.

Fedra sorriu.

— Não é nada comparado ao presente que você me deu. Adeus...?

Depois de um segundo, a garota completou:

— Daeira.

— Adeus, Daeira. Que os Doze sempre te vigiem.

Danae observou a rainha de Atenas caminhar pelo píer. Fedra não sabia, mas suas palavras de despedida causaram calafrios. Danae olhou para o oceano uma última vez, colocando o anel de Fedra na bolsa, depois foi em direção à cidade.

Manto dera o máximo para convencer os Doze de que Danae estava morta. Com sorte isso lhe daria mais tempo. Seu disfarce de vidente era bom, mas no momento ele estava coberto por sujeira, suor e sangue. Antes de conseguir embarcar em um navio indo para o mar Negro, ela precisaria se banhar.

❖ ❖ ❖

Corinto era uma cidade com o tamanho mais ou menos entre Delfos e o povoado de Danae em Naxos. As construções oficiais do porto logo deram espaço para moradas de pedra mais humildes. Com os cabelos presos por lenços, mulheres varriam os alpendres enquanto crianças jogavam peteia no meio da rua. Apesar de ser uma rota certa de comércio para e de Delfos, o povo de Corinto parecia viver em um ritmo mais calmo do que nas cidades grandes. Danae ficou aliviada. Seu corpo estremecia dos dias que passara fugindo e temendo por sua vida. Ela sabia que existia uma chance de as harpias perceberem o erro e voltarem para pegá-la, mas precisava de um momento para descansar ou entraria em colapso.

Parou para ver um oleiro que moldava um pote de argila do lado de fora de sua barraca. Vasos vermelhos intensos e ânforas com detalhes em tinta preta e branca se empilhavam ao lado dele, muitas adornadas com a imagem de Hércules e seus feitos heroicos. Em alguns, o semideus lutava contra a hidra de muitas cabeças. Em uma fileira nos vasos da frente, ele batalhava contra o leão de Nemeia. A grande fera rugia enquanto o herói apertava seu pescoço entre os braços enormes. Nesta última imagem, Hércules não usava nada além de uma pequena saia.

— Cinco óbolos por esse. — O oleiro deu uma piscadela, depois de balbuciar o cumprimento sagrado. — Esse modelo é muito popular entre as mulheres.

— Ah. — Danae rapidamente respondeu com o gesto e balançou a cabeça. — Não vou comprar nada. Na verdade, estou procurando por uma casa de banho. Sabe se tem alguma aqui por perto?

Foi estranho tocar a testa com seu dedo do meio.

O oleiro pareceu desapontado, mas inclinou a cabeça na direção da estrada. Ela se afastou depressa e ficou aliviada quando contornou a esquina e viu um mosaico de golfinho posto sobre a pedra acima de uma porta curvada. Danae se abaixou ao entrar e se viu em um vestíbulo grande, com mulheres passando pela porta à direita e homens indo por uma idêntica à esquerda. Uma mesa de carvalho robusta ficava em frente, e um homem com expressão de tédio estava curvado atrás dela. Danae fedia a sangue seco e suor, mas felizmente sua roupa preta escondia as piores manchas.

Você é uma vidente, disse para si. *Aja como tal.*

Preparando-se, Danae ergueu a cabeça e marchou até a mesa, depois fez o cumprimento sagrado.

As sobrancelhas do proprietário se ergueram na testa quando a observou.

— Uma sala privada ou as banheiras públicas?

— Sala privada.

— Óleos essenciais?

— Sim.

O proprietário sorriu, subserviente.

— Boa escolha.

Danae enfiou a mão na bolsa de Manto e vasculhou em busca de moedas. Ela colocou dois óbolos sobre a mesa.

Houve uma pausa.

— E o resto?

Ela ergueu uma sobrancelha. Não fazia ideia do quanto custava o serviço de uma casa de banho, tendo se lavado apenas no rio ao longo da vida.

— O preço é de uma dracma.

Uma dracma por um banho! Esse tanto teria alimentado sua família inteira por um mês.

— E se for sem os óleos essenciais?

O homem repuxou os lábios.

— Quatro óbolos. *Dois* seria por meia hora no banho público feminino.

Ela estava planejando lavar sua túnica e inspecionar a pedra da profecia. Não dava para fazer nenhuma dessas coisas no banho público.

— Espera.

Ela vasculhou de novo a bolsa para ver se tinha mais alguma moeda que não vira na primeira vez. Seus dedos roçaram o anel de Fedra. Ela hesitou, imaginando que ele valia bem mais do que uma dracma, mas, sem ter outra forma de pagar, colocou-o sobre a mesa entre os dois.

O queixo do proprietário caiú. Ele olhou para Danae, depois para o anel, e de novo para Danae, aí para o anel mais uma vez. Ele o pegou como se fosse se estraçalhar a qualquer momento e o virou lentamente entre os dedos.

— Lindo — sussurrou o homem.

— Uma hora, sala privada, óleos essenciais. Não serei perturbada. E receberei o troco, é claro.

O homem pigarreou.

— Claro.

Ele abriu um baú à direita da mesa, tirou de lá uma algibeira de moedas e a colocou diante de Danae.

Ela puxou a algibeira para perto. Era pesada. Espiou lá dentro e precisou se controlar para não gritar ao ver cerca de quinze dracmas de ouro. Mais dinheiro do que seu pai ganhava em um ano inteiro. Mais do que o valor de sua vida no mercado humano. Ela lutou para manter a expressão calma enquanto guardava a algibeira dentro da bolsa.

O proprietário estalou os dedos, e uma escravizada com cabelo dourado e pele pálida e sardenta se apressou até eles.

— Leve a estimada cliente à nossa melhor sala.

A garota fez uma reverência e seguiu para a passagem à direita. Danae a acompanhou, o peso das moedas batendo com opulência contra sua coxa.

Elas atravessaram o corredor principal que dava nos banhos públicos femininos, depois desviaram para outro corredor. Um mosaico de azuis em todos os tons circulava pela parede em padrões de ondas. Os passos delas ecoavam pelo lugar silencioso, com o soar ocasional de risos e vozes reverberando de outras salas privadas.

Bem no final, a garota conduziu Danae por um arco com cortina e entraram em uma sala dominada por um grande reservatório no chão. A luz escorria lá para dentro por três janelas pequenas esculpidas nas pedras grossas logo abaixo do teto, iluminando os murais de ninfas do mar dançantes pintados nas paredes. Um banco de pedra sobressaía do lado direito. Nele, havia fileiras de garrafas de vidro cheias de diferentes tons de líquidos âmbar.

Danae se contorceu quando a garota veio em sua direção. Ela recuou.

— Posso ajudá-la a se despir?

— Não — disse ela, depressa. — Eu mesma faço isso.

O rosto da garota entregou a onda de surpresa.

— Como desejar.

Danae tirou a sandália, observando a garota dar a volta do reservatório até a coleção de garrafas.

— Qual óleo a senhora prefere?

Danae hesitou. Não sabia o que era qualquer um deles.

— Temos louro, manjerona, íris, cardamomo, sândalo...

— O último.

Ela não fazia ideia de como era o aroma, mas qualquer um seria melhor que seu cheiro atual. Lentamente, ela colocou a bolsa no chão ao passo que a garota despejou o óleo, da cor do sol, na água.

Então a menina andou perto da borda do reservatório e esticou os braços.

— Posso lavar sua roupa enquanto se banha?

— Não.

Danae envolveu o peito com os braços, muito consciente do quanto sua roupa estava suja e manchada de sangue. Então, ela percebeu as cicatrizes que circulavam os pulsos finos da garota.

— Aqui. — Danae abriu a bolsa e tirou de lá a algibeira de moedas.

A garota recuou.

— Quero te dar uma coisa.

A garota balançou a cabeça. Ela parecia assustada.

— Vou me encrencar.

— Tudo bem. — Relutantemente, Danae colocou a algibeira de volta na bolsa. — Gostaria de ter privacidade, por favor.

A garota fez uma reverência e passou pela cortina, indo para sombra do corredor.

Danae se remexeu para tirar a túnica. Então entrou no reservatório, avançando na água pelos degraus de pedra esculpidos na lateral.

Ela arfou. Estava morna, como o mar no auge do verão. Inalou o ar temperado e esfumaçado quando o óleo cobriu sua pele. Esfregando o rosto, ela suspirou quando a costa grossa de sal foi lavada. Então passou as mãos pelo cabelo curto para remover a sujeira. O comprimento ainda era estranho, mas ela precisava admitir que era mais fácil de lavar.

Uma nuvem cor de ferrugem escorreu pela água ao redor de sua roupa. Depois de se limpar, ela esfregou o tecido, fazendo careta quando a fricção machucava suas mãos em carne viva. Assim que limpou todo o sangue e sujeira que pôde, ela torceu, depois saiu da água e colocou a roupa sobre o banco de pedra. Com sorte, secaria até a hora de ir embora. Pingando pelo chão, Danae pegou a bolsa, colocou-a ao lado do reservatório e voltou para dentro.

Com cuidado, colocou a pedra da profecia no chão. Afastou cada ponta do tecido que a envolvia até o fragmento de obsidiana estar descoberto, brilhando na luz da sala de banho. Ao se aproximar, pensou ouvir sussurros vindo de dentro da pedra. Tinha medo de tocá-la. Ainda assim, sentia-se compelida a isso. Quando sua mão pairou acima da obsidiana, seus dedos começaram a doer.

Os sussurros ficaram mais altos. Eram vozes de homens. Então ela percebeu que não vinham da pedra. As palavras "Atenas" e "anel" ecoaram pelo corredor.

Danae saltou para fora da água, embrulhando rapidamente a pedra da profecia e enfiando-a de volta na bolsa, depois puxando a roupa molhada. Ela pendurou a bolsa no ombro e pegou as sandálias na outra mão. Não havia tempo para calçá-las.

Ela passou por baixo da cortina, quase colidindo com a escravizada. As duas se encararam por um momento, depois os olhos da garota foram em direção à passagem estreita que dava para o salão de entrada.

Danae correu até alcançar o fim do corredor, derrapando e parando diante de uma porta de madeira pequena. Ao abri-la, o vapor atingiu seu rosto. Na sala à frente, vastos tubos de ferro com fogo aceso embaixo se posicionavam em intervalos ao longo do chão, e fileiras de roupas dobradas estavam empilhadas em prateleiras dos dois lados. Mulheres de rosto vermelho com aventais manchados se inclinavam sobre os tonéis, mexendo o conteúdo com grandes varas de madeira.

Ela hesitou por um momento, depois disparou, ignorando os gritos das mulheres ao correr para fora da casa de banho.

Danae se atirou pelas ruas, olhando para trás em alguns momentos para garantir que não estava sendo seguida. A roupa molhada grudava desconfortavelmente no corpo, restringindo seus movimentos. Então, um lampejo azul no fim da rua fez sua pulsação acelerar. Sem esperar para descobrir se era a capa de um guarda ateniense, ela entrou na loja mais próxima.

Os rolos de tecido cobriam a parede em um arco-íris de seda, linho e lã. Danae foi até o fundo do lugar e, mantendo o olhar na porta, fingiu analisar o comprimento de um tecido verde.

— Que os Doze te enxerguem e reconheçam. Uma vidente em minha loja. Ora, isso não é algo que se vê todo dia.

Danae virou. Uma idosa a espiava com entusiasmo.

— Ah, você está encharcada.

Danae baixou a cabeça para ver a poça em volta dos pés.

A idosa balançou a cabeça.

— Nunca vou compreender vocês, místicas. Ainda assim, quem sou eu para questionar quem fala com os deuses?

Danae quase não estava ouvindo, ficando tensa a cada sombra que passava pela porta.

— Nem mesmo uma capa para te aquecer... — A mulher soltou um som de desaprovação ao ver as sandálias na mão de Danae. — Isso parece ter corrido por metade da Grécia.

— O que disse?

A idosa recuou.

— Perdão, eu só quis dizer...

— Uma capa. — Era exatamente disso que ela precisava. Uma capa grande com capuz. — Tem alguma preta?

A lojista pareceu aliviada.

— Preciso conferir lá atrás. — Ela se apressou por uma cortina até o fundo da loja.

Depois de alguns rangidos e batidas, a velha ressurgiu com um par de sandálias de couro de longas tiras e uma pilha de tecidos finos pretos de lã dobrados.

— Pensei que também gostaria disso.

Ela colocou a sandália no chão e Danae deslizou os pés pelo couro trançado. Coube perfeitamente. Quando se curvou para amarrar as tiras, admirou o excelente artesanato, costurado com tanta delicadeza que mal dava para ver. Ainda assim, pareciam bem mais fortes do que as sandálias antigas.

A lojista desdobrou a capa obsidiana e a balançou por cima dos ombros de Danae, prendendo-a no pescoço com um fecho de cobre.

— Venha! — Ela segurou a mão de Danae e a puxou para a frente da loja, onde um grande espelho de bronze estava pendurado na parede.

Danae olhou preocupada para a porta, depois estacou ao ter um vislumbre de si mesma.

Ela não reconheceu a mulher à sua frente. Até então só vira lampejos de seu reflexo em poças imóveis. Sua família e povoado haviam sido seu espelho. Ela parecia tão mais velha do que a criança que fora em Naxos. Coberta pelas dobras de uma capa preta, ela era uma vidente dos pés à cabeça. Sua respiração vacilou. O cabelo curto realçava um toque de Alea em suas bochechas. Ela ainda era a imagem do pai, mas foi reconfortante saber que carregava a irmã em seus ossos.

— Então? — perguntou a lojista.

— Sim. — Danae sorriu. — Isso serve.

※※※

Com a bolsa de moedas mais leve, Danae saiu para a rua, o capuz de sua capa puxado sobre o rosto. Ela tinha que encontrar Prometeu, mas não fazia ideia de para que lado ficava o mar Negro. Precisava de um mapa.

Um sino dobrou quando ela se afastou da loja. Um passo depois, ela se encolheu quando a porta foi fechada com força atrás de si. Danae olhou para trás e viu a lojista velha erguer uma tábua de madeira por cima da janela. Quando voltou a se virar, a rua estava deserta. As portas, que antes estavam abertas, foram trancadas, e fechaduras de ferro foram colocadas nas venezianas coloridas. Seu cenho franziu, ela voltou para a loja de tecido e bateu à porta.

— Olá, o que está acontecendo?

A lojista não respondeu.

Apertando a bolsa, Danae disparou a correr e contornou uma esquina para se ver em uma grande praça cercada por restaurantes. Apesar do cheiro tentador de carne assada preenchendo o ar, não havia uma alma viva. Os estabelecimentos tinham fechado tão depressa que as mesas do lado de fora continuavam dispersas com pratos meio comidos.

Um riso reverberou pela praça. Danae virou a cabeça bruscamente naquela direção.

Quatro pessoas estavam encostadas no muro de um kapeleion modesto, escondidas na sombra do toldo verde maltrapilho. Seguravam canecas de vinho nas mãos e não pareciam nada preocupadas por todo mundo ter fugido. O mais alto do grupo era um homem com pele de marfim salpicada com sardas e o cabelo cor de fogo. À esquerda dele estava um homem mais velho, com as bochechas beijadas pelo sol e de porte fraco, e ao lado dele havia um jovem que parecia ter a idade de Danae, com um rosto largo e rosado e orelhas que sobressaíam da cabeleira de cachos castanhos.

No entanto, foi o quarto membro do grupo que chamou a atenção de Danae. Uma mulher. As únicas mulheres que frequentavam kapeleia em Naxos eram mulheres da noite, mas aquela pessoa parecia mais acostumada a incitar dor do que prazer. Sua pele ocre era cheia de cicatrizes nacaradas, e ela vestia uma armadura gasta de prata que parecia ter sido forjada para seguir os contornos de seu corpo esbelto. Um arco e uma aljava de flechas estavam presos por uma correia que atravessava seu peito, assim como pelo menos três facas. Seus companheiros estavam igualmente armados.

Danae mal dera dois passos na direção deles quando um grito que soava como o massacre de milhares de cordeiros cortou o ar.

Ela recuou e se pressionou contra os tijolos de um restaurante quando algo enorme saiu deslizando de uma rua do lado mais afastado da praça.

Danae abriu a boca em um grito silencioso.

Um corpo ofídio com cor de obsidiana serpenteou pelas pedras. A criatura não tinha pernas, apenas longos braços com duas articulações terminando em garras ferozes que arranhavam o chão à medida que ela se arrastava. Danae se lembrou violentamente das harpias ao ver a cabeça bulbosa, que parecia um amálgama diabólico entre o rosto de uma mulher e o de uma cobra. Cordas de um longo cabelo emaranhado deslizavam para além do pescoço ondulado, e as pálpebras verticais piscavam por cima da íris amarela e da pupila preta em fenda. As narinas inflaram, e a boca se abriu de uma bochecha a outra, revelando duas fileiras de presas. Os olhos doentios da criatura vagaram pela praça e repousaram em Danae.

A coisa deslizou na direção dela em uma velocidade aterrorizante.

Então algo pulou do telhado da casa ao lado de Danae. Tudo o que ela pôde ver foi um aglomerado de pelos antes de a criatura-serpente grunhir de dor e se contorcer.

Ela arfou. Um leão estava sobre a criatura.

Não, não era um leão. Era um homem usando a pele do animal.

Ele parecia um deus, a pele cor de cobre brilhando como os pelos em suas costas. Ele se ajoelhou, escarranchando a fera, com a espada enfiada fundo na cauda destroçada. Não usava nada além de uma saia, o torso poderoso desnudo exceto pelo couro de leão pendurado em seus ombros, com a cabeça do animal coroando a própria. Abaixo estava um rosto que Danae conhecia bem, apesar de nunca o ter visto em pessoa. Um rosto impressionantemente belo que seria a réplica de seu pai divino, não fosse a cicatriz que cortava a bochecha da sobrancelha até a mandíbula protuberante.

Os olhos azuis de Hércules encontraram os dela, e Danae teve certeza de que seu coração parou de bater. Então ele puxou a espada, libertando-a das escamas do monstro, e a movimentou para ir de encontro às garras que vinham em sua direção. A criatura guinchou quando o herói cortou seus dedos até o osso. Um arco de sangue pintou um arco escuro pelo céu, depois respingou pela praça junto com os dedos arrancados.

Exasperada, a criatura mostrou as presas e foi para cima dele, um veneno esbranquiçado gotejando dos dentes. Hércules saltou para atingir a coisa, baixando a cabeça para que a pele de leão impenetrável colidisse com a bocarra, enquanto se impulsionou e afundou a espada na garganta da fera.

Os dentes se despedaçaram; sangue escuro como vinho vazou da boca da criatura quando ela se espatifou no chão com um estrondo e um último guincho estridente.

Hércules pulou do corpo grande como um tronco e limpou a espada contra as escamas, como se não tivesse feito nada mais do que cortar uma árvore para fazer lenha.

Danae permaneceu escondida quando ele se aproximou, movendo-se apenas quando sentiu algo em sua coxa. Ela olhou para baixo. Um calor pulsava contra sua pele, vindo de algo dentro de sua bolsa.

A pedra da profecia.

— Está ferida? — A voz do herói era mel e trovão ao mesmo tempo.

Ele parou diante de Danae, seus olhos cerúleos procurando machucados nela.

— Na... não.

Uma pequena ruga surgiu entre as sobrancelhas dele. Seus lábios se abriram como se fosse falar de novo, bem quando a mulher do lado de fora do kapeleion gritou:

— Por que demorou tanto?

A atenção de Hércules se voltou para a mulher. Ele abriu um sorriso enorme, os olhos azuis cintilando ao caminhar na direção do grupo.

— Obrigado pela assistência, seus preguiçosos inúteis. Acho bom que pelo menos tenham pegado uma bebida para mim.

A mulher segurava uma caneca vazia e deu de ombros.

— Fiquei com sede enquanto esperava.

O homem mais velho revirou os olhos. O mais novo ofereceu sua caneca.

— Pode ficar com a minha.

O herói pegou o vinho bem quando a porta da kapeleion se entreabriu e o dono da taverna espiou pela fenda. Ele avistou o monstro caído na praça e gritou:

— Hércules matou a Lâmia!

— Lá vamos nós — disse o herói, entornando o conteúdo da caneca.

Dobradiças rangeram, e rostos surgiram nas portas e nas janelas. Com hesitação, o povo de Corinto se esgueirou para fora. Quando viram Hércules e a carcaça sangrenta da Lâmia, a barragem de medo explodiu, e o povo inundou a praça, aglomerando-se em volta do herói como formigas com um figo maduro demais.

— Ora, onde está aquele garoto...? — O homem com cabelo de fogo procurou sua presa até ver o homem mais novo (da nobreza, a julgar pelas roupas) vagueando ao redor da multidão. — Bebidas para todos! Na conta de Polifemo! — Ele deu um tapa nas costas do jovem.

Os coríntios reunidos comemoraram enquanto o jovem nobre fez uma careta.

O homem de cabelo de fogo riu.

— Isso vai te ensinar a não apostar contra o maior herói que já existiu. — Ele o conduziu até a kapeleion. — Vamos, você não vai querer deixar todo esse povo esperando pela bebida, vai?

Danae os observou se afastando, a respiração ainda brusca e pesada. Ela deslizou a mão para dentro da bolsa e envolveu com os dedos a pedra da profecia. Mesmo com o tecido em volta, ela conseguia sentir a pulsação. Como um coração.

Entre o maravilhamento, o assombro e o puro horror que fazia o sangue ferver, ao ver Hércules massacrar aquela fera, ela sentira uma verdade profunda, livre de lógica ou razão. E a mesma voz que despertara dentro dela ao sair de Delfos falara de novo, sussurrando uma palavra.

Destino.

20. O LEÃO

Quando a luz do dia esvaeceu, a multidão finalmente se dispersou e perambulou de volta para casa. No fim, foram necessários dez homens para arrastar o cadáver da Lâmia da praça. As pedras foram esfregadas, mas a mancha de seu sangue escuro permaneceu, tingindo as placas.

De conversas que ouvira, Danae entendeu que o monstro emergira de uma caverna nos montes acima de Corinto alguns meses antes e periodicamente se aventurava pela cidade para sequestrar crianças e se banquetear. Os soldados da cidade provaram não ser páreo para a Lâmia, então recorreram a manter vigilância e soar um sino sempre que a criatura fosse avistada. No desespero, o povo chamara o maior herói da Grécia. E ele atendera o pedido.

Hércules e seus companheiros continuaram na kapeleion para comer e beber até esvaziarem a algibeira do jovem nobre. Danae também ficou por ali, sentada a uma mesa no canto, perto o bastante para ouvir o grupo.

Ela não sabia o que estava fazendo. Deveria ter encontrado um mapa, deixado Corinto e estar a caminho do mar Negro àquela altura. Porém, não conseguia calar o eco daquela voz que ao mesmo tempo era e não era sua.

Destino.

O herói era importante para sua jornada. Só precisava descobrir por quê.

As mãos dela remexeram a caneca de vinho da qual bebericara na última hora, enquanto o dono da taverna colocava uma vela sobre sua mesa. Ele a olhou de um jeito estranho, mas não disse nada. O dinheiro de uma vidente era tão bom quanto qualquer outro. Seu irmão mais velho, Calix, uma vez contara para Danae que donos de tavernas se orgulhavam de guardar segredos de seus clientes tanto quanto da qualidade de seus vinhos.

Ela o observou ir para a mesa de Hércules com outra vela. O herói era um pouco mais alto do que os companheiros, e seus olhos se enrugavam em uma expressão de divertimento enquanto o homem de cabelo vermelho falava animadamente. No clímax da história, Hércules soltou uma risada que reverberou pela kapeleion, e a mulher engasgou com um pouco de vinho, tomado no momento errado, e esmurrou a mesa, ao passo que o rapaz mais novo bateu vigorosamente nas costas dela. Todos beberam muito.

Era estranho ver um herói daquela forma, sentado entre um grupo de pessoas comuns, compartilhando vinho como se fosse um deles. Danae sempre imaginara Hércules sendo mais deus do que mortal. Um homem com dignidade e poder, uma versão miniatura de seu pai.

Zeus, o Deus do Trovão, o criador da humanidade, a deidade que a profecia dizia que ela destruiria.

— É uma missão idiota — disse alto o homem de cabelo de fogo.

— Não sei — respondeu o mais velho. — Parece que esse Jasão já reuniu vários adeptos. Eles se nomearam de "os argonautas", em homenagem ao navio que o rei Pélias encomendou especialmente para isso.

— Que nome ridículo — resmungou a mulher.

Ele a ignorou.

— Aparentemente é a embarcação mais rápida já feita.

— Não ligo para o quanto essa porcaria é rápida — disse o homem de cabelo de chamas. — Mesmo que o vento do oeste nos sopre o caminho todo, demoraria quase um ano para atravessar o mar Negro. A Cólquida fica no fim do mundo. Vamos para casa, para Micenas.

Danae ajeitou a postura, esticando-se para ouvir as próximas palavras.

— Micenas não é nossa casa — disse Hércules, obscuramente.

— O último trabalho para o qual aquele escroto do Euristeu nos enviou foi uma palhaçada. — A mulher entornou a caneca e a bateu contra a mesa. — Roubar gado? O que ele pensa que somos, agricultores? — Então ela acrescentou, depressa: — Sem ofensa, Hilas.

O jovem deu de ombros.

— Nós tivemos que matar um gigante primeiro. E não há nada de errado em ser agricultor.

— Esse é o espírito. — O homem de cabelo vermelho jogou o braço em volta dos ombros de Hilas.

Danae sempre presumira que Hércules executava seus feitos heroicos sozinho. Contudo, ela supunha, até mesmo um herói precisava de reforços.

— Ouvi falar que Anceu, o guerreiro da pele de urso, já se comprometeu com os argonautas — disse o homem mais velho.

A mulher riu.

— Guerreiro nada. Ele provavelmente esfolou a primeira criatura que encontrou morta na floresta.

— Vamos resolver isso. — O homem de cabelo de fogo encarou Hércules. — Podemos ir em uma jornada desnecessariamente longa em busca de um velo de ouro mitológico ou voltar para Micenas, onde há camas quentes e mulheres esperando por nós.

O herói fitou sua caneca.

— E então? — pressionou a mulher.

Depois de um longo silêncio, Hércules ergueu o olhar do vinho.

— Não tenho vontade alguma de ir para Micenas nem de cumprir as demandas de Euristeu. Vamos nos juntar a Jasão e esses argonautas.

O homem de cabelo vermelho suspirou, mas não tentou discutir.

A boca de Danae estava seca. Eles iriam para o fim do mundo. Era isso, o sentimento que pareciam enguias no fundo de seu estômago. O destino a atraíra para Hércules por esse motivo. Agora tudo o que ela precisava fazer era convencer o herói a levá-la consigo. Danae virou o último gole do vinho e ficou de pé, secando as palmas suadas na capa.

— Hércules! — chamou alguém do outro lado da kapeleion.

Danae se encolheu de novo para o canto quando um homem deu longos passos na direção da mesa do herói. Por sua capa azul e armadura, ela o reconheceu como um guarda ateniense. Ela baixou mais o capuz sobre o rosto.

O guarda e Hércules evidentemente se conheciam. Depois de trocarem cumprimentos sagrados, o herói se ergueu para apertar a mão do homem e dar um tapa em suas costas, com uma força que quase derrubou o homem sobre a mesa.

— Leandro, o que Tártaro te traz a Corinto?

Balançando sua capa, Leandro se sentou à mesa, o que forçou o homem mais velho a escorregar pelo banco.

O guarda se inclinou e baixou a voz. Danae foi forçada a fazer leitura labial para entender o que era dito.

— Souberam de Delfos?

Os outros balançaram a cabeça.

Leandro inalou profundamente.

— A cidade inteira foi demolida. Bolas de fogo caíram do céu.

Toda alegria sumiu do rosto dos ouvintes.

— O quê? — A voz de Hilas mal era um sussurro.

— Quem ousaria invadir a cidade sagrada? — perguntou o homem mais velho.

Leandro fez uma longa pausa dramática.

— Estão dizendo que foi o próprio Apolo.

— Impossível — disse a mulher. — Por que Apolo destruiria a própria cidade, seu oráculo?

Leandro deu de ombros.

— Não podemos questionar a vontade dos deuses.

O silêncio era pesado. Danae sentiu náusea quando o cheiro de carne queimada surgiu sem convite em sua memória.

— Bebe conosco? — perguntou Hércules.

Leandro meneou a cabeça.

— Não posso, estou em um trabalho oficial. — Ele olhou em volta de novo e se inclinou ainda mais. — Nossa rainha desapareceu. Ela estava em Delfos quando tudo aconteceu, mas sabemos que ela saiu de lá. Encontraram seu anel de casamento em uma casa de banho a algumas ruas daqui. — Ele balançou a cabeça. — Teseu vai perder as estribeiras, e eu provavelmente perderei a cabeça se não voltar para Atenas com ela. Suponho que não tenham visto nada.

Hércules meneou a cabeça.

— Só estamos de passagem.

Leandro suspirou.

— Bem, eu partiria esta noite se fosse vocês. A cidade estará inundada de peregrinos logo mais. Eles estão sem rumo. — Ele se levantou do banco. — Certo, melhor eu ir.

O guarda inclinou a cabeça, depois saiu da kapeleion em um clarão azul.

— Vocês o ouviram — disse o homem de cabelo de fogo. — Vamos embora antes que esses malditos peregrinos cheguem.

Danae os viu saindo, correu até a entrada e olhou pela praça. Depois de garantir que o guarda não estava por ali, ela se esgueirou atrás deles.

Seguiu Hércules e seus companheiros até as margens da cidade. A escuridão pura da noite caíra sobre Corinto quando eles pararam em um estábulo.

Ela se agachou atrás de um grande arbusto de juníparo e observou o homem mais velho pagando o dono do estábulo enquanto os outros selavam suas montarias. A cada virada em uma rua nova, Danae dizia para si mesma que naquele momento ela se apresentaria, mas, para todo lugar que o herói ia, admiradores eram atraídos por ele. Aquela era sua última chance. Quando estivessem nas costas dos cavalos, ela nunca seria capaz de alcançá-los.

Danae quase havia reunido a coragem quando sentiu o toque gelado de uma lâmina no pescoço.

— Levante-se.

Lentamente, ela se colocou de pé. Nem sequer ouvira a mulher se aproximando por trás.

— Falei que tinha alguém nos seguindo. — A faca foi pressionada contra a jugular enquanto a mulher a fez marchar para fora do arbusto.

Danae lutou para se manter calma enquanto os outros a encaravam.

— Solte-me se quiser viver.

O homem de cabelo de fogo riu. A lâmina se moveu sobre sua pele quando a mulher foi contagiada pela alegria do companheiro. Evidentemente aqueles guerreiros não foram intimidados com tanta facilidade pelo disfarce quanto o capitão do navio em Kirra fora.

Apesar da faca, Danae ergueu o queixo.

— Ousa caçoar de uma mensagem dos deuses?

Houve uma pausa. Então, Hércules disse em tom baixo:

— Solte-a.

A mulher recolheu a arma.

A pulsação de Danae acelerou quando Hércules desceu do cavalo e caminhou em sua direção. Ele era tão poderoso, mas se movia com a graça de uma pantera.

— Você estava na praça.

Sentiu-se grata pela iluminação pobre quando suas bochechas ficaram da cor de um figo maduro. Os olhos de Hércules eram espantosamente azuis. Tudo ao redor dele parecia desaparecer sob o peso de todo aquele oceano. Ela cravou as unhas nas palmas das mãos para focar.

— Eu recebi uma visão dos deuses que me conduziu até você.

A mulher ficou rígida ao lado dela, mas Hércules falou:

— Prossiga.

Ela tinha uma chance de convencê-lo. Mordeu o interior das bochechas e sentiu o gosto de sangue. Isso ajudou. Quando o sabor de metal rodopiou em sua boca, Danae lembrou da facilidade com que Manto mentira para o capitão Erastus.

— Eu estava presa em um labirinto. Não conseguia encontrar a saída e tinha certeza de que estava perdida. Então, vi um leão enorme. Ele me conduziu pelo labirinto e me mostrou o caminho até a luz. Eu não sabia o que significava até vir aqui. Quando te vi na praça, eu te reconheci.

— Todo mundo me reconhece. — Era um fato, declarado sem arrogância.

Ao encará-lo, ela percebeu que um cacho escuro escapara da mandíbula da pele do leão e se enrolara contra a têmpora dele. Danae não sabia que era possível, mas Hércules superava as imagens pintadas em cerâmicas e rochas. Era o homem mais lindo que já vira. A dúvida começou a enfraquecer sua determinação. Talvez ela tivesse apenas imaginado que a pedra da profecia esquentara quando ele apareceu, talvez ela não passasse de uma garota iludida sob o feitiço da fama do herói.

— O leão tinha olhos azuis. Seus olhos. Senti a vontade dos deuses e conheço a voz do destino quando ela se pronuncia. Eu devo te acompanhar em sua jornada pelo mar Negro.

— Ela esteve nos espiando! — A faca da mulher voltou para o pescoço de Danae.

— Atalanta. — A voz de Hércules era um trovão antes da tempestade.

Atalanta encarou Danae, mas baixou a lâmina.

— Acima de tudo, nós honramos os deuses. — Algo dançou por trás dos olhos azuis, e ela se perguntou se Hércules estava sendo sincero. — Qual é o seu nome, vidente?

— Daeira.

— Daeira. — O modo como Hércules falou o nome causou um frio em sua espinha. — Por enquanto você viaja conosco, e veremos se sua companhia se provará útil.

— Hércules... — Atalanta começou a falar, mas o herói ergueu a mão para silenciá-la.

— Tomei minha decisão. — Hércules gesticulou para seus companheiros. — Este é Télamon. — Ele apontou para o homem de cabelo de fogo, que deu uma piscadela. — Atalanta. — A mulher embainhou a faca em uma correia que ficava na coxa, ainda mal-encarada pela desconfiança. — Hilas. — O rapaz jovem sorriu. — E Dolos, nosso curandeiro. — O homem de cabelos grisalhos estava de cenho franzido, como se não soubesse bem o que pensar de Danae. — Não são más companhias e de vez em quando são úteis em lutas. — Os olhos de Hércules brilharam. — Mas, apesar do que já ouviu, nem tudo são tripas e glórias.

Os extremos da boca de Danae se contorceram.

— Ainda assim, não se veem nossos rostos nas ânforas — disse Télamon, se jogando sobre a égua manchada.

— Eu não vou levá-la. — Atalanta cuspiu no chão e deu um chutinho no cavalo para fazê-lo trotar.

— Pode cavalgar comigo — ofereceu Hilas.

Quando ele a ergueu, Danae de repente se deu conta de que nunca montara em um cavalo antes. Tentando deslizar da forma mais graciosa que sua roupa permitia, ela apertou as pernas dos dois lados do animal e apertou a sela com tanta força que os nós de seus dedos ficaram brancos. Não podia ser assim tão diferente de montar em um burro, apenas mais rápido e com uma queda maior.

Hilas deslizou para a frente dela em um hábil movimento.

— Tudo bem aí atrás?

— Tudo — respondeu Danae, entredentes.

— Você está certa em segurar firme. — Hilas pegou as rédeas. — Hércules gosta de cavalgar rápido.

❖❖❖

Os ciprestes altos se transformavam em borrões ao passarem, seus corpos fantasmagóricos um contínuo rastro cinza. Danae se agarrou a Hilas, o vento chicoteava seu rosto e fustigava sua capa. Assim que superou seu medo inicial de cair, ela achou estimulante galopar. Era como ela imaginava a sensação de voar.

Hércules os conduziu por fora da estrada principal para longe da cidade, forjando uma trilha pela charneca livre. Depois de um tempo,

Danae sentiu um cheiro de mudança no ar. O traço fresco da brisa do mar. Ela respirou fundo, aproveitando o gosto do sal em sua língua. Então uma faixa prateada brilhou no horizonte, e a baía de Corinto apareceu diante deles.

Ela estremeceu. O corpo de Manto estava em algum lugar em toda aquela água. Ela torcia para que encontrassem o caminho até o Campo de Asfódelos. Talvez encontrasse Alea lá. Esse pensamento lhe trouxe um sopro de conforto.

À frente deles, Hércules diminuiu a velocidade. Hilas puxou as rédeas e fez o cavalo trotar com estabilidade.

— Vamos acampar aqui durante a noite — disse o herói. — Aproveitar algumas horas de sono antes do amanhecer.

Eles pararam em uma ribanceira com grama áspera perto da baía. Uma coleção de pedras em ruínas se destacava contra o luar. Tudo que havia sobrado era um círculo de pedaços pontudos, como as migalhas da coroa de um gigante morto muito tempo antes.

Hilas apeou e desceu Danae da sela. Quando tocou o chão, a dor percorreu suas pernas. Ela cambaleou.

— Tudo bem?

— Estou bem.

— Você se acostuma. O primeiro dia de cavalgada é sempre o pior.

— Eu sei — mentiu ela.

A boca dele se retorceu.

— Claro que sabe.

Assim que os cavalos foram amarrados às árvores ali perto, o grupo se sentou no chão de terra dentro do resto da estrutura antiga. Dolos retirou um pouco de pão e carne defumada do bolso de sua sela, e eles comeram em silêncio pela maior parte do tempo enquanto uma brisa gelada assoviava pelas pedras antigas.

— Deveríamos mandar um recado para Euristeu assim que chegarmos em Iolcos — disse Dolos. — Ele não ficará contente por termos desobedecido a suas ordens.

Danae queria saber por que Hércules aceitava ordens do rei de Micenas, mas não ousou perguntar. Sua vaga viajando com o herói e seus companheiros já era precária.

Hércules deu um gole no odre.

— O bode velho logo descobrirá para onde fomos.

Dolos abriu os lábios como se estivesse prestes a discordar, então os pressionou de novo.

Com o risco de soar inexperiente, Danae perguntou:

— Quem é Jasão?

— Boa pergunta. — Télamon olhou para Dolos.

— Eu só sei o que foi dito no decreto — disse o curandeiro. — O rei Pélias de Iolcos encomendou um navio, capitaneado pelo tal Jasão, para navegar até a Cólquida e buscar o velo de ouro. Imagino que ele deva ser um capitão experiente.

— Muito esforço em troca da pele de uma ovelha decrépita — falou Atalanta.

— Ora — respondeu Dolos. — Dizem que a pele dessa ovelha decrépita concede a prosperidade e uma vida anormalmente longa. Pélias prometeu uma grande quantia de ouro a qualquer um que ajudar Jasão a buscar o velo.

— Então Pélias se acha um deus — disse Hilas.

— Todos os reis não acham isso? — Havia amargor na voz de Hércules.

Por um momento, ninguém falou.

— Quanto tempo leva para chegar lá? — perguntou Danae.

— Três dias, eu diria — respondeu Télamon, com a boca cheia de pão. — Dois, se forçarmos os cavalos.

— Quanto mais cedo, melhor — disse Atalanta. — Não quero que partam sem nós.

— Eles vão esperar por mim. — Hércules se colocou de pé. — Deveríamos descansar um pouco. De quem é a vez de fazer a primeira vigia?

— Eu faço. — Danae estava impaciente para causar uma boa impressão.

Hércules a encarou, com o olhar permanecendo em seu rosto como se ela fosse um mural complexo. Então ele assentiu e disse:

— A vidente já está provando seu valor.

O calor se espalhou por suas bochechas. Ela conteve a vontade de sorrir.

— Atalanta, renda Daeira em algumas horas.

Danae viu Atalanta abrindo um sorriso malicioso para Télamon. Tinha a estranha sensação de que acordaria com uma faca no rosto.

— Não ligue para Atalanta — sussurrou Hilas. — Quando me juntei ao grupo, ela ameaçava me estripar assim que eu pegasse no sono.

— Quando isso parou?

— Ela ainda faz isso às vezes.

— Ótimo — resmungou Danae.

— Ela é boa quando a conhece melhor. Poderia ter ficado bem pior, já que foi criada por lobos. — Os olhos de Danae se arregalaram. Hilas sorriu. — Só até os seis anos, depois um grupo de caçadores a acolheu. — Ele encarou a guerreira. — É a melhor pessoa que conheço. Durma bem, Daeira.

Ela o observou ir até o cavalo, desejando que fosse ele a render sua vigia.

O resto do grupo improvisou camas sobre pedras com cobertas que estavam na mala da sela. Todos mantiveram as armas por perto. Atalanta dormiu com a aljava em uma mão e o arco na outra. Hércules se instalou longe do resto, atrás das árvores onde os cavalos estavam amarrados. Dolos o observou se afastar, depois pegou sua bolsa de curandeiro e o seguiu.

Embrulhada em sua capa, Danae sentou encostada em um dos pedaços de pedra, de frente para o mar. Ela esperou até que Télamon estivesse roncando e a respiração dos outros ficasse calma, então fuçou em sua bolsa e pegou a pedra da profecia.

Ela sentiu sua atração antes de terminar de desembrulhá-la. As beiradas pontiagudas brilhavam tanto que parecia ser a luz do luar em rocha.

Danae respirou fundo, então a tocou.

21. INIMIGOS DESPERCEBIDOS

Danae uma vez nadara em um lago de Naxos. Depois sua mãe precisara tirar uma dúzia de sanguessugas de seu corpo. Ela sentira cada uma das boquinhas sugando seu sangue. A sensação que vivenciava naquele momento, ao tocar a pedra da profecia, era similar. Contudo, em vez do sangue, era como se a pedra tragasse sua força vital. De repente, Danae conseguia ver os fios de luz brilhantes passando por seus dedos até a rocha obsidiana. Ela tentou afastar a mão, mas não conseguia soltar.

Foi a mesma sensação que tivera ao tocar o oráculo em Delfos. A visão dela ficou embaçada, e ela sentiu como se estivesse despencando na escuridão. Então ficou suspensa de novo fora do corpo em um vácuo, mas desta vez não havia fio iluminado para segurar, nada da tapeçaria da vida para tecer uma visão. Apenas o nada. O pânico a engoliu por completo. Durante todo aquele tempo, sentia-se enfraquecendo. Era como se a pedra fosse drená-la até não restar mais nada.

Fazendo grande esforço, conseguiu afastar os dedos da rocha, que caiu no chão e rolou entre seus pés. Com a pele coberta por um suor gelado, Danae se virou para o lado e vomitou.

Quando olhou para cima, Atalanta estava acordada e a encarando.

Por um instante ela ficou petrificada, como um camundongo sob a influência de um falcão. Então se forçou a baixar o olhar e limpou a boca rapidamente. Ela se preparou para um ataque de perguntas ou a pontada de uma lâmina no pescoço, mas quando olhou de novo os olhos escuros da guerreira analisavam a terra além do acampamento, com uma flecha encaixada no arco.

Danae pestanejou, tentando acalmar a respiração. Ela se abaixou e, devagar, com a beira da sandália, empurrou a pedra da profecia para as dobras de sua roupa. Com cuidado para não deixar que tocasse sua pele, ela a envolveu no tecido e a deslizou de volta para a bolsa.

Virando para longe de Atalanta, Danae trouxe os joelhos para perto do peito e sussurrou para si mesma:

— Ah, Manto, o que Tártaro você me deu?

※※※

Danae foi despertada com uma mão em seu ombro. Alguém estava acima dela, a aurora brilhava através de uma massa de cabelos castanhos. Com a mente ainda enevoada de sono, por um momento ela pensou que fosse Santos.

— Hora de ir — disse Hilas.

Danae pegou a bolsa e se impulsionou para ficar de pé, olhando envergonhada a poça de vômito ao seu lado. Ela conseguira esconder a pedra da profecia sem questionamentos, mas sabia que de forma alguma havia se livrado. Tinha a sensação de que não era bondade que mantinha o silêncio de Atalanta sobre o que vira.

Agora compreendia por que o pai de Manto dissera para nunca usar a pedra. Mesmo depois de algumas horas de sono, ela ainda se sentia drenada por causa do breve contato que tivera com a obsidiana. Mesmo assim, ele instruíra Manto a lhe entregar aquilo. Devia haver uma forma de controlá-la. Quando tivesse certeza de que não estava sendo observada, ela tentaria de novo.

Dolos serviu uma rodada de um leve café da manhã de biscoitos, acompanhado por alguns goles de água.

— Lembre-me de novo: por que não estou em uma cama de plumas, sendo alimentado de uvas por uma serva? — resmungou Télamon ao esticar as costas.

— Vidente — chamou Hércules ao empacotar as malas em sua sela —, quais agouros nos aguardam em Iolcos?

O olhar de Danae encontrou o dele, e seu coração se contraiu como uma anêmona sob uma mão intrometida.

— Um novo começo. — Ela torceu para que aquilo fosse amplo, ainda que intrigante o bastante para aplacar o que quer que Hércules esperasse ouvir.

Uma ruga surgiu entre as sobrancelhas do herói, seus olhos profundos como o oceano continuaram fitando Danae. Ela precisou se lembrar de respirar.

Então ele virou o rosto na direção da baía.

— Ótimo. É exatamente disso que precisamos.

Hilas estava errado. O segundo dia de cavalgada foi bem pior do que o primeiro. O corpo inteiro de Danae estava quebrado, a dor irradiava por músculos que ela nem sequer sabia ter. Ela apertou os dentes com força quando Hilas incitou o cavalo a um galope, e tentou manter os olhos presos na vastidão do mar à sua esquerda.

Eles contornaram a costa por algumas horas, cavalgando perto de dunas de areia que, no fim, se erguiam em falésias pontudas. Quando o terreno se tornou rochoso demais para os cavalos, Hércules os conduziu para o interior através de um campo aberto e, por fim, uma estrada mais usada.

Danae observou Atalanta cavalgando à frente, com sua armadura amassada brilhando, as tranças voando ao vento. Ela achara que as mênades eram indomáveis, mas elas eram inofensivas se comparadas a ela. Havia na guerreira uma ferocidade que vinha de montanhas e ravinas, de viver a vida no limite. Isso tanto animava como aterrorizava Danae. Talvez Hilas estivesse zombando dela antes, mas conseguia imaginar Atalanta quando criança, correndo com sua matilha de lobos e uivando para a lua.

O grupo foi forçado a diminuir a velocidade ao meio-dia e deixar os cavalos descansarem do sol implacável. Eles desmontaram na lateral da estrada, onde as árvores eram mais grossas, e se abrigaram sob uma copa frondosa. Enquanto Télamon alimentava os cavalos, os outros aproveitaram a oportunidade para descansar, e Dolos serviu a rodada de um almoço de pequenos frutos e mais biscoitos. Danae observou Hércules andar de um lado para o outro, depois tirar sua pele de leão. O olhar dela traçou as cicatrizes nas costas musculosas à medida que ele se afastava do grupo, indo para uma sombra entrecortada pela luz do sol que passava entre as folhas do carvalho. Os outros olharam de esguelha para ele, mas não disseram nada.

Danae tirou vantagem de o herói estar longe demais para ouvir e sussurrou para Hilas:

— Por que Hércules aceita ordens do rei de Micenas?

Hilas lambeu o resíduo dos frutos dos dedos.

— Pelo mesmo motivo que a maioria das pessoas as aceita em suas profissões... dinheiro.

Danae contorceu os lábios.

— Não acredito que o maior herói da Grécia trabalha para um rei, de quem ele claramente não gosta, apenas por dinheiro.

Hilas deu de ombros.

— Você é vidente, certamente pode esfolar um coelho e ler suas entranhas ou comer um estrume sagrado de vaca e o mistério será revelado para você.

— Está caçoando de mim?

Hilas olhou para ela com uma expressão tão sóbria que poderia estar em um funeral.

— Eu nunca caçoaria de alguém que fala com os deuses.

Danae não sabia se ele estava zombando.

— Você está certo. Eu poderia usar meu dom se desejasse, mas economizaria muito do meu tempo e esforço se você apenas me explicasse. Se o fizer, falarei bem de você... — Ela olhou para o céu.

Então foi a vez de Hilas olhá-la sem saber se ela estava caçoando. Ele olhou por cima do ombro e disse:

— Ele recebeu essa ordem do oráculo de Delfos. Isso é tudo o que sei.

Havia algo que ele não estava contando. Danae estava prestes a pressioná-lo mais quando Hércules se aproximou, com o cenho franzido.

— Deveríamos ir para leste, contornar o reino de Creonte.

Danae estava prestes a perguntar por quê, quando viu a expressão no rosto de Atalanta e Télamon.

— Isso acrescentaria pelo menos um dia de cavalgada — disse Dolos. — Na velocidade em que estamos indo, não acho que os cavalos conseguiriam.

Hércules passou a mão por seu cabelo espesso cor de mogno e continuou a andar de um lado para o outro. Então virou abruptamente e caminhou até seu garanhão.

— Hércules. — Dolos se colocou de pé.

— Vamos partir agora. — O herói prendeu sua pele de leão na sela de uma forma que a cabeça ficasse coberta. — Quer chegar lá depressa? Então é melhor nos mexermos. — Ele se jogou por cima do corcel, as coxas se contraindo com a tensão.

Atalanta e Télamon trocaram um olhar significativo antes de guardarem o resto de suas provisões e apertarem suas selas.

— Tudo bem — disse Dolos, com a resignação de um pai que aplaca uma criança teimosa. — Vamos partir agora, mas os cavalos precisam andar, ou vamos exauri-los antes de chegar a Iolcos.

A expressão de Hércules ficou mais obscura, mas ele não disse nada. Em silêncio, todos montaram em seus cavalos e seguiram em um ritmo mais lento pela estrada.

— Onde estamos? — perguntou Danae a Hilas quando as árvores começaram a rarear e ela avistou os campos dourados de cevada ao longe.

— Quase na cidade de Tebas.

Uma vez, nas visitas que Filemon fazia para Alea, ele trouxera um mapa. Fora a única ocasião em que Danae ficara feliz em permanecer na cabana enquanto ele adulava sua irmã. Ele desenrolara o pergaminho em cima da mesa e apontara a rota que ele e o pai costumavam navegar até Atenas, e as cidades ao redor: Elêusis, Erétria e Tebas. Maravilhada, Danae encarara a terra que se estendia pelo pergaminho e se imaginara viajando entre as linhas de tinta. Pelo que podia se lembrar, Tebas ficava ao norte de Atenas. Seus ossos tinham justificativa para doer tanto: eles já haviam percorrido um grande trajeto.

— Eu cresci não muito longe daqui, do outro lado desses montes. — Hilas apontou para além dos campos de cevada. O rosto dele se suavizou ao olhar na direção de sua terra natal.

— Como acabou viajando com Hércules?

Ela se perguntara o mesmo ao escutá-los na kapeleion. Dolos era um curandeiro, o que era inestimável dada a linha de trabalho do herói, e Télamon e Atalanta pareciam guerreiros experientes, mas ela não conseguia imaginar Hilas lutando contra uma hidra de muitas cabeças ou brigando com gigantes sanguinários.

— Não tem muito o que contar. Hércules e os outros pararam na fazenda do meu tio a caminho de capturar o javali enorme que estava aterrorizando Erimanto. Hércules perguntou se eu queria ir junto, e cá estou eu.

Danae se lembrou da hospitalidade que recebera antes de permitirem que ela se juntasse ao grupo e sentiu que havia mais nessa história, mas seu desejo de descobrir mais sobre Hércules superou a curiosidade.

— Por que ele ficou tão ávido por pegar outra rota?
— Hércules é assim. Ele é impaciente às vezes.

❊❊❊

Depois de mais uma hora cavalgando, as florestas de ambos os lados da estrada se tornaram densas de novo. Sem a vista dos campos ao redor para distraí-la, a dor nas coxas de Danae se tornou tão desconfortável que ela precisava se mexer a todo momento. Mudando de posição, ela acidentalmente chutou a bolsa que prendera na sela. Preocupada de perder a pedra da profecia, Danae se curvou para garantir que estava em segurança.

Quando ajeitou a postura, um objeto passou uivando por cima de sua cabeça. Um instante depois, a dor atingiu sua orelha e algo quente escorreu por seu pescoço.

Ela mal teve tempo de registrar o que acontecera antes de Hércules se virar sobre a sela e girar uma adaga na direção dos galhos da árvore do lado oposto da estrada. Houve um baque úmido, um gemido, então um homem cambaleou dos galhos, a lâmina enfiada em seu pescoço.

Danae encarou o corpo, a respiração apressada. Ela meio que esperava ver a capa azul de um guarda ateniense, mas o homem sangrando diante dela vestia uma túnica simples com uma faixa de tecido envolvida no rosto.

Ela não teve muito tempo para se recuperar do abalo. Mais homens surgiram de entre as árvores dos dois lados, todos vestidos de forma semelhante, com o rosto escondido, agarrados a uma seleção variada de armas.

Télamon desembainhou a espada e Atalanta sacou o arco, com uma flecha posicionada na bochecha, em um piscar de olhos. Eles trabalhavam em harmonia, Télamon retalhando e cortando os agressores mais próximos, enquanto Atalanta lidava com aqueles à espreita nas folhagens. O chão em volta do cavalo deles logo ficou vermelho.

Danae tentou pegar sua faca, enquanto Hilas afastou o cavalo deles de um homem que empunhava uma foice.

Hércules jogou suas rédeas para Dolos e deslizou da sela. Desarmado, ele se moveu entre os agressores, esmagando suas armas como se fossem folhas de grama. Danae arquejou quando ele agarrou uma espada com a mão, o metal amassando sob seus dedos enquanto o herói socava o homem que a brandia. Com um estalo nauseante, o homem caiu no chão, a cabeça pendendo do pescoço quebrado. Os outros titubearam, encarando Hércules de queixo caído, horrorizados.

Hesitar foi um erro.

O herói disparou para a frente com a velocidade de alguém que teria a metade de seu tamanho. Houve um estalo quando ele arrancou o braço de um homem da junta, ao mesmo tempo que arrebentava a pélvis de outro com um chute. Enquanto Danae se agarrava a Hilas, bradando sua faca inutilmente, Hércules abateu uma dúzia de homens em instantes. Dois largaram as armas e tentaram fugir, mas o herói segurou a cabeça de cada um e as esmagou uma contra a outra, derramando pelo caminho fragmentos de crânios e cérebros.

De repente, o céu pareceu deslizar quando Danae foi puxada do cavalo. Um agressor segurava sua capa no punho e a arrastava pela trilha. Ofegante, ela tentou manejar a faca diante de si, mas o homem segurou seu braço, forçando a faca em direção ao peito dela.

Então Hilas pairou no alto, sobre os dois. Ele devia ter pulado da sela, empunhando sua adaga ao mesmo tempo. Ele pousou de pé, afundando a lâmina nas costas do agressor de Danae. Sangue escorreu da boca do homem e ele morreu antes de tocar o chão.

Danae se ergueu sobre os cotovelos. Corpos entulhavam o chão ao seu redor. Depois do que Hércules fizera, a maioria deles mal parecia humana.

Atalanta e Télamon trouxeram os cavalos de volta. Nenhum deles sequer despejara uma gota de suor. Hilas esticou a mão e ajudou Danae a se levantar. Ela ficou contente por ele não a soltar de cara. Sem seu braço, ela não sabia se teria conseguido ficar de pé.

— Algum ferimento? — perguntou Dolos, ao voltar trotando e puxando o cavalo de Hércules. O curandeiro olhou para Danae. — Você está bem, Daeira?

— Estou — respondeu ela, esfregando o sangue na frente da roupa. — Quem eram aqueles?

— Bandidos — disse Hércules ao subir de novo em seu cavalo.

— Pessoas como você não são tão respeitadas por esta área — disse Télamon para Danae. — Dinheiro é dinheiro, não importa o quanto a algibeira seja sagrada.

— É o décimo do templo — disse Hilas. — As pessoas estão famintas e desesperadas.

— Bem, eu me diverti — disse Hércules. — Vamos lá?

Hilas levantou Danae de novo para cima do cavalo, então também voltou a montar. Hércules trotava na frente do bando e eles partiram, deixando os bandidos mortos espalhados para trás.

O herói vestiu mais uma vez a pele de leão, erguendo a cabeça que rugia sobre os cachos desgrenhados. Quando ele virou de costas, o olhar de Danae traçou a largura dos ombros dele, o contorno de seus braços musculosos quando apertavam as rédeas. Ele era tão magnífico que parte dela não conseguia acreditar que fosse real.

— Tem certeza de que está bem, Daeira?

Ela ergueu a cabeça depressa. Hércules olhava por cima do ombro, seus olhos cerúleos enevoados por preocupação.

Ela devia estar encarando. Procurando por uma distração, ela vislumbrou os bandidos massacrados.

— Não deveríamos enterrá-los?

Divertimento curvou as beiras dos lábios de Hércules.

— Ainda estaríamos fazendo covas em Erimanto se enterrássemos todos os que matamos em combate. — Ele se virou de novo para encarar o caminho à frente.

Todas aquelas almas, perdidas para sempre na margem do Estige. Ela tentou não pensar sobre isso.

— Parece cruel — disse Hilas —, mas você se acostuma.

Danae engoliu em seco. Esperava que sim.

— Onde aprendeu a lutar daquele jeito? — perguntou ela.

— Meu pai. Ele era soldado.

— O que ele faz agora?

Hilas soltou um sussurro suave.

— Ele morreu. Houve uma guerra, como sempre há. Minha mãe se juntou aos desaparecidos quando eu era pequeno, então, quando meu pai não voltou, minha tia e meu tio me acolheram. Eles precisavam de mais um par de mãos na fazenda, então...

Ele deu de ombros.

Ela se lembrou de Arius, do cheiro da sua cabeça e do som de seu risinho potente.

— Sinto muito.

— A vida é assim. Muitos já passaram por coisas piores. E veja onde eu estou agora.

Danae sorriu.

— Meus irmãos estariam com tanta inveja. Quando éramos pequenos, Calix insistia que se tornaria um herói quando crescesse. Ele costumava fazer Santos vestir um monte de redes de pesca do papai e fingir... — Ela se interrompeu.

Hilas a lembrava dos garotos com quem crescera. Francos, honestos, filhos de um pescador envelhecido pelo sol. Contudo, ele era um desconhecido, e ela não sabia se podia confiar nele.

— Você os viu... sua família... desde que se tornou vidente?

— Não. Depois que se faz o juramento sagrado, não podemos voltar.

— Era verdade, ou *seria* se ela fosse mesmo vidente.

Danae esperava de toda a alma que não fosse ter esse mesmo destino.

A estrada se ramificou, mantendo as cidades e os povoados em recantos dos montes e faixas de bosques. A paisagem se tornou mais e mais erma. Grandes montanhas de calcário se empinavam no céu, povoadas por rebanhos de cabras-da-montanha. Quanto mais irregular o terreno e quanto mais longe da civilização eles viajavam, mais Hércules relaxava, até que a nuvem carregada que pairava sobre ele se dissipou ao passarem por Tebas.

Quando os cavalos trotaram por um arvoredo de álamos, o herói gritou:

— Télamon, nos conte uma piada.

Houve resmungos pelo resto do grupo.

— Pelo amor dos deuses...

— Não o encoraje...

— Prefiro ouvir Hilas cantar.

Hilas fuçou no bolso de sua sela e tacou uma noz em Atalanta.

Sem se abalar, Télamon pigarreou.

— Já ouviu aquela sobre o soldado de Esparta? Um sujeito disse para ele: "Me empreste sua espada até a Frígia". E o espartano respondeu: "Não tenho uma longa assim, mas tenho outra coisa grande".

Houve um grunhido coletivo. Hércules sozinho soltou um riso intenso.

— Suas piadas são horríveis — avisou Atalanta.

— Como se você conseguisse fazer melhor.

A guerreira ergueu uma sobrancelha.

— Uma viúva está parada ao lado do túmulo do marido. Uma mulher se aproxima e pergunta: "Quem é que descansa em paz?". A viúva responde: "Eu, agora que ele está morto".

Danae riu, um riso genuíno que reverberou de suas entranhas e sacudiu seus ombros. Atalanta olhou para trás, um lampejo de surpresa brevemente suavizando sua testa.

Assim que o sol mergulhou no horizonte, Hércules os conduziu para fora da estrada, instigando os cavalos a um galope através de um grande terreno seco e salpicado por arbustos. Ele parecia conhecer aquela terra como a palma da mão. Nuvens vinham do oeste, absorvendo a luz do sol decrescente. Sob os raios desvanecentes, Danae só conseguia distinguir uma parte das moradias ao longe, aninhadas nas saliências mais baixas de uma pequena montanha.

Ela se sentiu desorientada quando pegaram o caminho rochoso que serpenteava até o povoado, perdido em um mar de terra e pedras. Perguntou-se como um dia encontraria o caminho de volta para Naxos. Baniu o pensamento tão rápido quanto ele surgiu; ela tinha um longo caminho a percorrer antes de pensar em voltar para casa.

As cabanas de tijolos de barro do pequeno povoado estavam pintadas de branco, refletindo o final do sol. Ao se aproximarem das primeiras moradias, o povo surgiu nas portas. Crianças em túnicas simples espiavam entre as pernas dos pais. Pela expressão deles, não pareciam acostumados com visitas.

O grupo seguiu pelo caminho da montanha até chegar ao centro do povoado. Um pequeno poço de pedra se abria em um canto, quase no nível do solo, e algumas lojas se espalhavam entre as moradias periclitantes. Danae reconheceu a bancada de trabalho de um ferreiro em frente a uma delas e um forno de tijolo sob um domo no exterior de outra, que presumiu ser a kapeleion do povoado. Alguns homens estavam sentados do lado de fora bebendo. Eles olharam para os recém-chegados com desconfiança.

O grupo apeou e seguiu os movimentos de Hércules quando ele amarrou seu cavalo em um poste ao lado da kapeleion. Um homem idoso, com uma barba cheia e grisalha e postura curvada, pôs de lado a cortina desbotada que cobria a entrada.

— É bom te ver de novo, Dru — disse Hércules.

— Ah! Eu me perguntava se você viria por estas bandas de novo. — A voz de Dru era surpreendentemente cordial.

— Que os Doze te enxerguem e reconheçam.

O velho dono da taverna respondeu com o gesto sagrado.

— Então vai querer uma cama?

— E comida, se tiver.

Dru assentiu.

— Deixe os cavalos aqui, vou mandar Evan cuidar deles. Evan!

Houve um tinir lá dentro. Um menino grandalhão chegou, colidindo com a cortina e quase trombando em Dru. Os olhos dele se arregalaram ao ver a altura enorme de Hércules e se esbugalharam ainda mais ao ver Atalanta de armadura de prata.

— Tome aqui, rapaz. — Dolos pegou um óbolo de sua algibeira e jogou para o garoto.

O rosto de Evan se abriu em um sorriso cheio de dentes.

— Vinho, comida e cama, nessa ordem — disse Hércules.

Dru assentiu e mandou Evan correndo para buscar as provisões, depois os chamou para dentro.

Ficou claro que a kapeleion também era a casa de Dru. O cômodo único estava repleto de palha, barris estavam empilhados contra a parede mais distante, e uma única esteira de dormir ficava sob uma pequena janela à esquerda.

Dru vasculhou o baú de madeira e se ocupou em desenrolar outra esteira. Depois ele ajeitou a postura e abriu bem os braços.

— Camas para as mulheres. Temo que os homens tenham de ficar no chão.

Télamon ficou na entrada, de braços cruzados.

— Isso, em vez do palácio em Micenas?

Hércules lançou um olhar fulminante para ele.

— Dru, peço desculpas pela grosseria de meu companheiro. Télamon costumava ser um príncipe e meio que nunca superou isso.

O homem de cabelo de fogo fingiu uma expressão de mágoa. Uma miríade de perguntas circulou pela mente de Danae. Se tivesse que adivinhar a origem de Télamon, ela nunca teria suspeitado que fosse da realeza. Para começar, ele xingava demais.

Dru sorriu com graciosidade.

— Qualquer amigo de Hércules é amigo meu. Venham, vocês devem estar morrendo de sede depois da viagem. Temos alguns barris que vieram há pouco de Epiro. Uma safra adorável, pelo que me disseram.

Depois de organizarem suas bagagens lá dentro, eles seguiram o dono da taverna de volta à praça. Os homens que bebiam lá fora se tornaram escassos e Dru se moveu até ter reunido o bastante de bancos que não combinavam.

Ao se sentarem, Evan surgiu carregando uma bandeja com canecas e algumas jarras de vinho. Dolos esvaziou a algibeira de moedas na mão de Dru, enquanto Atalanta entornava o primeiro jarro de uma vez, depois começava a servir o resto do vinho. Ela deixou a caneca de Danae vazia. Danae esticou a mão para o segundo jarro ao mesmo tempo que Hilas. Os dedos deles se tocaram e ele retirou a mão, balbuciando um pedido de desculpas enquanto ela derramava o vinho na própria caneca. Quando ergueu a cabeça, ela viu um brilho no olhar de Télamon. Ela já havia sido alvo de piadas dos irmãos o bastante para saber o que viria a seguir.

Antes que Télamon tivesse a chance de falar, ela disse:

— Então, ser um príncipe foi um trabalho difícil demais ou os lençóis de seda não eram macios o bastante para o seu gosto?

Uma fagulha de contentamento rompeu a careta de Atalanta.

— Ela morde! — Télamon tomou um gole de vinho. — Ah, é bom *mesmo*. — Ele se virou de novo para Danae. — Quem poderia resistir ao chamado da aventura, à promessa de uma espada lustrada por sangue e à chance de mandar um dane-se *real* para o pai...

Ele olhou em volta pela mesa, ansiosamente.

Atalanta grunhiu e drenou sua caneca.

Danae levou o vinho aos lábios. E cuspiu.

— Não está diluído!

— E? — disse Atalanta, com a mandíbula torta, desafiando Danae a continuar.

Sua mãe dizia que tomar vinho sem diluí-lo em água era coisa de bárbaros. Contudo, ela não estava mais em Naxos. Engoliu e tomou outro gole do vinho mais forte que já provara.

— Melhor assim.

O aroma da carne assada, de dar água na boca, veio do forno externo. Dru estava cortando pedaços do que, pelo cheiro, parecia um cordeiro nas chamas.

— Deuses, que cheiro bom — disse Hilas.

Evan retornou à mesa, com um pote de azeitonas em uma mão e pão na outra, depois voltou para pegar mais vinho quando Dru se aproximou e colocou na mesa um prato de carne fumegante. Todos largaram o pão e caíram em cima da carne. O cordeiro estava macio e defumado pelo fogo. Danae não conseguia se lembrar da última vez que comera uma carne tão suculenta. Atalanta espetou um pedaço com sua adaga, encarando Danae, que cortava o seu com os dentes. Murchando sob o olhar da guerreira, Danae baixou a cabeça.

— Vidente, por que não conta para todos nós sobre a pedra que carrega?

Os pelos na nuca de Danae se arrepiaram. Ela sabia que deveria agir com cautela, estava bem ciente de que aquelas pessoas provavelmente não hesitariam em matá-la se descobrissem que os estava enganando. Ainda assim, o calor do confronto queimou sua barriga.

— Eu consultei os agouros ontem à noite. Existem objetos que me ajudam a fazer isso. E eu vi algo. Algo relacionado a você, Atalanta. — A guerreira semicerrou os olhos. — Não quis te alarmar, mas talvez seja melhor se preparar. — Ela sabia que deveria parar, mas não conseguia evitar se deliciar com o silêncio extasiante que recaíra sobre a mesa. — Uma doença te tomará. Sua boca ficará seca e nenhuma água saciará sua sede. Seu estômago se revirará e sua cabeça latejará como se uma vara de javalis selvagens estivesse pisoteando seu crânio.

Um músculo saltou na mandíbula de Atalanta.

— Você está mentindo.

— Juro pelo Estige que não. — O rosto de Danae estava sério. — Já vi você bebendo um jarro e meio de vinho. Garanto que amanhã sua dor de cabeça vai se equiparar à de um agricultor depois de sua noite de núpcias.

O silêncio que se seguiu foi preenchido pelo chiado da gordura do cordeiro.

Em um instante, Atalanta ficou de pé, o banco derrubado na terra, a faca esticada sobre a mesa, posicionada no pescoço de Danae.

— Você é uma mentirosa! Eu reconheço!

— Sente-se, Atalanta. — Hércules a afastou de Danae. — Aprenda a ouvir uma piada.

Télamon riu.

— Gostei dessa.

Atalanta sentou-se lentamente, com o olhar causticando Danae enquanto dava um longo e intenso gole da bebida.

— Ouvi dizer que as pessoas na Cólquida bebem o sangue dos inimigos — disse Hilas.

— Pobres coitados — disse Télamon. — Eles devem estar desesperados por uma libação decente. Talvez devêssemos levar uma ânfora deste vinho conosco e trocar pelo velo.

Atalanta deu uma olhada para ele e riu baixinho, depois pegou o jarro de vinho.

Os ombros de Danae relaxaram quando a conversa voltou a ter um ritmo normal, mas sabia que tivera sorte.

Ela precisava mesmo ter irritado a loba.

❖❖❖

Danae acordou de repente. Ela se apoiou sobre a esteira. O lugar estava escuro. Todos pareciam estar dormindo. Télamon roncava e, ao seu lado, Hércules estava deitado no chão coberto por palha, a cabeça repousando sobre a pele do leão, as sobrancelhas com cicatrizes relaxada. Adormecido, ele parecia mais jovem, mais brando. Ela mapeou os ângulos pontudos de sua mandíbula e o formato de sua boca, maravilhada com quanta beleza e poder foram esculpidos nas linhas daquele rosto. Um frio percorreu sua coluna. O rosto era como o do pai dele.

Enquanto o observava, um movimento rápido tremeluziu pela janela. Com cuidado para não acordar Atalanta, que dormia ao seu lado, Danae deslizou a mão para dentro da bolsa e se levantou, segurando sua faca.

Em silêncio, andou devagar para o luar. A noite estava calma, e a praça parecia vazia, exceto pelos cavalos adormecidos. Então ela ouviu pedras esmagadas por pés. Afastando a confusão que permanecia do vinho, abraçou o muro da kapeleion e se esgueirou pela lateral. Alguns passos depois, espiou além do contorno. Atrás da cabana havia um caminho de terra que subia a montanha. Havia algo grande na trilha onde a estrada se retorcia. Danae semicerrou os olhos, tentando distinguir na escuridão.

Era uma carroça. Seu conteúdo volumoso estava coberto por uma lona encerada. Um cavalo preto estava arreado na frente. Ela olhou em volta, depois disparou pela trilha e se escondeu à sombra de uma rocha protuberante. Quando a carroça andou um pouco para a frente, um braço mole apareceu por baixo da cobertura. O condutor se virou, como se sentisse o olhar dela, e Danae reprimiu um arquejo.

Um par de olhos vermelhos cintilou sob o capuz cor de carvão.

Um pavor congelante percorreu as veias de Danae. Por um momento, ela ficou paralisada, então o som de passos a trouxe de volta a si. Mais alguém estava na trilha. Uma sombra passou por ali, distorcendo o cenário.

Outro espectro. Ele carregava algo. Alguém. Um tremor a perpassou quando ela percebeu que era Evan. O garoto parecia inconsciente.

Ela conseguia ouvir Arius como se ele estivesse bem ali, o choro lamentável ardendo em sua mente.

Não permitiria que levassem outra pessoa.

O grito se intensificou dentro de sua cabeça, ressoando nos ouvidos até que seu corpo inteiro vibrasse com o barulho e com a ira. Ela saltou de trás da rocha, com a faca empunhada, e correu em direção ao espectro que segurava Evan. Quando os pés dela tocaram a trilha, o chão tremeu, fazendo rochas deslizarem pela montanha. O espectro se virou para encará-la. Ele largou Evan, com os olhos vermelhos se arregalando de medo.

A raiva irradiava dela. Podia senti-la pulsando pelo chão através dos fios de luz que se propagavam dos seus pés para a terra. Estava acontecendo de novo, o poder desconhecido dentro dela estava irrompendo, mas Danae não se importava. Tudo o que queria era infligir o máximo possível de dor naquelas criaturas que haviam destruído sua família.

O espectro encapuzado que conduzia a carroça não esperou. Estalou o chicote e levou o veículo para cima pela curva enquanto Danae continuava chacoalhando a terra. O segundo espectro fugiu, seu corpo camuflado sendo quase impossível de acompanhar. Contudo, Danae o perseguiu, rastreando as margens borradas pela estrada. Então o tremor soltou uma rocha grande sobre o caminho. O segundo espectro se contorceu, com os olhos vermelhos brilhando sob o luar diante de Danae, enquanto o rochedo caía, e o espectro ruiu sob a montanha, saindo de vista.

— Daeira!

Ela se virou e viu Hércules, com a espada na mão, parado no caminho atrás dela e se apoiando em pé sobre o chão que tremia. Ao vê-lo, a batida dentro dela cessou e a terra parou.

Danae ficou surpresa ao ver que, apesar do caos, de alguma forma ela havia deixado um caminho evidente entre os destroços.

Hércules a encarava, com uma expressão estranha. Então os outros apareceram atrás dele, com as armas sacadas. Eles pararam ao ver Danae, o garoto inconsciente e o caminho cheio de rochas. Dolos foi o primeiro a se mover e correr até Evan.

— Sedado — anunciou o curandeiro ao erguer as pálpebras do menino.

Uma fraqueza repentina tomou conta de Danae e suas pernas se curvaram. Ela cambaleou, oscilando na beira da trilha. Dolos correu e a segurou antes que caísse no chão.

— Calma. — Ele a conduziu gentilmente até o chão.

— Espectros... — balbuciou ela — com uma carroça. Acho que levaram pessoas. Tentaram levar Evan. Não dá para vê-los, mas os olhos...

— Não precisa explicar — disse Dolos. — Nós sabemos sobre os espectros.

— Para que lado eles foram? — perguntou Télamon.

Danae apontou para a trilha. Sem hesitar, Télamon, Hilas e Atalanta foram atrás deles.

Hércules permaneceu. Ele não parou de encará-la. Preocupação e fascínio giravam em seu olhar azul como o oceano. E algo mais, algo parecido com fome. Danae gostaria de saber quanto tempo ele estivera parado lá. Quanto vira.

Precisava tomar mais cuidado. Fosse lá qual poder desconhecido estivesse crescendo dentro dela, Danae tinha de mantê-lo escondido até alcançar Prometeu.

22. HERÓIS E MESTRES

— Meu menino!

Uma mulher com as bochechas lavadas por lágrimas correu até Evan, que estava pendurado como uma boneca de pano nos braços de Hércules. Dru também parecia emocionado.

— Ele está vivo — disse Dolos. — Sou curandeiro e posso ajudá-lo, mas precisamos levá-lo para dentro.

O povoado inteiro estava acordado. Muitos haviam fugido de suas casas com medo de os muros trêmulos tombarem sobre eles. Danae sentiu uma pontada de culpa: seu terremoto poderia ter feito todo o povoado desabar. Ela se sentia inquieta com a pequena parte em si que achara aquilo excitante.

Naquele momento, Télamon, Atalanta e Hilas apareceram de trás da kapeleion. Danae se virou, com a esperança crescendo no peito pelo que poderiam ter encontrado, mas Télamon meneou a cabeça e disse, ofegante:

— Não conseguimos pegar a carroça.

Um grito ecoou pela praça. Um jovem rapaz corria de casa em casa.

— Minha esposa! Alguém viu a Bia?

Hércules saiu novamente da cabana de Dru. Os aldeões foram até ele, clamando por respostas.

— Ouçam! — Sua voz reverberou pela praça, mas eles não se silenciaram.

— Os deuses nos amaldiçoaram! — gemeu uma mulher de cabelos grisalhos.

Danae deu um passo à frente.

— Os deuses não os amaldiçoaram. Eu sou uma vidente, conheço a vontade dos Doze. Poseidon não fará o povoado tremer de novo.

Isso os silenciou.

Hércules lançou um olhar de julgamento para ela.

— Voltem para suas casas. Agora estão seguros.

— Mas minha esposa! — O jovem caiu de joelhos diante do herói. — Por favor, precisa me ajudar a encontrá-la.

Hércules se virou para o homem, com os olhos enevoados como se tivesse ido para um lugar distante.

— Ela partiu, sinto muito. Não há nada que possa ser feito.

— Não, não! — O homem agarrou a bainha da saia de Hércules. — Por favor, me ajude. Você é Hércules! Pode encontrá-la.

O herói se soltou e entrou na taverna de Dru.

O coração de Danae doeu ao ver o homem soluçando no chão. Ela se virou e correu para a cabana atrás de Hércules.

Ela colocou a mão no braço do herói.

— Podemos fazer algo? Podemos esperar o dia clarear e seguir qualquer pista deixada pela carroça...

Ele se virou, os olhos azuis firmes como gelo.

— Se eu tentasse encontrar cada pessoa que se junta aos desaparecidos, eu não seria o lendário Hércules, e sim um caçador de fantasmas. Não posso salvar todo mundo.

— Mas não é esse o objetivo de ser um herói?

Por um momento, ele ruborizou tanto de ódio que Danae teve certeza de que ele a golpearia. Mas, quando Hércules falou, sua voz saiu baixa:

— Partimos para Iolcos ao amanhecer. Se quiser ir atrás da carroça, pode ir sozinha.

Ele se virou e deixou Danae com a decepção pesando no peito.

❃❃❃

Eles partiram assim que o sol raiou. Evan ainda estava desacordado, mas Dolos garantiu à mãe que ele se recuperaria assim que os efeitos do sedativo passassem. Ninguém estava com ânimo para conversar ao selarem os cavalos e pegarem o caminho que descia para o outro lado da montanha.

Hércules os forçou a incitar ainda mais os cavalos do que no dia anterior. Eles correram pela borda de Tessália, onde deixaram as montanhas para trás e foram recebidos por campos verdes e vinhedos exuberantes.

Pararam uma vez, brevemente, para deixar as montarias beberem água, então Hércules os conduziu mais uma vez e não diminuiu a velocidade até a terra ceder para as dunas de areia e o oceano surgir no horizonte.

Danae pôde escutar o bramido da multidão antes de chegarem ao cume do monte. Hércules ergueu o punho, e eles puxaram os cavalos para encarar a praia. Um estádio fora erguido, os assentos centrais revestidos por uma cobertura verde-esmeralda. Uma multidão enorme se espalhava pelos dois lados, celebrando um grupo de homens que estavam entre o estádio e o oceano. Eles pareciam ter participado de alguma prova atlética. Um homem correu e fez um disco voar. O objeto percorreu quase toda a extensão do estádio antes de cair na areia bem diante de um altar em chamas, perto da carcaça de um animal grande que ainda queimava nas brasas. A multidão foi à loucura.

Além da praia, boiando no raso, estava o navio mais magnífico que Danae já vira. Era um pentaconter, menor do que os navios bélicos de Atenas, com uma única fileira de remos pontuando o casco ininterrupto, mas era tão polido que ela achou difícil acreditar que fora feito por mãos mortais. Uma vela branca estava enrolada no mastro e uma figura pintada liderava na prova. Hera, Rainha dos Deuses. Danae engoliu o gosto amargo na boca.

Hércules se virou para o grupo. Seus lábios se contorceram em um sorriso malicioso.

— Vamos dar algo para eles celebrarem.

Com um berro que desceu pelas dunas, ele incitou seu garanhão adiante. Danae se segurou com força em Hilas quando correram atrás dele, com Atalanta e Télamon unindo suas vozes ao grito do herói. A multidão se virou, e seus gritos se tornaram ensurdecedores ao verem Hércules com sua famosa pele de leão.

Ao se aproximarem do estádio, o coro de "Hércules! Hércules" reverberou pelos ossos de Danae.

Na plataforma ao centro, um homem vestido de maneira suntuosa ficou de pé e abriu bem os braços. Pela faixa de ouro brilhando em sua testa, ela presumiu que fosse o rei Pélias de Iolcos.

Com um gesto do rei, a multidão foi silenciada.

— Seja bem-vindo, Hércules! Que os Doze te enxerguem e reconheçam. Estamos honrados com sua presença.

Hércules empinou seu cavalo e apeou. Um servo usando túnica verde correu para pegar as rédeas. O herói se curvou bastante e tocou o dedo na testa.

— Rei Pélias, a honra é minha. Meus companheiros e eu oferecemos nossos serviços em sua jornada pela busca do velo de ouro na Cólquida.

Um jovem rapaz se afastou do grupo de atletas e correu em direção a Hércules. Sua pele era de um marrom-escuro, assim como seus olhos, ornando um lindo rosto delicado.

— Pelos deuses, você veio!

Hércules o olhou de cima a baixo.

— E você é...?

— Jasão, o capitão da *Argo*. — O homem sorriu, expondo uma fileira de dentes simétricos e ofuscantes.

Hércules parecia tão surpreso quanto Danae. Ela esperava que Jasão fosse um homem de meia-idade e de cabelos grisalhos pelos anos domando o mar. No entanto, ele parecia ser poucos anos mais velho do que ela, sem uma única cicatriz de batalha em seus membros ágeis.

Uma figura enorme seguiu atrás de Jasão. Era difícil dizer onde terminava o pelo marrom da sua pele de urso e onde começava seu próprio cabelo.

— Anceu. — Hércules cumprimentou com a cabeça.

O guerreiro trajando pele de urso fez o mesmo.

— Peleu! — Télamon largou suas coisas e correu para abraçar um homem de pele bronzeada e cabelo cor de ferrugem. — Filho da puta, o que está fazendo aqui?

— Télamon. — Peleu recuou e segurou o rosto de Télamon entre as mãos. — Ninguém me contou que meu irmãozinho viria nessa viagem.

Os dois homens se abraçaram de novo, então Peleu agarrou Télamon em um mata-leão e esfregou o punho em seu cabelo.

— Isso explica muita coisa — disse Atalanta.

— Quem temos aqui? — Jasão sorriu para Atalanta com todo o seu charme.

— Esses são meus companheiros — disse Hércules. — Guerreiros que lutaram ao meu lado durante meus trabalhos. Estes são Atalanta, Télamon, Hilas, Dolos, nosso curandeiro, e a vidente, Daeira.

— Fantástico, estamos precisando de um curandeiro.

Apesar da jovialidade do cumprimento de Jasão, Danae percebeu um brilho frio em seu olhar ao passar para além deles e ir para o camarote real.

— Não está sugerindo que essas mulheres venham conosco, está? — Um homem careca, com uma cicatriz lívida que cortava a pele bronzeada da sua cabeça, encarou Danae e Atalanta com desprezo.

— Dá azar — grunhiu seu irmão gêmeo. Se não fosse pela cicatriz do primeiro homem, Danae nunca conseguiria distingui-los.

Atalanta suspirou, colocou a mão dentro da bolsa e tirou uma maçã de lá. Ela jogou a fruta para Hilas, que a pegou com uma mão, impulsionou o braço para trás e jogou a maçã no céu. A fruta se elevou no ar, bem mais acima de onde os guerreiros se reuniam. Atalanta observou sua progressão por um momento, depois pegou preguiçosamente o arco pendurado no ombro e encostou uma flecha na bochecha. Uma respiração depois, duas metades da maçã caíram na areia.

Ela se virou para o gêmeo da cicatriz e ofereceu seu arco.

— Sua vez.

Jasão riu e se colocou entre os dois.

— Vejo que viaja com um grupo talentoso, Hércules. Vocês perderam nossa competição, mas não é preciso testar suas habilidades. — Ele se virou para a multidão. — Hércules e todos que viajam com ele são bem-vindos a bordo da *Argo*. — Ele olhou para o rei Pélias. — Com sua permissão, é claro, majestade.

Danae sentiu uma ponta de deboche na última palavra. Os olhos de Pélias tremeluziram em resposta, então o rei inclinou a cabeça.

Jasão se virou para Danae.

— Os agouros certamente estarão a nosso favor com dois videntes em nossa tripulação.

Ela sentiu uma pressão na barriga.

De trás da formação de guerreiros, surgiu um homem magro vestindo túnica preta. Seu cabelo era tão curto que ela conseguia ver o formato da cabeça.

— Idmon, conheça Daeira.

Danae fez uma reverência, cerrando os punhos para que suas mãos não tremessem.

— Que os Doze te enxerguem e reconheçam.

Idmon tocou a testa e retribuiu a reverência, seus olhos pequenos como contas nunca saindo do rosto dela. Danae engoliu em seco. Seu disfarce de repente parecia bem menos infalível do que antes.

Depois de uma quantidade excessiva de acenos cerimoniais, o rei Pélias se despediu deles. O que restara da multidão se dispersou, e os trinta argonautas escolhidos foram deixados sozinhos na praia.

Eles organizaram uma grande fogueira diante da estrutura fantasmagórica do estádio, passando um odre de vinho entre eles.

Jasão ficou de pé e olhou para sua tripulação.

— Argonautas, sinto-me honrado por ter vocês aqui esta noite, comprometidos em se juntarem a mim na maior viagem já navegada. Alguns de vocês já se conhecem, mas, para aqueles que não, vamos fazer algumas apresentações. Temos uma lenda entre nós, cuja reputação não precisa de nenhum preâmbulo. — Jasão se curvou para Hércules, depois gesticulou para os irmãos carecas ao seu lado. — Castor e Pólux, também conhecidos como os gêmeos diabólicos. Vocês não vão querer enfrentar esses dois na roda de boxe. — Os homens sorriram. Danae notou que Castor era o da cicatriz. Jasão apontou para o guerreiro com pele de urso. — Anceu, a maldição de qualquer monstro no Peloponeso. — Atalanta riu baixinho. Ou Anceu não a ouviu, ou fingiu não ouvir. Jasão continuou: — Tífis, nosso navegador e o melhor marujo de toda a Grécia. — Ele apontou com a cabeça um homem esguio com pele cor de cobre e uma longa barba branca. O coração de Danae se apertou. Ele parecia um pouco com o pai dela. — Orfeu — Jasão apontou para o homem de rosto redondo com bochechas de pêssego e uma lira descansando no colo —, um poeta com a voz mais doce do que uma cotovia...

— E você? — Hércules o interrompeu.

Jasão vacilou.

— Eu sou Jasão, o capitão...

— Sim, eu sei o seu nome. Mas o que você fez? — Hércules gesticulou em volta do fogo. — Como disse, eu conheço a reputação da maioria das pessoas aqui. Mas antes desta viagem nunca tinha ouvido falar de você. E você é bem jovem para ser um capitão.

Houve alguns resmungos em concordância.

Jasão soltou um riso forçado.

— Você está certo. Sou jovem para ser capitão de uma nau. — Ele parou. — Sou o rei por direito de Iolcos.

— O quê? — Télamon olhou para o irmão, Peleu, para confirmar.

— É verdade. — A luz da fogueira iluminou a voracidade no olhar de Jasão. — Eu estava vivendo como pastor quando recebi a mensagem de Hera, a própria Rainha dos Céus, me contando sobre meu direito inato. Vim a Iolcos para reivindicar meu trono.

Um músculo se contraiu na mandíbula de Hércules.

— Deixa eu ver se entendi — disse Télamon. — Você marchou até os portões do rei Pélias, disse para ele que tomaria seu reino e em troca ele te colocou no comando da tripulação dos guerreiros mais fatais de toda a Grécia?

— Não exatamente. — Jasão sorriu. — Primeiro ele quis me executar. Mas sua sacerdotisa ordenou que ele me deixasse reunir esta expedição. Se eu voltar com o velo de ouro, receberei minha coroa por um decreto divino. Sabe, meu destino foi escrito pela fortuna. Ao se juntarem a mim nesta jornada, todos vocês consolidarão sua reputação por séculos.

— *Se* você voltar. — Hércules jogou um odre vazio no chão. — Jogada inteligente da parte de Pélias. Tudo isso o faz parecer um rei piedoso e generoso. Sem contar poderoso, por reunir todos nós ao seu comando. É uma viagem perigosa, e tudo que ele precisa fazer é esperar que a tragédia o atinja.

O charme sumiu do rosto de Jasão.

— Estou surpreso que você, entre todas as pessoas, duvide da vontade dos deuses. Ainda mais de Hera.

Hércules permaneceu em silêncio, com o olhar fulminante na fogueira.

— Que tal ouvirmos essa sua voz lendária? — Anceu disse para Orfeu.

— Boa ideia. — Jasão bateu palmas, parecendo contente pela distração. — Música!

O poeta sorriu sonhadoramente e ergueu a lira, acomodando-a como se fosse sua amada. Quando começou a tocar, um calafrio percorreu a pele de Danae. Sua voz era como a primeira brisa da manhã, como a corrente de um rio vertiginoso, e as pisadas dos cascos de cavalos disparando em batalha, tudo ao mesmo tempo.

No princípio, antes da luz primeira,
Antes de cidades, templos e lei começarem carreira,
A terra estava partida, selvagem, um breu;
Do reino dos titãs, uma cruel marca permaneceu.

Foi assim que veio a existir
A vida que trilhamos de manhã até a noite cair,
Os Doze que por todos nós estão a zelar,
O sol, as estrelas, a terra e o mar.

Os deuses desceram das alturas,
Zeus, o mais sábio, com seu trovão causou rupturas,
Os Doze batalharam com força e ferocidade,
E, apesar de poderosos, a luta durou uma eternidade.

Foi assim que veio a existir
A vida que trilhamos de manhã até a noite cair,
Os Doze que por todos nós estão a zelar,
O sol, as estrelas, a terra e o mar.

Os Doze derrotaram os inimigos traiçoeiros,
Aprisionando-os lá embaixo, nos braseiros,
Então Zeus fez o homem e liderou seus parentes,
Para governar do Olimpo e aos pecados nos tornar indiferentes.

Foi assim que veio a existir
A vida que trilhamos de manhã até a noite cair,
Os Doze que por todos nós estão a zelar,
O sol, as estrelas, a terra e o mar.

E agora para sempre seremos abençoados,
Com os titãs presos no Tártaro,
Os deuses zelando lá de cima,
Sempre louvados, venerados e amados.

Quando ele terminou, as bochechas de Danae estavam lavadas em lágrimas. Ela não era a única. Nem mesmo Atalanta permanecera com os olhos secos. Orfeu corou e colocou a lira com cuidado no colo.
— Deuses — sussurrou Télamon —, um talento desses é mais perigoso do que todos os nossos juntos.

❦❦❦

Eles velejaram na maré da manhã.
Assim que os argonautas embarcaram na *Argo*, eles penduraram os escudos na lateral do navio e colocaram seus pertences sobre os bancos

de remadores. Estava claro que só havia uma cabine sob o convés da proa, que quase transbordava com suprimentos para a longa viagem. Havia caixotes de carne salgada, biscoitos, barris de azeitonas, odres de vinho e embrulhos de pele para afastar o frio quando chegassem ao mar Negro. Estaria gelado no fim do mundo.

Danae pressionou sua bolsa ao lado da de Hilas e subiu no convés da proa com Idmon. Todos os outros, salvo Tífis e Jasão, estavam sentados aos remos. Para balancear sua força, foi dado a Hércules um banco inteiro só para ele.

Contudo, a tripulação ainda não precisava remar. Um forte vento do leste soprou na vela, e, com Tífis no timão, conduzindo a direção, a *Argo* cortou a água como uma lâmina recém-afiada.

— Orfeu! Cante uma música para assegurar nosso trajeto — pediu Jasão.

O poeta saiu do banco e ficou na beira da plataforma da proa, com os pés batucando um ritmo nas tábuas de madeira.

A batida era forte, e a letra da música contava sobre uma grande batalha e guerreiros corajosos, ainda que a cadência na voz do poeta revelasse uma enorme nostalgia. Isso tocou uma parte de Danae que não estava pronta para ser trazida à luz. Télamon estava certo: aquele talento era mesmo perigoso.

Ela encarou o mar aberto, a brisa chicoteando seu cabelo curto. Tinha chegado até ali; agora tudo que havia entre Prometeu e ela era o oceano. Danae sempre se sentira mais confortável na água do que em terra. Pertencia àquele lugar. Lembrou-se do que seu pai lhe dissera no dia em que deixara Naxos. Ela se perguntou se ele estaria em seu barco de pesca naquele mesmo instante. Talvez eles estivessem viajando juntos pelo mar.

Idmon apareceu ao seu lado. Ele fechou seus longos dedos na lateral do navio, tão perto dos dela que as mãos quase se tocaram. Ela lutou contra vontade de afastar a sua.

— Que os Doze te enxerguem e reconheçam, irmã com o olho que tudo vê.

Ela nunca ouvira aquela parte adicional do cumprimento antes.

— Você é jovem para ser a conselheira sagrada de um homem como Hércules.

Ela tocou a própria testa e respondeu:

— Idade não quantifica habilidade.

Ele jogou seu peso para mais perto dela. O homem tinha cheiro de fumaça e algo azedo, como leite estragado.

— Quantos anos você *tem*, criança?

— Anos suficientes para conhecer a vontade dos deuses.

— Claro. — Ele sorriu de maneira subserviente. — Quem te treinou?

Ela deixou a pergunta pairar no ar por um momento, depois encontrou o olhar dele, com o rosto calmo como o mar cerúleo.

— Alguém pode até se enganar achando que o senhor está questionando meu lugar nesta viagem.

Com satisfação, ela observou as feições dele se contorcerem em uma máscara de tormenta.

— Nunca, irmã.

Ele se virou e caminhou rapidamente para o outro lado do convés, deixando Danae em paz. Ela moveu as mãos e viu que suas unhas tinham talhado duas fileiras em meia-lua na madeira.

Eles mal haviam navegado uma légua quando o céu escureceu.

— Jasão! — chamou Tífis. — Não estou gostando da aparência dessas nuvens.

Danae seguiu o olhar do navegador e viu as nuvens pesadas e cinza que vinham do oeste. Elas se moviam rápido e logo engoliriam o sol. O ar esfriou.

Pelo que ela sabia de tempestades no mar, julgou que o velho navegador estava certo em se preocupar.

— Idmon — chamou Jasão. — Você disse que teríamos uma ótima navegação até Trôade.

— Os agouros indicavam que sim, capitão — disse Idmon. — Tenho certeza de que as nuvens passarão.

— Até parece que vão — disse Télamon. — A tempestade está chegando.

Então houve o estrondo de um trovão, e um raio bifurcado partiu o céu. Orfeu parou de tocar e apertou sua lira contra o peito. Em pouco tempo as nuvens escuras se agitaram sobre o navio. O vento aumentou, e o mar espumou, arremessando a *Argo* entre os picos que se avolumavam. Danae e Idmon desceram do meio do convés e se agarraram na parede da plataforma da proa.

— Os agouros estão a nosso favor, isso irá passar — berrou Idmon, parecendo ter menos certeza do que antes.

— Puxem os remos e recolham a vela principal! — gritou Tífis.

— Merda. — Jasão contraiu a mandíbula quando a chuva bombardeou o convés. Ele apontou para os gêmeos. — Castor, Pólux, façam o que ele mandou!

Os gêmeos abandonaram os bancos e lutaram para atravessar o navio oscilante. Eles começaram a soltar os nós da vela, depois uma lufada forte arrancou a corda encharcada dos dedos de Castor, e o tecido solto se agitou violentamente contra o vento.

Eles iam perder a vela. Danae vira isso acontecer com o barco do pai, quando haviam sido pegos por uma tempestade de relâmpagos.

— A vela vai rasgar! — gritou ela.

A corda se contorcia como uma serpente possuída, a metade presa da vela se esticando sob a força do vento. Sem pensar, ela disparou pelo convés. Chuva e água salgada golpeavam seus olhos como areia, mas, quando a corda açoitou mais uma vez, ela se jogou para a frente e a pegou. A fricção queimou suas mãos, mas ela segurou, caindo entre os bancos de remos.

Então uma rajada de vento tomou a vela. Danae foi lançada para o alto, seu grito perdido em meio à tempestade violenta. Algo cedeu em seu ombro esquerdo, e a dor queimou o braço, mas ela continuou segurando. Ela foi arremessada para o outro lado do navio e, bem quando estava prestes a cair no abraço de ferro do mar, algo prendeu suas pernas.

Hércules estava com um braço em volta de suas coxas, e com a mão livre ele segurava a ponta da corda.

— Solte!

Danae obedeceu, com o braço esquerdo pendendo quando deslizou pelo torso de Hércules. Ela caiu de novo entre os bancos, onde Hilas a segurou, enquanto Atalanta e Télamon batalhavam para proteger a vela.

Dolos pulou os bancos e foi até ela.

— Você deslocou o ombro — gritou o curandeiro por cima de uma explosão de trovões. — Isso vai doer.

Ele agarrou o braço esquerdo dela pelo bíceps e puxou. Uma onda de náusea a perpassou quando seu ombro estalou, voltando para a junta com um rangido. Danae encarou a chuva forte, afundando em alívio quando

Hércules e os outros subiram de novo para o meio do convés, agora com a vela presa ao mastro. A tempestade ficara tão violenta que Tífis até abandonara o timão.

— Argonautas, se segurem por baixo dos bancos! — berrou Jasão.

Danae agarrou os dois lados da madeira molhada enquanto o resto da tripulação se movia para encontrar um lugar para segurar. Tudo que podiam fazer era orar para sobreviver à tempestade.

23. A BARGANHA

Danae olhou para o céu, que agora estava limpo. Uma brisa agradável soprava em seu rosto, mal mexendo seu cabelo. Não restava nenhuma nuvem, como se a tempestade tivesse sido um pesadelo passageiro. Sua pele esfolada e seus ossos doloridos mostravam o contrário. Fora um milagre o navio ter sobrevivido inteiro.

Ela saiu de baixo do banco e ajeitou a postura. A *Argo* parara em uma faixa de recife diante de um vasto comprimento de praia. Areia cor de creme se alongava para longe da água turquesa até um denso emaranhado de folhagem. Árvores com troncos longos e com camadas que se erguiam em safras de folhas macias se destacavam sobre a selva. Grandes frutos marrons, quase do tamanho da cabeça de Danae, repousavam sob suas frondes. Ao longe, uma montanha, com o cume coberto por folhagem esmeralda, surgia contra o céu. A vegetação era diferente de tudo que ela já vira. Por qual distância a tempestade os havia arrastado?

Danae se contorcia enquanto aves e criaturas que não reconhecia gorjeavam umas para as outras da profundeza da selva. Ela tentou identificá-las, mas seus sons estranhos eram tão diferentes das gaivotas ou cotovias de sua terra. O ar também era diferente ali, inebriante e doce como caramelo.

— Onde Tártaro estamos?

A cabeça de Atalanta, coberta por sal, apareceu de trás do banco ao lado. Télamon e Hilas surgiram ao seu lado, então o resto da tripulação começou a se movimentar, se estendendo dos cantos onde haviam se enfiado durante a tempestade.

— Argonautas! — gritou Jasão, subindo sem estabilidade para o convés da proa, um franzido intenso surgindo na testa. — Se eu chamar seu nome, diga "aye". Anceu?

— Aye.
— Castor?
— Aye.
— Pólux?
— Aye.
— Orfeu?
— Aye. — O poeta soava aflito. Danae procurou pelo convés e o viu abraçando sua lira quebrada.

Enquanto o resto da tripulação respondia ao chamado, Danae ouviu um grunhido atrás de si e se virou. Seu coração afundou no peito quando viu Tífis subir no convés da Popa e passar sua mão cheia de calos pelas tábuas quebradas. O mastro se partira em dois e havia esmagado a madeira, e o condutor dos remos se perdera pelo mar.

— A figura da proa!

Olhando na direção da proa, ela viu que mais uma baixa da tempestade fora a imagem entalhada de Hera. Idmon encarou as lascas de madeira, com o rosto pálido, e declarou:

— Esse é um terrível agouro.

— Espero que ela esteja no fundo do oceano — murmurou uma voz grossa. Danae se virou e viu Hércules parado ao seu lado. — Como está seu braço?

O olhar dele recaiu sobre ela, pairando sobre seu ombro.

Ela mexeu as juntas. Doíam, como o resto do corpo, mas conseguiam se mover.

— Bem.

— Ótimo.

Ele a olhou com tamanha intensidade que o navio pareceu desaparecer em seus olhos. Danae prendeu a respiração. Então ele proclamou as seguintes palavras:

— O que você fez foi incrivelmente tolo.

Ela ficou perplexa. Tinha impedido a vela de se rasgar. Ele deveria agradecê-la.

— Eu estava tentando ajudar. Eu *ajudei*. Impedi a vela de...

— Jamais arrisque sua vida daquela forma de novo.

Antes que ela pudesse responder, ele se virou e passou por cima dos bancos inclinados. Dolos apareceu ao lado dela, segurando sua bolsa de curandeiro.

— Está machucada?

— Não — disparou ela. Vendo a expressão do curandeiro, acrescentou: — Meu braço está bem. Por favor, vá ajudar os outros.

— Daeira? — chamou Jasão.

— Aye!

Dolos analisou o rosto dela por um momento, depois se virou e foi até os bancos, dizendo:

— Quem estiver ferido, levante a mão. Eu vou até vocês.

De repente, ela se lembrou de sua bolsa. Danae a puxou de onde enfiara sob o banco e ficou aliviada por encontrar a algibeira, a faca, o cachimbo e a pedra da profecia lá. Apesar de estarem encharcados, nada se quebrara.

— Alguém viu Ífito e Augias? — perguntou Jasão.

Os argonautas se olharam e balançaram a cabeça.

Enquanto a morte dos companheiros de tripulação era assimilada, houve um estalo estremecedor, então o navio inclinou para a direita, fazendo vários homens cambalearem no convés.

— Abandonar navio! — Tífis berrou quando a *Argo* se moveu de novo, grunhindo como um animal agonizante.

A tripulação não precisou ouvir duas vezes e começou a pular por cima da lateral amurada, jogando-se no banco de areia.

Enquanto Danae avançava pela água até a praia, ela se virou para olhar para a *Argo*. Onde a nau havia raspado no recife, um grande corte, quase do comprimento completo da lateral a estibordo, partira o casco. Um peso recaiu sobre seu peito. Onde quer que estivessem, não sairiam dali tão cedo.

— Tífis — chamou Jasão, indo até o navegador. — Que ilha é essa?

Tífis protegeu os olhos contra o sol e olhou na direção da montanha.

— Não faço ideia, capitão. A tempestade não pode ter nos soprado por mais do que cem léguas. Eu conheço a maioria das ilhas do Egeu, mas esta... — Ele balançou a cabeça. — O clima, as árvores... estranho, muito estranho.

Ele estava certo. Era como se o deus que abençoara aquela ilha com vida tivesse se entediado com a flora e a fauna da Grécia e decidido experimentar algo diferente. Enquanto falavam, Danae espiou uma criatura esguia com pelo branco macio, um rabo longo e rosto parecido com o de uma criança humana se movendo entre dois troncos de árvores na margem da selva.

Jasão parecia tenso. Ele virou para o resto da tripulação, agora reunida na praia.

— Ouçam! Como podem ver, a *Argo* sofreu muito na tempestade. Precisaremos fazer reparos antes de continuar nossa viagem. — Ele olhou para a selva atrás de si. — Felizmente parece que atracamos em uma ilha com bastante madeira. Hércules e Anceu, comecem a cortar árvores. Castor e Pólux, busquem na ilha por...

Jasão parou de falar no meio da frase, com a boca se movendo como a de um peixe fora d'água, então caiu de joelhos e desmaiou na areia.

Houve um tinir coletivo quando os argonautas sacaram as armas, procurando em volta pelo inimigo que não viam. Então, um a um, eles tombaram. Danae viu um lampejo de movimento entre as folhas. Ela jogou os braços para cima e correu na direção do movimento.

— Parem, viemos em paz!

Algo a picou. Ela baixou os braços e viu um dardo com peninhas brancas na ponta em seu antebraço. Antes que pudesse arrancar, seus músculos relaxaram e ela caiu de cara na areia.

❊❊❊

Quando Danae se reanimou, parecia que alguém tinha partido seu crânio e mexido lá dentro como se fosse uma omelete. Sua visão estava nublada, mas ela podia ver que ainda estava na praia. O mar turquesa se estendia diante dela, a *Argo* quebrada presa no banco de areia. O sol seguira seu arco em direção a oeste e estava bem mais baixo que quando eles haviam chegado à costa. Ela devia ter ficado inconsciente por horas.

Tentou mexer os braços e não conseguiu. Ela estava presa a algo duro e áspero. Ao se mover, a dor envolveu seu ombro. Mordendo a bochecha por dentro para se distrair, ela mexeu os dedos para examinar o que a restringia. Os nós não cederam. Não eram nada como as amarrações que o pai lhe ensinara. Quem quer que os tivesses amarrado sabia o que estava fazendo.

Ela não via sinal algum de quem os atacara. O resto da tripulação estava espalhado pela areia, amarrado a troncos de árvores altas na beira da selva. Hércules estava encostado em uma perto dela, com dardos bombardeados na pele nua do peito, braços e pernas. Evidentemente não fora fácil desacordar o herói. Ela viu Jasão um pouco mais além, um punhado de dardos salientes em sua jugular. Franzindo o cenho, ela olhou para o próprio corpo. Presa em seu braço havia uma única pena. Isso explicava por que ela era a única acordada.

Danae sentiu um movimento atrás de si. Mais alguém estava amarrado na mesma árvore. Esticando o pescoço, ela viu uma longa trança preta se estendendo na parte de trás de uma armadura prateada.

— Atalanta — sibilou ela.

A guerreira gemeu. Então Danae percebeu uma lasca de ferro brilhando aos pés de Atalanta, meio enfiada na areia.

— Atalanta!

— O que você quer?

— Perto de seus pés, uma espada.

Atalanta resmungou, depois se esticou. Seus dedos quase haviam alcançado o cabo quando um pé com sandália, com uma adaga presa entre as tiras, pisou na espada.

Os olhos de Danae correram pelas pernas âmbar de uma mulher alta e musculosa trajando uma túnica de couro. Uma variedade de armas estava presa no seu cinto, inclusive um tubo de atirar dardos, esculpido no que parecia ser um osso. Sua cabeça era raspada nas laterais, e o que sobrava do cabelo estava entrelaçado em uma trança grossa que caía pelas costas. Uma coleção de figuras de pequenos animais, também entalhados em ossos, estava presa na trança. A mulher colocou as mãos no quadril e um sorriso, mordaz como uma lâmina afiada, partiu seus lábios.

Atrás dela, mais mulheres vestidas de forma semelhante surgiram dos arbustos, andando entre os argonautas inconscientes. Todas elas estavam demasiadamente armadas.

Danae redobrou os esforços para romper as amarras, mas elas eram fortes. Enquanto se debatia, sentiu picadas nos pulsos – como se eles estivessem envolvidos por algo desagradável.

A primeira mulher virou a espada com o pé, pegou o punho e pressionou a lâmina contra o peito de Danae.

— Por que vieram para a minha ilha? — Sua voz era grossa e áspera, o sotaque diferente de qualquer coisa que Danae já ouvira antes.

— Nós naufragamos. — A língua de Danae ainda estava pesada por causa dos efeitos do dardo. — A tempestade... estraçalhou nosso navio.

A mulher empurrou a espada até enfiá-la através do tecido da roupa de Danae.

— Vocês vieram nos pilhar.

— Se isso fosse verdade, vocês estariam mortas — disse Atalanta.

Danae conseguia sentir a guerreira tentando romper as amarras. Ela também não estava conseguindo.

— Vamos — rosnou uma mulher loira com a pele levemente bronzeada e bochechas bem delineadas. Ela estava empunhando um machado perto do inconsciente Hércules. — Vamos acabar com eles.

Danae precisava pensar, conseguir tempo. Ela procurou por algo em volta, qualquer coisa que distraísse as captoras. Os olhos dela recaíram sobre os dardos que pontuavam a pele de Hércules.

— Vocês nos mantiveram vivos — soltou ela. — Estamos aqui há horas. Se queriam nos matar, por que esperar?

A espada continuou no peito de Danae, mas a mulher hesitou. Ela olhou para Hércules.

— Seu líder matou duas das minhas caçadoras antes de sucumbir ao phármakon.

— Ele não é nosso líder, estava se defendendo.

— Apenas covardes sedam o inimigo — rosnou Atalanta.

— Hipsípile — chamou a loira, impaciente. — O que estamos esperando? Ele matou nossas irmãs.

O rosto de Hipsípile era quase impenetrável. Contudo, Danae conseguia ver que algo a impedia de dar a ordem.

— Você quer algo de nós. — Ela torceu com toda a sua alma para estar certa.

Com um grunhido, a loira balançou o machado por cima da cabeça. Tanto Danae como Atalanta gritaram quando a lâmina dupla zuniu no ar.

— Peta.

O machado parou logo acima do pescoço de Hércules. Hipsípile removeu a espada do peito de Danae e virou na direção de sua caçadora, com os olhos fulminando de fúria.

— Eu não dei a ordem.

As duas se encararam, como dois predadores rivais circulando em volta da mesma presa abatida. Grunhindo, Peta afastou o machado do corpo de Hércules e caminhou pela praia.

— Ninguém machuca eles até eu ordenar — gritou Hipsípile.

As caçadoras se entreolharam, depois deram um passo relutante para longe dos argonautas inconscientes, com as armas ainda sacadas.

Hipsípile se virou bruscamente para Danae e disparou:

— Você é o que deles?

Ela franziu o cenho, surpresa com a pergunta. Ainda estava com a cabeça leve por causa do dardo.

— Eu... eu sou a vidente.

Hipsípile semicerrou os olhos.

— Eu prevejo agouros e transmito a vontade dos deuses.

— Você é a mantis deles.

— Sim. — Ela não fazia ideia sobre o que Hipsípile estava falando.

— Eles te ouvem?

— Sim — respondeu de novo, com mais convicção do que sentia.

— E você? — Hipsípile apontou a espada para Atalanta. — Você luta com eles?

Atalanta cuspiu na areia.

— Eu daria a vida pelo homem que sua cadela tentou matar.

Felizmente, Peta estava longe demais para ouvir o insulto. Danae contraiu a mandíbula. A última coisa que a situação precisava era do temperamento de uma guerreira.

Hipsípile as avaliou por um longo tempo.

— Talvez eu possa te usar para algo, no fim das contas. — Ela cortou as amarras de Danae com a espada. — Faça um movimento em direção a uma arma e eu te mato. Entendido?

Danae assentiu, consciente da faca em sua bolsa.

Assim que se livrou das amarras, ela se ergueu, vacilante, para ficar de pé. Fosse pelos efeitos do dardo ou do ar estranhamente denso, ela não conseguia afastar muito bem a névoa que se apossara dos cantos de sua mente. Uma situação preocupante, visto que estava negociando pela vida de todos.

Danae se distraiu com uma comichão nos pulsos. Pápulas vermelhas e intensas circulavam sua pele. Ela olhou para as amarras na areia. Pareciam ter sido feitas de vinhas, com manchas pretas que talvez fossem mofo. Ela esfregou a pele e olhou com cautela para as caçadoras espalhadas pela praia.

Hipsípile a cutucou com a espada.

— Ele não é o líder? — A mulher gesticulou para Hércules.

— Não. — Danae apontou para Jasão.

Os olhos de Hipsípile vagaram pelo capitão inconsciente.

— *Esse?*

Ela assentiu. Hipsípile marchou até ele.

— Aqui está o acordo que ofereço. Nossas casas foram danificadas pela tempestade. Vocês vão consertá-las para nós, então permitiremos que peguem a madeira da ilha para reparar o navio. Se quebrarem sua palavra, vamos matá-los. Seu líder e os homens dele precisam concordar com esses termos.

Danae não confiava nela, mas que escolha tinha? Ela assentiu.

Hipsípile se agachou e puxou os dardos do pescoço de Jasão. Então, pegou uma garrafinha com um líquido âmbar da algibeira em seu cinto e soprou o conteúdo no nariz de Jasão. As pálpebras dele tremeram. Depois ele se debateu como um cordeiro que acabara de nascer, com as pernas batendo inutilmente contra a areia.

Hipsípile colocou a mão firme sobre a coxa dele.

— O que... o que fez comigo? — perguntou Jasão.

— Eu sou Hipsípile, rainha de Lemnos. Prendemos vocês para nos proteger de quem veio à nossa costa sem ser convidado. — As outras caçadoras estavam olhando para os argonautas de forma soturna e desconfiada. — Diga-me quem você é.

Jasão se ergueu contra o tronco.

— Eu sou Jasão, capitão da *Argo* e rei por direito de Iolcos. — Ele parecia prestes a vomitar.

Danae de repente se lembrou do quanto ele era jovem. Por baixo de sua bravata e confiança, havia um menino brincando de ser capitão, comandando guerreiros bem mais velhos e endurecidos por anos de matança.

Hipsípile aproximou o rosto do dele.

— Isto é o que vai acontecer, Jasão: eu acordarei seus homens, e você os impedirá de nos atacar. — Ela encarou Hércules. — Se falhar, todos vocês morrem. Entendido?

Jasão assentiu.

— Ótimo. — Ela ajeitou a postura, enfiando a espada na areia e repousando as mãos cruzadas sobre o pomo. — Conte para ele o acordo, mantis.

Danae transmitiu a barganha que Hipsípile oferecera.

Jasão a encarava enquanto ela falava. Ao terminar, ele falou, depressa:

— Eu aceito. Juro pelos deuses, faremos o que está pedindo e manterei meus homens na linha. Então vamos consertar nosso navio e deixaremos sua costa.

Hipsípile sorriu, libertou Jasão e deu a ordem para que as caçadoras revivessem a tripulação. A contragosto, as caçadoras abaixaram as armas. Elas se moveram entre os homens inconscientes, levando frascos do líquido âmbar.

Os argonautas não acordaram em silêncio. Assim que despertaram, a maioria lutou violentamente contra as amarras, xingando as caçadoras. As lêmnias gritaram em resposta e ergueram as armas.

— Ouçam-me, argonautas! — berrou Jasão. — Eu fiz uma barganha com essas mulheres...

— Eu não vou concordar com nada — grunhiu Pólux.

Anceu cuspiu na caçadora mais próxima a ele.

Jasão ergueu os braços em um gesto apaziguador.

— Eu vou explicar! Por favor, se acalmem...

Ele foi interrompido pelo estalo de um casco estilhaçando. Danae virou para ver Hércules arrancar da areia a árvore na qual estava amarrado e tacá-la na praia, com as amarras arrebentadas no chão. Respirando pesado, ele olhou para o próprio torso musculoso e puxou um punhado de dardos da pele.

Danae sentiu um nó na garganta. As pupilas do herói dilataram, seus olhos cristalizando de ódio.

O silêncio pairou pela praia. Então as caçadoras dispararam.

Hércules bateu nelas como se fossem moscas. Ele segurou uma mulher pelo pescoço, esmagando sua traqueia, enquanto abria um buraco com um soco no peito de outra. Jasão ficou parado, boquiaberto com o que estava acontecendo.

— Não! — berrou Danae, correndo em direção a Hércules quando ele estapeou mais algumas caçadoras com as costas da mão, fazendo-as cair na vegetação rasteira.

Ela deslizou até o herói, mas foi atingida por uma onda de medo. Suas feições lindas haviam se transformado em algo terrível. Ele não parecia humano.

— Hércules, está tudo bem! Elas não vão...

Um dardo acertou o pescoço de Hércules. O herói rosnou, arrancou-o e procurou em volta pela mulher que o atirara. Ela soltou o tubo, mas Hércules a agarrou antes que pudesse fugir. Gritos atravessaram a praia quando ele arrancou os braços da mulher, um de cada vez.

Danae estacou, incapaz de olhar. Algo dentro dele havia se rompido. Ele mataria todos se ninguém o impedisse. Como se respondessem ao seu chamado, os membros dela começaram vibrar de energia.

Use seu poder, disse a voz. *Você pode salvá-los.*

Porém, depois do povoado na montanha, ela podia arriscar se revelar de novo?

Outra caçadora se encolheu quando Hércules a pegou.

As unhas de Danae afundaram nas palmas das mãos. Ela não podia ficar parada e assistir a mais mortes.

Ela fechou os olhos.

Respire, disse a voz.

Ela ouviu, com os pulmões inflando como um par de foles. E então sentiu, como as nuvens se abrindo para revelar o sol: o poder dos fios da vida correndo por suas veias. Ela não sabia como acessar sua energia antes, mas agora compreendia. Era sua força vital, sempre lá dentro, esperando.

Dobrando os fios à sua vontade, ela reuniu um bocado de linhas cintilantes e as puxou para fora de si, em direção à terra. O chão tremeu. Três vibrações, e os pássaros subiram da selva trêmula como fagulhas fugindo de uma fogueira. Ninguém permaneceu de pé.

Jasão, Hércules e as caçadoras cambalearam para ficar de pé de novo, olhando em volta em choque e confusão. Lutando contra a fadiga repentina que ameaçava arrastá-la para a areia, Danae ergueu os braços ao céu.

— O Senhor dos Mares e dos Tremores da Terra falou comigo! — gritou ela. — Poseidon, com toda a sua sabedoria, ordena paz.

24. AS FILHAS DE ÁRTEMIS

Os deuses, os grandes unificadores. Fosse incitando amor ou guerra, sempre se podia contar com eles para manter a atenção de um público.

Pelo que pareceu uma eternidade, ninguém falou nada. Então, Idmon, o vidente, gritou:

— Senhor Poseidon, nós ouvimos!

Quem melhor para culpar por um tremor de terra do que Poseidon, Deus dos Mares e mestre dos terremotos?

As caçadoras ficaram como um bando de caranguejos, se mexendo de um lado para o outro, incertas do que fazer. O rosto de Hipsípile estava pálido. A rainha encarava Danae. Hércules também encarava, mas, depois do que ela o vira fazer, Danae não ousou olhar para ele.

— O que ele quer de nós? — perguntou Hipsípile, com a voz trêmula.

— Não haverá mais matança. — Danae pausou. Sua cabeça estava girando. — Ele nos trouxe a esta ilha para nos ajudarmos.

Os argonautas pareciam tão perplexos quanto as caçadoras; muitos encaravam Danae como se a estivessem vendo pela primeira vez.

Então Hércules se aproximou dela com passos largos, atravessando a areia revirada em sangue. Ele sabia que ela estava mentindo sobre ouvir Poseidon? Também a espedaçaria?

Seu medo se esvaiu quando ele caiu de joelhos aos seus pés. No momento em que ele olhou para cima para encará-la, Danae viu com alívio que suas pupilas tinham voltado ao tamanho correto. Havia reconhecimento em seu olhar, como se eles compartilhassem um segredo. Ele segurou sua mão e pressionou os lábios na pele dela. Mesmo depois que ele se afastou, ela continuou sentindo o toque.

— Honrarei os desejos de meu tio.

Os olhos de Hipsípile se arregalaram. Ela balbuciou algo inaudível para Peta.

— Eu também darei apoio à vontade de Poseidon, assim como meus homens — disse Jasão, rapidamente.

Ele encarou os argonautas amarrados, que assentiram. Muitos ainda pareciam atordoados depois do tremor.

— Minhas caçadoras e eu faremos o mesmo — disse Hipsípile. A rainha apontou para algumas mulheres, que se moveram, libertando o resto dos argonautas. — Nós os levaremos para nossa cidade, mas primeiro precisamos cuidar de nossas mortas.

— Deixe-nos ajudar — disse Jasão.

— Não. — A voz da rainha foi cortante como uma lasca de pedra. — Seus homens não as tocarão.

Os argonautas ficaram reunidos enquanto Hipsípile e várias caçadoras recolhiam suas irmãs derrotadas.

— Alguns de nós deveriam ficar com o navio — disse Tífis.

— Ninguém fica. — Peta apareceu atrás deles. — Todos devem vir.

Castor se aprumou diante dela.

— Não recebo ordens de você.

— Não. — Jasão colocou a mão em seu ombro. — Mas recebe de mim. E digo para todos nós irmos.

Castor fez uma careta e moveu o ombro, afastando-o.

Uma veia pulsou na têmpora de Jasão.

— Olhe para ela. A *Argo* não vai a lugar nenhum. Quer enfurecer ainda mais os deuses?

Tífis balançou a cabeça, e ninguém discutiu mais.

— Sigam-me — disse Peta.

Enquanto a seguiam, Danae olhou para trás. Hércules e Dolos ficaram atrás dos outros. A cabeça do herói estava baixa, e o curandeiro sussurrava fervorosamente em sua orelha. Ela se perguntou com qual tipo de homem o destino a ligara. Quanto mais tempo passava na companhia de Hércules, mais imprevisível ele demonstrava ser.

— Fiquem perto das caçadoras — disse Peta. — A selva não é gentil com desconhecidos.

— Ela não é a única — resmungou Télamon.

As mulheres os conduziram por um caminho escondido entre galhos emaranhados. Danae tentou memorizar a rota, mas foi inútil. Cada virada que davam parecia levar ao mesmo lugar. Não seria possível eles voltarem para o navio sem orientação das caçadoras. Esse pensamento pesou no peito dela. Quanto mais se afastavam da *Argo*, mais longe Danae ficava de encontrar Prometeu.

Depois do tremor de terra, seu corpo ficou frágil, como um pedaço de coral encalhado na areia quente.

Ela pisou em uma rocha e, sem ter forças para se firmar, cambaleou para a frente.

Hilas a segurou antes que ela atingisse o chão.

— Estou bem — disse ela, como reflexo, secretamente grata por sua estatura robusta atrás dela.

Ele deslizou o braço no dela.

— Aposto que é cansativo se comunicar com os deuses.

— Sim. — Eles caminharam em silêncio por alguns passos, então Danae se viu dizendo: — Para ser sincera, ainda tem muita coisa que não compreendo.

— Imagino. Eu ficaria apavorado se ouvisse a voz de Poseidon.

O vestígio de um sorriso curvou os cantos da boca dela.

— Pode ser um choque, especialmente quando se está indisposta.

Hilas parou por um momento.

— Não entenda errado, mas você não é do jeito que eu esperava que uma vidente fosse.

— Jovem?

— Engraçada.

O sorriso de Danae cresceu.

— Isso ajuda a lidar com a exaustão paralisante.

Um conforto recaiu sobre eles.

— Eu costumava querer ter habilidades que outros mortais não tivessem. Mas viajando com Hércules... vejo como isso pode ser bem solitário.

Ele não fazia ideia do quanto estava certo.

— Não acho que muitas pessoas consigam lutar como você.

Hilas riu.

— Praticando o bastante, qualquer um pode aprender. Já eu nunca conseguiria fazer o que você faz.

Diante deles, os gêmeos cochichavam enquanto andavam. Danae ouviu as palavras "fáceis" e "preciso de uma boa foda". Ela olhou para o par de caçadoras que cercavam os argonautas. Felizmente, nenhuma delas pareceu ter ouvido. Danae tinha a sensação de que não seria fácil manter a trégua.

À medida que mergulhavam na selva, folhas escuras se fechavam sobre suas cabeças. O ar era ainda mais denso ali, úmido e nauseante. Olhos em formato de contas, como um punhado de pérolas pretas, os encaravam da vegetação rasteira. Os troncos das árvores eram serpenteados por trepadeiras e cobertos por um musgo verde tão vibrante que quase brilhava. Danae se encolheu quando um pássaro surgiu da folhagem, as penas da cor de um pôr do sol cintilante, e o observou planar entre as vinhas acima.

※※※

Parecia que eles estavam andando por horas quando Danae avistou uma estrutura adiante. Ao se aproximar, ela viu o contorno de uma cabana construída em volta do tronco de uma árvore, a uns bons seis metros do chão. O mesmo musgo verde que cobria as árvores estava por cima dos telhados e das paredes, misturando-se à selva. Uma ponte como caminho se estendia do deque até outra cabana, e então uma rede completa de moradia entrou em foco.

À medida que progrediam por baixo dos retalhos de cabanas nas árvores, os danos da tempestade se tornaram evidentes. Pontes desabadas penduradas entre galhos quebrados, e tábuas caídas dos deques estavam espalhadas pela trilha. Contudo, apesar dos destroços, a maioria das cabanas parecia intacta. Vendo o quanto as caçadoras eram capazes, Danae se perguntou por que as mulheres precisavam recrutar os argonautas para seguir com os consertos.

Fachos de luz do sol atravessavam a copa, então o grupo chegou numa clareira. Dominando o centro estava uma efígie grande, construída por centenas de galhos se contorcendo juntos para formar uma imagem de Ártemis. A Deusa da Caça tinha mais de quatro metros de altura, um arco e uma flecha de madeira puxada até a bochecha.

Mais adiante, Atalanta vacilou. Os músculos dos ombros da guerreira ficaram tensos quando o olhar dela se demorou sobre a deusa. Ela se encolheu quando Télamon tocou seu braço, depois o afastou com um movimento de ombro, continuando a andar.

Atrás da estátua ficava uma construção grande e circular feita inteiramente de madeira, o teto em domo coberto por folhas secas. Na entrada estava pendurada uma peliça, e cabeças de animais empalhadas emolduravam a frente do lugar. O que parecia um veado com chifres retorcidos repousava entre um felino grande com pelos listrados e presas protuberantes e uma criatura com couro rígido no focinho, cercado por pelos pretos e grossos.

— Venham — disse Hipsípile. — Comam conosco no Refeitório da Caçadoras.

Uma inquietude se apoderou de Danae quando seguiu Jasão e os outros. Era estranho; toda hostilidade parecia ter desaparecido. Hipsípile os tratava como convidados de honra, em vez de estranhos que haviam acabado de matar várias de suas caçadoras.

O refeitório em si estava dominado pela fumaça de uma fogueira que ficava abaixo de um buraco no teto. Um javali grande já estava assando nas brasas, como se as caçadoras esperassem companhia. Pequenos animais empalhados estavam enfileirados nas paredes. Aves com asas de um azul vibrante estavam fixadas como se tivessem sido capturadas voando, e cobras sem vida se enrolavam na madeira, os olhos substituídos por contas amarelas. Os animais foram preservados tão bem que Danae achou ter visto um deles se movendo.

Hipsípile voltou a atenção para a porta, e Danae olhou ao redor para ver outra mulher entrando no refeitório. Ela era pequena e bem mais velha do que as outras, com os cabelos brancos soltos caindo além da cintura. Ela olhou em volta, e seus olhos, verdes e misteriosos como a selva, pairaram sobre Danae.

— Essa é Polyxo — disse Hipsípile. — Nossa mantis.

※※※

Polyxo ergueu uma caneca para o céu, suas feições enevoadas pela fumaça que subia da fogueira. Os olhos de Danae não saíram da idosa desde que ela entrara no refeitório. Ela não parecia uma vidente, mas isso não a tornava menos perigosa. Danae lambeu o suor dos lábios. Estava ficando cada vez mais zonza por causa do calor intenso do fogo.

— O primeiro copo eu ofereço a Ártemis. Que possamos sempre caçar sob sua luz. — A voz da mulher assoviou como um vento soprando por uma planície aberta. — Nós nos oferecemos a você, Parthéna abençoada, de hoje até quando nossos espíritos atravessarem as últimas águas do Estige. — Com um movimento da mão, Polyxo despejou o líquido cor de mel da caneca para as folhas secas que cobriam o chão.

Os argonautas sentaram em volta da fogueira, intercalando-se com as caçadoras. Danae ouviu Atalanta murmurar algo para Télamon sobre desperdiçar uma boa bebida. Ela hesitou antes de levantar a própria caneca aos lábios, imaginando se a bebida não estava batizada com o mesmo sedativo dos dardos. Contudo, o vinho que as caçadoras bebiam fora servido da mesma jarra, então ela tomou um gole. Sua boca se revestiu com uma viscosidade enjoativa, mas ela se viu drenando a caneca e querendo mais.

Um grupo de mulheres apareceu na entrada coberta pela pele, carregando potes trançados com uma pilha alta de uma coleção vibrante de frutos e vegetais. A comida explodia de sabores. Depois de comer alguns pedaços, Danae se deu conta do quanto estava com fome. Ela se serviu de um pedaço de algo macio e laranja. Era tão suculento que quase escorria pelos dedos, e, quando deu uma mordida, uma doçura explodiu por sua língua.

— Hummm! — Dolos gemeu do outro lado do fogo, comendo uma pilha de cogumelos fumegantes misturados com delicadas flores roxas. — Isso está fantástico. Como foram cozinhados?

A garota que baixou o pote sorriu com falsa modéstia, antes de se apressar para pegar outra bandeja de comida.

Hipsípile ficou de pé.

— É nosso costume que a caçadora responsável por matar a fera corte a primeira fatia. — Ela acariciou sua trança ao falar, as pecinhas de ossos tilintando umas nas outras. Tinha mais talismãs do que todas as outras caçadoras. — Mas esta noite a honra do primeiro corte será sua, capitão da *Argo* e rei por direito de Iolcos. — Ela entregou para Jasão uma faca longa e com punho feito de osso, assim como um garfo de dois dentes.

Era incongruente como Hipsípile passara para o papel de anfitriã aduladora sem nenhum esforço. Ela parecia uma mulher completamente diferente da guerreira comandante que haviam conhecido na praia.

Danae estava distraída quando um prato de cogumelos foi posto à sua frente. Ela colocou um na boca sem dar atenção, depois outro, e outro.

Dolos estava certo, eles estavam deliciosos. Terrosos, adocicados e apimentados, tudo de uma vez.

Com algum esforço, Jasão se colocou de pé. Enquanto garfava a pele crocante do javali, uma gota de suor escorreu por seu nariz.

Danae pensou que algo não estava certo.

Uma mulher apareceu atrás dela e preencheu sua caneca vazia com mais vinho suave. Quando a mulher se inclinou para a frente, seu cabelo solto caiu em uma cascata de aroma floral, roçando o ombro de Danae. A mulher afagou sua nuca e, quando recuou, Danae se viu encarando um par de olhos contornados com cílios grossos. Ela percebeu que estava sendo observada e corou. Um sorriso brincou na boca da mulher quando se moveu para encher o copo de Hilas, com o olhar ainda em Danae.

— Majestade. — Jasão lambeu a gordura da carne dos dedos. — Os homens de Lemnos vão se juntar a nós?

Uma sombra perpassou o rosto de Hipsípile.

— Não há homens em Lemnos.

Jasão ficou confuso.

— Eles saíram da ilha?

— Eles partiram, mas não de navio. — Hipsípile secou o copo, depois o ergueu para ser reabastecido. — Essa é uma história que requer mais vinho.

A mulher que servira Danae correu para encher o copo de sua rainha. Hipsípile deu um grande gole, secou a boca, então começou:

— Lemnos um dia foi um lugar feliz. As mulheres caçavam, os homens cultivavam a terra e os anciões cuidavam das crianças. Tudo era como deveria ser. Um dia, a rainha liderou a caçada pela selva, como fazia todo amanhecer. Sua mentis implorou para que ela não fosse. "Nenhuma morte deve ocorrer hoje", disse ela. Mas a rainha, ávida por saborear a animação da caçada, não deu ouvidos.

"As caçadoras estavam subindo a montanha quando ela viu. A criatura mais linda sobre a qual já colocara os olhos, uma corça tão radiante que sua pelagem brilhava como ouro. Que bela recompensa, pensou ela, com os olhos redondos como sóis. Ela ergueu o arco ao rosto e, com o desejo guiando a haste, a flecha ressoou e encontrou o alvo. As caçadoras voltaram para casa com a fera abatida, os ânimos aflorados ecoando pela selva. No entanto, quando chegaram ao povoado, encontraram os homens caídos ao chão, com os olhos encarando o céu que nunca mais veriam. Eles estavam mortos, todos eles, até mesmo os meninos mais novos. A criatura era sagrada para Ártemis e, em sua ira, a deusa tomara o que era sagrado para as caçadoras."

Hipsípile secou as bochechas.

— Agora nos dedicamos a honrar a Parthéna e devotamos nossas vidas a pagar por aquele erro terrível.

Danae conseguia visualizar a cena. Homens caindo de suas casas em cima das árvores, os corpos sem vida colidindo com o chão, as parentes gritando. Uma ruga surgiu entre as sobrancelhas. Ela sabia pessoalmente o quanto os deuses podiam ser vingativos, mas, se isso estava no poder deles, por que ela não fora abatida em Delfos? Por que as harpias haviam sido enganadas e acreditado em sua morte? Enquanto pensava sobre esse mistério, ela enfiou outro punhado de cogumelo na boca, lambendo as pétalas roxas dos dedos. Deus, aquilo era bom.

Jasão colocou uma mão no braço de Hipsípile.

— Pobres mulheres.

Hipsípile sorriu tristemente e acariciou a mão de Jasão com seus longos dedos.

O olhar de Danae se moveu pela fogueira. Muitos dos argonautas agora conversavam com as caçadoras, descontraídos e relaxados. Anceu puxara uma das garotas que servia para o colo, e a mulher soltava risinhos enquanto brincava com sua pele de urso. Atalanta tocava os talismãs no cabelo de Peta, enquanto a caçadora descrevia as mortes pelas quais os obtivera.

Estava faltando alguém, mas Danae não conseguia descobrir quem. Quanto mais tentava se lembrar, mais o pensamento se tornava insubstancial até se esvair de sua mente por completo.

Ela ergueu a cabeça para o buraco da fumaça. O céu estava escuro e salpicado por estrelas. O banquete devia estar durando bem mais tempo do que ela percebera.

Danae sempre acreditara no que sua mãe lhe contara: que a biga de Apolo recolhia todas as cores do mundo no fim do dia, para voltar de novo na manhã seguinte. Contudo, ali o céu era repleto de faixas índigo e azul-marinho, cor de obsidiana, mogno e verde muito escuro, tudo rodopiando no entorno das estrelas mais cintilantes que ela já vira.

Ela esticou a mão para alcançar a de Hilas.

— Olhe para cima — sussurrou ela. — As estrelas estão dançando.

Ela encarou o rosto dele, depois seu olhar foi atraído para algo atrás do rapaz.

Polyxo os encarava, com o olhar brilhante, um sorriso sinistro se esticando em seus lábios enrugados.

25. VIDEIRAS E VENENO

Quando Danae acordou, tudo em volta estava nebuloso. Ela jogou os braços para a frente e ficou aliviada quando seus dedos tocaram um tecido. Começou a entrar em pânico de novo quando percebeu que não conseguia encontrar uma abertura. Era como se estivesse enclausurada na teia de uma aranha gigante. Então um par de mãos apareceu através da cortina, puxando-a para expor a garota que servira o vinho para Danae no banquete. Uma expressão de divertimento surgiu através de sua boca carnuda enquanto ela afastava as partes do tecido e as amarrava, revelando o interior de uma pequena cabana de madeira.

— É para os konops.

Danae a encarou. A garota fez um zunido, depois deu um tapa no braço.

— Ah, os mosquitos?

A garota inclinou a cabeça e olhou para Danae como se ela fosse um animal ignorante, mas adorável.

Danae não sabia como chegara ali. A última coisa de que se lembrava era de olhar para o céu noturno através do buraco da fumaça no Refeitório das Caçadoras. E Polyxo a observando. Ela estremeceu, depois olhou para baixo e notou que sua roupa preta tinha sumido. Agora estava vestida em uma túnica de pele de animal, como as que as mulheres de Lemnos usavam.

— Como eu...? Onde estão minhas roupas?

A garota riu timidamente e olhou para Danae através de seus cílios cheios.

— Você tirou a roupa ontem à noite porque estava com calor. — Ela apontou para a nova túnica de Danae. — Isso será melhor para usar na selva.

— Certo — disse Danae lentamente, desconsertada pelos lapsos em sua memória.

O vinho devia ser mais forte do que ela imaginara.

Rastejando para fora do ninho de peles, ela viu que o tecido que a cercava estava amarrado ao teto da cabana e ia até o chão, cobrindo quase um terço do pequeno quarto. O chão estava cheio de folhas secas, e parte de um tronco de árvore se salientava na parede direita. Danae tentou não pensar em quão alto estava.

Ficou aliviada ao ver seu vestido e capa dobrados perfeitamente no canto, com sua bolsa ao lado. Ela se apressou até suas coisas e as puxou para si. Tudo estava lá.

Ela enfiou as roupas de vidente dentro da bolsa e a pendurou no ombro.

— Toma. — A garota se sentou de cócoras, oferecendo uma bandeja trançada. — Fiz café da manhã para você.

Danae pegou um prato, tirou um pedaço da omelete, cheirou, depois mordiscou com hesitação. Estava cheia das mesmas flores violeta que enfeitavam os cogumelos na noite anterior.

— Humm — murmurou ela quando os sabores dançaram por sua língua. Danae enfiou o resto na boca.

A garota sorriu indulgentemente, como uma mãe observando a filha comer.

— Obrigada — disse Danae de boca cheia. Depois, franziu o cenho. — Não sei o seu nome.

— Sofia. Você é Daeira.

Devia ter lhe contado na noite anterior. Graças aos deuses não dissera o nome verdadeiro.

Ela colocou o prato vazio no chão e lambeu os dedos.

— Eu deveria encontrar os outros.

Com sorte, algum dos argonautas se lembraria mais da noite do que ela. Sofia colocou o cabelo sedoso atrás das orelhas.

— A maioria está dormindo, mas todos sempre se reúnem na clareira ao acordar.

Danae caminhou até a porta.

— Obrigada pela omelete.

Ela se arrastou até a plataforma. Olhando para baixo, viu um emaranhado de videiras e galhos, mas nenhuma forma óbvia de descer da árvore. As pontes só pareciam se estender entre as cabanas.

— Como eu desço?

Sofia sorriu, pegou o casco de um fruto no canto da cabana e mergulhou os dedos na substância leitosa que havia lá dentro. Danae reconheceu o fruto das árvores altas da praia. Ela recuou quando Sofia estendeu a mão, espalhando a substância em sua pele.

— Primeiro vai precisar disto.

Ela se afastou, esfregando com força para tirar a substância de seu braço.

Sofia riu, depois continuou a massagear o líquido sobre os próprios membros cor de mel.

— É bálsamo de coco. Nos protege das videiras.

Danae olhou para seus pulsos. Ainda conseguia ver as pápulas de quando as videiras foram usadas para amarrá-la, um dia antes.

Com hesitação, ela esticou o braço, deixando Sofia espalhar o bálsamo por sua pele. Era gelado e tinha um cheiro adocicado e cremoso. Sentiu um desejo repentino de comê-lo. Quando Sofia chegou em suas pernas, Danae corou, mas a garota não pareceu notar.

Assim que todos os seus membros estavam cobertos, Sofia colocou a casca de volta dentro da cabana e segurou uma das muitas videiras que desciam da copa das árvores.

— Observe primeiro.

Ela envolveu a videira em uma perna, depois deu um passo para fora da plataforma. Danae espiou pela beirada quando a garota deslizou até a terra, agarrando a parte enrolada nos pés para evitar cair. Ela pousou no chão com a graça de uma gazela, depois olhou para Danae lá em cima.

— Sua vez.

Danae agarrou uma videira perto e a envolveu em sua perna, como Sofia fizera. Ela deu uma olhada vertiginosa para baixo, pressionou a mandíbula, depois deu um passo para além da margem. Ela fez uma parada trêmula logo abaixo da cabana. A omelete meio digerida revirou em seu estômago enquanto ela apertava a videira.

— Use os pés! — gritou Sofia.

Ela segurou uma resposta sobre como era ridículo não haver uma escada, então suavemente afrouxou os dedos. Para sua surpresa, começou a escorregar devagar para baixo. Danae sorriu. Era *mesmo* fácil como Sofia fizera parecer.

Então seu pé deslizou e ela cambaleou no ar, a videira enrolando em seu calcanhar. Com um choque doloroso, ela parou, pendurada perto do chão. O rosto de Sofia apareceu pairando sobre ela, mordendo o lábio para segurar o riso. Ela puxou uma faca do cinto e cortou a videira para soltá-la. Danae caiu estatelada no chão, mas apenas seu orgulho estava ferido.

— Tem outro jeito de subir ou descer? — resmungou enquanto tirava a videira do seu calcanhar. Sofia balançou a cabeça. Danae falou sombriamente: — Claro.

— Você aprende. Crianças conseguem fazer. — Sofia ajudou Danae a ficar de pé. — Ou a gente pode guinchar você em um balde, como uma velha.

— Eu vou pegar o jeito — resmungou Danae, tirando folhas da túnica.

Então ela viu um brilho no olhar de Sofia. Uma piada. Contra sua vontade, ela sorriu.

Ela encarou a faca na mão de Sofia.

— Todo mundo aqui carrega uma arma?

Uma ruga suave apareceu entre as sobrancelhas de Sofia, como se não entendesse a pergunta.

— Nunca se deve sair da cabana sem uma faca. Todo mundo sabe disso.

Enquanto ela falava, Danae se distraiu por um movimento em cima das árvores. Anceu se esgueirou para fora de uma cabana ali perto e ajeitou a postura na plataforma adjacente. Uma bela mulher de cabelo preto reluzente se juntou a ele e começou a passar bálsamo em seus braços desnudos.

Enquanto o observava, Danae se deu conta da selva se movimentando em torno da cabana. Era como um sonho com cores vibrantes e um ar doce e inebriante. Uma borboleta do tamanho de sua mão passou voando, com espirais vermelho-cereja piscando em suas asas. Ela virou a cabeça para segui-la até os dedos de Sofia deslizarem entre os dela.

— Venha — disse Sofia suavemente.

À medida que andavam, uma onda de serenidade perpassou Danae. Ela se sentia contente por Sofia conduzi-la entre o mar de troncos cobertos por musgos. O chão parecia mais macio do que em sua cidade natal. Ela olhou para os próprios pés e para os musgos fofos e luminosos que amorteciam suas sandálias. Era tão intensamente verde, fazia todos os verdes parecerem uma imitação ruim da cor verdadeira. Ela devia ter parado de se mexer, porque, um momento depois, Sofia puxou sua mão com gentileza.

Mais argonautas começaram a aparecer das cabanas. Danae riu quando Télamon tentou descer por uma videira, perdeu a força na mão e caiu na terra com um baque, praguejando até chegar ao chão.

Assisti-lo trouxe uma lembrança. Uma história sobre uma corça dourada e homens tombando, mortos, das árvores.

— Quando foi que todos os homens morreram?

Sofia parou de andar, contorcendo seu belo rosto em uma careta. Então ela apontou para a vegetação rasteira.

— Veja.

Danae seguiu seu dedo e viu um sapo minúsculo sentado em uma folha. Sua pele era de um amarelo vibrante com manchas pretas, como vinagre escuro despejado em um prato com óleo de oliva.

— Esse é um sapo-flecha. Polyxo usa sua pele para fazer phármakon.

Danae encarou, fascinada.

— É lindo.

— Não o toque. — Os olhos de Sofia estavam arregalados e sérios. — Não toque em nada a não ser que eu diga que é seguro.

Danae podia ficar olhando o sapo por horas. Contudo, algo a incomodava, algo pairando na beira de sua memória. Então foi embora.

Sofia tocou a bochecha dela.

— A ilha provê para quem conhece seus caminhos e toma daqueles que não. Quero que fique segura.

Danae achou difícil se concentrar nas palavras de Sofia, hipnotizada pelos movimentos de seus lábios.

— Promete que vai fazer o que eu disser?

— Prometo.

❖❖❖

Quando chegaram à clareira, a estrutura de madeira de Ártemis estava mergulhada na luz do sol. Orfeu sentou em sua base, cercado por um grupo de mulheres, todas trabalhando em seu instrumento quebrado. Ele ergueu o olhar, sorrindo.

— Estas mulheres adoráveis estão me ajudando a consertar minha lira.

Danae sorriu em resposta.

— Daeira! — Dolos acenou para ela de perto das árvores, onde estava com Polyxo. — Olha isso!

Os dedos dela deslizaram dos de Sofia e ela correu até os dois. Polyxo estava ajoelhada no chão, vasculhando pela vegetação rasteira. Quando Danae se aproximou, a velha recuou. Uma flor branca com uma grande raiz preta estava entre seus dedos nodosos.

— Não é brilhante? — perguntou Dolos, com a exuberância de uma criança descobrindo um lagarto colorido.

Danae encarou a pequena flor, tão delicada que parecia que suas pétalas eram pedaços de espuma que se dissolveriam a qualquer momento.

— Nós chamamos de móli — disse Polyxo. — É um antídoto para veneno. Ao destilar uma pétala se pode criar um trago que alivia toda a dor. — Ela apontou para seu coração.

— Fascinante — sussurrou Dolos.

— Ajude-me. — Polyxo segurou o braço do curandeiro. — Menina, pegue minha cesta.

Danae pegou a cesta de vime cheia de plantas. Ela olhou para a clareira ao redor, procurando por Sofia, mas a garota havia sumido.

— Aonde Sofia foi?

Ela se virou e viu Polyxo a observando.

— Colher flores de lótus. Essa é a tarefa dela. Sofia é uma boa menina, você vai aprender muito com ela no devido tempo.

— Ah, não ficaremos aqui por muito tempo. — Enquanto falava, as próprias palavras a surpreenderam.

Era como se, até aquele momento, tivesse se esquecido completamente da jornada deles. De *sua* jornada. A profecia. Prometeu. A esperança de um dia voltar para casa.

Ela olhou para os grupos de argonautas que agora salpicavam pela clareira. Não parecia que muito conserto estava sendo feito nas cabanas. Télamon e Peleu estavam deitados na grama enquanto ilhéus davam frutas na boca deles. Castor e Pólux reencenavam uma de suas famosas lutas de boxe para um grupo de mulheres extasiadas, e até mesmo Tífis parecia distraído o bastante para se esquecer da *Argo*.

A sensação de que faltava alguém voltou como uma pressão intensa no fundo da cabeça de Danae.

Polyxo deslizou a mão pelo braço dela.

— Ajude-me a voltar para minha cabana, por favor.

Danae olhou para Dolos, mas ele já estava distraído por uma teia intricada de aranha. Polyxo a puxou para longe e a dirigiu com firmeza em direção ao Refeitório das Caçadoras.

— Não deveríamos estar consertando as cabanas?

— Tem bastante tempo para isso.

Danae franziu o cenho. Sua dor de cabeça estava piorando.

— O que quis dizer sobre a tarefa de Sofia?

Polyxo jogou seu peso no braço de Danae.

— Todas temos nossas tarefas.

— Por que Sofia precisa colher flores de lótus?

Polyxo meneou a cabeça.

— Quantas perguntas. Já tomou café da manhã?

Danae assentiu.

A velha semicerrou os olhos, mas não disse mais nada. Elas caminharam juntas em silêncio para além do Refeitório das Caçadoras, em direção a uma pequena cabana, como aquelas aninhadas nas árvores, mas essa moradia era construída no chão.

Polyxo soltou o braço de Danae, empurrou a pele de animal pendurada na porta e entrou. Danae a seguiu e no mesmo instante foi atingida violentamente pelo cheiro de musgo e especiarias. A cabana de Polyxo era como um boticário. Toda superfície disponível estava coberta por potes trançados e caixas de madeira com várias plantas e ervas secas. As carcaças de animais empalhados estavam penduradas no teto baixo, e blocos de insetos, preservados em resina âmbar, se aglomeravam pelas prateleiras.

— O que é isso? — Danae esticou a mão na direção de uma jarra cheia de dardos com penas pretas.

— Não toque! — Polyxo afastou a mão dela com um tapa. — Tome uma picada de um desses e estará morta antes do cair da noite.

Ela encarou as pontinhas afiadas deles. Pareciam tão pequenos, tão inofensivos.

De repente, uma das aves empalhadas se mexeu. Danae deu um pulo para trás, quase caindo em cima de um caixote quando o abutre flexionou suas asas fulvas.

— Não ligue para Glaux — disse a velha, fuçando um jarro de argila e alimentando a ave com uma larva. — Agora me passe aquilo.

Enquanto Danae entregava a cesta, ela percebeu uma joia na bancada. Parecia um pequeno medalhão de ouro, um arco e uma flecha estampados no metal, com a corrente envolta em um pequeno pedaço de pergaminho. Polyxo a pegou e enfiou no bolso da túnica.

— Diga-me, criança. — A mantis aproximou dela um pote contendo as lascas dos restos de uma pele de cobra. — Como soa a voz dele?

— A voz de quem? — Danae estava absorta pelo movimento de mãos de Polyxo enquanto a velha esmagava a pele em um pilão.

— O Senhor dos Mares. Como ele soava quando falou com você?

A praia. A mentira. Ela tinha esquecido.

— Furioso.

— Como as palavras dele chegam até você? — Polyxo afundou um dedo no pote e o lambeu. Ela acrescentou uma pitada de ervas.

O suor empoçava a cintura da túnica de Danae.

— Eu o ouço dentro da minha cabeça.

Ela estava começando a ficar nauseada, o calor pegajoso e a confusão de aromas aumentando o latejar de sua cabeça.

— Hummm. — Polyxo abaixou o pilão, e sua mão foi para uma garrafinha contendo um líquido leitoso.

Então o som de uma trompa retumbou pelo ar. Danae recuou, um par de garras de uma das aves empalhadas se prendendo em sua cabeça. Ela gritou, afastando-se de suas unhas.

— As caçadoras retornaram — disse Polyxo.

— Eu deveria sair — balbuciou Danae, sem esperar por uma resposta antes de cambalear pela porta e disparar em uma corrida.

Ela se apressou pela lateral dos Refeitórios das Caçadoras e sentiu uma onda de alívio ao ver Hilas na clareira.

— Daeira. — Ele sorriu quando ela se aproximou. — Estava procurando por você.

— Hilas — disse ela, ofegante —, você se lembra do que aconteceu ontem à noite, depois do banquete?

Uma linha se formou entre as sobrancelhas dele.

— Tudo é um borrão. Eu me lembro de me sentar em volta da fogueira e então... Simplesmente acordei em uma das cabanas lá de cima...

Naquele momento, as caçadoras entraram radiantes na clareira. Hipsípile caminhava à frente, com um chifre pressionado aos lábios. Atrás dela, carregando um javali enorme amarrado em uma vara, estavam Atalanta e Peta.

Jasão surgiu de trás da efígie de Ártemis, andou diretamente até Hipsípile e beijou-a na boca. A rainha soltou o chifre e pressionou o corpo no dele, deslizando os dedos por seu cabelo.

Danae olhou em volta. Ninguém parecia surpreso pela exibição, como se o par fosse casado havia muito tempo. Quando finalmente se afastaram, Hipsípile segurou o rosto de Jasão entre as mãos.

— Sua guerreira conquistou o primeiro talismã hoje. Atalanta abateu o javali com uma única flecha.

Atalanta estava sorrindo.

Hilas se inclinou para Danae e sussurrou:

— Onde está a armadura dela?

Como podia não ter percebido? O peitoral prateado de Atalanta se fora, substituído pela mesma túnica de couro que as outras caçadoras usavam. Ela até mesmo raspara a cabeça nas laterais e suas tranças foram envolvidas em uma única trança.

— Ela nunca tira a armadura. Durante todo o tempo que a conheço, nunca a vi sem.

Danae observou Atalanta desfrutando dos elogios das caçadoras e dos argonautas que se reuniam em torno dela. Os franzidos permanentes em sua testa haviam sumido. Danae percebeu que era a primeira vez que a via sorrir genuinamente desde que se juntara ao grupo de Hércules.

Hércules.

As margens de sua vista pulsaram. Era ele que estava faltando. Ela olhou pela clareira, mas não viu a forma alta do herói em lugar nenhum.

— Você viu Hércules? — sussurrou ela para Hilas.

Ele pestanejou.

— Não, desde... Não consigo lembrar.

Outro grito de celebração surgiu das caçadoras. Hipsípile apertou a mão de Atalanta e a ergueu para o alto.

— Esta noite, nós celebramos a mais nova caçadora de Lemnos!

Danae olhou para os argonautas. Todos eles estavam com o mesmo sorriso vidrado. Por que ninguém fazia reparos nas cabanas das árvores?

Onde ficara a urgência que tinham de consertar a *Argo*? Por que ninguém procurava por Hércules?

Ela apertou o braço de Hilas.

— Precisamos encontrá-lo. — Ela se virou, com os olhos buscando pelas profundezas da selva, e colocou as mãos em volta da boca. — Hércules!

Sofia, então, apareceu ao seu lado, com uma cesta pendurada no braço.

— Sofia, precisamos da sua ajuda. — O pânico começava a borbulhar no estômago de Danae. — Hércules sumiu.

— Tenho certeza de que ele vai aparecer. — Ela sorriu e ofereceu uma pétala de lótus. — Elas também são uma delícia frescas.

26. UM PRESENTE INESPERADO

Danae alongou os membros, depois esticou a mão e afastou a cortina para mosquitos. Sofia estava esperando para recebê-la com o café da manhã. Ela teve a estranha sensação de já ter acordado muitas vezes daquela maneira, e de que havia algo importante que deveria estar fazendo, mas, quando tentava lembrar, os pensamentos escorriam por sua memória como areia.

Ela esfregou o rosto, incapaz de clarear a névoa de sua mente.

— Eu acho... eu preciso ir...

Sofia ofereceu uma omelete cheia de pétalas de lótus.

— Não pode ir a lugar nenhum de estômago vazio.

O cheiro era delicioso, e de repente Danae percebeu que estava faminta. Ela devorou a omelete. Enquanto comia, a tensão em seus ombros diminuía. Estava sendo tola, não havia nada com o que se preocupar.

— Sua tarefa é pescar — lembrou Sofia enquanto começava a massagear o bálsamo de coco na pele de Danae.

— Está bem. — Um sorriso surgiu em seu rosto.

Ela era boa em pescar.

Sofia assentiu e entregou a bolsa de Danae.

— Está com sua faca?

Danae saiu para a plataforma e pegou uma videira.

— Claro — disse ela, enquanto envolvia a videira em sua coxa, depois deu um passo para além da margem.

Ela seguiu pelo caminho familiar, escondido para aqueles que não conheciam as trilhas da selva. O musgo luminoso guardava a lembrança de cada passo que ela dera no dia anterior e no dia antes desse. Quantas vezes ela caminhara por ali? Não conseguia lembrar. No entanto, isso não importava.

Em pouco tempo, ela chegou à clareira. Acenou para Télamon e Peleu quando eles passaram carregando alguns caixotes de madeira. Deviam estar a caminho da colheita da mangueira na parte sudeste da selva. Essa era a tarefa deles.

Ela foi direto para a estrutura baixa e quadrada do lado oposto ao Refeitório das Caçadoras e da cabana de Polyxo. Afastando a pele de animal na porta, ela entrou no arsenal. Passou pelas fileiras de arcos, espadas e machados na parede, então pegou uma simples lança de madeira e um cesto de vime. Armada com suas ferramentas para a tarefa, Danae se virou para ir embora, mas algo prendeu seu olhar. Uma coisa esquecida, pequena e branca, caída ao chão no canto do arsenal.

Um canudo de dardo.

Um leve franzido apareceu em sua testa quando ela o pegou. Havia entalhes esculpidos no osso, preces pela benção de Ártemis para acelerar e dar precisão aos dardos. Uma das caçadoras devia ter deixado cair. Só elas tinham permissão para carregar aquilo. Danae deveria entregar para Hipsípile, era a coisa certa a fazer.

Contudo, mesmo com o pensamento se espalhando por sua mente, a mão dela jogou o canudo para dentro da bolsa. Ela devolveria mais tarde. Não precisava atrasar sua tarefa.

❖❖❖

A água clamava por Danae através da rede de árvores, levando-a por um caminho que ela sentia mais do que via. Tinha a sensação de nem sempre ter sido útil. Contudo, agora ela era. Danae escutava e se movia com a selva. Era satisfatório ser parte de algo maior do que si mesma.

Ela surgiu na margem do rio largo que serpenteava como uma torrente azul entre as árvores. Enfiou a cesta debaixo do braço, com a lança empunhada, e pulou para uma rocha grande que repartia a corrente em duas.

Seus pés se plantaram com firmeza na pedra conhecida. Ela baixou a cesta e segurou frouxamente a lança entre os dedos. O rosto de um homem flutuou em sua lembrança, gentil e queimado de sol. O homem que a ensinara a pescar. Uma dor fraca se espalhou por seu peito ao pensar em seu pai. Então, tão rápido quanto surgira, a dor sumiu e a imagem dele derreteu como o orvalho da manhã. Nada que acontecera antes importava agora, tudo de que precisava era daquele momento.

Esperou que sua respiração se acalmasse, até que só pudesse ouvir a pulsação do rio. Então olhou para as profundezas, esperando pelo movimento de uma barbatana.

Ali.

A lança perfurou a corrente, direto e reto. Cortou a água e se prendeu depressa no leito do rio. Danae espiou lá embaixo e seu coração parou por um segundo quando viu um grande peixe prateado preso abaixo da superfície.

Ela se agachou para manter o equilíbrio e puxou a arma, o peixe ainda empalado, e a afastou da água. Então arrancou o peixe da lança e o segurou com força enquanto ele se debatia em suas mãos. Era pelo menos três vezes maior do que um atum vermelho. Polyxo e Hipsípile ficariam satisfeitas. Ela soltou no cesto o peixe, que ainda se remexia, e secou a testa.

Então revirou a bolsa, procurando pela faca para dar um fim rápido ao peixe. No entanto, em vez disso, sua mão roçou em algo duro e coberto por pano. Ao tirar o objeto de lá, sua palma começou a formigar.

A pedra da profecia. Ela não pensava sobre aquilo havia muito tempo.

O calor pulsou em sua mão e, através do estupor em sua mente, Danae ouviu a voz – tão fraca que parecia estar falando do outro lado do mundo.

Você é a última filha! Você é a última filha!

À medida que apertava a pedra, a voz ficou mais alta, e a lembrança – nauseante e sobrepujante – recaiu sobre ela. Danae cambaleou, com os joelhos tremendo ao atingir a rocha.

Ela encarou a pedra coberta pelo tecido, depois para o peixe ainda se debatendo sem vigor dentro do cesto. O que ela estava fazendo? Precisava reunir os argonautas e voltar para o navio.

— Daeira?

Ela enfiou a pedra da profecia de volta na bolsa e se virou. Hilas estava parado na margem, com uma rede cheia de cocos pendurada no ombro. Ele deixara crescer uma barba irregular. Quando isso tinha acontecido? As mãos de Danae subiram para o cabelo e ela descobriu que seu corte crescera além das orelhas, indo até a metade do pescoço. Apesar do calor da ilha, os gélidos braços do medo a envolveram. Eles deviam estar em Lemnos havia meses.

— O que está fazendo? — Hilas inclinou a cabeça.

Havia algo de errado no rosto dele. Algo além de seus novos pelos faciais. Suas pupilas estavam enormes, consumindo toda a íris em uma escuridão gananciosa.

— Você não está fazendo sua tarefa.

A boca dela ficou seca, a nuca empapada de suor.

— Estou sim, olha! — Ela inclinou o cesto na direção dele, mostrando o peixe.

Hilas o encarou e pestanejou. Era horrível olhar para ele, como se um estranho tivesse roubado sua pele.

— O que você acabou de colocar na bolsa?

Ele andou até a margem, como se fosse pular e se juntar a ela na rocha. Danae foi para trás, perdeu o equilíbrio e caiu na água.

O choque da queda tirou o ar de seus pulmões. Ela rompeu a superfície, arfando por ar, enquanto o rio a carregava pela correnteza. Ela começou a nadar até a margem, mas o rio se contorcia, fluindo em um canal maior e mais rápido de água. Hilas gritava da margem, mas a voz dele logo foi abafada pelo rugido da corrente. Danae precisou de toda a sua força para manter a cabeça acima da água enquanto seu corpo era arrastado. O rio estava surpreendentemente gelado e removeu à força a última nuvem de confusão de sua mente.

Ela fora drogada. Polyxo, Hipsípile, Sofia, todas elas mentiram. Não tinham a intenção de deixar que os argonautas saíssem da ilha.

Machucada e surrada, Danae tombou pela água, tentando se segurar em qualquer coisa que parasse seu avanço, mas falhando.

De repente, o fim do rio vinha depressa em sua direção.

Não, não o fim. Uma cascata.

Ela mal teve tempo de se preparar antes de cair, o peso da água colidindo atrás de si.

✹✹✹

A luz do sol fez suas pálpebras se abrirem.

Com uma careta, Danae se levantou sobre os cotovelos. Pela dor em volta das costelas, parecia que havia quebrado todas elas. Sem respirar fundo por causa da dor, ela avaliou seu entorno. Estava deitada, meio submersa, às margens de uma lagoa. Apesar da torrente que vinha do rio lá de cima e colidia com a face musgosa da rocha, a água estava calma. Ela batia suavemente em seu corpo, como se tivesse sido perturbada por nada além da queda de uma pedra. Então Danae percebeu a massa vermelha brotando no azul ao seu redor. Apertando os dentes, ela ergueu mais o tronco, com a bolsa encharcada que milagrosamente ainda fora arrastada com ela.

A náusea subiu até sua garganta quando olhou para baixo e viu suas pernas. Um pedaço de seu fêmur direito cortara a pele, jorrando muito sangue pela água, depressa. Hesitante, Danae cutucou a pele perto da ponta do osso. Não sentiu nada. Isso era ruim, muito ruim.

Quando ela e seus irmãos eram crianças, Santos quebrara o braço pulando de um penhasco na praia. Ela tinha sete anos, mas se lembrava da palidez no rosto do irmão quando o pai o tirou da água. Danae o achara tão corajoso por não chorar. Contudo, mais tarde, os gritos dele ecoaram até o sol e voltaram quando sua mãe restaurou o osso. O choque da queda atrasara a dor, mas quando ela finalmente veio, foi enorme.

Danae tentou mexer a perna e percebeu que não conseguia. Arrastar-se para a margem fora difícil o bastante, não tinha a menor chance de conseguir subir a cascata.

Hilas devia ter ido buscar ajuda. Ele não a abandonaria. Contudo, a mente dele estava perdida nos efeitos do que quer que as ilhéus estavam usando para drogá-los. Não podia contar com ele. Hilas talvez nem se lembrasse do que acontecera.

Ela precisava fazer algo depressa ou sangraria até morrer.

Seus dedos trêmulos deslizaram até a fivela molhada da bolsa quando ela procurou por sua faca. Com a lâmina em mãos, Danae cortou uma longa tira de couro da barra da túnica. Arquejando com a dor nas costelas, ela amarrou o mais forte que conseguia acima do fêmur quebrado. O fluxo de sangue diminuiu para um fiozinho. Aquilo pelo menos lhe daria mais tempo.

Então todo o peso da realidade recaiu sobre ela. Estava sozinha em uma ilha hostil, mortalmente ferida, e aqueles que podiam ajudá-la estavam drogados.

Uma onda de pânico explodiu em choro. Ela morreria naquela ilha, e o sacrifício de Manto seria por nada. Seria deixada para apodrecer, sem funeral, e sua alma seria condenada a vagar pelas margens do Estige por toda a eternidade. Nunca encontraria Alea no Campo de Asfódelos ou veria qualquer familiar de novo.

Lágrimas escorreram por suas bochechas enquanto as lembranças se soltavam como o sangue que jorrava de sua perna. O cheiro do curral de cabras, sua mãe fazendo queijo, seu pai caminhando pela trilha com as redes penduradas no ombro. Alea ao seu lado, os dedos da irmã entrelaçados aos dela. A alegria daquilo doía tanto que pensou que a sensação pudesse matá-la antes da ferida.

— Hades — gemeu ela. — Por favor, me deixe vê-la de novo, só por um instante.

Uma dor intensa e avassaladora estava começando a se espalhar pela coxa. Ela esperou. O rio corria, as aves cantavam, os insetos batiam as asas. Contudo, o governante do Submundo não respondeu. Àquela altura, Danae já deveria saber. Os deuses não a podiam ouvir. E, mesmo se pudessem, não ajudariam.

— Vai se foder — resmungou ela.

Houve um farfalhar atrás dela. Lentamente, Danae virou a cabeça.

Um par de olhos amarelos pairava da vegetação, diante da cabeça e dos ombros fortes de uma pantera-negra. Ela quase riu. A morte viera mais depressa do que esperava. Então, percebeu os movimentos trêmulos da criatura, a respiração irregular e ofegante, forçada pela dor, exatamente como ela.

O grande felino a encarou com cautela ao se arrastar em direção à lagoa. Agora que ele havia emergido por completo, Danae conseguia ver três flechas quebradas salientes em sua pele, duas no flanco e uma entre as costelas. Gotas de sangue manchavam sua pelagem.

Ela soube então que o animal não a machucaria. Não havia por quê. Um conseguia sentir que o outro estava morrendo.

A pantera se jogou ao lado dela, com o rosto quase na água. Então virou a cabeça e a encarou com seus olhos amarelos. Havia calmaria naqueles olhos que pareciam o sol. Algo como aceitação. Depois de um tempo, sua respiração superficial recaiu em um ritmo. No fim, estavam juntas, aquela criatura e ela. Danae não estava sozinha.

Ela pestanejou. Pensou ter visto um lampejo nos olhos da pantera. Um pequeno fio de luz dançando pela íris. Devia ser sua mente precisando de sangue e invocando ilusões. Porém, ela viu de novo.

A pantera soltou um gemido baixo e gutural. Danae esticou o braço e colocou a mão em seu pelo, logo abaixo da ferida da flecha. O bicho olhou para ela, depois fechou os olhos pela última vez.

De repente, ela podia ver os fios de luz serpenteando por baixo da pelagem da pantera. Então a pele da criatura se tornou translúcida. Ela podia distinguir cada veia, cada músculo, cada tendão de fios incendiados de vida. Também os podia ver em seu próprio braço, fitas luminosas disparando sob sua pele.

Eram os mesmos fios brilhantes que formavam a tapeçaria da vida na visão do oráculo. As mesmas linhas da vida que Danae conjurara do chão para chacoalhar a terra.

Uma avidez rugiu dentro dela, uma vontade desesperada de consumir a energia sob seus dedos. Alguns dos fios da vida da pantera já estavam partindo, fugindo para o chão. Ela não podia deixar que mais escapasse.

Absorva-os, disse a voz.

Concentrando-se no formigamento na palma da mão, ela respirou fundo e fez os fios da vida da pantera irem para sua mão. Danae estremeceu quando as linhas de luz subiram por seu braço e a energia fluiu pelas veias. Sua visão explodiu em um estrondo de cores e luz. Ela teve a sensação de não ser mais algo inteiro, mas uma coleção de partes pequenas em movimento, minúsculas como o resplendor da luz do sol e grandes como o oceano, tudo ao mesmo tempo. Ela era feita de energia, de alegria, de puro êxtase. O ar tinha um gosto mais doce do que mel, e não existia dor. Nem sequer conseguia se lembrar como era sentir dor.

Talvez estivesse morta no fim das contas.

Então, o som de suas costelas se juntando confirmou que ela estava bem viva.

Ela olhou para baixo e arfou. O osso de sua perna voltara para debaixo da pele e a pele rasgada estava curada. Assim que o processo se completou, ela moveu a perna com hesitação. Era como se nunca a tivesse quebrado.

Enchendo de ar os pulmões entre as costelas recém-ajustadas, ela se colocou de pé. Um riso escapou de dentro dela. Seu corpo mal doía.

Danae ficou séria ao ver a pantera morta. Ajoelhando-se ao lado do animal, ela colocou a mão em seus pelos. O corpo estava frio, e ela sabia que o calor agora estava em si. Seu presente de despedida era o único motivo de ela ainda estar viva.

— Obrigada — sussurrou Danae.

Danae não sabia para onde iam os animais ao morrer; eles não tinham um Submundo como os mortais. Ela só esperava que, onde quer que estivesse, aquela pantera ficasse em paz.

Ela ficou de pé e olhou para a cascata. Precisava voltar para os argonautas. Só os deuses sabiam o que as lêmnias planejavam fazer com eles.

Danae começou a correr à beira da lagoa. Quando chegou à base do penhasco, perto de onde a água caía em uma poça, ela começou a subir. As rochas cheias de musgo teriam derrubado alguém inexperiente, mas Danae escalava os rochedos banhados pelo mar de Naxos desde que aprendera a andar.

Estava quase chegando ao topo quando viu algo que não percebera antes.

Parecia haver uma caverna atrás da cascata. Danae esticou um braço e empurrou a mão além da torrente. Em vez de tocar em pedra, seus dedos encontraram o ar. Ela quase caiu ao se inclinar, seu braço rodando com a força da água até o nada.

Preparando-se, ela foi um pouco além das rochas e enfiou a cabeça pela cascata. Atrás da queda-d'água havia uma passagem. Ela semicerrou os olhos na escuridão. Algo que parecia uma tocha apagada estava no chão de pedra lá embaixo.

Entre, disse a voz em sua mente. Estava mais alta do que antes, como se tivesse se alimentado da força vital da pantera.

Danae parou por um segundo, depois desceu até o chão e pulou através da corrente de água.

Ela deslizou nas pedras antes de cair no chão com um baque úmido. Colocando-se de pé, procurou pela tocha. Segurou-a com cuidado, para não umedecer a ponta, e a ergueu contra a parte seca da parede. Então, pegou sua faca e a riscou contra a rocha. Depois de algumas tentativas, ela foi presenteada com uma fagulha. Danae a assoprou, torcendo para que ainda restasse líquido inflamável na ponta envolta em serapilheira.

A fagulha vacilou, então uma pequena chama lambeu a ponta da tocha.

Ela a ergueu alto, iluminando a passagem rústica talhada em camadas de faixas de rocha. Acompanhada pelo barulho da queda-d'água e pelo gotejar de suas roupas, ela deu um passo em direção ao breu.

27. CAVERNA DOS PAIS

O caminho parecia seguir para sempre. Danae estremeceu. Aquilo a lembrava de estar nas catacumbas da prisão abaixo de Delfos.

Depois de um tempo, percebeu as marcas na parede de pedra. Erguendo a tocha, percebeu que o que achara serem fendas eram desenhos nas rochas. Eram apenas rasuras, feitas por mortais. O artista usara as faixas em declive na rocha como margens, e desenhara uma cena diferente em cada uma. Havia grupos de caçadores perseguindo um veado e um javali, grupos de agricultores reunindo a colheita e um coletivo de pessoas com os braços içados acima da cabeça. Podiam estar cantando, dançando ou adorando, Danae não conseguia distinguir. Todos os corpos de pauzinho apontavam para a mesma direção, com a cabeça reclinada para cima. Ela seguiu pelo longo corredor, apressando o passo.

De repente, as fileiras de pessoas diminuíram. Desenhadas no teto, perpassando pelas faixas da rocha, estavam doze figuras bem maiores do que o resto. Elas também estavam com as mãos esticadas. Danae levantou a tocha mais alto.

A luz se derramou por galhos retorcidos. Não havia cor alguma nas maçãs que pendiam dos ramos das árvores, mas Danae sabia que haviam sido inspiradas no fruto dourado.

A tocha escorregou de seus dedos, chiando ao cair no chão e se apagar. Por um instante, Danae ficou sozinha no escuro, com o coração ameaçando arrebentar as costelas recém-ajustadas. Então seus olhos se acostumaram com o escuro, e ela percebeu que o caminho à frente era mais cinza do que preto.

Ela correu, com os braços esticados à frente do corpo, desesperada para alcançar a luz do dia. Contudo, quando chegou ao fim do túnel, não se viu do lado de fora, mas em uma vasta caverna.

Um barranco de rocha se estendia diante dela, dando em um espelho-d'água raso. Havia algo inquietante naquela calmaria. Nenhuma folha ou peixe na superfície. Tudo parecia desprovido de vida. Até o ar era sufocante e estagnado. A luz que vira escoava por uma abertura bem lá no alto no teto de rocha. Iluminava a água com um brilho amarelo fraco e recaía sobre um amontoado de terra que se erguia do centro do espelho-d'água.

Por um momento, Danae pensou que estava alucinando.

Erguendo-se da ilhazinha, havia uma árvore. A princípio ela pensou que fosse aquela desenhada no teto atrás de si. A que vira crescer no peito de Alea. A que queimara na visão do oráculo. Então percebeu que não podia ser. Seus galhos não eram retorcidos ou caídos pelas maçãs douradas, mas lisos, como braços prateados esticados na direção da luz.

Estava morta.

Grandes pedras brancas estavam reunidas ao redor do tronco e, no lugar dos frutos, corpos estavam pendurados nos galhos esqueléticos. Lutando contra a repulsa, Danae sacou a faca e atravessou a água. Conseguia sentir o cheiro deles agora, o fedor de carne pútrida derretendo dos cadáveres. Eles estavam ali havia tempo suficiente para apodrecer, mas não o bastante para secarem por completo.

Ela conteve a bílis que subiu até sua garganta e pisou, pingando, no amontoado de terra. Em outro choque nauseante, ela se deu conta de que o que acreditara serem pedras era uma pilha de caveiras humanas. Era difícil saber a idade dos corpos. Esqueletos quase limpos, o resto de carne ainda preso em alguns, e outros ainda tinham mechas de cabelo presas à cabeça. As roupas também variavam. Muitos estavam envoltos em saias de couro, parecidas com as túnicas que as lêmnias usavam. Outros vestiam túnicas coloridas.

Então Danae percebeu um canudo de dardos preso ao cinto da saia de um dos corpos. Ela cambaleou para longe da árvore.

Eram os homens de Lemnos.

Ela se lembrou dos olhos brilhantes de Hipsípile ao contar sobre como os homens tinham sido abatidos por Ártemis. Contudo, aquela não era uma câmara funerária. Aqueles homens haviam sido mortos em diferentes momentos e, dada a discrepância de suas roupas, ela supôs que nem todos fossem da ilha.

Os argonautas estavam em grande perigo.

Ela estava prestes a voltar quando viu uma mão por cima do monte de caveiras. Uma mão maior que o normal.

Os crânios caíram na água quando Danae correu para o outro lado da árvore. Ao ver quem estava ali, ela caiu de joelhos na terra fria.

A força se esvaíra do corpo de Hércules. Ele estava encolhido como uma criança contra o tronco, com as bochechas chupadas, os olhos fundos, e mais dardos de ponta branca salpicando seus membros machucados e devastados. Quanto tempo fazia que ele estava ali?

Ao olhar para o herói, Danae viu o rosto de Alea, inchado pelo mar, se misturando à palidez cerosa dele. As lágrimas borraram sua visão. Não podia passar por aquela situação de novo, isso a destruiria.

Então a pálpebra direita de Hércules tremeu. Esfregando ferozmente a umidade dos olhos, ela se inclinou até o rosto dele.

— Hércules?

Um sopro passou entre seus lábios, mas ele não se mexeu. Ela chamou seu nome de novo e o sacudiu. Ainda assim, ele não se moveu. Mordendo o lábio com tanta força que tirou sangue, Danae tentou espirrar água no rosto dele, estapeá-lo, mas nada o despertava. A frustração formou algo entre um grito e um gemido em sua garganta.

Ela precisava fazer alguma coisa.

Colocou as mãos no peitoral dele. Se conseguia curar a si mesma, talvez pudesse curar outras pessoas. Respirou fundo, invocou os fios da vida que percorriam seu corpo e os reuniu nas mãos. Seus dedos tremeram quando o poder aumentou. Então ela empurrou, a sensação intensa de um puxão arrastando seus braços para baixo quando os fios deixaram seu corpo.

Ela foi atingida por uma onda de exaustão e pensou que tinha funcionado; então uma explosão de energia subiu de novo por seus braços, como se os fios retornassem para ela.

Danae praguejou e se sentou, pressionando as mãos nos olhos. De que servia seu poder de cura se só podia salvar a si mesma? Ela não passava de um parasita.

Baixou as mãos e olhou para Hércules. Odiar-se não o salvaria. Ela começou a remover os dardos de seu corpo e os enfiou na bolsa. Poderiam ser úteis.

— Vou buscar Dolos. — Ela apertou mão dele. — Vou te tirar daqui, prometo.

A última coisa que queria era deixá-lo sozinho, mas o curandeiro saberia o que fazer.

❦❦❦

O céu estava manchado pelo crepúsculo quando Danae voltou à clareira. Ao passar por entre as árvores, ela viu uma pequena multidão reunida do lado de fora do Refeitório das Caçadoras.

— Daeira!

Sofia se esgueirou pelo emaranhado de corpos e correu em direção a ela. Danae estacou quando a garota a abraçou.

— Fiquei tão preocupada.

A raiva revirou seu estômago, mas ela se forçou a permanecer calma. Sabia que era imperativo desempenhar o papel de ilhéu drogada e diligente para conseguir chegar a Dolos.

— Eu estou bem. — Ela sorriu.

Por cima do ombro de Sofia, Danae viu Hipsípile vindo em sua direção, com Polyxo mancando ao lado da rainha.

— Por onde esteve? — perguntou Hipsípile.

— Estava fazendo minha tarefa, mas escorreguei e caí no rio. Devo ter batido a cabeça, porque acordei na margem e o céu já estava escurecendo, então vim para casa.

Sofia ergueu uma mão à bochecha de Danae.

— Fico feliz que esteja segura.

Contra sua vontade, Danae se encolheu. Mágoa perpassou os traços bonitos de Sofia.

— Pensamos que estivesse perdida na selva. — A voz de Hipsípile era doce e preocupada.

Ela era boa, ela era muito boa.

— Perdoem-me por ter causado problemas. Espero que todas essas pessoas não estejam aqui por minha causa.

Hipsípile sorriu.

— Não. Haverá um anúncio, mas isso será mais tarde. — Ela colocou a mão na lombar de Danae. — Vá com Polyxo, ela vai dar uma olhada em você.

— Eu estou bem, de verdade.

Ela viu Dolos em meio à multidão e tentou fazer com que ele a avistasse, mas o curandeiro não olhou em sua direção. Ela praguejou internamente. Precisava levá-lo até Hércules antes que fosse tarde demais.

Então Polyxo agarrou seu braço com a mão que perecia uma garra e a conduziu em direção à cabana.

Você poderia destruí-la em um segundo, disse a voz.

Danae engoliu em seco. Isso a apavorou porque sabia que era verdade.

Polyxo a empurrou pela porta da cabana com uma força surpreendente. Danae se abaixou para evitar colidir com os animais pendurados no teto. Ao ajeitar a postura, percebeu uma fileira de garrafas âmbar empilhadas na prateleira da parede direita, idênticas àquelas que as caçadoras haviam usado para reviverem os argonautas na praia.

— Sente-se — disse Polyxo.

Danae puxou um banco. Imediatamente, as mãos intrometidas de Polyxo deslizaram por seus cabelos, sentindo sua cabeça em busca de caroços.

— Você bateu a cabeça?

— Não, sim... Eu estou bem.

Ela mordeu o interior dos lábios. Não tinha tempo para aquilo, precisava buscar Dolos.

— Precisa ir a algum lugar?

Danae meneou a cabeça, forçando um sorriso sonhador no rosto.

Acabando de avaliar a cabeça dela, Polyxo seguiu para o braço esquerdo e ergueu o membro para o alto.

— Nenhum arranhão — balbuciou a velha.

Aquilo estava demorando demais.

Olhando em volta, Danae viu um jarro de água na bancada. Polyxo se curvou para avaliar as pernas de Danae e ela aproveitou a oportunidade.

Não sabia se funcionaria. Ela só havia usado seus fios da vida para se curar ou manipular a terra, e isso fora resultado de uma explosão emocional, não uma escolha consciente. Porém, ela precisava tentar.

Danae invocou uma corrente de fios da vida brilhantes que flutuavam em volta de seu corpo, concentrando-se para mantê-los na boca, depois assoprou.

Uma lufada de ar, com a força de um vento do mar, rompeu de seus pulmões pela cabana. O jarro caiu, quebrando ao atingir a bancada, e o líquido dentro se esparramou pela madeira.

Polyxo gritou e correu para resgatar seu estoque. Danae aproveitou a chance, esticou o braço, pegou algumas garrafas de poção de reviver e correu para fora da cabana.

Ela se apressou pela clareira, com o corpo vibrando ao perceber o que fizera. Se seu poder manipulava terra e ar, quais outros elementos conseguiria dominar?

Quando chegou ao Refeitório das Caçadoras, os últimos argonautas e caçadoras se amontoavam para jantar. Ela olhou por cima do ombro. Ao que parecia, Polyxo não a seguira. Dolos estaria lá dentro àquela altura. Diminuindo o ritmo para uma caminhada, ela se misturou no meio da multidão e se esgueirou pelo refeitório.

Ela avistou o curandeiro perto da entrada, já se deleitando com a refeição. Tentou chamar sua atenção, mas ele apenas sorriu preguiçosamente para ela, voltando então à comida.

Pressionando a mandíbula, ela rodeou a beira do refeitório e se abaixou ao lado dele.

— Polyxo precisa de você. — Ela precisava afastá-lo das caçadoras antes de poder falar sobre Hércules.

— Estou indo — balbuciou Dolos.

Ele enfiou outro punhado de manga com pétalas de lótus na boca antes de se levantar.

Danae arregalou os olhos.

Ela olhou ao longo da mesa. Jasão estava pendurado no colo de Hipsípile enquanto a rainha dava pedaços da fruta na boca dele, garantindo que ele comesse as pétalas de lótus empapadas com o suco da fruta. Ela mesma não consumia nada. À medida que observava, Danae percebeu que nenhuma das ilhéus estava comendo qualquer coisa contendo pétalas de lótus, apenas os argonautas. A omelete que Sofia lhe dava no café da manhã todos os dias vinha cheia de flores roxas. Refletindo naquele momento, todas as refeições que comera em Lemnos continham lótus.

— Vamos, é urgente!

Ela agarrou o braço de Dolos e o conduziu para fora antes que alguém questionasse para onde estavam indo. Livre do refeitório, ela disparou a correr, arrastando-o para a selva.

— Estamos indo para o lado erra...

— Desculpe por isso. — Ela deu um soco na barriga dele.

O curandeiro se curvou, cuspindo metade da manga digerida sobre as raízes das árvores.

Apesar de ter expelido as pétalas de lótus, ele ainda parecia confuso, então Danae pegou um frasco âmbar na bolsa.

Dolos recuou.

— O que está fazendo?

Arrancando a rolha com os dentes, ela segurou o curandeiro pela túnica e colocou o líquido para reviver sob seu nariz.

Ela não fazia ideia se isso funcionaria. Só vira o líquido reviver quem estava dormindo por causa dos dardos. Porém, precisava tentar alguma coisa. Ela soltou Dolos e o observou atentamente, enquanto ele se encostou na árvore mais próxima, com o rosto se contorcendo em desconforto.

O momento se alongou, e, quando não podia mais esperar, Danae disse:

— Dolos?

O curandeiro olhou para ela. O alívio invadiu seu peito quando ela viu as pupilas dele diminuírem para o tamanho normal.

— Você sabe onde está?

— Sim — falou ele, lentamente. — Em uma ilha... Lemnos?

— Lembra-se de como chegamos aqui?

O curandeiro franziu o cenho.

— Um naufrágio... Sofremos uma emboscada... O que elas fizeram comigo?

— Estavam nos drogando. Acho que são as flores de lótus. Vou explicar tudo, mas agora precisamos ir. Hércules está ferido.

O rosto de Dolos ficou tenso de preocupação.

— Vou precisar dos meus equipamentos.

❖❖❖

Assim que pegaram a bolsa de Dolos, Danae o conduziu pela selva e lhe contou tudo que acontecera desde sua queda no rio. Tudo, exceto o sacrifício da pantera.

— Tem certeza de que você está bem? — O curandeiro olhou para ela, preocupado, assim que chegaram à cascata.

— Eu estou bem, só um pouco machucada — mentiu ela.

— Você é incrivelmente sortuda. — Dolos espiou pela beirada. — Uma queda como essa poderia te matar, ou no mínimo quebrar alguns ossos.

— Por aqui. Cuidado, é escorregadio.

Ela começou a descer em direção à entrada atrás da queda-d'água. O sol havia abandonado o céu, e a escalada era duas vezes mais traiçoeira no escuro, mas não podiam esperar. Cada instante que desperdiçavam podia ser o último de Hércules.

Danae parou na margem e esperou que Dolos a alcançasse antes de o conduzir através da cascata. Sem uma tocha para guiá-los, os dois deram as mãos, esticando os dedos livres para tocar na parede.

— Então você acha que as mulheres de Lemnos mataram seus homens e os trouxeram para cá? — perguntou Dolos.

— Não só os homens delas, pela aparência das roupas. E alguns corpos são mortes mais recentes. Talvez marujos que vieram para a ilha por acaso, como nós. Não sei o que as lêmnias estão tramando, mas acho que acabaremos apodrecendo nesta caverna se não fizermos algo.

— Gostaria de saber há quanto tempo exatamente estamos nesta maldita ilha. — A voz de Dolos soava cansada. — Há quanto tempo ele está aqui embaixo.

— Acho que há meses. Se ele não fosse um semideus, certamente estaria morto a esta altura.

Dolos ficou em silêncio.

Enfim, a luz fraca apareceu diante deles. O curandeiro soltou a mão de Danae e correu pela escuridão na direção da iluminação. Ela o seguiu, a respiração acompanhando o som dos passos deles ao surgirem na margem do espelho-d'água.

Era uma noite de céu limpo, e a lua de prata iluminava a cena grotesca ali embaixo. Dolos mal diminuiu a velocidade ao ver a árvore. Ele entrou na água, sem parar até estar ao lado de Hércules.

O curandeiro abriu sua bolsa. Suas mãos, que costumavam ser firmes, tremiam quando ele soprou uma algibeira de ervas sob o nariz de Hércules.

As pálpebras do herói se abriram, depois fecharam de novo.

— Posso ajudar? — Danae não aguentava se sentir tão inútil.

— A cabeça dele — disse Dolos, pegando um frasco de um líquido azul de sua bolsa. — Apoie-a.

Ela se moveu e colocou a cabeça do herói em seu colo.

— Hércules, sou eu. — Dolos abriu os lábios dele a força. — Você precisa beber isso.

Ele despejou a poção na boca de Hércules. O herói fez barulho de engasgo.

— Ele vai sufocar! — Danae tentou virá-lo de lado, mas Dolos a impediu.

— Ele precisa beber isso, é a única coisa que vai ajudar. — Ele inclinou a cabeça de Hércules para trás, forçando o líquido pela garganta. — Engula! Maldição, pelos deuses, engula!

O coração de Danae estava na boca. Hércules parecia estar se afogando. Então ele engoliu. O alívio a dominou quando o herói inspirou, enchendo o pulmão de ar. Ela sorriu, piscando os olhos úmidos.

Dolos secou a testa dele, e a dupla ajudou Hércules a se apoiar nos cotovelos. Ele olhou anuviado do curandeiro para Danae, depois analisou o entorno.

— Tome outro — insistiu Dolos, entregando um segundo frasco.

Hércules entornou o conteúdo de uma vez e quebrou a garrafa no chão. Ele se colocou de pé, segurando na árvore para se equilibrar.

— Você precisa ter cuidado — disse o curandeiro, saltando para firmá-lo. — Não sabemos por quanto tempo ficou sem seu tônico...

Hércules o afastou.

— Apenas me diga como sair deste lugar esquecido pelos deuses e quem eu preciso matar por me colocar aqui.

28. FOGO E FÚRIA

Danae encarou as costas de Hércules. Seus músculos ondulavam como areia sob o peso da maré do oceano, e sua estrutura enfraquecida parecia se fortalecer a cada passo que ele dava pela selva. A divindade do sangue de seu pai devia ser potente. A divindade que ela, de alguma forma, precisava destruir.

À frente deles, Dolos ergueu o punho.

— Estamos quase na clareira.

— Ótimo — resmungou Hércules.

Ele mal falara com os dois desde a caverna.

— Acho que seria sábio você ficar aqui por enquanto — disse o curandeiro.

— Eu vou com vocês. — Os olhos de Hércules estavam tão inflexíveis quanto safiras.

Danae colocou uma mão em seu braço.

— Você terá sua vingança. Mas os argonautas estão drogados, e atacar agora seria nos expor.

A expressão de Hércules ficou sombria.

Danae olhou para Dolos.

— Você confia em nós?

O olhar do herói passou dela para o curandeiro. Ele colocou a mão no ombro de Dolos.

— Confio minha vida a este homem.

As beiradas dos olhos de Dolos se enrugaram. Ele segurou o braço de Hércules em resposta.

— Então espere por nosso sinal — disse Danae. — Juntos, vamos libertar a tripulação e sair desta ilha maldita.

✧✧✧

— O que deu para ele? — sussurrou Danae ao espiar a clareira adiante por entre o emaranhado de videiras.

Dolos não respondeu.

— O líquido azul.

O curandeiro seguiu em silêncio.

— Se for algum tipo de poção para reviver, podemos usar nos argonautas...

— Não — disse Dolos, bruscamente, parando por um momento. — É somente um tônico de saúde, para dar apoio a sua constituição de semideus. Não faria bem para mortais.

Danae se virou e olhou para as profundezas da selva, onde Hércules estava agachado algumas árvores atrás.

— Por um momento, não achei que ele fosse concordar em esperar para que drogássemos as caçadoras.

Um facho de luar recaiu sobre o rosto de Dolos, iluminando seu sorriso irônico.

— Apesar das aparências, em algumas ocasiões, o bom senso prevalece nele.

Danae secou uma gota de suor da testa, o estômago se retorcendo. A mão dela se contraía na direção da bolsa, onde estavam os dardos recém-embebidos. Fora ideia de Dolos. Depois de o curandeiro quase pisar em um sapo-flecha, ele cuidadosamente esfregou na criatura de pele amarela e preta a ponta dos dardos que Danae guardara. Usando o tubo que ela encontrara no arsenal, eles planejavam apagar as caçadoras. Entretanto, não sabiam qual seria a potência do veneno puro ou por quanto tempo deixaria alguém inconsciente. E, com o número limitado de dardos, não havia espaço para erros. Mesmo com os punhos de Hércules, não seriam páreo para combater as caçadoras se elas suspeitassem do ataque.

A imagem de corpos apodrecidos e o brilho de caveiras lampejaram a mente de Danae.

— Oro para que os deuses olhem com generosidade para nós esta noite — sussurrou Dolos.

Ela engoliu em seco. Parte dela ainda queria acreditar em preces. Seria um conforto. Contudo, ela sabia a verdade. Estavam nas mãos do destino, não dos deuses.

O poder permanecia sob sua pele. Ela ainda conseguia senti-lo, embora mais fraco. Ela pensara em usá-lo, claro que sim. Contudo, isso envolveria se revelar para Dolos e Hércules. Fazer tremer a terra e culpar Poseidon era uma coisa, mas não podia se esconder atrás dos deuses para sempre. E se Hércules descobrisse a verdadeira extensão de seus poderes? Ela não queria pensar sobre isso. Os gritos das caçadoras que ele atacara no dia em que chegaram na praia estariam para sempre gravados em sua memória.

Finalmente, a pele cobrindo a entrada do Refeitório das Caçadoras foi aberta, e as pessoas saíram para a clareira. Danae franziu o cenho. As lêmnias e os argonautas não estavam se dispersando para suas cabanas como de costume, permanecendo em volta da estrutura enorme de Ártemis.

Então, todo o grupo se virou na direção da porta, e o silêncio recaiu sobre a clareira. Hipsípile e Jasão surgiram, suas silhuetas se destacando contra as chamas que esmaeciam na fogueira. Hipsípile cortou o espaço entre eles e segurou a mão de Jasão, erguendo o braço dos dois em direção à lua.

— Amanhã, sob a glória de Ártemis, a Parthéna abençoada, eu tomarei este homem como meu esposo.

Um sorriso abobado estampava o rosto de Jasão. A multidão rompeu em comemoração, erguendo o casal nos ombros. Um mar de mãos se esticava para tocá-los, como se a alegria deles fosse contagiosa. Danae se virou para Dolos, mas, antes que pudesse falar, o curandeiro gritou em choque.

Uma cobra verde-limão caíra das árvores acima e serpenteava em volta do pescoço dele. Hércules se adiantou e a agarrou, lançando seu corpo em espiral no mato.

No entanto, o estrago já fora feito.

Além da fileira de árvores, a multidão silenciou. As caçadoras viraram na direção da selva, pegando as armas.

Um ataque sorrateiro e tanto.

Por um instante, Danae, Dolos e Hércules se olharam. Então o herói rompeu pela folhagem, arrastando as videiras junto ao disparar até as caçadoras.

O coração de Danae afundou no peito. Com os dedos desajeitados na haste, ela se apressou em abrir as correias da bolsa.

— Pegue isso. — Ela agarrou uma garrafa do líquido que revivia e a empurrou para as mãos de Dolos. — Desperte os outros. Eu vou derrubar o máximo de caçadoras que conseguir.

Dolos assentiu e se misturou à aglomeração.

Enquanto as ilhéus se dispersavam e os argonautas se debatiam, confusos, as caçadoras se enfileiraram, formando anéis de proteção em torno de Hipsípile e Jasão e recuando para o Refeitório das Caçadoras. Hércules as seguiu, colidindo contra os ilhéus como um touro disparando por um campo de cevada. Sua força não era mais a mesma de quando chegaram à ilha. Mesmo assim, ele continha o poder de quatro homens juntos.

Em meio ao caos, Danae viu Télamon e Hilas correrem em direção ao arsenal. Pela expressão de pânico em seus rostos, ela imaginou que Dolos os revivera. Contudo, o caminho deles logo foi bloqueado por três caçadoras, que surgiram do arsenal manejando machados.

Ela se apressou para fora do esconderijo na selva e se abrigou atrás da efígie de Ártemis. Colocando desajeitadamente um dardo no tubo roubado, ela o ergueu aos lábios e assoprou na direção de uma das caçadoras do lado de fora do arsenal.

O dardo caiu perto.

Praguejando, ela recarregou. Estava longe demais.

Respire, disse a voz.

Ela entrou em pânico por um momento, depois se forçou a focar no ar em seus pulmões e sentir a pulsação de seus fios da vida. Ela estava repleta deles, sua própria parte da tapeçaria da vida misturada aos fios da pantera.

Ergueu o tubo aos lábios e fitou o alvo. Assoprou de novo. Desta vez, fios brilhantes fluíram atrás do dardo que cortava o ar. Ninguém mais parecia vê-los. A primeira caçadora caiu. Danae atirou outro e mais outro. As outras duas caçadoras soltaram as armas e se estatelaram no chão.

Télamon e Hilas encararam, confusos, suas inimigas abatidas.

— Podem me agradecer mais tarde — disse Danae ao aparecer atrás deles.

— Daeira! — Hilas jogou os braços ao redor dela.

Danae se afastou, leve de alívio ao encará-lo, os olhos brilhando com o calor familiar.

— Eu pediria para você nos inteirar, mas parece que está havendo uma batalha. — Télamon pegou os machados das caçadoras e jogou um para Danae e outro para Hilas.

Um estalo de estilhaçamento sinalizou que Hércules dera um soco na parede do Refeitório das Caçadoras.

— Agora sim! — gritou Télamon e se jogou na briga.

Danae olhou para o machado em sua mão. Ele era pesado. Nunca segurara uma arma como aquela antes.

Uma cascata de berros ressoou do Refeitório das Caçadoras.

— Você vai ficar bem — disse Hilas, depressa. — Mantenha a postura firme e mire na cabeça. Vamos. — Ele correu atrás de Télamon.

Danae segurou o cabo do machado com tanta força que os nós de seus dedos ficaram brancos.

— Postura firme — balbuciou, depois correu atrás dele.

Enquanto disparava em direção ao Refeitório das Caçadoras, ela viu que Dolos trabalhava rápido para despertar os argonautas. Anceu rugia enquanto duas caçadoras o atacavam. Ele quebrou o braço de uma e estripou a outra com a espada dela. Atrás dele, Pólux e Castor lutavam como furacões gêmeos, o sangue das lêmnias pingando de seus punhos ensopados. Do lado mais distante da clareira, Danae avistou Atalanta recuando para longe de Dolos. A guerreira olhou em volta, com olhos esbugalhados, depois correu em direção ao arsenal.

— Daeira!

Danae se virou e viu Sofia vindo em sua direção. Ela ergueu o machado quando a garota estacou.

— Afaste-se de mim.

— Daeira, por favor. — Sofia estendeu a mão. — Venha comigo, não é seguro.

— Vocês mataram os homens, não foi? — Os olhos de Sofia saltaram. — Eu vi a caverna.

Lágrimas escorreram pelas bochechas da garota.

— Não fomos nós. Ártemis os matou.

Os punhos de Danae apertaram a arma com mais força.

— Não minta para mim.

— Nós os drogamos, mas Ártemis drenou a vida deles. Eu juro.

Danae vacilou.

— Drenou?

Ela pensou na pantera, nos fios da vida que sugara de seu corpo morto.

Os lábios de Sofia se entreabriram, mas, em vez de palavras, sangue jorrou de sua boca. Ela caiu no chão, com uma flecha saliente no abdômen. Atalanta estava atrás dela, com o arco erguido.

— De nada! — gritou a guerreira antes de voltar para a luta.

Danae caiu ao lado de Sofia, com os membros tremendo. O corpo de Alea apareceu violentamente em sua memória: os olhos enevoados, as algas emaranhadas nos cabelos, os lábios pálidos.

Danae se sentia fragmentando, mas se forçou a levar as mãos trêmulas ao rosto de Sofia e fechar as pálpebras da garota. Então pegou o machado e seguiu Atalanta.

Ela avistou a guerreira, disparando flechas pela multidão, abatendo tanto caçadoras como ilhéus.

— Atalanta!

A guerreira a ignorou e lançou outra flecha. Danae se esquivou de Orfeu, que cruzava espadas com uma caçadora.

— Atalanta! — gritou Danae de novo, segurando o braço da guerreira.

Atalanta se virou bruscamente, a ponta da flecha a um fio do rosto de Danae.

— Você não pode simplesmente massacrar as ilhéus. — Nenhum lampejo de emoção perpassou o olhar da guerreira. — Não sabemos se todas estão envolvidas. E as que estavam podem ter informações valiosas.

Desdém se espalhou pela expressão de Atalanta.

— Elas mentiram. Todos os mentirosos merecem morrer.

Ela se virou e continuou mandando flechas pela multidão com uma precisão fatal.

Danae recuou, com os ouvidos ressoando o estrondo de bronze e ossos. Os corpos das ilhéus salpicavam na clareira. Muitas não tinham chegado a tempo à segurança da selva. Elas não eram caçadoras e não tinham a menor chance contra os furiosos argonautas. Não era assim que deveria ser. Aquelas pessoas tinham mentido para eles, os drogaram, mas nem todas mereciam morrer.

Enquanto Danae olhava em volta, viu que os argonautas também tiveram baixas. Idmon, o vidente, estava caído ao chão com uma lança enfiada nas entranhas, os olhos sem vida encarando as estrelas.

Foi distraída por uma caçadora se chocando contra ela com uma espada larga. Bem a tempo, ela girou o machado e impediu que a lâmina da mulher arrebentasse seu crânio. A caçadora golpeou de novo. Desta vez, a espada acertou o cabo do machado, cravando na madeira. Danae tentou chamar os fios da vida, mas estava distraída demais para se concentrar.

A caçadora grunhiu e empurrou a espada, afastando Danae até ela cair, presa sob o peso das duas armas.

A escuridão começou a pressionar contra as beiradas de sua visão. O peito dela gritava, o peso do machado a esmagando. Então os olhos da caçadora foram atraídos por algo atrás dela. O rosto da mulher relaxou, e ela soltou a arma. Arrastando-se para trás, Danae se virou para ver o que estava acontecendo.

Hércules saiu do refeitório, arrastando Hipsípile pelo pescoço. Jasão cambaleava atrás deles, com o rosto ensanguentado. Por sua expressão vidrada, ele ainda não fora desperto.

O herói jogou Hipsípile no chão.

— Eu vou gostar de matar você, bruxa.

— Não — choramingou Jasão.

— Patético. — Hércules o chutou quando ele veio em direção a sua noiva. — Dolos! Desperte nosso *líder*. — Então ele voltou a atenção para a rainha de Lemnos. — Apenas covardes drogam seus inimigos. Você é fraca por seus feitos, e eu te tornarei fraca por natureza.

Ele esticou os braços na direção dela.

— Espere! — Hipsípile colocou o braço machucado entre os dois. — Me matar em nossa clareira sagrada, diante dos olhos de Ártemis, seria um pecado contra os deuses.

— Os deuses que se fodam.

Um silêncio ressoou pela clareira.

— Ousa desonrar seu pai? — sussurrou Hipsípile.

Um sorriso terrível se abriu no rosto de Hércules quando ele agarrou a túnica da mulher e a ergueu no ar.

— Eu não dou a mínima para o meu pai.

Danae o encarou. Nunca imaginaria que o herói nutria por Zeus qualquer outra coisa que não amor.

Então algo pequeno caiu da pele de leão impenetrável de Hércules. Ele soltou Hipsípile e se inclinou para pegar. Mesmo ao luar, Danae distinguiu uma pena preta. Um dos dardos com veneno mortal que vira na cabana de Polyxo.

Um de cada vez, os argonautas começaram a cair. O sangue pulsava pelas veias de Danae quando sua cabeça girou, procurando pela culpada. Pólux caiu no chão, depois seu gêmeo, Castor. Télamon caiu de joelhos ao lado de seu irmão caído, Peleu. Então ela percebeu um tufo de cabelo prateado desaparecendo atrás do Refeitório das Caçadoras.

Polyxo.

Danae soltou o machado, que apenas a atrasaria, e correu atrás da velha. Quando chegou perto do refeitório, o rosto de Polyxo apareceu no canto, com um tubo de dardo pressionado aos lábios. Danae se apressou, puxando o braço dela com toda a força. Então alguém a puxou.

Arfando, Danae ergueu a cabeça, mas Polyxo tinha desaparecido.

— Merda! — Ela se afastou de quem a atacara.

Fora Hilas. Ele não se moveu.

— Daeira... eu me sinto estranho.

Então ela viu o dardo preto preso na lateral do pescoço dele. Ela o arrancou, jogando o maldito objeto o mais longe possível. A testa de Hilas já estava ensopada de suor frio.

— Ela ia... te acertar — sussurrou ele.

Lágrimas borraram a visão de Danae.

— Vai ficar tudo bem, você vai acordar em algumas horas.

— Ah... Sinto muito por perder... a luta.

Ela se forçou a sorrir.

— Você merece um descanso. Nos vemos quando você acordar.

Ela sentiu o corpo dele relaxar.

Por um momento, não havia nada. Som, lua, terra. Então ela urrou até seus pulmões doerem por precisarem de ar. Tudo que ela queria era destruir.

Você sabe o que fazer, disse a voz.

Danae se colocou de pé e invocou o poder de seus fios da vida, lançando uma onda deles pelo buraco que Hércules fizera na lateral do Refeitório das Caçadoras.

A fogueira no meio do refeitório explodiu. Em instantes, chamas tão altas quanto as árvores lambiam as laterais do lugar. Lêmnias e argonautas corriam para se protegerem na selva. O calor aumentava na abertura rompida do refeitório, e logo o inferno se espalhara para o arsenal. Com o fogo alimentando sua raiva, Danae enviou outra onda de fios da vida para o refeitório incendiado e açoitou as chamas na direção da estátua de madeira de Ártemis. Ela se iluminou instantaneamente, e a efígie começou a se carcomer, despedaçando ao queimar.

O abutre de Polyxo planava no céu, voando para longe da cabana da velha. Sob a luz do fogo, parecia que algo metálico brilhava em seu peito.

Então um movimento chamou a atenção de Danae de volta para o chão. A figura curvada de Polyxo cambaleava pela clareira em direção à selva.

Ela caminhou sem pressa na direção da velha, com os olhos frios e brilhantes como estrelas.

A mantis rastejava quando Danae a alcançou, arrastando uma bolsa de poções pelo chão. O rosto dela estava coberto por fuligem, e ela cuspiu um muco preto quando uma tosse sacudiu seu corpo.

Polyxo ergueu a cabeça quando Danae parou à frente dela.

— Você... fez isso.

— Sim. — A voz de Danae era firme como ferro.

— Na praia, você fez a terra tremer.

— Sim.

A velha agarrou o pé de Danae.

— Por favor, não me mate.

Ela afastou a perna, enojada.

— Eu não drogo ou mato pessoas, diferente de você.

Polyxo riu. Era um som horroroso, repleto de dor.

— Você não sabe de nada, criança. Nossos homens forçavam e forçavam até nossos corpos se quebrarem. — Ela tossiu mais um pedaço de muco. — Ártemis sabe, ela nos libertou.

— Sofia disse que ela drenou os homens. O que isso quer dizer?

— Você já sabe. — Polyxo sorriu, revelando dentes ensanguentados. — Você fede a poder. Igual a ela.

— Não. — Danae recuou. — Não sou como ela.

Ela se deu conta dos gritos, do cheiro de madeira queimada e carne chamuscada. Olhou para o refeitório incendiado e foi transportada de volta para Delfos, parada na montanha longe da cidade flamejante enquanto o horror da vingança de Apolo recaía sobre ela. Contudo, daquela vez, a destruição era dela.

Danae se virou de novo para Polyxo, mas a velha tinha desaparecido.

29. CINZAS E SAL

A aurora chegou indiferentemente na ilha.
 Danae sentou-se na praia, olhando para a *Argo*. O mastro fora restaurado; um novo leme de remos, produzido; e o casco do navio, remendado. Hércules estava na proa, martelando as últimas tábuas no lugar. Todos haviam trabalhado duro durante a noite para consertar a embarcação, com o herói suportando o fardo.
 Depois de o fogo assolar o povoado, a vitória chegara rapidamente. Assim que fora despertado, Jasão recobrara o comando dos argonautas, e sob suas ordens eles reuniram o resto das caçadoras, executaram-nas e empilharam os corpos no que restara da efígie queimada de Ártemis. Contudo, era uma tripulação emburrada e desanimada que naquele momento carregava até o navio as armas, a comida e o couro de animais que haviam pilhado. Ninguém parecia capaz de olhar uns aos outros nos olhos. Os guerreiros mais vorazes da Grécia não estavam acostumados com a vergonha que acompanhava a impotência.
 Por algum milagre, em meio a todo o caos, parecia que ninguém além de Polyxo vira Danae incitar o fogo. A velha mantis desaparecera na selva e não fora vista desde então. Depois de confrontá-la, Danae afundara em uma exaustão que escorria de seu interior. Ela se sentia vazia, como se fosse apenas um saco de carne e ossos irracional. Uma parte dela torcia para que a sensação fosse temporária. A outra, não.
 Talvez fosse uma benção, visto o que acontecera.
 As palavras de Polyxo ecoavam em sua cabeça, assombrando-a.
 Você fede a poder. Igual a ela.
 Pela primeira vez, Danae se perguntou se era mais um monstro do que uma salvadora. Como um dia esperara se tornar a luz que libertaria os humanos, se tudo o que fazia era destruir?

— Está na hora — chamou Jasão.

Danae lentamente se colocou de pé e bateu a areia da túnica. Tinha vestido suas roupas pretas de vidente. Pareciam combinar com o que fizera.

A tripulação embarcou as cargas e andou até o capitão.

Danae virou o rosto para os sete corpos caídos na praia, envoltos em peles do estoque das lêmnias. Ela pegou os óbolos da mão esticada de Jasão e colocou um par nos olhos de cada um dos argonautas arrebatados. Quando terminou, Jasão assentiu e ela ergueu os braços ao céu. Mesmo aquele pequeno movimento a sobrecarregava, mas ela não deixou o esforço transparecer.

— Que os Doze te enxerguem e reconheçam. Que Queres abra as asas sobre vocês enquanto caminham pela trilha do julgamento. Que suas almas encontrem paz na travessia do último rio.

— Que a benção dos Doze os acompanhe — murmurou a tripulação, de cabeça baixa.

Em silêncio, Hércules, Télamon e Atalanta começaram a cavar covas na areia. A guerreira removera os talismãs de ossos do cabelo e mais uma vez vestia a armadura de prata. Ela não falara uma palavra a ninguém desde que queimaram as caçadoras.

Danae sentiu uma mão em seu ombro. Ela se virou, e uma onda de emoção voltou a seu peito.

Hilas sorriu para ela.

— Um óbolo por seus pensamentos.

Ela meneou a cabeça.

— Não vale a pena comprá-los.

Das ruínas da cabana de Polyxo, Dolos resgatara várias móli. Munido de ervas e dos conteúdos de sua bolsa de curandeiro, ele preparara um antídoto para os atingidos pelos dardos envenenados. Quem tombara por causa de espadas e machados não tivera tanta sorte.

O olhar de Hilas passou de Danae para Hipsípile. A rainha estava amarrada no tronco de um coqueiro, como havia feito com os argonautas ao chegarem ali. Jasão tinha um senso irônico de justiça.

— Você acha que elas teriam nos matado? — perguntou Hilas.

— Provavelmente. Elas mataram aqueles outros homens. Deixaram Hércules naquela caverna como sacrifício a Ártemis.

Assim que a batalha fora vencida, ela contara à tripulação o que descobrira com Sofia e Polyxo, exceto pelo que a velha mantis dissera sobre ela mesma. Danae precisava acreditar que havia salvado os argonautas, que não tivera escolha a não ser liberar seus poderes. Mesmo assim, não conseguia impedir que sua mente vagasse até os corpos carbonizados das ilhéus que não haviam escapado das chamas. Aquilo fora ação sua.

— Sei que não deveria questionar os deuses, mas... — Hilas pausou. — Por que Ártemis mataria todos aqueles homens?

— Porque os deuses são cruéis. — Danae só percebeu que falara aquelas palavras em voz alta quando Hilas virou a cabeça bruscamente para encará-la. Ela acrescentou depressa: — Mas são justos. Como você disse, não devemos questionar as escolhas deles.

Quando o último homem foi queimado, Jasão marchou pela areia até a mulher que teria virado sua esposa. Ele parou na frente de Hipsípile e se agachou para ficar na altura dela. A tripulação parou o que estava fazendo para assistir.

Ele ergueu o queixo machucado da mulher.

— Agora você vai poder me ver indo embora e vai viver pelo resto da sua vida maldita sabendo que eu consegui o que queria desta ilhazinha patética. — Ele cuspiu as últimas palavras no rosto dela.

Jasão andava pelo mundo com a confiança de um homem que sabia estar certo. Ele acreditava ter sido escolhido pelos deuses. Acreditava que era especial. E, para um homem assim, não havia humilhação maior do que ser vencido por uma mulher.

Hipsípile entreabriu seus lábios rachados.

— Que homem grandioso e corajoso.

O rosto de Jasão se contorceu. Ele ficou de pé. Por um momento, Danae pensou que ele se afastaria. Então o capitão desembainhou a adaga e, em um movimento simples, cortou a garganta de Hipsípile. Os olhos dela se arregalaram enquanto o sangue manchava a frente de seu corpo, lavando a areia.

A tripulação ficou em silêncio quando Jasão saiu tempestuoso pela praia.

— O que estão olhando?! Vão para o navio!

— Ele está fora de controle — sussurrou Hilas.

Ele não é o único, pensou Danae, vendo Hércules subir a bordo da *Argo*. Hilas balançou a cabeça.

— Isso não é um bom presságio para nós.
— Não — murmurou ela —, não é.

❖❖❖

— Estou vendo Imbros!

Tífis se agachou na plataforma da popa, protegendo os olhos do sol. Mapas formavam retalhos espalhados ao seu redor. Danae estava ajoelhada do lado oposto, com os dedos espalmados nos pergaminhos, prendendo-os ao convés. O velho navegador semicerrou os olhos na direção da ilha verdejante que penetrava o horizonte a bombordo.

Jasão desceu do convés da proa e foi em direção a eles, pulando por cima dos bancos dos remadores.

— Estamos muito atrasados em nossa rota? — Os olhos dele estavam escuros pela privação de sono. Estavam velejando havia dois dias ininterruptos.

Tífis encarou os mapas.

— Não sei ao certo, capitão. Não há registros de Lemnos em lugar nenhum. Mas, se ali for mesmo Imbros, diria que uma semana de atraso. Sem contar o tempo que perdemos na ilha.

Pelo modo que o cabelo de todos havia crescido, fora estimado que os argonautas tinham passado pelo menos quatro meses em Lemnos.

— Tudo bem — grunhiu Jasão ao subir no convés da popa —, arrume isso e nos coloque de novo no trajeto.

— Impossível — murmurou Tífis, absorto nas voltas de tinta. — Como uma ilha do tamanho de Lemnos pode não ter sido registrada em nenhum mapa? — Ele aproximou mais a cabeça do pergaminho. — Só tem um jeito: eu mesmo vou ter de desenhá-la. — Ele olhou para Danae. — Busque a tinta e a pena para mim, por favor.

— Chega! — Jasão pegou um punhado de mapas e os empurrou contra o rosto de Tífis. — Se mencionar essa maldita ilha de novo, vou jogar isso ao mar. — Ele jogou os pergaminhos sobre o navegador, depois se virou para encarar a tripulação. — Ninguém vai falar daquela ilha, isso é uma ordem! E por que Tártaro vocês pararam de remar?

Quando Jasão se afastou irritado para a proa, Danae e Tífis se apressaram em salvar os mapas, impedindo que voassem para o mar.

— Obrigado — murmurou Tífis.

Enquanto o navegador tirava os pergaminhos dos braços dela, Danae olhou para o último mapa preso sob seu joelho. Ela estava prestes a enrolá-lo quando algo chamou sua atenção.

Ali estava, um pouco mais do que a marca de um dedão. Seu lar.

Naxos era tão pequena, tão distante. Ela encarou por um momento, então seus olhos vagaram para leste. Além da boca do mar Negro, o mapa ficava escasso. Mal havia algo escrito, apenas o contorno da terra e, bem na beirada da folha, uma fileira de cumes. As montanhas do Cáucaso, onde Prometeu estava aprisionado.

A montanha onde seu destino a aguardava.

❖❖❖

Danae acordou e viu o céu salpicado por estrelas. Estava deitada no convés, olhando fixamente a noite, até que o som que a despertara chegou mais uma vez aos seus ouvidos.

Alguém estava chorando.

Silenciosamente, ela se virou. Ao seu lado, o peitoral prateado de Atalanta tremia. Enquanto a observava chorando, a vulnerabilidade da guerreira paralisou Danae. Depois de hesitar por um instante, ela se aproximou e colocou a mão no braço de Atalanta.

A guerreira ficou rígida. Imediatamente Danae percebeu que cometera um erro terrível e esperou pelo contato inevitável das mãos da outra em seu pescoço. Porém, para sua surpresa, em vez de empurrá-la, o corpo de Atalanta se derreteu.

Danae se aproximou, até sentir a armadura da guerreira contra seu peito. Atalanta não a afastou mesmo assim. O cabelo dela tinha cheiro de carvalho, sal e algo doce como madressilva, e apesar da noite fria, sua pele era quente como uma pedra banhada pelo sol.

Danae dormira assim com sua irmã mais vezes do que poderia contar, mas desta vez foi diferente. Ela estava ciente de todos os cantos em que a pele delas se tocava. Uma onda de orgulho a invadiu por Atalanta permitir que ela ficasse tão perto.

Elas continuaram assim, as curvas de seus corpos pressionadas, até a respiração de Atalanta se acalmar.

Então a guerreira se afastou e secou o rosto.

— Conte para alguém e eu te mato.

— Eu sei — sussurrou Danae.

Atalanta rolou para longe e o olhar de Danae se manteve nas costas dela, vendo o luar se acumular nos amassados da armadura.

❊❊❊

Por três dias, o sol teve seu reinado incontestado no céu, e um vento forte do leste assoprou na vela deles.

Danae se sentou com Hilas em seu banco de remo; a dupla comeu suas porções de almoço. Ela parou, no meio do caminho de levar um pedaço de pão para a boca, quando Hilas começou a dissecar um figo. Ele agarrou a base entre os dedos e cuidadosamente a separou do caule até o interior fresco brotar como uma flor.

— Onde aprendeu a fazer isso?

— Você faz perguntas tão estranhas. — Ele riu da intensidade do olhar dela. — É como eu sempre comi. Assim dura mais. — Ele jogou um pedaço na língua. — Diferentemente de algumas pessoas, eu gosto de saborear minha comida.

Danae olhou para as próprias mãos. Sua irmã era a única outra pessoa que ela conhecia que comia figo daquela maneira.

— Faz um favor para mim?

Hilas engoliu a fruta.

— Depende do que é.

— Corta meu cabelo?

Apesar de ter odiado a primeira vez que Manto mutilara seus cachos, ela se acostumara com o corte. Sentia-se mais livre sem a cabeleira emaranhada, e nenhuma vidente de respeito deixaria o cabelo crescer para além dos ombros.

— Só estou pedindo porque não confio que os outros não vão me deixar com uma aparência ridícula. E você cresceu em uma fazenda, então sabe o que fazer.

Hilas riu.

— Você está se comparando a uma ovelha?

Ela o encarou.

— Vai fazer ou não?
— Claro que vou.

Ele a seguiu até o convés da popa. Tífis ergueu uma sobrancelha quando eles se acomodaram atrás dele, mas não disse nada.

Ela se sentou com as costas na lateral do navio, para que o cabelo cortado caísse no mar, e Hilas trabalhou ao seu redor. Danae acertara ao pedir para ele. Hilas era gentil e cuidadoso com a faca. Contudo, ela não conseguia evitar rir da expressão de concentração em seu rosto ao se ajoelhar diante dela, com a língua despontando entre os dentes, para garantir que estava cortando retinho.

— Você vai parar de rir quando eu te deixar parecida com os gêmeos.
— Não ouse! — Ela podia ver a careca de Castor e Pólux brilhando à luz do sol no meio do convés.

Atrás deles, Télamon, Atalanta e Hércules jogavam peteia. O rosto do herói se abriu em um sorriso jovial quando estapeou as costas de Télamon por ganhar uma rodada.

— Você ouviu o que Hércules disse na ilha durante a luta... — Ela virou para encarar Hilas. — Quando estava prestes a matar Hipsípile? — Hilas ficou inexpressivo. — Sobre os deuses? O pai dele?

Ele hesitou.
— Sim.
— Já ouviu ele blasfemar assim antes?

Hilas mexeu a cabeça dela para poder continuar cortando.
— Não deveríamos falar sobre isso.
— Ele não teme os deuses?
— Claro que teme.
— Não pareceu.
— Você não o conhece. — Havia uma rispidez na voz de Hilas que Danae não ouvira antes. — Todos acham que conhecem porque ouviram as histórias, mas ele é muito mais do que simplesmente filho de seu pai. Ele passou por muita coisa, mais do que a maioria aguentaria sem enlouquecer. Ainda assim, ele vê o melhor nas pessoas. Ele dá chances quando ninguém mais dará. — Hilas parou e entregou a faca para ela. — Acabei.

Antes que ela conseguisse agradecê-lo, ele virou e se afastou pelo convés. Os olhos de Danae pairaram pelas costas dele por um momento antes de se voltarem para Hércules.

Uma semente que fora plantada na batalha de Lemnos se enraizara. Se Hércules não gostava de seu pai divino, talvez ficasse contente de ver o fim do reino de Zeus. Talvez ele pudesse até ajudá-la a derrubar o Rei dos Céus.

Ela mal ousava ter esperanças, mas talvez estivessem destinados a encontrar Prometeu juntos.

30. ESPÓLIOS DO MAR

— Terra à vista! A estibordo!

Atordoada pela voz de Tífis, Danae se esgueirou do corrimão onde se encostava na proa, encarando a água marmoreada. Haviam se passado duas semanas sem nenhum evento desde que a *Argo* deixara Lemnos, com pouco para fazer além de encarar o oceano vazio.

Jasão apareceu ao lado de Danae quando uma margem de rochas entrou em foco em meio à névoa, aninhada nos dedos de uma grande baía. Danae semicerrou os olhos. O que de primeira acreditara ser um penhasco agora parecia um muro de pedras amarelas de uma vasta fortaleza.

— Se meus olhos não me enganam, diria que é Troia — disse Tífis.

— Sim — sussurrou Jasão, animado. — O reino de Príamo.

Enquanto observavam a costa, uma frota de navios surgiu de um porto à sombra dos muros da fortaleza. As velas carmim estavam com o brasão de sóis brancos cobertos por tridentes pretos, e havia figuras douradas diante das proas.

— A frota real! — disse Jasão, se virando para Danae com os olhos dançando. — Não é de conhecimento geral, mas o príncipe Paris de Troia passou a maior parte de sua juventude como agricultor, alheio a sua verdadeira estirpe.

— Talvez seja um sinal, capitão — disse Danae.

Não faria mal algum afagar o ego dele de vez em quando.

— Tenho certeza de que sim. — O rosto de Jasão se iluminou com uma avidez desenfreada ao se virar de novo para olhar os navios troianos. — Um dia, eu estarei na proa da minha frota, com meu brasão estampado nas velas. Quem sabe, se for a vontade dos deuses, no devido tempo e sob meu comando, talvez Iolcos se torne mais do que um simples reino.

Enquanto ele falava, Danae pensava o quanto seria perigoso se um homem como Jasão possuísse um poder como o dela.

※※※

Depois de avistarem Troia, a *Argo* saiu das águas do Egeu e velejou em direção ao mar interno de Propôntida, através da passagem conhecida como Helesponto. Danae ficou na plataforma da popa, encarando as dunas rochosas e os montes altos que ondulavam à sua esquerda. Protegendo o rosto contra o sol, ela estreitava os olhos ao ver qualquer moradia ou lampejo de metais. À sua direita, Jasão fazia o mesmo. Depois do que enfrentaram em Lemnos, eles estavam cheios de cautela, e o Helesponto era a localização perfeita para emboscar um navio inocente.

Contudo, à medida que as horas passavam e a *Argo* cortava o canal livremente, o nó de tensão entre os ombros de Danae começou a se afrouxar. As margens e as praias rústicas pareciam desertas.

— Quanto tempo até sairmos do canal? — perguntou Jasão a Tífis.

— Mais algumas horas, capitão.

Jasão avaliou o trajeto do sol pelo céu límpido.

— Vamos baixar a âncora assim que chegarmos ao Propôntida. Não nos resta muita luz do dia.

— Aye, capitão.

— Olhe lá, um navio! — Orfeu abandonara seu remo e estava apontando para a frente.

A *Argo* se aproximava de um veleiro de um único mastro com dois terços do tamanho do penteconter deles. Sem escudos nas laterais, e com o casco lustrado sem marca alguma além do desgaste das ondas do mar.

— Parecem pescadores! — falou Anceu.

O guerreiro com pele de urso estava certo. À medida que a embarcação se aproximava, Danae pôde ver as redes se arrastando ao lado do barco. Os cinco homens a bordo acenaram com os braços marcados pelo mar, sorrindo para os argonautas.

— Pode valer a pena ver se eles têm provisões para trocar, capitão — disse Tífis.

— Uma excelente ideia — respondeu Jasão. — Argonautas, puxar remos!

O capitão foi para o meio do convés, e Danae o seguiu, salivando com a perspectiva de peixe fresco. Ao chegarem mais perto, ela pôde ver uma variedade de caixotes e redes espalhados no interior do barco.

Ela estacou e, com o máximo de calma que seu coração agora acelerado permitia, foi até Hilas.

— Eles não são pescadores — balbuciou ela. Uma ruga de confusão surgiu na testa dele. — As redes, olhe para elas, todas emaranhadas. Confie em mim, nenhum pescador deixaria a rede assim.

Ele sustentou o olhar dela por um momento, depois assentiu de um jeito quase imperceptível. Com o rosto mascarado em sorrisos, Danae e Hilas caminharam pelo barco, sussurrando para Atalanta, Télamon, Peleu e os outros. Jasão estava se reclinando sobre a lateral da *Argo*, chamando os pescadores para virem até eles. Quando Danae chegou em Hércules, os lábios do herói se retorceram em um sorriso malicioso.

— Finalmente algum entretenimento.

— Vocês têm peixes para negociar? — berrou Jasão por cima da estreita faixa de água entre as duas embarcações.

— Temos muitos peixes! — Um homem barbado usando uma túnica marrom maltrapilha assentiu com entusiasmo.

O peito de Danae fervilhou de raiva. Lembrou-se de como seu pai era cuidadoso com suas redes, as horas que ele passava as tecendo, remendando e dobrando. Os pescadores de Naxos se importavam com o ofício. Eles respeitavam o mar e as criaturas que moravam em suas profundezas.

Ela se forçou a sorrir para os impostores ao se aproximar de Jasão.

— Eles não são pescadores — sussurrou ela.

O rosto do capitão ficou sério.

— O quê?

O navio agora estava tão perto que Danae conseguia ver o branco nos olhos dos desconhecidos. Ela continuou sorrindo até as bochechas doerem.

— Mantenha-os falando, mas precisamos estar preparados pa...

Foi naquele momento que os cinco supostos pescadores empurraram os caixotes de seu convés para revelar mais de meia dúzia de homens, todos armados até os dentes.

— Os malditos são piratas! — gritou Atalanta, com alegria.

O pirata que havia conversado com Jasão sacou uma espada curvada, jogada para ele por outro homem, e a mirou para a *Argo*.

— Matem-nos!

Os argonautas não precisaram esperar pela ordem de Jasão para pegarem suas armas. Danae se afastou da lateral do navio quando os piratas saltaram a bordo. Sem que ela precisasse invocá-los, os fios da vida se reuniram nas pontas de seus dedos pulsantes, ávidos para serem liberados.

Salve a tripulação, instigou a voz. *Eles precisam da sua ajuda.*

Era arriscado demais. Havia tantos corpos aglomerados em uma pequena extensão de navio. Ela poderia se expor. Além disso, ao que parecia, os argonautas estavam indo muito bem sem ela.

Télamon e Atalanta tinham embarcado no navio dos piratas e estavam estripando os homens que haviam ficado lá. Os dois não podiam ser mais diferentes. Télamon era cheio de graciosidade e técnica, como se estivesse dançando em uma corte, ao passo que Atalanta lutava da mesma forma que bebia: furiosamente e com um apetite ímpio. Ainda assim, havia um ritmo vibrando pelo corpo deles quando lutavam juntos, uma consciência dos movimentos um do outro que só podia ser aprendida lutando lado a lado por anos.

De volta à *Argo*, o restante da tripulação estava batendo, mutilando e – no caso do fanático do Anceu – decapitando os saqueadores que ousaram pôr os pés no navio deles. Os gêmeos, Pólux e Castor, nem sequer tinham parado para empunhar as armas, e abriam caminho esmagando a cabeça dos piratas como se fossem cerâmicas.

De costas para a plataforma da popa, Danae via o sangue dos piratas esguichar pelo convés. Então seu olhar encontrou Hércules. Ele estava parado do outro lado do convés, recostado na plataforma da proa, de braços cruzados. Um sorriso deixava um vestígio em seus lábios. Era como se estivesse assistindo a gladiadores em um ginásio.

Ela fez uma careta para ele. Hércules podia acabar com aquela briga em um instante. Por que estava parado ali? Se apenas vestisse sua pele de leão, a visão provavelmente seria o suficiente para assustar os saqueadores e mandá-los de volta ao navio.

Então um pirata foi em direção a ela, empunhando uma espada. A túnica dele se rasgara, suas entranhas eram uma bagunça cheia de sangue. Ele se lançou até Danae com a violência inconsequente de um homem que não tem nada a perder.

Era inevitável. Ela não pôde se conter. Seu poder expandiu dentro dela, inflamando sua pele com uma energia formigante quando ela tocou no homem. Ele estava morrendo. Danae conseguia sentir, assim como fizera com a pantera. Podia ver os fios da vida escorrendo de sua ferida. Ela os queria. Precisava deles.

Então Hilas apareceu entre os dois. Ele aparou a espada do homem com um golpe que fez sua arma cair tilintando no convés e, com um movimento suave, enfiou a lâmina na carne macia entre o pescoço e o ombro do pirata. Danae sentiu a morte do homem como um membro sendo arrancado de seu corpo. Todo aquele poder desperdiçado.

Um gemido escapou de seus lábios.

— Ele te machucou? — Hilas colocou a mão em seu braço, passando os olhos por ela.

Danae conseguiu recobrar o suficiente do controle para balançar a cabeça. Além dele, a luta já havia terminado, e os argonautas jogavam os corpos dos piratas no mar.

— Eles têm vinho! — No navio pirata, Atalanta abrira um dos caixotes trancados, que revelou estar abarrotado de ânforas. — Vinho para caralho!

Danae nunca vira a guerreira tão feliz.

❈❈❈

Quando o Helesponto finalmente se abriu no mar de Propôntida, a *Argo* baixou âncora à sombra dos penhascos frígios. A tripulação se reuniu no meio do convés sob o céu índigo e salpicado de estrelas. Os ânimos estavam elevados depois da vitória sobre os piratas, e abastecidos pelo vinho contrabandeado, que eles decantaram em odres.

— Ouvi dizer — disse Télamon, sorrindo para os gêmeos — que a irmã de vocês é a mulher mais linda de toda a Grécia.

— Qual delas? — perguntou Castor. — Nós temos cinco.

— Cinco belas irmãs? — Atalanta curvou a boca em um sorriso. — Muito bom.

— Vocês sabem qual. — Télamon sacudiu o dedo. — Casada com... ah, qual é o nome? O rei de Esparta?

— Helena — respondeu Pólux, com a resignação de alguém que já respondera à mesma pergunta muitas vezes.

— Essa aí! — Télamon tomou um gole de vinho. — O que eu quero saber é... ela é *mesmo* tão bonita quanto dizem? Dizem por aí que na verdade ela é... — Os olhos dele deslizaram para Hércules. — Ela é meia-irmã do grandão ali.

— Basta, Télamon — falou Hércules.

Télamon pareceu ofendido.

— Só quero saber se o Deus do Trovão comeu a mãe deles.

Atalanta gargalhou. Os gêmeos se olharam, depois se lançaram contra Télamon. Os três brigaram até Hércules segurar os dois irmãos e os arremessar para os bancos.

Sem ser convidada, Alea entrou nos pensamentos de Danae. Sua irmã deitada na esteira delas, com as pernas dobradas perto do peito, tecendo um pedaço de linho para transformar em uma pulseira. Ela costumava sempre se deitar daquele jeito. Danae dizia que ela ficava parecendo um besouro de ponta-cabeça. Então Alea agitava as pernas para fazê-la rir.

Ela afastou aquelas lembranças. Apesar de trancar a irmã bem lá no fundo, Alea continuava escapando. Às vezes ela aparecia sorrindo, às vezes seus olhos estavam gélidos de culpa, às vezes ela era um cadáver inchado pelo mar, apodrecendo na areia.

— Orfeu! — chamou Jasão. — Cante uma música.

O poeta obedeceu e pegou sua lira. Ele cantou sobre seu povo na montanha e Eurídice, a garota que deixara para trás. A melodia era linda, doce e suave, a letra cheia de saudade e de esperança de um dia voltar para ela como um homem digno.

A música parou quando um odre vazio atingiu o rosto de Orfeu.

— Olhe em volta, companheiro! — gritou Anceu. — Toque algo animado.

Orfeu parou, secando as gotas de vinho das bochechas, depois começou a dedilhar as cordas tão rápido que seus dedos viraram borrões.

Existia uma moça, jovem e bela,
De pés ágeis e sem cautela,
Ela dançava pela grama, dançava entre folhas,
Dançava como a flor beijada por abelhas.

Abruptamente, Hércules pegou um odre e foi para o convés da popa. Danae o observou se afastar, franzindo a testa, antes de a voz de Orfeu chamar sua atenção de volta aos bancos.

Em um rio, ermo e amplo, ela chegou,
E o chamado das águas não ignorou.
Soltou o cabelo, tirou o vestido,
E à carícia do rio entregou o pé ávido.

Ó, pobre donzela, jovem e bela,
Tinha pisado onde um centauro zela.
Cheio de desejos e cobiça, um bruto pavoroso,
Que de carne de donzelas fazia seu almoço.

Mas quando a criatura agarrou a presa de supetão,
E a donzela temia ser seu último dia então,
Chegou o leão!

— Chegou o leão! — repetiu a tripulação, animada.

Grande como carvalho, forte como touro,
O filho de Zeus, como raposa, tinha patas de ouro.

Indo ao ataque, com a juba de coroação,
Ele causou no centauro uma baita lesão.
E a donzela gritava...

— Chegou o leão, chegou o leão! — gritou Danae com o resto deles.

E, em nome de seu pai, daquela fera fez a eliminação.

Tão satisfeita ficou a donzela que sem demora
Soltou o cabelo e se deitou na flora.
E a donzela rugiu bem alto e bem claro:
Ó, leão, se aconchegue para eu fazer o mesmo, meu caro!

Chegou o leão, ó, chegou o leão,
Amante de donzelas, nunca domado por nenhuma mão,
Chegou o leão, ó, chegou o leão,
Louvem a Zeus, chegou o leão!

Os argonautas explodiram de alegria. Orfeu ficou de pé e, com a lira do lado, fez uma reverência para a tripulação.

— Agora sim! — gritou Anceu, batendo no banco.

Danae olhou para Hércules, sentado na popa, uma silhueta solitária contra o céu escuro. Ela pegou um odre de vinho e passou pelos bancos.

— Achei que podia precisar de outro.

Ele se virou, deixando o olhar pairar no rosto dela antes de aceitar a bebida. Tomou um gole, depois devolveu para ela. Danae também bebeu. Ela se deu conta de que era a primeira vez que ficava sozinha com ele. Bem, o máximo que era possível ficar sozinha em um navio com uma tripulação de vinte pessoas. Pensar nisso fez algo se mexer dentro do peito dela.

— Não gosta das músicas dele?

O herói pegou o vinho de novo.

— Já ouvi todas. — Ele abriu um sorriso amargo. — E não importa o quanto sejam melodiosas, elas nem sempre são verdadeiras.

Ela queria perguntar qual parte não era verdade, mas sentiu suas bochechas corarem ao pensar nisso, então falou:

— Por que não lutou contra os piratas?

Por um momento, ele pareceu surpreso.

— Pensei que fosse óbvio.

Danae se recusava a deixar que ele a fizesse se sentir tola.

— Se vestisse sua pele de leão e deixasse claro que o poderoso Hércules estava a bordo, eles não teriam lutado contra nós. Poderia ter evitado uma carnificina.

— Esse é sempre o melhor resultado?

— Sim.

Hércules não a contradisse, mas sua expressão deixou claro que ele discordava. Danae tomou outro gole.

— Esclareça.

O sorriso dele brilhou no luar.

— A luta é o que une os soldados. Os argonautas não são apenas guerreiros por ofício. Está no sangue deles. Depois de Lemnos, eles precisavam de uma vitória. Uma vitória deles, conquistada por suas espadas, não entregue em uma bandeja por um semideus. — Ele pegou o vinho de volta. — E eu preciso de um dia de descanso de vez em quando.

— Como convive com isso? Com toda essa morte? Como impede que cada morte te lembre daqueles que você ama que...? — Ela não confiou em si mesma para prosseguir.

O olhar dele se suavizou e, por um momento, Danae acreditou que ele a tocaria.

Em vez disso, ele sussurrou:

— Tempo e familiaridade. A morte se tornou uma companheira que caminha ao meu lado todos os dias. Mas existem algumas mortes que pesam mais do que outras. — Uma sombra perpassou o rosto dele. — Tudo que podemos fazer é garantir que somos fortes o bastante para carregá-las.

Havia dor ali, por baixo do exterior esculpido que parecia tanto com uma das estátuas de seu pai.

— Eu nunca te agradeci pelo que fez na caverna.

— Não foi nada.

— Você salvou minha vida.

Um ataque de riso estridente explodiu no meio do convés. Os dois olharam para trás e viram Hilas persuadindo Atalanta a dançar com ele. O par fez Danae pensar em uma cabra-da-montanha tentando dançar com um urso.

Hércules riu.

— Ele é um bom rapaz, Hilas.

— Ele é.

— Eu me apeguei a ele.

Danae via que ele estava sendo sincero.

— Foi por isso que deixou ele se juntar à sua jornada?

Hércules a fitou com aqueles olhos surpreendentemente azuis. Depois ele se virou de novo para o mar.

— Não. — Os traços em seu rosto ficaram intensos. — Eu fui posto no comando de um exército. Eu era jovem, e o rei era tolo. Ele via apenas a minha força e nada da minha imaturidade. Eu estava ávido para me provar, mas não estava pronto. Fiz uma péssima escolha, conduzi meus homens para uma emboscada. Muitos morreram, inclusive o pai de Hilas. — Ele parou, encarando a água. — O garoto estava perdendo tempo naquela fazenda. Eu senti que devia isso a ele.

O silêncio se acomodou entre os dois. Hércules levou o odre aos lábios e deu um grande gole.

— Tenho certeza de que não foi sua culpa.

Ele tensionou a mandíbula.

— Foi sim, e eu nunca devo me esquecer disso. — A dor dele era tão palpável que Danae quase podia tocá-la. — Eu fiz coisas terríveis, e todas foram minha culpa. — Ele meneou a cabeça. — As pessoas acham que querem ter poder, mas elas não fazem ideia. Isso te corrói até não restar mais nada.

Enquanto o observava, o medo de Danae desapareceu. Ela queria poder dizer que o compreendia. Em vez disso, esticou a mão até a dele. Hércules a encarou, de cenho franzido, surpreso. A pele dela formigou, sua barriga se revirou com uma energia intensa. Sustentar o olhar dele era como cair em um céu infinito. Havia algo mais naquele olhar, algo além da culpa na qual ele se afogava. Uma fagulha fraca na escuridão. Era esperança?

— Você sabe que pode confiar em mim, Daeira — disse ele suavemente.

A sensação que tivera na praça em Corinto voltou com toda a força. Tinha tanta certeza que era como se estivesse escrito em seus ossos: eles estavam destinados a seguir o mesmo caminho em direção a Prometeu.

— Hércules...

— Vocês estão perdendo toda a diversão!

O momento foi rompido quando Télamon apareceu atrás deles e colocou uma mão no ombro de cada um.

— Peleu e eu estamos ensinando os homens a dançarem *corretamente*. Acreditem ou não, Anceu é surpreendentemente bom.

Ele ajeitou a postura, olhando para os dois, ansioso.

Hércules suspirou, levantou-se e seguiu Télamon.

Danae permaneceu na popa. Enquanto a maresia agitava seu cabelo, havia um vestígio de sorriso em seus lábios.

31. TERRAS DESCONHECIDAS

A praia só ficou visível quando a *Argo* velejou para além da saliência do rochedo que a protegia do oceano. A terra por trás era esparsa e montanhosa e com punhados ocasionais de mata. Um istmo cortava uma trilha de areia de longe da costa até a água. Quando terminava, um monte de rochas surgia das ondas.

— Tífis! — Jasão caminhou pelo comprimento do navio para ficar ao lado do velho navegador. — Que terra é essa?

Tífis secou as gotas de suor aradas pelo sol em sua testa.

— Território dos dolíones, creio eu.

— Amigável?

— Sei lá.

Jasão ficou quieto por um momento, com a testa franzida, pensando.

— Daeira. — Ele se virou para onde Danae estava, no convés da proa. — Sendo a única vidente que nos restou, consulte os preságios e nos diga se é uma terra segura.

Ela temera por aquele momento. Precisaria usar a pedra da profecia.

— Capitão, estamos com os últimos odres de água. Os barris estão todos secos — disse Tífis. — Precisamos mesmo ir até a costa...

— Soltar âncora! — Jasão interrompeu o navegador. — Esperaremos aqui até nossa vidente dizer que a terra é segura.

Danae olhou para Tífis. O navegador a encarava, suplicando em silêncio.

— Precisarei de privacidade.

Jasão tamborilou o gradil.

— Tudo bem, pode usar o depósito. Mas seja rápida.

Danae entrou no confinamento bolorento da cabine, afastou um punhado de espadas e se sentou entre dois montes de peles. Ela colocou a bolsa à sua frente e tirou a pedra da profecia de lá.

Com cuidado, colocou a pedra de obsidiana no chão e a desembrulhou. Danae a encarou por um momento, soltou um suspiro, depois esticou a mão e a tocou.

Instantaneamente, ela sentiu um puxão. Conseguiu ver as linhas da vida sendo sugadas de seus dedos, mas lutou contra seus instintos de tentar mantê-las dentro de si e as deixou fluir para dentro da pedra.

De repente, o lugar deu uma guinada, e ela se chocou contra a escuridão. Então flutuou, sem corpo, no vácuo do nada. Ela se concentrou, lutando contra a sensação de que estava se dissolvendo no vazio.

É seguro atracar?

Ela não fazia ideia se sua pergunta fora ouvida. Não parecia ter uma boca com a qual falar. Então uma linha cintilante disparou pela escuridão, exatamente como acontecera na sua visão no oráculo. Ela se transformou em um deles, fluindo com a tapeçaria da vida até chegar a uma tira de terra com o formato igual ao da praia diante da *Argo*. Então, sem ser sua vontade, ela foi tragada para o istmo. Não fazia mais parte da paisagem, mas olhava o cenário de cima. Ela observou os fios se movendo como se alguém estivesse constantemente rascunhando a imagem em linhas de luz que sempre se moviam. Danae chegou mais perto e viu algo marcado no istmo que não sumiu quando a maré passou por cima.

Três pares de marcas de mãos.

Ela foi arrancada da visão com um rangido da porta da cabine se abrindo. Danae afastou a mão da pedra bruscamente. Parecia que alguém colocara a mão dentro de seu crânio e o puxara pela cavidade nasal. Ela respirou fundo, ignorando a náusea, então lançou um olhar fatal para a entrada.

Jasão parou na frente dela.

— Preciso de uma resposta.

— Essas coisas levam tempo. — Ela sacudiu a bainha da túnica sobre a pedra.

— Eu sou o capitão deste navio. — Jasão foi em direção a ela, com o olho esquerdo tremendo. — Você é *minha* vidente.

Ela se afastou dele.

Ao ver sua expressão, ele vacilou.

— Por favor. — Ele passou a mão pelo rosto. — Preciso que o agouro seja bom.

Ele estava desesperado. Lemnos quase lhe custara tudo, e estavam quase ficando sem água. Não tinha nada na visão que parecesse obviamente ameaçador, mas Danae não fazia ideia do que significava. As marcas de três pares de mãos podiam ser qualquer coisa.

— Deveríamos atracar na praia.

Por um longo momento, parecia que ele a beijaria, então Jasão virou e avançou para o convés, gritando:

— Os agouros são a nosso favor! Vamos atracar!

Danae cuidadosamente embrulhou a pedra da profecia e a colocou de volta na bolsa, com o coração inquieto.

❊❊❊

Danae caminhou pela praia, com as sandálias esmagando as pedras finas. A costa parecia deserta. Uma falésia branca escondia a maior parte do continente da vista. Tirando os arbustos resistentes espalhados, não havia muita vegetação. Tudo naquele lugar era mordaz e inóspito. Até o ar tinha uma qualidade seca e instável. Ficou contente com isso depois dos efeitos soporíficos de Lemnos. Precisava manter a mente clara.

Toda a tripulação estava de pé, e nenhum dardo à vista, mas o corpo dela ainda vibrava de tensão. Ela respirou fundo e sentiu a energia de seus fios da vida. Eles responderam ao seu chamado, tamborilando na superfície de sua pele. Era reconfortante testar a conexão com seu poder caso a visão acabasse sendo um aviso no fim das contas.

Ela olhou para o istmo, então seus olhos foram para uma coleção de objetos flutuando no mar. Os formatos eram angulares demais para ser alga marinha. Ela se aproximou para investigar e percebeu que havia mais salpicando a praia. Quando chegou até eles, pôde ver que eram tábuas de navios, arrancadas e estilhaçadas.

— Argonautas, venham aqui! — Jasão enfiou a espada na areia espessa, e a tripulação se agrupou em volta do capitão, com as armas em mãos. Ele apontou para Anceu e três outros homens. — Vocês quatro, peguem os barris vazios e encontrem água doce. — Ele se virou para os gêmeos. — Castor, Pólux, explorem a área. O resto de vocês, montem acampamento na praia. Ficaremos uma noite, depois seguimos nosso caminho.

Danae correu até Jasão. Ela manteve a voz baixa. Tinha, no fim das contas, acabado de alegar que os agouros eram favoráveis. A última coisa que queria era induzir pânico.

— Capitão, parece ter partes de um naufrágio além da praia. Talvez seja melhor partirmos assim que juntarmos suprimentos.

Jasão franziu o cenho.

— Você disse que os agouros eram bons.

— Sim, mas... — Ela queria dizer que ele não lhe dera muita escolha. — Adivinhação não é uma arte precisa.

Além das falésias, uma revoada de pássaros se espalhou pelo céu.

Jasão a encarou com desdém.

— Navios naufragam o tempo todo. Pode até ter sido a mesma tempestade que atingiu a *Argo* meses atrás.

Deuses, o homem era irritante.

— Jasão!

Os dois se viraram para ver os gêmeos correndo de volta na direção do navio. Alguém corria atrás deles pela praia.

— Recuar! Protejam a *Argo*! — gritou Jasão.

Os argonautas formaram uma barreira em volta do navio e empunharam as armas. Danae se posicionou entre Hilas e Télamon, atraindo um grupo de fios da vida nas pontas dos dedos.

— Não parece estar armado — disse Dolos, semicerrando os olhos para a figura.

— Não vou esperar para descobrir. — Atalanta encaixou a flecha no arco.

Então Hércules rompeu a formação e caminhou na direção do desconhecido.

— Hércules, volte aqui! — chamou Jasão.

O herói não parou. Quando a pessoa se aproximou, Danae pôde ver que se tratava de um homem usando uma túnica verde esfarrapada.

Ele estava mesmo desarmado, agitando os membros com uma energia frenética enquanto corria na direção deles.

Ele caiu de joelhos diante de Hércules, ofegando ao entoar o cumprimento sagrado. Seus pés estavam sangrando.

— Por favor, preciso de sua ajuda.

Ele era dolorosamente magro, a pele pálida estava coberta por hematomas. Danae percebeu um buraco recém-fechado em seu braço direito.

— O que aconteceu aqui? — perguntou Hércules.

Jasão abriu caminho até a frente.

— Eu sou Jasão, capitão dos argonautas. Sou o líder desta tripulação.

Os olhos do homem iam de Hércules para Jasão.

— Meu povo, não restaram muitos de nós. Vocês parecem saber lutar. Por favor, nos ajudem.

Outra revoada de pássaros pairou no céu, seus guinchos ecoando pelas rochas. Estavam chegando mais perto da praia.

O rosto de Jasão ficou ainda mais sério.

— Quem os atacou?

O homem não respondeu. Tremendo como uma chama ao vento, ele se virou de novo para Hércules e agarrou a barra de sua saia.

— Arrisquei minha vida vindo aqui. Olhe para mim! — Ele abriu os braços. — Eles invadiram minha cidade. Meu povo está morto. Destruíram todos os navios que atracaram aqui. Eles vão matar todos nós.

Hércules segurou o homem pelos braços e o colocou de pé.

— Esse horror de que fala não é humano, é?

O homem estremeceu.

— São monstros como você nunca viu.

— Ah, eu duvido. — Um sorriso surgiu nos lábios de Hércules. — Por acaso, monstros são minha especialidade.

O desconhecido admirou a altura do herói e a pele de leão pendurada em sua cabeça e ombros. Seu queixo caiu.

— Pensei que estivesse enganado, mas... é você mesmo!

O herói abriu um sorriso enorme.

Jasão olhou para Danae. Ela sentiu que ele buscava por confirmação. Bem suavemente, ela assentiu.

— Voltem ao navio! — berrou Jasão. — Agora!

— Não, por favor! — O homem foi em direção a Hércules. — Eu tenho família.

O coração de Danae doía por ele, mas precisavam ir embora. O pavor escorreu por sua pele. Nunca deveriam ter atracado ali, para começar. Os agouros estavam claramente contra eles, e ela fora uma tola por dizer o contrário.

Hércules continuou onde estava enquanto a tripulação começou a avançar pela água até a *Argo*.

— Hércules — disse Danae.

Ele se virou, os olhos queimando com um fogo azul. Ali estava de novo, a dor que ela vira no navio. Ele passou por ela, indo em direção à *Argo*.

— Argonautas! — gritou ele para a tripulação que subia a bordo. — Por que vieram nesta jornada? Por glória? Por riquezas? Ou para fugir como covardes assim que avistassem o perigo? Sim, fomos humilhados e perdemos bons homens, mas ainda somos os maiores guerreiros da Grécia! Fugir não está no nosso sangue. Fomos forjados no calor da batalha, nascemos para isso. — Ele fixou o olhar em Jasão. — Quer que sua viagem seja lendária, *capitão*? Sei uma coisa ou outra sobre isso. — Ele se virou novamente para a tripulação. — Vamos matar alguns monstros malditos!

Houve silêncio enquanto o desafio de Hércules pairava no ar.

Então Télamon empunhou a espada para o céu e rugiu. Ele rapidamente foi seguido por Atalanta, Hilas, Peleu, Anceu e pelos gêmeos, até o navio inteiro estar clamando.

Um peso enorme repousou na barriga de Danae quando ela olhou para Jasão. O capitão estava imóvel. Ele não fez esforço algum para recobrar o controle de sua tripulação. Talvez soubesse que seria inútil agora que o sangue deles fervia.

As lágrimas escorriam pelas bochechas magras do desconhecido, mas ele levou um dedo aos lábios e gesticulou freneticamente para que os argonautas ficassem quietos.

— Obrigado, obrigado! Mas precisamos nos apressar, eles devem tê-los ouvido.

— Ótimo — disse Hércules.

— Eles são muitos. Por favor, venham. Eu não poderia conviver comigo mesmo se os enviasse para enfrentá-los despreparados. Precisamos ir, rápido.

Hércules o avaliou por um momento, depois colocou a mão em seu ombro.

— Vamos, então. Nos leve ao seu povo.

❖❖❖

Eles viajaram de navio, margeando a praia. O desconhecido disse para não deixarem a *Argo* ancorada na costa, ou ela seria destruída.

— Meu nome é Cízico — disse ele, assim que embarcaram. — Não acreditariam olhando para mim, mas sou o rei dos dolíones. — Ele passou a mão por seu cabelo imundo. — Podem atracar o navio nas rochas no fim do istmo. Estará seguro lá. As criaturas nunca se aventuram para além da praia. Explicarei tudo assim que entrarmos.

Jasão ordenou que a tripulação fizesse o que o homem dizia. O suor escorria entre os ombros de Danae ao descer da *Argo* e escalar as rochas molhadas pelas ondas. Ela não conseguia afastar a sensação perturbadora de que aquilo era culpa dela. A pedra da profecia tentara avisá-la, mas ela não reconhecera o alerta, e agora os argonautas estavam prestes a lutar contra um inimigo mortal, de quem não sabiam quase nada.

— Sigam-me — chamou Cízico ao longe no afloramento rochoso. Então ele baixou e sumiu de vista.

Os argonautas escalaram atrás dele, um atrás do outro desaparecendo por trás das rochas. Quando Danae chegou ao lugar, ela viu uma abertura, invisível até que se estivesse sobre ela. Passando com cuidado pela fenda, ela se percebeu em um túnel. Veias verdes de algas serpenteavam pelos muros. Era íngreme e traiçoeiramente escorregadia, as rochas rebatiam o eco de sua respiração. Danae espalmou a mão contra a pedra úmida para se equilibrar e descer. Uma pressão familiar no peito surgiu quando a luz do dia desapareceu atrás deles. Talvez fosse sua imaginação, mas a passagem rochosa parecia ficar mais estreita. Ela fechou os olhos e se forçou a respirar.

Deuses, ela odiava estar no subsolo.

Finalmente, um lampejo de luz demarcava a silhueta da tripulação à frente, e eles saíram da caverna. Danae olhou para cima. O teto se estendia bem alto, pontiagudo no lado interior das rochas que tinham acabado de escalar. Ela tentou não pensar sobre o peso do oceano pressionando ao redor deles. O pinga, pinga, pinga estável da água do mar pontuava o ar, e estalactites brilhantes desciam para beijar suas irmãs estalagmites.

Agrupando-se em volta das estruturas de pedra havia pessoas. Por volta de quarenta homens, mulheres e crianças, todos enlameados como Cízico. Eles faziam Danae se recordar dos cidadãos esquecidos de Delfos, forçados a se esconder por rachaduras para se manter vivos. O rosto deles tremeluzia na luz fraca de vários pratos de bronze que apoiavam velas trêmulas, enchendo a caverna com uma fumaça asfixiante. Apesar de alguns pedaços de materiais esfarrapados estarem esticados entre as estalactites para formar abrigos, tudo estava molhado e coberto por algas. Até mesmo o rosto dos políones parecia verde. Muitos se escondiam dos desconhecidos que tinham invadido o santuário. Alguns dos homens sacaram suas armas.

— Dolíones! — gritou Cízico. — Não tenham medo. Estes guerreiros irão nos ajudar a lutar contra os terrestres. — Ele deu um passo para o lado. — E vejam: o poderoso Hércules está entre eles! Os deuses não se esqueceram de nós. Zeus enviou seu filho em nosso auxílio!

Os dolíones baixaram as armas, com olhos cintilantes, maravilhados. Danae não achava que fosse possível, mas se sentiu pior do que antes.

— Por que essa cara emburrada? — sussurrou Hilas. — Os agouros são bons.

Ela evitou o olhar dele.

Uma mulher corpulenta de pele marrom-escura e cabelo grisalho se apressou até Cízico, o mais rápido que o chão escorregadio permitia.

— Clite, meu amor! — exclamou Cízico.

Clite lhe deu um tabefe no rosto.

— Homem tolo. — A voz dela tremia de raiva. — Como pôde sair sozinho sem uma arma?

Duas crianças pequenas apareceram de trás da saia dela. A mulher os encarou e colocou as mãos de forma protetora em volta de seus ombros. Os olhos dela estavam emoldurados por círculos roxos.

— Em algum momento pensou em suas filhas? Em mim? Em seu povo?

Cízico esfregou a bochecha, depois se curvou e tomou as filhas nos braços.

— Eu sei. Foi tolice sair desarmado, mas quando vi esses guerreiros na praia não pude perder a oportunidade de recrutá-los para ajudar.

Clite pressionou os lábios com força. Ela olhou para o grupo de desconhecidos em sua caverna, então disse para Cízico:

— Suponho que eles precisem se alimentar. — Ela se virou para os argonautas. — Não temos muito, mas uma refeição quente é o mínimo que podemos fazer se vão mesmo nos ajudar. — Então se virou de costas, resmungando: — Que os deuses nos protejam.

Danae percebeu a estrutura de madeira serpenteando pelo muro de rocha até o teto. Uma escada instável, construída com o que pareciam ser tábuas flutuantes, se erguia até uma pequena plataforma.

— Foi assim que nos avistou? — perguntou ela para Cízico.
Ele seguiu o olhar dela e assentiu.
— Tem uma abertura entre as rochas acima do nível do mar. Dá para ver a maior parte da praia dali. Não teríamos sobrevivido sem isso.
— Como encontrou este lugar?
— Meu amigo Theo o encontrou quando éramos meninos. Foi nosso santuário secreto durante muitos anos.

O luto dele surgiu como destroços no mar com esses pensamentos. Danae esperava que os dolíones tivessem conseguido enterrar seus mortos.

— Estes guerreiros são os melhores de toda a Grécia. — Hilas apareceu atrás deles. — Já vi Hércules eliminar uma dúzia de homens de uma só vez e criaturas cinco vezes maiores do que ele. Se alguém pode ajudar, é ele.

E colocou a mão no ombro de Cízico, tranquilizando-o.

O rosto de Cízico se suavizou, e a mesma esperança que brilhava no rosto de seu povo agora cintilava no dele.

— Estou contando com isso.

※※※

Quando a comida ficou pronta, Clite chamou os argonautas para o canto mais distante da caverna. Ela sinalizou para que se sentassem, enquanto servia cozido de peixe em potes de argila.

— Não é muita coisa, mas foi o melhor que pude fazer nessas circunstâncias.

— Minha senhora, seja justa consigo mesma. — Dolos bebeu ruidosamente de seu pote. — Esta é a melhor sopa que tomo há anos.

As bochechas de Clite coraram, e ela se ocupou em passar o cozido fumegante para o resto da tripulação. Um sorriso suave surgiu na boca de Cízico enquanto assistia à esposa trabalhar. Do pouco que vira dos dois, Danae achava que aquele era um casamento de amor. Algo raro e precioso.

— Agora, Cízico. — Hércules colocou de lado seu pote vazio. — Conte-nos tudo que sabe sobre essas criaturas.

O rei dos dolíones ficou sério.

— Elas são abominações. Enormes como ursos, com seis braços! E as garras...

Danae não ouviu o resto da descrição.

Seis braços. Três pares de marcas de mãos. Devia ter sido isso que a pedra tentara lhe mostrar. A visão fora um aviso, no fim das contas.

— Quantidade?

— Acreditamos que sejam mais de cem. Eles invadiram há quase um ano.

— O couro deles é difícil de penetrar?

Cízico assentiu.

— A pele deles é dura de forma anormal, mas sua barriga é macia como a de um homem. Nós os chamamos de terrestres. Conseguimos matar vários enfiando lanças em suas entranhas.

— Quais são os hábitos de sono deles?

— Eles dormem à noite e caçam durante o dia.

— Alguma outra fraqueza?

— Não que saibamos.

— Então, qual é o plano, Hércules? — Jasão se sentou um pouco afastado dos outros. Era a primeira vez que o capitão falava desde que haviam descido para a caverna. — Se esses terrestres são tão fortes e abundantes como diz Cízico, nem mesmo você estará à altura deles em um ataque direto.

— Nós também temos guerreiros — disse Cízico. Tenho catorze soldados e uma dúzia de homens habilidosos.

Jasão riu.

— Podemos emboscá-los à noite — disse Télamon. — Vigiar o ninho deles.

Atalanta assentiu.

— Com arcos, podemos abatê-los a distância.

Cízico meneou a cabeça.

— Nós tentamos. Mesmo com flechas, não conseguimos chegar perto o suficiente sem que eles percebessem a nossa presença. Achamos que eles têm olfato aguçado.

Danae franziu o cenho enquanto eles continuavam a lançar ideias entre si. Os guerreiros precisariam mascarar o cheiro para uma emboscada funcionar. Submergir no mar faria isso, mas então os monstros os veriam quando subissem para respirar. A não ser...

— E se os terrestres não puderem sentir nosso cheiro ou nos ver? — perguntou ela.

— No que está pensando? — inquiriu Hércules, com os olhos cintilando, intrigados.

— Se os homens estiverem submersos no mar, isso esconderia seu cheiro e os esconderia. Minha irmã e eu uma vez usamos esse truque... — Ela conseguia ver o olhar de Jasão cravado nela, mas continuou: — Nós nos escondemos na praia, sob a água, respirando por bambus ocos para nos escondermos de nossa mãe. E se conseguirmos atrair todos os terrestres até o istmo? Nossos guerreiros podem se esconder na água dos dois lados da areia, onde é mais fundo, perto das rochas, e emboscar as criaturas quando chegarem lá. Então vocês se livrarão deles de uma vez por todas.

— É uma ideia corajosa — disse Cízico —, mas eles são tantos! Não conseguiríamos atrair todos para o istmo.

— Não seria preciso. Atalanta e todos que souberem usar um arco poderiam se esconder a bordo da *Argo* e atacar os que restarem na praia. Hércules pode atraí-los para fora do ninho e os persuadir a segui-lo até o istmo. Ele é, de longe, o mais forte. E sua pele de leão o protegeria das flechas perdidas.

— Vidente e estrategista. — A voz de Jasão era tão cortante que poderia atravessar bronze. — Não existe limite para seus talentos, Daeira. — Ele se virou para Cízico. — Existe um suprimento de bambus em algum lugar desta caverna?

Cízico balançou a cabeça.

Jasão abriu um sorriso vazio para Danae.

— Por que não ajuda Clite com as crianças e deixa os guerreiros planejarem a batalha?

Naquele momento, ela não quis nada além de conjurar um vento ou arremessar Jasão contra as rochas.

— Os tubos! — Hilas se colocou de pé em um salto. — Desculpe... — Suas bochechas coraram quando todos o encararam. — É que, quando deixamos Lemnos – ele olhou com nervosismo para Jasão –, eu peguei os tubos de dardos. Achei que poderiam ser úteis. Eles devem dar profundidade suficiente para respirarmos embaixo d'água.

— Quantos? — perguntou Atalanta.

— Vinte.

— Seu espertinho. — Télamon deu um tapa nas costas do jovem.

— Parece que o plano de Daeira pode funcionar no fim das contas — disse Hércules, com a boca se retorcendo em um sorriso.

Essa visão causou um frio na barriga de Danae.

— Como fará para as feras te seguirem? — perguntou Jasão, com petulância.

— Deixe isso comigo — respondeu Hércules.

O herói se levantou, expondo sua altura completa. Ele ainda estava mais magro do que quando Danae o vira pela primeira vez em Corinto, mas, parado diante dela naquele momento, parecia um deus.

— Dolíones! — Sua voz reverberou pela caverna. — Sei que têm sofrido, mas não precisam mais ter medo. Nós somos o flagelo do mal. Como os homens temem o fogo do Tártaro, monstros nos temem. — Os argonautas começaram a bater os pés e golpear as rochas com suas armas. — Deixaremos o mar vermelho com o sangue dos terrestres, e eles nunca mais assombrarão esta costa!

Os argonautas rugiram. Vários dos dolíones se juntaram a eles, erguendo os punhos no alto. Danae percebeu um homem segurando um pequeno bebê. Uma dor repentina perpassou seu peito. Ela viu Arius nas bochechas gorduchas da criança. O pai do menino chorava silenciosamente, admirando Hércules como se ele fosse a salvação encarnada.

A tripulação tinha a fé ao lado deles e, embora não soubessem, tinham o poder dela. Talvez os agouros *fossem* favoráveis. Talvez a visão houvesse sido um símbolo da destruição do terrestres de seis mãos.

Talvez, contra todas as expectativas, os argonautas pudessem vencer.

32. EM MEIO À NÉVOA

A plataforma de observação rangeu quando Danae flexionou as pernas. Ela pressionou as pálpebras, depois virou o rosto para a fenda na rocha.

A praia ríspida brilhou quando o amanhecer cresceu no horizonte, uma brisa suave soprando pela brecha na pedra. Estava calmo. Calmo demais. Como se o mar se preparasse para o que estava por vir.

Atalanta e os argonautas arqueiros haviam embarcado na *Argo* durante a noite. Sem exceção, os soldados dolíones se comprometeram a lutar. A maioria deles submergiu com quem restava dos argonautas do outro lado do istmo, respirando através dos tubos de dardos. Dolos insistira em examinar os tubos antes, para garantir que não havia amostra residual do *phármakon* dentro deles. A última coisa que precisavam era que metade dos homens desmaiasse embaixo d'água.

Hércules partira antes da primeira luz do dia, e Danae o observara escalar a base da falésia com medo no coração. Ela não sabia por que estava tão preocupada. Se alguém podia cuidar de si mesmo em uma luta, esse alguém era Hércules.

A plataforma oscilou, e ela se virou para encarar Hilas, que subia ali.

— Ordenaram que eu ficasse com a segunda leva.

— Ordens de Jasão?

Hilas a encarou com um olhar exausto. Ela meneou a cabeça.

— Aquele homem é um tolo. Você deveria estar lá fora com Télamon, Anceu e os outros. Você é um dos nossos melhores homens.

Hilas olhou para as tábuas abaixo, as bochechas corando como sempre acontecia quando ela o elogiava. Danae se virou de novo para a fenda. Ainda nenhum sinal de Hércules. Ele já deveria ter voltado àquela altura.

— Não precisa se preocupar com ele. Já vi Hércules enfrentar coisas bem piores do que um punhado de monstros de seis braços. Isso vai ser moleza para ele.

— Não estou preocupada — mentiu Danae. — Eu só odeio esperar. — Ela se moveu para espiar pela fenda de novo. — Queria poder enxergar mais do istmo daqui.

— Posso?

Ela se ajeitou como podia para que Hilas ficasse ao seu lado. Quase não havia espaço para os dois na plataforma, e os corpos ficaram pressionados quando ele se inclinou.

Ela o observou estreitando os olhos pela fenda. As horas passadas nos bancos de remos destacaram as sardas em suas bochechas. As orelhas, sempre mais rosadas do que o resto do corpo, despontavam por entre os cachos castanhos. Danae se lembrou da sensação de vê-lo esvaecer sob a influência do dardo envenenado. Ela não conseguia explicar por quê, mas sentia como se os dois fossem feitos do mesmo barro, como se houvesse um grão de Naxos em Hilas.

Hilas nem sequer sabia o nome verdadeiro dela, mas, quando estava com ele, ela sentia-se como Danae. Era reconfortante saber que, apesar de tudo que havia acontecido, ela ainda estava ali dentro, em algum lugar.

— Estou contente por você não estar morto.

Ele se virou para ela. Os dois se encararam, mas nenhum deles falou. O silêncio ficou mais pesado do que uma tonelada, então, de repente, ele se inclinou e pressionou os lábios nos dela. Instintivamente, ela recuou, batendo a cabeça na parede da caverna.

A cor sumiu do rosto de Hilas.

— Desculpe... eu... eu entendi errado.

Danae não sabia o que dizer. A plataforma parecia diminuir de tamanho a cada instante que ela não pronunciava uma palavra.

Um urro surgiu além da caverna. Os dois foram em direção à fenda, e Danae pressionou o rosto com tanta força na abertura que a rocha cortou sua pele.

Hércules disparava pela praia, tinindo a espada no escudo de bronze. Havia sangue na lâmina? Ela não conseguia distinguir de tão longe. O herói corria em direção ao istmo, dispersando pedregulhos pelo caminho. Ela aguardou, depois prendeu a respiração, mas os terrestres não apareceram.

— Por que eles não o seguiram?

Ela se afastou e deixou Hilas olhar, se curvando em decepção. O plano dela falhara.

Então Hilas ficou tenso.

— Eu consigo ver!

Ela o empurrou e olhou pela fenda.

Os terrestres verteram pela falésia em uma onda, como ratos enormes saindo de uma fossa, os pelos ásperos deles brilhando como óleo na luz da manhã. Cízico não fora justo sobre eles. Seus rostos carregavam o focinho raivoso de ursos, mas as semelhanças acabavam por aí. Os movimentos eram grotescos, os corpos balançando enquanto corriam com os braços longos como aranhas, cravando as garras na rocha. Quando chegaram à praia, eles transferiram de uma vez o peso para as pernas grossas e musculosas e ficaram mais altos até mesmo do que Hércules.

Havia tantos deles.

— Merda, não consigo ver o istmo — disse Danae.

Os argonautas já deveriam ter saído da água àquela altura. O medo começou a escorrer por ela. Precisava saber o que estava acontecendo.

— Foda-se Jasão — disse ela ao atravessar a plataforma e descer pela escada.

— O que está fazendo? — perguntou Hilas.

— Indo ajudar nossa tripulação. Você vem?

Ele hesitou, depois desceu atrás dela.

Eles chegaram ao chão, correndo e deslizando entre as estalagmites ao correrem até a entrada.

— Parem! — gritou Dolos. — Jasão não deu o sinal!

Contudo, as palavras dele ecoaram pela passagem vazia. Danae e Hilas já estavam subindo para fora da caverna.

Os argonautas e os dolíones tinham saído da água, com as armas tilintando quando o metal colidia com as garras e o mar em volta do istmo ficava vermelho. Pelas pilhas de corpos eriçados enfileirados na areia, parecia que a emboscada fora um sucesso. Ainda restavam vários terrestres na praia, mas Hércules ficava como um poderoso guardião, fazendo criaturas tombarem à medida que disparavam em direção a seus semelhantes presos em batalhas contra argonautas e dolíones no istmo.

O herói golpeou e cortou, com um só movimento, dois braços de um terrestre que se precipitara até ele. A fera rugiu, sacudindo os cotos inúteis, enquanto Hércules brandia a espada ao redor e a enfiava profundamente na barriga da criatura.

Ele estava em seu ambiente. Parecia o Hércules que Danae sempre imaginara das histórias de sua mãe. O herói imbatível.

Naquele momento, uma grande quantidade de flechas passou por cima da cabeça deles e caiu sobre os terrestres que restavam na praia. Com uma onda de satisfação, Danae viu pelo menos uma dúzia tombar.

— O que Tártaro é aquilo? — disse Hilas.

Ela olhou para cima, semicerrando os olhos contra a luz do sol.

Enrolando-se pela montanha ao longe, como uma cobra envolvendo a presa, havia uma gavinha de neblina densa. Danae observou isso cobrir rapidamente a terra com uma névoa cinza e opaca. Ela franziu mais o cenho. Aquilo se movia anormalmente depressa. Não vinha do oceano. Ainda assim, era rápido como se estivesse sendo conduzida pelo vento de uma tempestade marítima. E estava indo direto para a praia.

Apesar do calor do sol nascendo, o sangue dela gelou.

Os deuses a haviam encontrado.

✧✧✧

Aconteceu rápido demais. Danae não pôde fazer nada além de assistir enquanto a neblina envolvia as falésias, depois avançava pela praia. Em instantes, ninguém conseguiria ver contra quem lutavam.

Houve um estalo repugnante no istmo quando um terrestre esmagou o crânio de um soldado dolíone como se fosse melão, enquanto o homem estava distraído pelo surgimento da névoa.

Hilas desembainhou a espada.

— Recuar! Recuar!

Mas era tarde demais. Danae olhou para o final do istmo bem a tempo de ver Hércules, com a espada enfiada até o cabo nas entranhas de um terrestre, ser engolido pela neblina. O resto dos homens congelou quando a névoa os consumiu.

Atrás dela, os guerreiros da segunda leva surgiram pelo túnel e desceram as rochas depressa.

— Parem! — Suas palavras foram ignoradas quando eles desapareceram na névoa e Hilas se lançou atrás deles. — Droga!

Ela hesitou por um segundo, então o seguiu.

O silêncio a atingiu como se tivesse colidido com um muro de pedra. O barulho da batalha parecia bem distante, como se ela estivesse embaixo d'água. Danae estremeceu. A neblina era gélida, com a promessa de morte. Era tão densa que quase a deixou cega. Ela esticou os braços. Seus membros pareciam fantasmagóricos, os dedos esmaecendo na neblina diante de si. Era um argonauta se movendo à sua frente, ou um terrestre?

Ela lutou contra o medo que ameaçava paralisá-la. Precisava impedi-los, ou os guerreiros seriam massacrados.

Algo que rondava a névoa foi em sua direção. Percebendo tarde demais que esquecera sua arma, ela jogou os braços para o alto e se preparou para o ataque das garras de um terrestre.

— Deuses, droga! Eu quase te matei! — Télamon estava em cima dela, a espada a quase um palmo de seus braços.

Com o coração ainda palpitando, Danae endireitou a postura.

— Você viu Hilas ou Hércules?

— Não consigo ver nada nessa maldita neblina! — Ele segurou o ombro dela. — Sabe por que isso está acontecendo? É ação de algum deus?

Antes que ela pudesse responder, uma garra cortou a névoa acima deles. Télamon a empurrou para longe e brandiu a espada contra o terrestre. Danae rolou pela areia, perdendo ambos de vista quando desapareceram na neblina. Ela parou ao colidir com algo no chão.

De primeira, acreditou ser um terrestre abatido, mas, assim que se reclinou sobre o corpo, percebeu que o que acreditava ser o pelo deles era a pele de urso de Anceu. O rosto do argonauta estava relaxado, o olhar vazio. Danae sentiu algo quente e úmido formando uma poça em volta de sua mão.

Uma parte dela foi transportada de volta à costa de Corinto e para a visão do corpo destruído de Manto. Contudo, outra parte sabia que aquele não era o momento para sentir culpa. A cada batalha, a cada morte, essa parte dela falava mais alto. Ela fechou os olhos de Anceu, sussurrando rapidamente a prece que o enviaria aos Campos Elíseos, depois pegou a espada do homem e pulou seu corpo.

Com a visão bloqueada, cada grito, grunhido e colisão de metais ganhava uma nota distinta. Mas ela buscava ouvir outra coisa.

Danae parou, esmagando a areia áspera sob os pés ao erguer a espada de Anceu. Alguém estava por perto. Ela conseguia ouvir a respiração, lenta e estável, desprovida de pânico. Os pelos de sua nuca se arrepiaram.

Confie em seu poder. A voz estava calma, confiante, determinada.

Danae sabia o que deveria fazer. Soltou a espada e sentiu a energia correndo por suas veias. Ela deu um passo adiante, depois mais um. O contorno de uma figura entrou em foco. Usava uma armadura dourada, com um elmo de pluma azul, diferente do tipo que era usado por qualquer soldado ou general que Danae já vira. Do pescoço para baixo, a armadura cobria o corpo inteiro da figura, até a manopla que revestia seus dedos.

De repente, a figura ergueu os braços, as mãos protegidas em dourado perpassando a névoa. Danae elevou os braços e invocou seus fios da vida para a neblina. O vento rugia como se fosse uma centena de lobos quando ela chicoteou o ar em uma torrente, cortando um caminho de claridade através da neblina. Enquanto a névoa recuava e a luz do dia se espalhava, ela viu um lampejo da figura, com a armadura dourada tão ofuscante que brilhava como o sol. Havia algo de familiar no rosto sob o elmo, mas ela não teve tempo de procurar em suas lembranças quando a figura caiu estatelada na areia por causa da força do vendaval.

Danae avançou, mas a figura levantou os braços mais uma vez, e a neblina engrossou de novo ao redor. A desconhecida dourada devia estar a controlando. Danae redobrou o esforço e fez a névoa recuar pela segunda vez.

Contudo, a figura havia partido.

※※※

Danae açoitou o vento à esquerda e à direita, limpando as faixas do istmo, mas a desconhecida dourada tinha desaparecido. Rugindo de frustração, ela voltou seus esforços de novo em banir o resto da neblina. O ser fugira? Se era poderoso o suficiente para invocar uma névoa arrebatadora, por que fugiria dela?

Ela não tinha tempo para pensar nisso. Apesar de ter clareado boa parte da área, Danae ainda não conseguia ver Hilas ou Hércules. Sua visão estava escurecida nas beiradas. Ela sabia que não tinha muita força; consumira demais seus fios da vida. O vento exigia bem mais energia do que o fogo em Lemnos.

Sua próxima lufada revelou Jasão, lutando cegamente contra um terrestre. O capitão estava no processo de arrancar a lâmina da barriga da fera quando o vento de Danae soprou a névoa para longe. Ele olhou em volta, freneticamente, brandindo a espada enquanto a criatura cambaleava para o chão. Então, da neblina que recuava atrás dele, alguém disparou. Jasão se virou, erguendo a espada.

Cízico cambaleou para a luz. Danae baixou os braços e encarou horrorizada o rei dos dolíones empalado pela lâmina de Jasão. A boca do capitão se moveu sem dizer nada quando Cízico caiu na areia.

Danae tentou alcançá-los, mas suas pernas estavam presas. Ela tinha se exaurido. Ainda não conhecia seus limites e usara muito de seus fios da vida.

Um grito cortou o ar. Clite estava parada nas rochas bem no fim do istmo, com a boca escancarada. Então ela meio escorregou, meio correu para descer das rochas, parando apenas para pegar a espada de um dolíone abatido.

Ela disparou em direção a Jasão.

— Assassino!

Jasão puxou a espada do peito de Cízico e se defendeu do golpe da mulher.

— Eu não conseguia vê-lo, eu...

Clite brandiu a lâmina sobre ele de novo. Jasão a empurrou, mas ela continuou se lançando contra ele.

— Dolíones, o rei foi morto! Assassinado por este monstro em pele de homem! Vinguem meu marido, matem todos!

Em volta do istmo agora livre, os soldados dolíones recuaram dos poucos terrestres que restavam e se viraram em direção à rainha. Eles viram Cízico morto e Clite cercando Jasão. Como um incêndio, a ira dela saltou de homem para homem, inflamando todos eles. Apesar de precisar defender o istmo contra o resto dos terrestres, vários dos dolíones se viraram contra os argonautas. Aquelas pessoas haviam prometido salvá-los. Em vez disso, assassinaram o rei deles.

Jasão cruzou espadas com Clite. Eles lutaram por um momento, mas a força dele superou a dela e, com um empurrão, ele a jogou no chão.

— Argonautas, voltem ao navio! — gritou ele, enquanto corria pelo istmo em direção às rochas onde a *Argo* estava ancorada.

Danae apertou os dentes e conseguiu se colocar de joelhos. Então um terrestre disparou em sua direção, fios de baba escorrendo da boca enquanto rangia as presas.

No momento seguinte, ela foi erguida do chão. Hilas a jogou sobre o ombro e correu pela extensão de areia. Ele diminuiu a velocidade ao chegar nas rochas e tentou subir com uma mão em direção à *Argo*. Danae conseguia sentir os músculos do guerreiro tensionando e a respiração ficando pesada. Ela o estava atrasando.

— Me deixe aqui — disse ela, com a voz rouca.

— Nunca. — Hilas apertou as mãos em volta da cintura dela.

Os argonautas passaram por eles, perseguidos por dolíones enfurecidos e terrestres raivosos.

— Hércules! — Hilas berrou quando a forma enorme do herói apareceu ao lado deles, batalhando contra os terrestres que abriam caminho com as garras pelas rochas. — Ajude-a!

Danae se tornou leve nos braços de Hércules. Ele passou pela última extensão de rochas e a entregou para Atalanta, que estava pronta com o resto dos arqueiros para puxar a bordo o resto da tripulação em fuga. A guerreira a jogou no convés e esticou o braço para Hilas, enquanto Hércules pulava pela lateral do navio.

Danae agarrou um banco e se ergueu. Atalanta puxou Hilas por cima da amurada, e o olhar de Danae encontrou o dele. O sentimento que queimava ali a atingiu como uma tempestade repentina de verão. Ela se perguntou como nunca percebera antes.

Ele a amava.

Um terrestre surgiu das rochas. A surpresa quase não foi registrada no rosto de Hilas quando dois pares de garras manchadas de sangue se fecharam em volta de seu torso. Em defesa de Atalanta, ela o segurou, mas não era páreo para a força da fera, e seus dedos escorregaram pelos de Hilas quando a criatura o puxou para baixo.

Antes de o grito pular para fora do peito de Danae, Hércules se jogou por cima da borda e correu pelas rochas atrás deles.

Parecendo alheio ao que ocorrera, Jasão se inclinou por cima da popa, soltando freneticamente as amarras.

— Aos remos! — gritou ele, ao soltar os nós da corda. — Que os deuses os amaldiçoem, aos remos!

O restante da tripulação se apressou para pegar os remos.

— Hércules e Hilas! Não podemos deixá-los! — berrou Télamon.

Os olhos de Jasão estavam cheios de fúria quando encarou a costa, ainda repleta de terrestres e dolíones irados.

— Não vou arriscar o resto da tripulação por dois homens.

— Mas Hércules... — Tífis começou a falar.

Jasão empurrou o navegador e segurou o timão.

— Se quiserem viver, remem!

Os homens não precisaram de uma terceira ordem. A névoa mudara o equilíbrio da batalha. Com os dolíones atacando também, os argonautas sabiam que era uma luta perdida. Eles agarraram os remos e afastaram o navio das rochas. Atalanta se atirou em Jasão, mas antes que o alcançasse foi derrubada no convés com um baque por Pólux.

Télamon sacou a espada.

— Jasão! Ordene que voltem, ou eu vou te obrigar.

Sem dizer uma palavra, Dolos correu pelo convés, com a bolsa presa em seu torso, e mergulhou no mar. Houve um tilintar de metais atrás de Danae quando a lâmina de Castor encontrou a de Télamon, mas o olhar dela permaneceu em Dolos, nadando de volta às rochas que ficavam mais e mais distantes.

Ela queria desesperadamente seguir o curandeiro, mas não se moveu.

Agora ela se lembrava de onde já tinha visto o rosto da desconhecida dourada antes. Em uma cidade bem longe, em uma imagem oito vezes seu tamanho.

Atena.

Ela, uma mortal, invocara o vento que derrubara uma deusa do Olimpo. Não só isso. Atena fugira em vez de lutar contra ela. Os Doze não eram intocáveis, no fim das contas.

Quando o profeta cair, e o ouro que cresce não produzir fruto, a última filha virá. Ela dará um fim ao reino do trovão e se tornará a luz que libertará a humanidade.

Ela viu Delfos: os corpos queimando, os gritos de horror, todas aquelas pessoas massacradas e sem sepultamento. Ela tinha uma chance; podia impedir que aquilo acontecesse de novo.

Você sabe o que deve fazer, disse a voz.

As lágrimas escorriam por seu rosto. Precisava permanecer na *Argo*, não importava quem ficasse para trás. Seu destino era maior do que seu desejo, maior do que a soma de todas as pessoas a bordo daquele navio. Chegar até Prometeu precisava vir antes de todo o resto. E não importava o quanto doesse, ela não podia deixar nada, nem ninguém, ficar em seu caminho.

PARTE TRÊS

33. REVELAÇÕES

— Você é um capitão patético, Jasão! — O rosto de Télamon estava mais vermelho do que seu cabelo. — É um parasita, um sanguessuga, uma larva em uma pilha de merda fumegante! Eu não mijaria em você se estivesse queimando até a morte.

Atalanta estava em silêncio ao lado dele, seu olhar mais fulminante do que qualquer insulto de Télamon. Ambos estavam presos pelos tornozelos e pelos pulsos, amarrados a anéis de ferro na parede do convés da popa. No fim, foram precisos cinco homens para segurá-los.

A terra dos dolíones estava bem distante, mas Télamon era implacável. Danae ficou impressionada por ele ainda ter ar nos pulmões. E por ninguém o ter amordaçado.

Jasão remava com os homens. O capitão não tivera muita escolha. Depois de lutar contra os terrestres, os argonautas viraram uma tripulação de catorze, com dois amarrados. A posição de Danae como vidente a livrou de se juntar aos remadores, e, com Tífis no timão, havia apenas dez homens espalhados pelos bancos.

Danae se sentou no convés da popa, encarando distraidamente as ondas. Ela se sentia grata por ter sido deixada em paz. Estava frágil como vidro depois de invocar o vento. Não importava para onde olhasse, ela via o rosto de Hilas quando os terrestres o arrastaram para longe.

Dissera para si mesma que era fraca demais, que não teria forças para nadar de volta até a costa. Contudo, não importava o quanto reunisse suas desculpas, a verdade era como um colosso sobre ela: Danae poderia ter seguido Dolos, mas escolhera permanecer no navio.

Que estranho que uma rocha de obsidiana a conhecesse melhor do que ela mesma. Três pares de mãos: Hilas, Dolos e Hércules.

— Rei de Iolcos? — disparou Télamon. — Que piada ridícula. Hércules era um líder de verdade. Por sua causa, os argonautas perderam o melhor homem. Ele era um verdadeiro herói. Voltou por Hilas, teria feito isso por qualquer um de nós! E o que você fez? Você os abandonou! Hércules é uma lenda viva, e você não é nada!

— Parem de remar!

Os homens puxaram os remos quando Jasão subiu sobre seu banco para encarar a tripulação.

— Chegou a hora da verdade. — Sua respiração estava pesada, e as palmas de suas mãos sangravam. Ele não criara calos como o resto deles. — Esperava que não chegasse a este ponto, mas vocês merecem saber. Nós enfrentamos mais do que má sorte nesta viagem.

A cabeça de Danae se virou abruptamente na direção dos bancos.

— A tempestade, Lemnos, a névoa, tudo em oposição aos agouros. Os deuses têm nos punido por causa de um dos argonautas.

Ela sentiu um frio na barriga. Como ele sabia?

Jasão respirou fundo.

— Hércules não é o homem que acreditam.

Ela estacou.

— Ele cometeu um crime sangrento...

— Não! — Atalanta se contorceu contra as amarras. — Eu vou te matar, Jasão! Eu vou te matar!

O capitão ignorou essa explosão.

— Ele recebeu a ordem, do sagrado oráculo de Delfos, de purgar sua alma fazendo os doze trabalhos para o rei Euristeu de Micenas.

— Jasão, eu juro pelo Estige...

A voz de Jasão se ergueu acima dos gritos de Atalanta.

— Seus feitos *heroicos* não passam de uma punição exigida e, ao se juntar a esta missão, ele está violando seu acordo com o rei Euristeu, assim como o decreto dos deuses passado pelo oráculo. Eu acredito que estejamos sendo punidos pelas ações dele. — As palavras soavam ensaiadas. — Esperava nunca ter de revelar isso. Achei que ele seria um ponto forte em nossa causa, mas não trouxe nada além de destruição para o nosso navio.

— Filho da puta! — rosnou Télamon.

— Que crime ele cometeu? — sussurrou Orfeu.

— Jasão, por favor. Não faça isso.

Perplexa, Danae olhou para Atalanta. Nunca vira a guerreira falar com tanta suavidade. Ela devia estar desesperada.

O rosto bonito do capitão estava mascarado por arrependimento, mas ele não conseguia esconder muito bem o brilho de satisfação em seu olhar.

— Hércules assassinou sua esposa e filhos.

O navio balançou em silêncio. Danae queria gritar com Jasão, chamá-lo de mentiroso, mas a verdade estava escrita no rosto de Atalanta e Télamon.

Eu fiz coisas terríveis, e todas foram minha culpa.

Jasão devia saber o tempo todo e guardara a informação até precisar influenciar a lealdade dos homens.

Ela pensou em seus sobrinhos pequenos, em seus irmãos que, quando crianças, se revestiam com pele de cabra para fingirem ser o herói; pensou em todas as pessoas que ouviam histórias do poderoso Hércules e acreditavam que qualquer coisa era possível.

Ao derrubar o ídolo deles, Jasão podia ter ganhado de novo a lealdade da tripulação, mas ele deveria conseguir ver o que estava claro para Danae. Ao matar o herói em Hércules, ele matara o sonho do que aqueles homens poderiam se tornar.

✧ ✧ ✧

Danae se sentou perto de Atalanta e ofereceu o odre de vinho que pegara do depósito.

A guerreira pegou o recipiente com as mãos atadas, puxou a cortiça com os dentes e bebeu como se sua vida dependesse disso.

Ao seu lado, Télamon estava de cabeça baixa.

— Deveríamos ter abandonado o navio com Dolos — murmurou ele.

Atalanta ofereceu o vinho a ele, que balançou a cabeça.

— Digam-me o que aconteceu — pediu Danae. Atalanta a encarou. — Não quero julgá-lo antes de ouvir a verdade.

— Conte para ela — disse Télamon. — Qual o sentido de esconder agora?

Atalanta suspirou profundamente. Danae aguardou.

— Hércules morava em Tebas quando era jovem. Antes mesmo de ter pelos no saco, ele conquistou honra para seu nome. Então, o rei Creonte decidiu colocá-lo no comando de um exército. Resumindo: uma cidade vizinha tentou invadir, e Hércules os derrotou. Como recompensa, Creonte lhe deu sua filha, Mégara, como esposa.

Um peso se instalou no peito de Danae. Isso explicava o comportamento inquietante de Hércules quando passaram perto da cidade. Não era de surpreender que estivesse tão ávido por deixar aquele lugar.

— Ele não é culpado pelo que aconteceu. É importante que saiba disso.

Danae conseguia ouvir relutância na voz de Atalanta, o desconforto ao se aproximar das palavras que não queria pronunciar.

— Continue.

— Uma noite, alguém o drogou. Ele enlouqueceu. Atacou a esposa e os três meninos enquanto dormiam, com uma clava. Quando voltou a si e viu o que tinha feito, ele tentou se matar. Dolos o impediu.

Danae imaginou esse horror. A esposa, os filhos de Hércules. O medo em seus rostinhos ao acordarem e verem o pai em cima deles, com uma clava. Todo o sangue.

— Jasão está certo. Tivemos mais do que má sorte nesta viagem.

Atalanta virou um olhar azedo para Télamon.

— Vai mesmo concordar com aquele imbecil?

— É por causa de Hera.

A esposa de Zeus. A barriga de Danae se revirou.

— Por que acha isso?

— Nunca te contei. — Télamon lançou um olhar de culpa para Atalanta. — Alguns anos atrás, eu embebedei muito Dolos...

— Eu não me lembro disso.

— Você estava na cama de alguma mulher.

Atalanta grunhiu.

— Enfim — continuou Télamon —, ele ficou sombrio e falou sobre como os deuses tinham arruinado Hércules. — Ele olhou para o céu e baixou a voz. — Dolos disse que foi Hera que enlouqueceu Hércules na noite que ele matou a família, por despeito, por ser o bastardo favorito do marido. E ela nunca gostou dele.

— Então você acha que a Deusa dos Céus vinha atacando os argonautas para atingir Hércules? — Atalanta meneou a cabeça. — Por que agora? Ela poderia tê-lo derrotado tantas vezes durante seus trabalhos. Não acredito nisso.

— Os deuses agem de formas misteriosas.

— Foda-se. Tem alguma outra coisa acontecendo aqui.

Danae deveria se preocupar, mas havia sido perpassada por uma fúria escaldante. Os filhos de Hércules eram inocentes, assim como Arius. Os deuses não eram desatentos, eles eram cruéis.

Você pode fazê-los pagar, disse a voz. *Você é o acerto de contas.*

— Como Jasão descobriu? — Um olhar que Atalanta reservava especialmente para ele voltou quando ela encarou as costas do capitão. — Pensei que Creonte tivesse abafado o caso, e fôssemos os únicos que sabiam da verdade.

Danae se lembrou do que Jasão dissera na praia de Iolcos. Hera contara para ele sobre sua verdadeira origem e o colocara no caminho de reivindicar o trono. Talvez ela também tivesse revelado outras coisas.

Eles foram interrompidos por uma colisão nos bancos dos remadores.

— Segurem os remos! — berrou Jasão.

Peleu desabou no espaço entre os bancos.

— Peleu! — Télamon se rebateu entre as amarras. — Solte-me! Pelo amor dos deuses, ele é meu irmão!

Um fio de sangue escorreu de trás do banco.

— Onde está o curandeiro? — Jasão olhou em volta. — Dolos... — O nome morreu antes de sair por completo de seus lábios.

Danae caminhou pelo convés e pulou os bancos. Jasão afastou a lateral da túnica de Peleu, revelando dois cortes profundos em sua barriga. A pele estava drenada de cor, a testa coberta por suor frio.

— Por que não disse nada? — perguntou Jasão.

— Não quis incomodar. — Um pequeno sorriso surgiu nos lábios pálidos de Peleu. — Não está tão ruim.

Jasão olhou para Danae. Todos estavam olhando para ela.

— Precisamos conter o sangramento. — Ela procurou em sua memória qualquer coisa que pudesse ajudar e se lembrou do que a mãe fizera quando, ainda criança, Calix abrira a coxa escalando. — Preciso de tecidos.

Ela não deixaria mais um argonauta morrer. Não se pudesse impedir.

Orfeu rasgou a parte de cima de sua túnica e entregou para Danae. Ela enrolou o pano entre os punhos e pressionou contra os ferimentos de Peleu. Ele grunhiu. Os músculos no braço dela já se contraíam pelo esforço. Maldita fraqueza.

Ela substituiu suas mãos pelas de Jasão.

— Pressione.

Depois se levantou e correu em direção ao depósito.

— O que está acontecendo? — gritou Télamon. — Ele vai ficar bem?

Ela olhou de volta para ele e se abaixou para entrar na cabine.

— Não sou Dolos, mas darei o meu melhor.

Assim que entrou, ela se inclinou contra a porta, com a cabeça girando. Danae respirou fundo, depois averiguou a sala, afastando as caixas de biscoitos, armas e pilhas de peles. Os olhos dela se demoraram em um odre de vinho pirata. Ela o pegou e tomou um gole para se acalmar, depois continuou a busca. Dolos tinha uma coleção de agulhas finas e fibras de intestino de animais, especificamente para costurar pele. Ela não tinha nenhuma das duas coisas, mas talvez pudesse improvisar.

Ela saiu da cabine, o vinho em uma mão, uma agulha de lona encerada e barbante na outra. Télamon ficou quase tão pálido quanto o irmão quando viu o que ela carregava.

— Você não vai... com isso?

Danae não tinha tempo para responder enquanto se apressava até os bancos. Tomando o lugar de Jasão, ela ajudou Peleu a levantar a cabeça e segurou o vinho em seus lábios.

— Beba isso, vai precisar.

Peleu avistou a agulha na outra mão dela e deu um grande gole. Danae pegou o odre de volta e derramou o resto do líquido nas feridas e em cima da agulha. Do outro lado do convés, Atalanta gemeu. Podia ter sido por compaixão por Peleu, mas provavelmente foi pelo desperdício de vinho.

— Isso vai doer.

Danae mordeu o lábio. A dor ajudou a firmar a mão enquanto separava o fio de barbante e enfiava na agulha. Respirando fundo, ela juntou as laterais do primeiro corte e afundou a agulha na pele de Peleu.

Não era tão ruim se ela se imaginasse costurando um figo e que o sangue era o suco. Tinha tanto suco. Ela afastou uma onda de náusea quando seus pensamentos foram invadidos pela imagem de Myron, o açougueiro, com o braço enfiado até o cotovelo na carcaça de uma vaca.

Por favor, funcione, ela pensava a cada ponto. Os gritos de Peleu surgiam dos bancos toda vez que ela rompia sua pele. Quando o ferimento estava fechado, a voz do pobre homem se reduzira a um choramingo. Danae se sentou sobre os tornozelos e olhou para suas mãos trêmulas e ensanguentadas. Como as mantivera firmes, ela não sabia.

Enquanto os homens tiravam Peleu de trás dos bancos e faziam um leito confortável de peles, ela se levantou e caminhou até Télamon.

— Ele parou de sangrar. — Danae se abaixou ao lado do homem. — Acho que agora está fora de perigo.

Télamon assentiu, depois segurou as mãos ensanguentadas dela.

— Obrigado.

Ela afastou os dedos, murmurando:

— Era o mínimo que eu podia fazer.

❈ ❈ ❈

Quando a noite caiu, e a tripulação deitou entre os bancos. Danae permaneceu ao lado de Télamon e Atalanta.

A cabeça de Télamon estava caída para a frente, movendo-se suavemente enquanto ele roncava. Dormindo, Atalanta deslizara para o lado, contra a plataforma da popa, suas mãos atadas descansando no convés, os dedos acomodados na coxa de Danae.

A lua fora meio engolida por escuridão, mas lançava luz o suficiente para enxergar. Danae olhou para o rosto de Atalanta. Ela nunca ousaria encarar por tanto tempo quando a guerreira estava acordada. Suas feições eram surpreendentemente suaves sem a careta de sempre. Ela parecia mais jovem do que Danae imaginara a princípio, talvez por volta de vinte e cinco anos, como Santos. Sua boca estava entreaberta, a respiração soltando um assovio suave ao passar pelos lábios carnudos. Ela era bonita, de um jeito feroz. Era uma mulher que podia competir com um deus.

Danae se perguntou se a noite em que confortara Atalanta tinha mesmo ocorrido. Parecia um sonho. Um momento roubado de um mundo governado por outras estrelas.

Os olhos da guerreira se abriram repentinamente. Danae se encolheu.

— Há quanto tempo está me olhando?

— Eu não estava...

— Estava, sim. — Atalanta se ergueu e começou a vasculhar em volta, procurando pelo odre. Ela estremeceu.

— Está machucada?

— Não.

— Mostre.

Atalanta cerrou os dentes. Fazendo careta, ela levantou os braços e revelou a ponta de um corte abaixo da sua axila direita. Felizmente, não parecia precisar de pontos.

— É só um arranhão. Um daqueles putos dos terrestres me pegou quando estava tentando segurar o Hilas.

O coração de Danae de repente ficou mais pesado no peito.

— Por que nenhum de vocês admite quando está ferido? — falou ela, rispidamente, esticando a mão para abrir as correias do peitoral de Atalanta.

A guerreira se afastou.

— Não consigo ver direito sem remover.

— Eu nunca tiro minha armadura.

— Você tirou em Lemnos. — Ela se arrependeu daquelas palavras assim que saíram de seus lábios.

Um silêncio recaiu sobre elas.

— Sinto muito. Deve ter sido difícil, estar de novo com um grupo de caçadores e então...

— Você se acha muito esperta, não é? — O olhar de Atalanta se tornou inflexível como ferro. — Acha que os homens te respeitam? Você só está aqui por causa *deles*! — Ela olhou para o céu. — Mas os deuses não vão te proteger, vidente, não importa o quanto pense que é especial para eles. — Ela gesticulou para os bancos. — Sou mais rápida, forte e resistente do que todos esses imbecis, mas preciso provar meu valor todo maldito dia. Quer saber por que eu não tiro minha armadura? — Ela bateu contra o peito. — Isso foi moldado a pancadas do peitoral do homem que assassinou meu povo. Porque ele era mais rápido, mais forte, mais resistente... — Ela parou, ofegante. Quando falou de novo, suas palavras cortaram como uma lâmina discreta. — Nunca mais toque em minha armadura.

Danae engoliu em seco.

— Se eu não limpar a ferida, ela vai infeccionar. Se concordar, eu preferiria que você não morresse.

As duas se encararam. Os olhos escuros de Atalanta queimaram em uma intensidade que fez o estômago de Danae se revirar, mas ela não desviou o olhar.

— Tudo bem. Mas a armadura fica.

— Sim, você deixou isso claro.

A boca de Atalanta se retorceu. Danae encontrou o odre e, armada de um tecido tirado silenciosamente do depósito, ela se abaixou devagar ao lado da guerreira e começou a limpar com cuidado a ferida sob a armadura.

— Sinto muito por seu povo — disse Danae. Atalanta grunhiu. — Elas também eram caçadoras, não eram?

— Quem te contou?

— Hilas.

Atalanta ficou em silêncio.

— Eu não gosto dos deuses. — Danae não soube como aquele grão de verdade havia escapado, mas lá estava. — Eu canalizo suas vontades quando desejam que eu as receba, mas sei que sou apenas uma ferramenta para eles, nada além de uma mortal descartável. — Ela não tentou esconder o veneno que escorria de suas palavras, odiando a meia mentira que precisou dizer.

Atalanta gentilmente afastou a mão dela.

— Ártemis já falou com você?

— Não.

A guerreira franziu o cenho ainda mais.

— Ela costumava caçar com meu povo.

O coração de Danae palpitou.

— Você a conheceu?

— Sim — respondeu Atalanta, com uma calma que entregava seu medo. — Éramos as mortais dela, como as caçadoras em Lemnos. Ela prometeu que ninguém nos tocaria, que estávamos sob sua proteção. Então invasores vieram para a nossa floresta. Oramos para que nos salvasse, mas ela não veio. Quando finalmente voltou, encontrou todas mortas, exceto três de nós... — Atalanta parou, sua mente voando para algum lugar distante. — Depois do que fizeram conosco, ela não achou que valesse a pena nos salvar.

A raiva que vivia sob a pele de Danae vibrou em seu sangue. Ela queria se aproximar da guerreira, mas sabia que Atalanta detestaria sua pena.

— Como escapou?

— Hércules.

Atalanta ergueu a cabeça, e Danae não teve mais medo de sustentar seu olhar.

— Por que me odiou logo que nos conhecemos?

A lua surgiu de trás de uma nuvem. Em todo seu esplendor, os olhos de Atalanta se tornaram ébano e luz de prata.

— Eu não te odiei. Só não confiei em você.

— E agora confia?

Ela mal conseguia respirar enquanto esperava por uma resposta.

— Confiança precisa ser conquistada. Você salvou Hércules naquela ilha. Isso foi um começo.

O coração de Danae se agitou.

— Quero que confie em mim.

Talvez fosse o luar, mas ela acreditou ver a sombra de um sorriso tocar os lábios da guerreira. Os olhos de Danae se demoraram ali.

Então Télamon soltou um ronco alto.

Atalanta riu e pegou o odre de Danae, secando o resto do líquido.

— Vou te contar como conquistar minha confiança.

— Diga.

Atalanta se inclinou. Danae sentia o calor da mulher, o cheiro de carvalho e madressilva em sua pele. Então a guerreira sussurrou:

— Traga mais vinho para mim.

❖❖❖

Danae estava com torcicolo, seu corpo inteiro duro depois de dormir. A luz da aurora formava marolas iluminadas nas ondas escuras.

— Daeira.

Ao ser chamada, ela se juntou a Jasão no convés da proa.

— Capitão.

Ele olhou para Télamon e Atalanta, ainda amarrados na popa.

— Sei que viajou com eles antes da *Argo*. Mas sou seu capitão, e eles desobedeceram minhas ordens na costa dos dolíones.

Chegar até Prometeu era a única coisa que importava, e Jasão no momento estava no comando do navio que a levaria para lá. O estômago de Danae se revirou, mas ela sabia o que deveria fazer.

— Eu sou leal a você, capitão. Acredito que a sorte me colocou no caminho deles para que me levassem até você.

A boca de Jasão se esticou.

— Ótimo. Então estamos entendidos.

Ela inclinou a cabeça e se virou para voltar para o meio do convés, mas Jasão segurou seu braço. Ele a puxou para perto, segurando-a com força.

— O que viu, antes de atracarmos no litoral dos dolíones?

Ela olhou nos olhos dele, esperando ver acusação. Em vez disso, encontrou anseio.

— Às vezes os agouros não oferecem um caminho claro. Um sinal pode ser favorável para alguns e para outros não. Às vezes sacrifícios precisam ser feitos pelo bem maior.

Ele continuou com a mão no braço dela.

— A própria Rainha dos Céus abençoou esta jornada — disse Jasão, com tanta suavidade que sua voz era quase um sussurro. — Sei que os agouros estão do meu lado. A princípio, pensei que perder homens era um fracasso da minha parte, mas agora vejo que era assim mesmo que deveria ser. Estamos no caminho que os Doze trilharam para nós. Você interpreta a vontade dos deuses, e eu tenho a benção deles. Continue fiel a mim, e farei de você minha vidente real quando voltar para Iolcos e reivindicar meu trono.

Ela se sentiu enojada, mas forçou um sorriso.

— Seria a maior honra da minha vida servir ao seu lado.

Jasão sorriu, mostrando seus dentes brancos e perfeitos.

— Precisamos chegar à Cólquida, custe o que custar.

— Custe o que custar — respondeu ela.

34. O INIMIGO DO MEU INIMIGO

Depois de mais um dia de navegação, duas falésias surgiram diante da *Argo*. Dois muros amplos de rocha, como um par de portões enormes, de sentinela na entrada do mar Negro. Ficavam muito próximas entre si, o sol nascendo parecia uma laranja sendo pressionada entre elas, com seu suco brilhante vazando pelas pedras.

— Os rochedos Simplégades — gritou Tífis da popa. — Também conhecidos como "os colidentes". Dizem que trituram qualquer coisa indigna de passar entre eles. É o único caminho para o mar Negro.

Um pássaro solitário voou acima da cabeça deles, planando entre os rochedos. As falésias permaneceram imóveis.

— Isso é verdade? — gritou Jasão da proa.

— Uma história antiga de pescador, capitão. Ainda assim, melhor proceder com cautela.

Jasão ficou quieto por um momento.

— Vamos baixar âncora aqui. Reabasteceremos água e comida, se conseguirmos encontrar alguma coisa, depois continuamos.

Não havia praia para atracarem. Em vez disso, Tífis foi forçado a conduzir o navio entre as rochas que se aninhavam na base da costa. Elas tinham formato retangular, como grandes tijolos postos ali havia muito tempo por gigantes. Diferentemente das falésias íngremes na entrada do mar Negro, a terra ali se inclinava para cima. Íngreme, mas escalável.

— Olhem! — Orfeu apontou um filão prateado lá em cima, que cortava a oxidação e os arbustos verde-escuros da terra sobre as rochas. — Água doce.

Só restavam dois odres cheios.

Alguns homens prenderam a corda de ancoradouro enquanto Jasão dava instruções.

— Não se afastem muito do navio. Vamos encher nossos barris e buscar por comida, mas sempre mantenham a *Argo* à vista. E se alguém vir alguma coisa, fera ou homem, não faça nada além de voltar direto para o navio. Tífis, fique aqui com Peleu e com *eles*. — Ele olhou para Atalanta e Télamon.

— Preciso cagar — disse Atalanta.

O nariz perfeitamente reto de Jasão se enrugou de nojo.

— Sim, Jasão, mulheres cagam. Se for preciso, posso fazer bem aqui no convés.

Jasão parecia estar sofrendo. Ele soltou um suspiro brusco.

— Pode usar um balde no depósito. Pólux, solte-a.

Quando o gêmeo se curvou para desamarrar as cordas de Atalanta, o olhar da guerreira encontrou o de Danae. Ela deu uma piscadela.

Danae arregalou os olhos, mas, antes que pudesse emitir qualquer som, Atalanta colidiu a testa contra o nariz de Pólux. Ele cambaleou para trás, com sangue escorrendo pelo queixo. Em um intervalo de segundos, a guerreira agarrou a faca que caiu no convés, passou-a pelas amarras de Télamon e virou a lâmina para pressioná-la contra o pescoço de Pólux.

Télamon não hesitou. Com um reflexo que fora aprimorado pelos anos encarando o perigo de frente, ele se lançou contra o outro gêmeo, que estava ali perto, e rapidamente usou a arma de Castor contra ele.

— Retorne com o navio — sibilou Atalanta.

O resto da tripulação estava tão tenso quanto uma lira recém-afinada, com os olhos disparando entre amotinados e o capitão. Jasão sacou sua adaga.

— Nem pense nisso — falou Atalanta. — Irei matá-lo se não ordenar que os homens retornem.

Uma nova gota de sangue escorreu pelo pescoço de Pólux quando Atalanta afundou a lâmina na pele acima da jugular.

O homem careca rosnou, mas o medo lampejava em seus olhos.

— Você arriscaria nossa vida — Jasão deu passos lentos para trás — por um assassino de crianças e seu lacaio?

O ódio queimou nas entranhas de Danae, mas ela não se moveu. Já tinha feito sua escolha.

— Fique onde está — disse Télamon quando Jasão continuou se aproximando lentamente da popa.

— Como quiser.

O capitão ficou imóvel. Então ele se jogou pelo resto do caminho do convés, até onde Peleu estava deitado na cama de peles, e o puxou para cima.

Peleu gritou de dor, apertando a lateral do corpo ferida enquanto Jasão pressionava a adaga contra a clavícula do homem. Télamon ficou tenso, a cor sumiu de seu rosto.

Jasão mostrou os dentes.

— Quando eu contar até cinco, vocês dois vão largar as armas. Ou eu vou degolá-lo.

O coração de Danae batia forte contra as costelas. Jasão podia ser jovem e inexperiente, mas matara Hipsípile em Lemnos com a mesma facilidade com que respirava.

— Um, dois...

Télamon olhou para Atalanta. A mandíbula da guerreira estava trincada, seus olhos eram duas brasas queimando sob o cenho franzido.

— ... três...

A lâmina de Télamon tiniu no chão. Castor agarrou os braços dele imediatamente, torcendo-os atrás das costas, e jogou Télamon com um baque no convés.

Danae sentiu uma pontada no peito ao ver a traição marcada no rosto de Atalanta.

— Covarde — disparou ela.

— Ele é meu irmão — rogou Télamon.

Atalanta virou seu olhar fulminante para Danae – que tinha ficado parada ali sem fazer nada. Ela não era tão corajosa quanto Télamon e desviou o olhar, sem ousar encarar a decepção que sabia que a esperava naqueles olhos escuros.

— Quatro — continuou Jasão.

— Atalanta — implorou Télamon.

— Cinco.

A lâmina da guerreira caiu no convés.

A tripulação soltou a respiração em conjunto quando Atalanta foi colocada de joelhos e Pólux, com o rosto ensanguentado, a amarrou de novo.

Enquanto os gêmeos trabalhavam, Jasão soltou Peleu e ajeitou a postura. A mão que segurava a adaga estava tremendo.

— Pólux, Castor, fiquem a bordo com Tífis. Se os traidores tentarem se soltar, vocês têm minha permissão para matá-los.

O estômago de Danae se revirou quando os gêmeos se encararam sorrindo.

※※※

Foi uma tripulação desanimada que buscou os barris e odres vazios da cabine e pulou pela lateral da *Argo* para as rochas. Eles subiram pelo rochedo até o solo além, carregando os barris entre si.

Enquanto subiam, a pedra do chão deu lugar a partes de terra, espalhadas entre rochas manchadas de líquen. Quando chegaram ao riacho, Danae garantiu que estava andando bem na frente dos outros. Chapinhando na lama, ela pegou a água entre as mãos e bebeu. Fosse pelo racionamento a bordo da *Argo*, ou por estar bebendo água velha havia semanas, o riacho tinha um sabor doce delicioso. Ela lavou o sal e a sujeira do rosto, depois pegou os odres que guardara na bolsa e os encheu de água doce.

Olhou para trás, para garantir que o resto da tripulação estava ocupado, depois se afastou do riacho e correu em direção ao topo da colina.

Danae vinha esperando por uma oportunidade como aquela, um tempo longe dos outros para explorar seus poderes. Estava desesperada para aprender como aproveitá-los de forma adequada, especialmente se outro dos Doze viesse atrás dela. Qualquer que fosse o motivo de Atena ter fugido, ela duvidava que aconteceria de novo.

Danae conseguia sentir como sua energia era bruta ao canalizá-la. Quando manipulava os fios da vida, era como se cavalgasse um cavalo indômito. O limite entre ter controle e se perder era fino como um fio de cabelo. Em Lemnos, o poder a dominara, não o contrário. Ela o invocara na praia dos dolíones, mas o esforço de conjurar o vento a drenara. Descanso e comida a haviam restaurado um pouco, mas sua força não fora recobrada por completo. Era necessário aprender seus limites. Isso, contudo, seria um desafio sem um reservatório cheio de fios da vida para utilizar.

No entanto, ela tinha uma ideia.

Em seu encontro com a pantera, Danae aprendera que não podia gerar fios da vida por si só, mas podia tomá-los de animais. Não era uma solução que lhe agradasse, mas não via outra opção. Ela precisava tomar mais fios da vida antes de usar os poderes de novo.

Enquanto caminhava, ela vasculhava o chão em busca de vestígios ou pegadas.

— Onde tem uma droga de uma cabra-da-montanha quando se precisa? — resmungou ela.

Era improvável que encontrasse uma criatura no fim da vida, como a pantera. Porém, se conseguisse capturar uma, estava com sua faca para fazer o trabalho.

À sua direita, mais acima, um amontoado de rochas haviam rolado umas sobre as outras, criando um abrigo com cantos e fendas, perfeito para pequenas criaturas se aninharem. Ela se arrastou até lá.

Então escorregou em uma pedra solta e caiu de costas com força, gritando ao tombar. Sua aproximação furtiva já era.

— Quem está aí?

Ela estacou. A voz era fina e crepitante, como folhas tostadas no sol. Em seguida, houve um estalo. Então a ponta de um pedaço alongado de madeira surgiu na beira das rochas. No momento seguinte, um homem apareceu, indo a passos pesados até ela.

Ele era enrugado pela idade, dolorosamente magro e vestia uma túnica preta imunda. O que restava de seu cabelo grisalho eram tufos presos à cabeça, e as bochechas eram esqueléticas pela má nutrição. A pele ao redor dos olhos tinha cicatrizes, e as pálpebras pendiam sobre cavidades vazias.

Danae se colocou de pé, dizendo o cumprimento sagrado.

— Desculpe por te assustar.

O velho não respondeu com o gesto de costume.

— Não é você que me traz comida. — Ele balançou seu bastão diante de si. — Eles demoram mais e mais para deixar hoje em dia.

De onde ele saíra? Ela não conseguia ver nenhuma moradia por perto.

— Não conheço esta região. Não tenho comida, mas posso te dar água.

— Ahh. — O velho parou, repousando a mão na rocha para se firmar. — Ficaria contente com algo refrescante.

Danae tirou um dos odres da bolsa, abriu a tampa e o colocou na mão do homem. Ele bebeu muito, as dobras em seu pescoço tremiam a cada gole. De perto, ele fedia a urina podre.

— Essa é do riacho. — Ele secou a boca. — A melhor água do mundo.

— Você mora aqui?

O velho assentiu e bateu na rocha como se ela fosse um novilho excelente. Danae deu a volta e descobriu que havia uma abertura maior na lateral. Ao se aproximar, ela pôde ver marcas entalhadas nas pedras. Parecia que um dia houvera um portal ali. Aquilo não era um deslizamento de pedras, era uma ruína. Danae traçou as ranhuras com os dedos, depois estacou. Sua pulsação disparou.

Ali, cinzelado no que teria sido a pedra angular, havia o desenho de uma macieira.

Ela se virou para encarar o velho quando ele deu a volta nas rochas.

— Sabe o que este lugar era antes?

O desconhecido foi até a entrada com uma destreza surpreendente, sentindo o caminho com o cajado.

— Eu passei anos sozinho nesta ruína. E encontrei muitas coisas. — Ele passou a mão pelo portal, depois se reclinou contra a pedra. — Este era um lugar de adoração, mas o que não consegui descobrir foi quem era adorado pelo povo que o construiu. Não há selo de nenhum dos Doze.

— Esta pedra aqui... Posso? — Ela tocou a mão do velho. Ele inclinou a cabeça. Gentilmente, ela colocou a mão dele no entalhe da árvore. — O senhor sabe o que é este símbolo?

— A árvore do conhecimento.

Ela só ouvira uma pessoa a chamando assim.

Lutando para manter a voz calma, ela perguntou:

— O senhor já encontrou isso em outro lugar antes?

O velho inclinou a cabeça.

— Você já?

— Algumas vezes. — Ela escolheu as palavras seguintes com muito cuidado. — Acho que pode ser importante. Pode indicar um lugar seguro para certas pessoas que a encontram.

Apesar da falta de olhos, ela tinha a nítida sensação de que ele a encarava.

— Pode ser... e aqueles que a desenharam poderiam querer encorajar aqueles que a reconhecessem a confiar que compartilhavam a mesma crença.

Algo estava acontecendo no fundo de sua mente. Um pensamento gotejava como mel, primeiro devagar, depois ganhando velocidade ao ficar mais pesado.

— Existe um antepassado que alguns acreditam ter sido incompreendido. Um antepassado que deixou sua marca em nossa criação. Eu acredito que isso seja verdade. E o senhor?

O velho sorriu, os dentes restantes se sobressaindo na gengiva que raleava.

— Acredito. Eu acredito que somos todos sua *Prole*. — Ele alongou a última palavra.

Uma animação brotou dentro de Danae. Aquilo só podia ser destino. De alguma forma, em uma extensão vasta de terra e mar, seu caminho cruzara com o de um membro da Prole de Prometeu.

35. OLHO POR OLHO

— Depressa. — O velho gesticulou para as ruínas. — Não é seguro conversar aqui fora.

Danae o seguiu até uma sala desmoronada. Uma pilha bolorenta de panos se amontoava em um canto, e do outro lado havia uma coleção diversa de objetos. Pequenas lascas de rocha, pedaços de ossos e cerâmicas quebradas se espalhavam em fileiras organizadas. Parecia que o homem vinha escavando.

— O que está fazendo aqui?

— Eu fui exilado — respondeu ele, rapidamente. — Diga-me, você tem notícias da última filha?

Ele não parecia ser um representante dos deuses, mas como Danae poderia ter certeza?

— Qual é o seu nome? — perguntou ela.

— Fineu. — O velho se reclinou contra o cajado. — Mas, por favor, amiga, eu tenho vivido sozinho todo esse tempo, me questionando, esperando. Tem notícias de vigilante?

Os olhos dela arderam.

— Vigilante morreu.

O velho se afastou como se ela tivesse lhe dado um soco. Ele se curvou, colocando a mão para trás ao desabar sobre um pedaço saliente de pedra.

— Manto — balbuciou ele.

Seu cajado caiu no chão quando ele ergueu as mãos trêmulas para cobrir o rosto.

— Bendito Tártaro — sussurrou Danae, se dando conta de algo. — Você é o pai de Manto? — Ela se aproximou dele. — Fineu, eu sinto muito.

Ele ergueu a cabeça deformada.

— Saia daqui.

Ela cambaleou.

— Como ousa vir aqui e dizer que Manto está... está... — Sua voz frágil estava trêmula.

— Não estou mentindo.

Danae colocou a mão dentro da bolsa e tirou a pedra da profecia de lá. Ela pegou uma das mãos dele e pressionou a rocha contra sua palma.

Fineu ficou tenso, depois levou a pedra até o peito, acariciando o tecido que a envolvia como uma antiga amante.

— Você não deveria ter trazido isso aqui — disse ele baixinho.

Então o rosto dele se contraiu, e o vestígio de lágrimas tombou das órbitas ocas. Danae também chorou, incentivada pelo luto do velho.

Quando se controlou o suficiente para falar, ele disse:

— Como aconteceu?

— Salvando a minha vida.

Ela sentiu o peso da culpa do homem como se fosse sua. Não fora por falta de amor que Fineu pedira para Manto esperar pela última filha. O velho o fizera *por* amor. Para que mais nenhum pai ou filho tivesse de viver sob a tirania dos deuses.

— Manto sofreu?

Danae se lembrou dos momentos finais de Manto. O corte sangrento por onde a harpia havia arrancado seu coração.

— Não, foi rápido. Estávamos saindo de Delfos e nosso navio foi atacado por harpias. Manto me empurrou para o mar e distraiu as feras para que eu sobrevivesse. Morreu com heroísmo. Fiz um funeral no mar e garanti que tivesse uma moeda para o barqueiro. — A voz dela ficou mais pesada. — Manto me pediu para dizer que manteve a promessa.

— Eu não compreendo. — Fineu balançou a cabeça. — Por que Manto sairia de Delfos sem...?

Ele ficou imóvel. Danae não conseguia respirar.

— Diga-me quem é você — sussurrou Fineu.

Ela se sentiu parada na beira de um precipício. Fechou os olhos por um momento e se imaginou dando um passo à frente.

— Eu sou o motivo de Apolo ter incendiado Delfos... porque eu destruí o oráculo. — Ela respirou fundo. — Eu sou a última filha.

O velho esticou a mão até o cajado e, ainda segurando a pedra da profecia, se colocou de pé, murmurando:

— Quando o profeta cair, e o ouro que cresce não produzir fruto, a última filha virá. Ela dará um fim ao reino do trovão e se tornará a luz que libertará a humanidade. — Ele pressionou a pedra da profecia de novo contra a mão de Danae, depois ergueu os dedos nodosos até as bochechas dela, mapeando o contorno de seu rosto. — Eu esperei por tanto tempo. Desde meu exílio, eu tinha perdido a esperança de um dia te conhecer, mas aqui está você.

Ela baixou a mão do homem.

— Tem algo que preciso contar. Eu não sou uma guerreira, mas consigo fazer coisas... Eu manipulo os fios da minha força vital e os uso para influenciar os elementos. Mas estou trabalhando com minha intuição e não faço ideia do que estou fazendo metade do tempo. Para um dia estar preparada para enfrentar Zeus, eu preciso entender o que é esse poder e o que devo fazer com ele, e por que aquela maldita árvore fica aparecendo para mim.

Ela parou para respirar.

Fineu se abaixou de novo até a rocha, seu rosto enrugado ficando mais sério.

— Você viu a árvore do conhecimento?

— Sim.

— Conte-me como exatamente ela apareceu para você.

— Isso vai parecer estranho, mas na primeira vez... ela brotou do coração da minha irmã morta. — Sua boca estava árida, mas ela se forçou a continuar: — Então apareceu em uma visão que o oráculo de Delfos me mostrou... Havia imagens em volta, depois umas mãos desceram para pegar as maçãs, mas eu as queimei. Queimei tudo.

— Interessante — murmurou ele.

— O senhor sabe o que significa?

Fineu girou o cajado entre as palmas das mãos.

— Você viu uma manifestação da árvore no momento de sua criação e em seu fim. — Ele ficou em silêncio por um momento. — Esses símbolos sugeririam que um ciclo está quase se completando. Como a fênix renascendo das cinzas do próprio corpo, você é a personificação de um novo começo. Um mundo livre dos deuses.

Ela engoliu em seco.

— Na profecia, Prometeu me chamou de "a última filha". Por que última?

Fineu não respondeu imediatamente.

— Talvez você seja a última de sua espécie.

— Que espécie?

Ele balançou a cabeça.

— Essa parte não está clara.

Os ombros dela se curvaram em decepção. Desde que descobrira quem era Fineu, esperança brotara. Ela pensou que ele lhe daria respostas. Em vez disso, ele a deixou com mais dúvidas.

— É fascinante — disse Fineu, mais para si do que para ela. — Você pode controlar os fios da vida e os usa para conduzir mudanças além de si mesma no mundo físico?

— Isso. — Ela estava ficando impaciente. — Mas não sei por que ou como. Eu só... consigo. Espera, você sabe sobre os fios da vida?

— Claro, são eles que dão poder à pedra da profecia. Posso não conseguir vê-los como você, mas eles passam por tudo que é vivo. — Como se sentisse sua confusão, Fineu continuou: — Todos que tocam a pedra são sugados de seus corpos e levados para o vácuo. Nesse lugar, todos que fazem perguntas veem a resposta tecida na tapeçaria da vida.

— Você podia ter deixado instruções. As visões da pedra são impossíveis de compreender.

Fineu soltou uma risada seca.

— Se fosse fácil assim. Estudei por anos para adivinhar com precisão as revelações da pedra.

Danae pressionou a mandíbula.

— Eu não tenho anos, os deuses estão me perseguindo *agora*. — Então ela se lembrou de algo. — Por que o senhor disse para Manto não usar a pedra?

Fineu curvou a cabeça.

— Precisa me perdoar por querer proteger minha criança. A essa altura você deve ter percebido que os presságios têm um preço.

Os fios da vida que eram drenados de Danae toda vez que tocava a pedra.

— Não sou tão velho quanto pareço... A pedra é um recipiente vazio, de certa forma. Para tecer uma visão, precisa ser preenchida com fios da vida. Passei anos adivinhando profecias e, em troca, a pedra levou anos da minha vida.

Danae o encarou, horrorizada. Ele parecia muito velho.

— Mas o senhor mandou Manto me entregar...

— Você é a última filha. Pensei que te dar acesso ao que está por vir era mais importante do que a longevidade de sua vida.

O silêncio recaiu sobre as fendas da sala. Fineu falou sem medo de se arrepender, como se estivesse apenas anunciando que preferia azeitonas pretas a verdes. Foi então que Danae percebeu que, embora a profecia predissesse a destruição do reino de Zeus, não havia uma promessa de que *ela* sobreviveria. Danae deixou que o peso disso recaísse sobre seus ossos.

Depois de uma longa pausa, ela perguntou:

— A pedra tirou seus olhos?

Fineu riu amargamente.

— As sacerdotisas de Delfos fizeram isso. Sabia que a profecia de Prometeu veio do mesmo oráculo que você destruiu?

— Não...

— A maior parte da história ficou perdida no tempo, mas fragmentos sobreviveram, passados entre gerações da Prole de Prometeu. Há muito tempo, uma rocha foi forjada no coração da terra. Todos que a tocavam recebiam visões do futuro. Ela foi chamada de ônfalo, em homenagem ao centro do mundo do qual nasceu. Tudo que você ouviu sobre Prometeu é mentira. O único crime dele foi ter visto a queda dos deuses nas profundezas da pedra. Por ousar falar a verdade, ele foi acorrentado no ponto mais alto das montanhas do Cáucaso pela eternidade. Eu não sei como a pedra veio a se partir, mas sei uma coisa: antes de sua captura, Prometeu pegou uma lasca de ônfalo e entregou aos humanos, para que o dom da profecia ficasse à disposição de todos. Os deuses não ficaram felizes que os mortais soubessem livremente o que aconteceria. Eles passaram séculos caçando o pedaço perdido. Colocaram as outras lascas em Delfos e construíram muros seguros em volta, permitindo que apenas as sacerdotisas concedessem as profecias, para aqueles que pudessem pagar um grande preço.

Danae conseguia ver com tanta clareza: o oráculo brilhante, lascas e lascas de obsidiana presas sob a terra.

Outra percepção recaiu sobre ela. A pítia. Não era uma surpresa que estivesse tão mirrada depois de décadas do ônfalo se empanturrando de seus fios da vida.

— Esta pedra — Fineu apontou na direção da garota — é o último pedaço. Através dos anos, ela foi passada entre a Prole de Prometeu, com a verdade. O ônfalo é a única fonte verdadeira de profecia. Não existe outra forma de prever o futuro. Foi graças a essa lasca que conseguimos nos manter escondidos dos Doze. É o motivo de eu saber que você iria a Delfos durante meu tempo de vida.

Aquela não era a história que haviam contado a Danae. Como todos, ela acreditara que Prometeu roubara o raio de Zeus e o dera aos humanos para que se erguessem contra o criador. Mas essa era uma transgressão maior ainda. Ela se lembrou do efeito cascata causado pela revelação de Hera sobre a origem de Jasão. Tocara a vida de todos aqueles viajando na *Argo*, das ilhéus de Lemnos, dos dolíones, possivelmente na cidade inteira de Iolcos. Tantos mortais manejados pela deusa como marionetes. O dom da previsão daria aos humanos uma arma contra a manipulação dos deuses. Afinal de contas, que jeito melhor de começar uma revolução do que permitindo que as pessoas tenham vislumbres do futuro?

Com cuidado, Danae desembrulhou a lasca de ônfalo, garantindo que a pedra não tocasse sua pele. Parecia mais pesada do que antes. Sob a luz do portal, suas beiradas pareciam tingidas de vermelho, como se a pedra estivesse embebida do sangue de todos aqueles que a seguraram.

— Então todos os videntes e sacerdotisas mentem sobre lerem os agouros?

Fineu fez um barulho no fundo da garganta.

— Ou são charlatões, ou tolos que acreditam na própria ilusão. Essas pessoas podem ler agouros em intestinos de animais assim como eu posso voar.

A insinuação de Fineu recaiu pesada sobre Danae. Se o que ele dizia era verdade, e a vontade dos deuses não podia ser adivinhada, as sacerdotisas de Deméter haviam ordenado a morte das filhas de Melia e todas aquelas antes delas baseadas em mentiras. As mãos de Danae tremeram ao reembrulhar a pedra e colocá-la na bolsa.

— Qual o objetivo de alimentar esta pedra com meus fios da vida se não consigo sequer decifrar as visões que ela me mostra?

— Você precisa aprender.

O tom categórico a tocou tão profundamente que quase a fez explodir. Antes de pensar no que estava fazendo, ela jogou a bolsa no chão.

— A Prole de Prometeu é uma piada. Cochichando segredos entre si, esperando que a última filha mude o mundo para vocês. Faz ideia de qual é a sensação de te dizerem que seu destino é matar Zeus, o mesmo deus que criou a humanidade? E ter o resto dos Doze me caçando como se eu fosse um javali?

Fineu bateu a ponta do cajado no chão.

— Basta! — Ele respirou fundo. — Você e os deuses não são tão diferentes. Eles têm poder de controlar os elementos, assim como você. Eles não são onipotentes, como querem que nós, mortais, acreditemos, e cometem erros exatamente como nós. Você tem a chance de fazer a diferença, de acabar com o sofrimento de muitas pessoas. Aqui vai meu conselho: pare de sentir pena de si mesma, se esforce e não confie em ninguém. Ah, e não morra.

Danae o encarou, com a boca entreaberta.

Fineu mexeu a cabeça na direção do portal.

— Ah! Finalmente, o almoço. — Ele se colocou de pé. — Fique aqui.

O homem bateu o cajado no chão até a entrada.

Então ela também ouviu. Uma batida ritmada, ficando mais e mais alta.

Ignorando Fineu, ela agarrou a bolsa e correu para fora, para ver o céu escurecer com as asas vastas de uma harpia.

Danae recuou até a ruína, enquanto Fineu cambaleava até a criatura, os braços ossudos esticados para o pacote de tecido pendurado nas garras do animal.

A lembrança do ataque das harpias ao navio era um borrão de asas, garras e sangue. Suas pernas ameaçaram vacilar. Parecia que o chão estava se mexendo, como se ela estivesse de novo no convés, presa na lembrança da morte de Manto.

Porém, Danae não era mais aquela menina aterrorizada que fugira de Delfos. Ela se forçou a olhar para a harpia. Olhar de verdade. Seu olhar traçou os braços fundidos às asas de couro, os seios caídos que estavam pendurados no peito escamoso, o rosto amassado, com uma expressão de ódio, e o cabelo opaco deslizando pelas costas. Por fim, ela se forçou a olhar para as patas, de onde saíam as garras que tinham acabado com a vida de Manto.

Era monstruoso, é verdade, mas era apenas carne e osso. Podia ser morto.

A harpia pousou desengonçadamente, como um pássaro gigante, e soltou a carga. Fineu caiu de joelhos, buscando o pacote com as mãos. Como ele conseguia? Uma criatura daquela matara Manto. Então Danae percebeu que ele não sabia. Ele não conseguia ver a harpia.

Ela sacou a adaga.

A harpia farejou. Então sua cabeça cinza virou bruscamente na direção dela, semicerrando os olhos índigo. Danae fechou o punho no cabo da faca. Conseguia sentir o poder de sua força vital vibrando dentro de si, mas estava fraco. Não tinha reabastecido seus fios.

Rosnando, a harpia abriu as asas e criou uma lufada de ar que jogou Fineu no chão. Então ela se lançou para Danae. No momento antes do impacto, ela visualizou Manto no convés do navio, com os braços estendidos, sem nada para lutar além de sua crença de que Danae traria o acerto de contas que sacudiria o mundo.

Ela correu em direção à harpia. O metal colidiu contra o osso. Danae girou com o impacto, derrapando sob as garras da harpia ao brandir a faca para cima. A criatura deu uma volta no ar, suas asas amplas a impulsionando para outro ataque. Contudo, Danae estava preparada. Fingiu ir para a direita, cortando a coxa da fera na descida. A harpia urrou e foi para cima da garota, que desviou de novo.

Fineu se agachou com as mãos sobre a cabeça.

— O que está acontecendo?

Danae não podia gastar oxigênio respondendo. Ela contornou as garras destruidoras, cortando as pernas da harpia onde conseguia. No entanto, ela estava exausta, e cada ferida alimentava a fúria da harpia. A fera estava aprendendo a prever seus movimentos. No golpe seguinte, as garras passaram por cima do ombro de Danae. A dor foi excruciante.

Ela iria morrer, exatamente como Manto.

Arfando de dor, transferiu a faca para a mão esquerda. Em vez de desviar do próximo ataque da harpia, ela deu um salto. Jogando o braço bom em volta do pescoço escamado da criatura, Danae se agarrou quando a harpia se agitou para o céu, tentando tirá-la dali. O hálito do animal era nojento, os dentes afiados rangiam em direção ao rosto dela.

Em um espasmo de dor que quase a forçou a se soltar, Danae esticou o braço e fez um corte. A harpia gritou quando a garota feriu sua asa, fazendo buracos pela membrana. Incapaz de continuar pairando no ar, a fera caiu em espiral até o chão.

Eles pousaram em cima da ruína com um baque de tremer os ossos. A harpia amaciou o pior da queda, mas o ar foi esmurrado para fora dos pulmões de Danae, e toda a lateral esquerda de seu corpo ficou dolorida.

Então ela sentiu: o sussurro de fios da vida deixando o corpo da harpia. Danae colocou a mão sem ferimento no peito da fera e drenou para si a força vital que escapava da criatura. Ela arquejou quando os tendões em seu ombro foram reparados e a dor derreteu de seus ossos, assim como acontecera em Lemnos quando tomara a vida da pantera. A energia corria por seu corpo, e mais uma vez ela estava nova em folha. Conseguia ver as fibras translúcidas se movendo por cada lâmina do gramado, nos insetos que voavam de folha em folha, e em Fineu. Ele estava radiante, um emaranhado luminoso de energia ambulante.

No entanto, algo estava diferente. O poder perpassava Danae mais e mais depressa, até parecer que seu corpo se partiria; certamente a harpia não podia conter tanta vida. Tudo ao seu redor era tão brilhante, brilhante demais, as cores explodindo até ela não poder ver nada além de uma luz branca ofuscante.

Uma euforia excruciante.

Então o mundo voltou ao foco. Danae se sentou lentamente e olhou para o corpo desmantelado abaixo dela. A harpia estava morta. Ainda assim, ela não se sentia feliz. Algo havia mudado, e ela não sabia o quê. Isso a inquietava. Talvez absorver uma vida tomada à força fosse diferente de absorver uma que se oferecera de boa vontade, como a pantera.

Ela desceu até o chão, onde Fineu estava sentado, comendo com calma o pão e o queijo que desembrulhara do pacote da harpia.

Ele engasgou quando Danae colocou sua lâmina contra o pescoço do velho.

— Por que aquela coisa te traz comida?

— Foi minha tormenta — balbuciou ele.

Ela pressionou um pouco mais a faca na pele dele.

— Explique.

Fineu engoliu o que tinha na boca.

— A criatura traz comida e em alguns dias permite que eu a coma. Em outros, espera até eu abrir as provisões para me atacar...

Pela primeira vez, Danae percebeu a cicatriz branca que envolvia os braços de Fineu.

— Por quê?

— Foi minha punição... dada pelos deuses.

Danae o encarou.

— Você sabe o que era? — Fineu meneou a cabeça e ela acreditou nele. — Era uma harpia. Uma das criaturas que mataram Manto.

Fineu ficou tenso. Ela esperou um momento para que a revelação fosse absorvida, depois tocou o ombro dele.

— Precisamos partir agora. Existem mais duas dessas, elas podem estar em qualquer lugar.

— Ela está morta?

— Está.

— Ótimo.

Em vez de ficar de pé, o velho colocou uma porção de queijo na boca e voltou a mastigar. O cenho de Danae ficou ainda mais franzido.

— Fineu, você vem comigo.

Ele engoliu em seco.

— Não, menina. Eu só te atrasaria. Além do mais, já desempenhei meu papel. — Um sorriso se abriu em seu rosto. — É hora de eu ver Manto de novo.

— Você não precisa morrer — falou Danae, baixinho.

— Ah, preciso. Mais cedo ou mais tarde, os deuses vão procurar pela harpia. Quando a encontrarem... — Ele parou. — Todos os mortais viajam para o Submundo. Deixe-me com a dignidade de escolher quando.

— Quem vai te velar?

A boca de Fineu se retorceu.

— Não se preocupe. Tive um longo tempo para planejar isso.

— Não vou te deixar aqui.

— Você precisa — respondeu Fineu com firmeza, resoluto. — Sua vida não é mais só sua, você é a última filha. Só seu destino importa. Não posso mais te ajudar, mas você não está sozinha. A Prole de Prometeu está por aí. Existem pessoas poderosas entre nossos membros. Quando chegar a hora, eles vão te encontrar. Mas você precisa ir. *Agora*.

Danae o encarou, depois jogou os braços em volta de seu pescoço fino e sussurrou:

— Eu serei o acerto de contas. E quando terminar meu trabalho contarei ao mundo o papel que você e Manto desempenharam.

Quando ela se afastou, Fineu apertou sua mão.

— Antes de ir, me diga seu nome.

Ela ajeitou a postura.

— Meu nome é Danae.

❖❖❖

— Daeira! — clamou Jasão quando Danae desceu o rochedo em direção à *Argo*. — Graças aos deuses. Estava começando a acreditar que estivesse perdida.

Como uma forma de se explicar, ela levantou um odre cheio. Deixara o outro com Fineu. Mais uma pessoa acrescentada à lista de quem ela não podia desapontar.

Ela segurou o braço de Castor, que a puxou pela lateral do navio. Sua túnica molhada grudava nas pernas quando ela aterrissou no convés. Ela limpara o sangue da harpia no riacho. Mais uma vez, sentiu-se grata por videntes sempre usarem preto.

Jasão se virou para falar com a tripulação:

— Temos uma jornada difícil pela frente. O ambiente ficará mais complicado quanto mais perto chegarmos da Cólquida. — Ele olhou para Atalanta e Télamon, que estavam presos novamente. — Não tenho tolerância para motins, mas precisamos de remadores. Ofereço aos dois a chance de jurarem lealdade a mim como capitão. Se recusarem, os deixaremos aqui, sem armas ou suprimentos.

Télamon olhou para o irmão, deitado em seu leito de peles atrás dos bancos, e disse depressa:

— Prometo servir a você, Jasão.

Jasão sorriu.

— Solte-o. — Ele assentiu para Pólux.

Atalanta meneou a cabeça, encarando o convés em relutância. O coração de Danae batucava no peito. Ela não conseguia ver um mundo no qual a guerreira juraria lealdade a Jasão.

Assim que estava livre de suas amarras, Télamon se agachou ao lado de Atalanta e sussurrou algo em seu ouvido. Ela virou a cabeça bruscamente e encarou Télamon com um olhar tão intenso que parecia capaz de curvar ferro. Então ela fitou Danae.

Silenciosamente, Danae implorou com os ossos, o oxigênio e os fios da vida em seu corpo para que ela escolhesse a vida acima do orgulho.

Algo se suavizou no olhar de Atalanta. Ela baixou a cabeça e balbuciou:

— Eu prometo servir.

Alívio recaiu sobre Danae.

— Mais alto, por favor, para que todos ouçam.

— *Eu prometo servir.*

Jasão assentiu e sinalizou para que Pólux a soltasse também.

— Se me desobedecerem de novo, serão mortos instantaneamente, e seus corpos serão jogados ao mar, sem direito a funeral.

Foi uma ameaça pesada. Não apenas a morte, mas a promessa de uma eternidade vagando às margens do rio Estige.

Atalanta e Télamon se juntaram em silêncio aos homens nos bancos. Enquanto Danae observava Atalanta pegar o remo, um calor se espalhou por seu peito. A guerreira estava segura por enquanto, e ela teria o resto da viagem para reconquistá-la. Começando por passar furtivamente uma distribuição extra de vinho para ela naquela noite.

Ao partirem, Danae olhou para o horizonte. O vento estava forte, e logo a vela mestra foi soprada pela maresia, conduzindo a *Argo* adiante, em direção à entrada do mar Negro.

36. INTERLÚDIO NA TRÁCIA

Fineu se recostou nas pedras da ruína, os últimos raios de sol esquentando seu rosto. Ele se perguntou se deveria ter sido mais acessível à última filha. Adivinhar profecias não era, de forma alguma, uma arte exata. Era preciso ter cuidado, especialmente ao ouvir uma visão profética sendo descrita indiretamente.

Embora tivesse dito a ela o que acreditava ser verdade, ele mantivera outras possibilidades em segredo. Caminhos mais obscuros envolviam sangue e destruição. Ela colocaria um fim no reino do trovão, disso ele tinha certeza. Porém, qual seria o preço?

Ela estava certa, a garota não era o que ele havia esperado. Não podia negar que torcera para que fosse mais preparada, mas era apropriado que a representante dos humanos fosse uma garota comum que se tornaria extraordinária. Talvez ele tivesse sido duro demais. Ela carregava um fardo enorme. No entanto, não haveria suavidade no que estava por vir.

Ele se reconfortava em saber que a guiara o melhor que pudera. Além do mais, em breve nada daquilo importaria para ele. Logo se juntaria às almas de todos aqueles que vieram antes, no Submundo. Logo estaria com Manto de novo.

Seu cajado estava à esquerda, e os embrulhos que envolveram sua última refeição, à direita. Estava contente por enfrentar a morte de estômago cheio. Uma pequena misericórdia. Enfiadas em uma pequena faixa de sua túnica havia duas moedas que encontrara no templo. Ele não fazia ideia da origem ou valor delas. Eram pequenas para serem dracmas e grandes para óbolos, mas esperava que fossem o bastante para que o barqueiro levasse sua alma pelo rio Estige.

Uma alteração no ar chamou sua atenção. Houve um barulho, diferente do costumeiro quebrar de ondas, o sopro dos ventos do mar e os grasnados das gaivotas. Ele inclinou a cabeça para oeste e aguardou.

Sua paciência foi rapidamente recompensada pelo tilintar e o baque de um par de pés com armaduras pousando no chão.

Então um riso, estridente e jovial.

— Ah. — Fineu não tentou esconder sua decepção. — É você.

— Fineu. — A voz soava petulante. — Isso não é jeito de cumprimentar. Fineu pegou seu cajado, enfiando-o no chão para se colocar de pé.

— Esperava que seu pai viesse, mas ele mandou o mensageiro.

— Você me magoa. Achei que gostasse de nossas conversas.

Fineu não estava com disposição para ser alvo de brincadeiras. Não naquele dia.

— Se veio perguntar sobre a lasca de ônfalo, minha resposta é a mesma. Ela foi roubada de mim em Delfos, e não faço ideia de onde está agora. Voe de volta para seu pai e diga que ele está perdendo tempo.

— Ah, eu não me importo com a pedra, e meu pai não sabe que eu estou aqui. Embora eu tenha certeza de que ele ficaria muito interessado em saber como um dos bichinhos dele acabou morto no topo de sua cabana.

Fineu podia ouvir o sorriso na voz do outro. Isso era preocupante.

Ele bateu o cajado contra o chão.

— Sou mais fatal do que aparento.

O outro riu de novo, a voz vacilando entre duas oitavas, como um garoto no limiar da adolescência.

— O que você quer, Hermes?

O riso parou abruptamente.

— Hoje você não está divertido. — O deus suspirou. — Meu pai ofereceu um novo jogo aos meus irmãos. Uma caçada. Está ficando bastante animada. Tio Hades liberou uma criatura do Submundo disfarçada de garota mortal. Apolo pensou ter se livrado dela em Delfos, mas, de alguma forma, ela escapou. Então Ártemis recebeu uma mensagem de uma de suas seguidoras naquela ilhazinha estranha dela dizendo que a garota tinha poderes parecidos com os dos deuses. Bem, pensamos que era exagero, mas depois Atena foi dar uma olhada e ficou perplexa. Então, diga-me: onde ela está?

Fineu cerrou o punho em volta do cajado. Eles não sabiam. Zeus não contara aos filhos quem Danae era de verdade. Será que o Rei dos Deuses estava com medo?

Um sorriso brotou no rosto de Fineu.

— Você está com um humor estranho. É isso o que acontece com os mortais quando seus corpos murcham? — Hermes não esperou por uma resposta. — Enfim, não tenho o dia todo. Ela esteve aqui, não foi? — O sorriso de Fineu ficou ainda maior. — Não foi?

— Como eu saberia? Sou cego.

Fineu se encolheu quando um estrondo alto ressoou perto de seu ouvido, e uma cascata de lascas de rochas acertou sua bochecha.

— Agora estou ficando entediado. Sei que ela veio. O navio onde ela está atracou aqui. Você não será tão cabeça-dura quando eu disser qual dos meus irmãos quer a informação.

Ele queria ser distraído. Fineu conhecia aquele tom. Ele também sabia como instigar a raiva de seu visitante.

— Ah, mensageirozinho, fazendo o serviço por outra pessoa, como sempre. Os outros não te deixaram jogar?

Fineu foi estrangulado por uma mão com manopla agarrando seu pescoço e sentiu a ponta afiada do metal cortando sua pele.

— Eu sou um deus, seu verme. Demonstre respeito. — Hermes apertou mais os dedos. — Agora é a vez de Ares, e o Deus da Guerra não gosta de perder. Bem, vou te perguntar pela última vez: a garota esteve aqui?

Estou indo, Manto, pensou Fineu ao pigarrear e cuspir no que esperava ser o rosto de Hermes.

O deus soltou o pescoço dele. Houve uma pausa. Então Fineu foi empurrado com violência contra a rocha. Ele ficou sem fôlego. Fineu resfolegou de dor, com a mão em manopla de Hermes pressionada contra seu peito, esmagando suas costelas com uma força sobrenatural.

— Antes que você morra, quero que saiba que fui eu quem convenceu meu pai a te manter vivo. As harpias te traziam comida por minha causa. Cada respiração que deu, cada sonho que teve, cada esperança, cada pensamento, cada merda, era minha. Adeus, Fineu, esquecerei que um dia você existiu.

A dor era excruciante. Fineu mal podia respirar, mas ele não era alheio à agonia. Então sentiu algo novo. Perdeu a sensibilidade nos dedos dos pés e das mãos. Ia além de dormência, era como se suas extremidades estivessem sendo preenchidas de um vazio. Ele estava enfraquecendo, como se Hermes puxasse sua essência para fora do peito.

Pela primeira vez em um muito tempo, Fineu sentiu medo. Apenas Manto se manteve como um lampejo de esperança quando os últimos fios da vida foram arrancados de seu corpo.

※※※

O corpo do mortal tombou na terra. Era mesmo uma pena. Hermes gostava bem mais de conversar com Fineu do que com seus irmãos autocentrados.

O deus tirou o elmo da cabeça. Ele olhou para baixo com nojo da mancha de cuspe no metal dourado. Já conseguia ouvir sua madrasta o repreendendo. *Garoto tolo, o homem podia estar enfermo, quantas vezes precisa ouvir?* Hera tinha tanto medo de pegar uma doença mortal. Ele supunha ser compreensível, visto quantos filhos bastardos o marido dela espalhara pelo mundo.

Hermes se ajoelhou e limpou o elmo na grama. O artesanato era mesmo maravilhoso. O ouro impecável fora detalhado com uma filigrana de hera, serpenteando por duas folhas que apontavam para cima, como orelhas, em ambos os lados. Ele só o tirava quando estava sozinho. Gostava mais de si mesmo dentro da armadura.

Mal notou os fios da vida a mais zunindo por suas veias. Tinha se acostumado com a sensação. Porém, ainda conseguia se lembrar do êxtase da primeira vez, tantos séculos antes. Aquele era um sentimento que nunca esqueceria.

Ao erguer o elmo, teve o vislumbre de seu reflexo espelhado no ouro. Os pelos macios no queixo que nunca se tornariam uma barba, as marcas doloridas arruinando sua pele rosada e pálida. Ele devolveu o elmo à cabeça com força. Amaldiçoado a sempre estar na beira da juventude. Seu pai era tão cruel. Não passava um dia sem que Hermes desejasse que Zeus tivesse esperado para fazer o ritual, deixado que ele se transformasse em um homem primeiro.

Seus pensamentos foram interrompidos por um guincho distante. As harpias estavam procurando pela irmã. Era melhor ele desaparecer.

Além do mais, Ares estaria esperando. Ele suspirou. Voltar sem informação o faria ser castigado, mas não voltar seria ainda pior.

Hermes dobrou os joelhos e saltou. As asas de metal unidas às botas de sua armadura bateram rapidamente e o lançaram para o céu. Voar nunca deixava de lhe encher de alegria, e ele sorriu ao perpassar as nuvens como uma lança dourada.

37. METAIS NO CÉU

Trinta e dois dias haviam se passado desde que a *Argo* entrara nas águas cheias de minérios do mar Negro. Danae sabia disso porque vinha marcando uma linha na parede do depósito todos os dias antes de separar as porções do almoço. Cada marca era um dia mais perto de Prometeu e de descobrir a verdade sobre seu destino.

Seguindo o conselho de Tífis, eles seguiram pela costa, atracando apenas quando precisavam reabastecer o depósito do navio. Jasão era rígido com os argonautas, só deixando os remadores descansarem quando o vento ganhava força e podiam abrir a vela mestre. Quanto mais perto chegavam da Cólquida, mais ele pressionava. A tripulação movia os remos do amanhecer ao anoitecer, sem soltar a âncora antes que o cobertor estrelado da noite se esticasse no céu. Eles dormiam sob a lona encerada do navio e, assim que o sol nascia, pegavam os remos de novo.

Um frio pairava pelo ar. Quando o vento soprava do leste, doía até os ossos e, mesmo em seu auge, o sol não esquentava a pele como em Naxos. Danae estava contente pelas peles extras que haviam pegado em Lemnos. Remar era difícil, mas pelo menos o esforço mantinha a tripulação aquecida.

Sem tempo sozinha para explorar seus poderes, ela passava a maior parte de seus dias cuidando das feridas de Peleu. A princípio, ele parecia estar melhorando. Então chegou o dia que ela tiraria os pontos improvisados e descobriu que eles estavam inflamados, com pus amarelo escorrendo entre o barbante. Ela escondeu de Atalanta os dois últimos odres de vinho, e usou o líquido para limpar os ferimentos. Porém, sem o conhecimento de Dolos e sua bolsa de medicamentos, ela sabia que Peleu tinha pouca chance de se recuperar.

— Conte-me sobre sua família — pediu Danae para distraí-lo enquanto passava um tecido embebido em vinho na carne infeccionada.

Peleu se contraiu.

— Minha esposa, Tétis. Você nunca conhecerá mulher mais esperta. Nem mais travessa. — Ele riu, depois arquejou de dor.

— Você tem um filho, não tem?

— Tenho. — O orgulho de Peleu era evidente, mesmo com os dentes trincados. — Meu Aquiles.

— Télamon diz que ele é um bom lutador.

— Ele não é bom, ele é extraordinário. Foi treinado com os guardas do palácio aos dez anos. Não sei a quem ele puxou. Eu era inútil nessa idade.

Ela sorriu.

— Duvido. Eu vi você e seu irmão em ação. Aposto que eram uma dupla de encrenqueiros.

Ela terminou de limpar as feridas de Peleu e começou a envolver um novo tecido em seu torso. A pele dele estava pegajosa.

— Eu me preocupo com ele.

— Aquiles? — Ela percebeu que Peleu olhava para trás dela, em direção aos bancos de remadores. Ela olhou e viu Télamon. — Ah, esse aí sabe se cuidar.

— Não foi culpa dele.

— O quê?

— Ele não teve a intenção. — Peleu parecia chateado.

Danae parou o que fazia e colocou a mão na testa dele. Estava fervendo. O coração dela se apertou. Febre significava que a infecção tinha se espalhado.

— Tenho certeza de que não — concordou ela, suavemente, e continuou a enfaixá-lo.

— Papai ficou furioso. Mas Télamon não merecia ser banido. Ele não sabia que Foco estava parado lá.

Ela não fazia ideia do que Peleu estava falando. Podia muito bem ser um delírio da febre. Danae sabia pouco sobre a origem de Télamon, exceto que ele fora um príncipe.

— O que aconteceu?

Peleu soltou um ruído entre um choro e um gemido.

— Foi um acidente. Télamon lançou o disco, aí o pobre Foco apareceu de repente. O barulho foi horroroso... seu pequeno crânio se partiu como um ovo.

O rosto de Peleu se contorceu de dor; se pela lembrança ou pelas feridas, Danae não sabia dizer.

Ela olhou para Télamon. Lembrou-se do que Hilas dissera, sobre Hércules dar segundas chances para aqueles que outros evitavam. O herói e Télamon tinham mais em comum do que ela se dera conta.

— Ele ainda se culpa, sei que sim. Se alguma coisa acontecer... você cuida dele? Você é uma menina gentil.

Danae mordeu o lábio por dentro até tirar sangue. Vinha fazendo muito isso naqueles dias. Como resultado, sua boca estava cheia de aftas. A dor ajudava a distraí-la da culpa. Ele não a chamaria de gentil se soubesse as escolhas que ela fizera.

❖❖❖

O dia seguinte foi implacável. O vento se acalmou, virando quase um sopro, e até à tarde eles ficaram sem água. Danae passou o último odre pelos bancos, para que os remadores pudessem umedecer os lábios, mas seria impossível prosseguir sem reabastecer os barris antes do cair da noite. Então foi um grande alívio quando Tífis avistou uma abertura no rochedo.

— Capitão! — chamou o navegador. — Uma praia à frente. Atracaremos?

— Sim! — Jasão quase não o deixou terminar. — Graças aos deuses. Guie-nos para lá!

A *Argo* parou no raso, e a tripulação soltou os remos.

— Argonautas — gritou Jasão da proa. — Vocês conhecem a rotina. Saímos em duplas e...

— Tem alguém na praia! — berrou Pólux.

Danae se virou. Uma figura descia as dunas a cavalo em direção ao navio. A luz do sol a iluminava por trás, a areia levantava em uma nuvem dourada com os cascos do animal. Os flancos poderosos do garanhão marrom cintilavam, e a pele cor de bronze voando atrás do cavaleiro parecia capturar o próprio sol.

Ela arquejou. Não podia ser.

Hércules.

— Eu sabia, caralho! — Atalanta pulou sobre seu banco e deu um soco no ar.

— Seu imbecil maravilhoso! — gritou Télamon, tirando Atalanta do chão e lhe dando um beijo.

A guerreira o afastou e limpou a bochecha, mas não parou de sorrir.

Danae não podia acreditar. Um momento depois, outro cavalo apareceu. Era Dolos, disparando atrás de Hércules. Ela não conseguia respirar, não conseguia falar, nem sequer conseguia piscar enquanto esperava Hilas aparecer.

Porém, ele não veio.

Jasão parecia querer vomitar. Nenhum dos outros argonautas estava celebrando. Eles se atrapalhavam, olhando entre o herói que se aproximava e o capitão.

Danae também não conseguia se mover. Ela encarava o horizonte com determinação, aguardando. Talvez Hilas estivesse atrasado, seu cavalo não fosse tão rápido quanto os outros dois. Hércules não sairia da costa dos dolíones sem ele, Danae sabia que não.

Os instantes se arrastaram como anos, cada um deles erodindo sua esperança até que a terrível verdade engoliu a última centelha.

Hilas estava morto.

A sensação era de estar tudo acontecendo outra vez. Ele estava sendo arrancado dela de novo, e Danae ficava parada ali enquanto os terrestres o arrastavam para longe.

Ela foi trazida de volta ao presente pelo grito de Hércules. Contudo, ele estava longe demais para ser compreendido.

— O que ele está falando? — perguntou Télamon.

Agora Hércules acenava, as palavras ainda distorcidas pelo vento. Danae se esforçou para ouvir, correndo até a proa enquanto o herói disparava até eles.

— Saiam do navio! — berrou Hércules. — Fujam!

Abalado pelo estupor, Jasão gritou de volta:

— Por quê?

Houve uma batida na popa. Danae se virou quando Tífis desabou, com o que parecia ser uma faca de bronze presa no pescoço.

— Protejam-se! — gritou Jasão.

A tripulação mergulhou para baixo dos bancos, e Télamon se jogou sobre Peleu quando uma grande quantidade de metal caiu na madeira. Uma cortou o tecido da roupa de Danae, raspando em sua coxa. De perto, ela pôde ver que não era uma faca, mas uma pena, moldada em bronze e afiada como uma navalha.

Com o peso enorme do pavor no peito, ela olhou para cima.

Uma revoada de aves rodeava o navio. Eram grandes como abutres, com penas de bronze que cintilavam na luz do sol. Danae rapidamente se encolheu de novo sob o banco quando as aves moveram as asas e outra leva de penas mortais desceu.

— Merda! — Jasão estava agachado sob o banco adjacente. — Por que Tártaro isto está acontecendo?

— São as aves do lago Estínfalo — gritou Télamon enquanto arrastava Peleu para uma cobertura.

— As *o quê*?

— Nós as enfrentamos em um dos trabalhos de Hércules para Euristeu... ugh! — Télamon urrou quando uma pena cortou seu braço.

— Como derrotaram elas? — bradou Jasão.

— Não derrotamos — gritou Atalanta em resposta. — Nós fugimos.

— Elas são subordinadas a Ares — explicou Télamon enquanto tentava puxar o irmão mais para baixo do banco. — Sabe-se lá por que elas estão aqui.

— Aquele bruto as trouxe até nós! — berrou Pólux. — Ele será a causa de nossa morte.

A mente de Danae estava acelerada. Enquanto tentava desesperadamente formular um plano, as palavras de seu pai ressoavam em seus pensamentos.

Todos os mares são uma mesma fera.

Ela sempre fora cria do oceano. Crescera nadando em suas marés e mergulhando em suas ondas. O mar Negro não era diferente.

Agora elas serão suas subordinadas, disse a voz.

Ela invocou a energia dos seus fios da vida e saiu de baixo do banco. Alguém tentou segurar sua perna. Jasão estava gritando, mandando-a se proteger. No entanto, ela o ignorou e esticou os braços. Um emaranhado brilhante de fios da vida saiu da palma de cada mão até o mar de cada lado do navio. Ela jogou a cabeça para trás e repousou os olhos na revoada de aves de bronze que rodeava acima. Então, Danae reuniu os fios nos punhos como um par de cordas e os açoitou contra o céu.

Duas torrentes de água formaram um arco por cima da cabeça dela e foram subindo, culminando sobre a *Argo* em uma colisão de espuma e penas. O navio afundou com força. Por um momento, houve calmaria, com as aves suspensas em um arco límpido de oceano. Então a água caiu novamente no mar e quebrou os corpos metálicos, que tiniram no convés.

Danae cambaleou, mas não caiu. Ela lambeu o sal dos lábios e sorriu.

✧✧✧

— Que porra foi essa? — Atalanta encarava Danae, a expressão tensa de surpresa.

Todos a encaravam.

Os argonautas recuaram. Alguns pegaram suas armas. A maioria olhava para ela com uma mistura de medo e raiva.

Apenas Jasão não se mexeu. Ele a encarava, pasmo.

— O que você é?

— Ela é um cacodemônio! — disse Castor.

A tripulação ficou tensa.

Estava acontecendo de novo. Naqueles rostos desgastados pelo mar, ela via os olhos acometidos pelo pavor da mãe. Danae os salvara, mas a que custo? Desta vez, ela não podia se esconder atrás dos deuses.

— Ela não é um espírito maligno.

Hércules subiu pela lateral do navio. Ele pisou nas aves quebradas e parou ao lado dela.

Danae recebeu um sorriso alegre.

— Qual deus?

Danae estava confusa. Ele colocou a mão no ombro dela.

— Não precisa mais fingir. Eu suspeitava desde o povoado na montanha, mas percebi que você queria esconder. — Os olhos azuis dele cintilaram. — Não fazia ideia de que era tão poderosa assim.

— Acho que devemos matá-la! — grunhiu Castor.

— Diga isso de novo e eu acabarei com você. — Hércules virou para Jasão. — Daeira é uma semideusa.

Coletivamente, os argonautas arfaram. Jasão parecia estar tentando formar palavras, mas não conseguia pronunciá-las.

— Pelo amor dos deuses, abaixem as armas — disse Télamon. — Ela acabou de salvar nossas vidas.

Eles fizeram o que foi mandado.

O coração de Danae estava palpitando. Hércules chegara à conclusão errada, mas acabara lhe dando um presente.

— Ele está certo. — Ela retribuiu o sorriso do herói. — Meu pai é Poseidon, Senhor do Mar e dos Terremotos.

Surgiram muitas perguntas, mas as mentiras vieram com facilidade. Àquela altura, Danae estava bem treinada.

— Meu povo baniu minha mãe depois que Poseidon a engravidou. Minha família viveu na pobreza e mantivemos segredo. Mas, quando os aldeões descobriram que eu tinha o dom da profecia e esses poderes sobrenaturais, eles ficaram com medo, e eu fui escorraçada. Então abandonei meu lar e me tornei vidente.

Ela esperava que fosse o bastante para satisfazê-los. Jasão parecia dividido. Ela não o culpava.

— Por que não se revelou antes? Somos guerreiros e não camponeses supersticiosos. — Jasão olhou significativamente para Castor, que baixou a cabeça. — Por que não interveio com a tempestade, *naquela* ilha e com os terrestres? Vidas poderiam ter sido salvas.

Aquele não era o momento para confessar que fora ela que começara o incêndio em Lemnos. Danae curvou a cabeça.

— Você está certo. É culpa do meu medo de ser perseguida. Eu carrego a culpa por todos aqueles que perdemos. — Isso não era mentira.

Jasão continuava a encarando, como se ela fosse um filhote que de repente havia se transformado em um leão bem diante dele. Danae conseguia ver a pressão surgindo nos olhos dele. Ela se perguntou se ele a baniria da *Argo*, mas então o capitão se virou.

— Hércules. — Jasão não conseguia olhar o herói nos olhos. — Como, em nome dos deuses, você sobreviveu aos terrestres?

Hércules sorriu para os argonautas.

— Gostaria de poder dizer que fiz tudo sozinho. Matei mais alguns daqueles putos de seis braços e consegui afugentar o resto de volta para a montanha. Os doliones mudaram de ideia quando viram quantos eu massacrei. — Ele parou, franzindo o cenho pela falta de entusiasmo com sua história. — Ficamos com eles por alguns dias e, por um golpe de sorte, um navio mercador estava passando e...

— O que aconteceu com Hilas?

Danae não podia mais esperar. Era a pergunta que ansiava e tinha medo de fazer desde que o herói aparecera sobre as dunas. Ela já sabia a resposta, mas precisava ouvir dele.

Os ombros enormes de Hércules caíram.

— Os terrestres o levaram para o ninho. Não pude salvá-lo.

— Você o deixou sem funeral?

Como Hércules ousava ficar ali parado, se gabando de ter matado terrestres, quando havia deixado a alma de Hilas para vagar pelas margens do Estige? Ele nunca encontraria paz, sempre separado das almas de todos que já haviam se importado com ele. Hilas era a última pessoa no mundo que merecia esse destino.

— Como pôde? — As lágrimas escorriam por suas bochechas. — Você o abandonou! Se matou tantos terrestres, por que não...?

— Eu não consigo salvar todo mundo.

— Você não tentou o bastante!

— Nem você!

Ela se encolheu. Os argonautas se afastaram do herói. Hércules os encarava, os olhos azuis misturados em surpresa e confusão.

Com raiva, Danae secou o rosto. Naquele momento, ela não suportava olhar para ele, mas precisava contar o que Jasão revelara, em algum lugar em particular, onde Hércules não pudesse reagir na frente da tripulação, ou Tífis poderia não ser o único cadáver precisando de funeral.

— Jasão, antes do ataque estávamos desembarcando para buscar água — disse ela.

— É verdade — falou o capitão, distraído e ainda encarando Hércules.

— E Tífis vai precisar de um funeral.

O olhar de Jasão se voltou bruscamente para ela, depois para a popa, como se ele tivesse se esquecido de que haviam perdido o navegador.

— É verdade — repetiu ele, pigarreando. — Argonautas, tirem as aves do convés. Vamos acampar aqui esta noite e reabastecer nossos suprimentos. Ao amanhecer, enviaremos Tífis para seu caminho no Submundo. Depois, velejaremos para a Cólquida.

Dolos estava esperando com os cavalos na costa. Assim que chegaram à água rasa, Télamon correu até o curandeiro.

— Graças aos deuses. Você precisa voltar para o navio. Peleu está ferido.

Quando a dupla correu de volta para a *Argo*, Danae segurou o braço de Hércules e o conduziu em direção às dunas.

— Daeira, espere — chamou Jasão, vagando pela praia. — Aonde está indo?

— Hércules e eu precisamos conversar em particular.

Revelar suas habilidades tinha mudado a dinâmica de poder, e os dois sabiam disso. Jasão ainda era o capitão, e ela, sua vidente, mas Danae podia acabar com a vida dele com a mesma facilidade com que apagaria uma vela.

Jasão pressionou os lábios.

— Tudo bem. Mas não vão para muito longe.

Ela assentiu, depois se virou de novo para Hércules. Juntos, eles caminharam pelas dunas areosas, para longe da costa.

— Desculpe — falou ele, baixo. — Eu não quis...

— Não, você estava certo.

Nunca fora com Hércules que ela se enfurecera.

Se soubesse que ficar na *Argo* resultaria em Hilas sendo morto e deixado sem funeral, ela poderia ter voltado. Porém, o que a chateava mais do que saber do destino do amigo era a parte dentro de si que sabia que, mesmo se o pressentimento tivesse aparecido, ela ainda o abandonaria.

❖❖❖

Danae e Hércules se sentaram lado a lado sobre a pele de leão do herói, escondidos atrás das dunas enquanto olhavam o oceano.

Ele não olhara para ela desde que Danae contara o que Jasão havia revelado sobre sua família.

— Você deve me achar um monstro.

Ela traçou com o olhar o contorno do rosto dele contra o céu que escurecia. Ele nunca parecera mais humano.

— Eu sei que você foi drogado. Télamon me contou a verdade, que Hera foi culpada. Mas o resto da tripulação... — Danae hesitou. — Eles acham que você os matou a sangue-frio.

Hércules não falou nada. Ela odiava torcer a faca na ferida, mas ele precisava saber.

— Eles acreditam que todos os infortúnios que recaíram sobre nós nesta viagem foram causados porque você rompeu seu acordo com Euristeu. Acham que Hera o está punindo.

Hércules soltou uma risada.

— Os métodos de Hera são bem mais ardilosos do que tempestades e monstros. Além do mais, Jasão é o menino de ouro dela. — A voz dele ficou mais tensa pelo despeito. — Ela não o colocaria em risco. Se os deuses estão se envolvendo conosco, não tem nada a ver comigo.

Ele estava certo, mas Danae não podia contar. Ainda não.

O herói se inclinou e afundou a cabeça nas mãos. Ela odiava vê-lo assim.

— Sei que nada do que eu disser vai aliviar sua culpa, mas, por favor, acredite quando digo que não está sozinho. Sei como é ver aqueles com quem se importa se machucarem por você ser como é.

Danae queria tocá-lo, mas não ousou. Hércules era tão poderoso e tão impotente ao mesmo tempo. Os dois eram.

Ele esfregou o rosto e soltou um suspiro profundo.

— Eu teria sido feliz se tivesse nascido um homem comum. Poderia ter envelhecido com netos puxando minha túnica. — A voz dele vacilou. — Eu vejo o rosto deles toda vez que não consigo salvar alguém...

O luto dele alcançou o peito de Danae e envolveu o coração dela. A garota viu Arius nos braços de Alea, seus punhos minúsculos emaranhados no cabelo de sua irmã.

— Tudo o que tenho é minha reputação. Hércules, a lenda viva. Era isso o que Zeus queria que eu fosse, o que ele fez eu me tornar. Sabe, nunca sequer o conheci. Meu próprio pai. Ele tem controlado minha vida inteira, e eu nunca vi seu rosto.

Danae estava perplexa.

— Nunca? Nem mesmo quando era mais novo?

Hércules meneou a cabeça.

— Não me lembro muito da minha infância. Só salas de mármore vazias. Então Dolos veio tomar conta de mim.

A mãe de Hércules fora uma rainha, disso Danae sabia. Não se falava muito sobre ela, além do fato de seu ventre ter carregado o maior herói que já existiu.

— Quando Zeus foi até sua mãe... como ele...?

— Ele a raptou e a violou — respondeu Hércules, sem emoção.

Ela sentiu um nó na garganta. Houve momentos durante a viagem, nas horas silenciosas e escuras que o sono não vinha, em que ela se perguntara.

Alea poderia ter estado certa sobre Zeus ser o pai de Arius? Porém, se isso era verdade, certamente o Rei dos Céus não permitiria que seu filho se juntasse aos desaparecidos.

— Quando era bebê... você alguma vez foi levado por um espectro?

Ele franziu o cenho.

— Não, tenho certeza de que isso é algo que minha mãe teria me dito. Por quê?

— Não importa.

Ela se sentiu tola por perguntar, por se permitir sentir uma fagulha de esperança de que Arius pudesse estar em algum lugar por aí.

— Posso contar um segredo? — Hércules tirou o olhar das ondas e a encarou.

— Pode.

— Eu sempre odiei meu pai. Todos os deuses, na verdade.

A empolgação vibrou pelo corpo de Danae quando a possibilidade se solidificou em certeza.

Por isso ela se sentia atraída por ele. Hércules também via os deuses como os tiranos que realmente eram. Eles encontrariam Prometeu juntos, e, com o herói ao seu lado, enfrentar os Doze não seria uma tarefa tão insuperável. Danae queria desesperadamente contar tudo para ele de uma vez, mas precisava ser delicada.

— Eu também.

O olhar de Hércules se tornou tão intenso que ela sentiu que estava sendo despida.

— Não pensei que houvesse mais alguém como eu no mundo.

Eles estavam tão próximos, ela conseguia sentir o calor radiando de seu torso nu. O corpo dela formigava, e por dentro era um emaranhado de emoções.

Os lábios dele encontraram os dela e Hércules a beijou; gentilmente a princípio, então Danae abriu a boca, deixando-o saboreá-la, sentindo seu corpo inteiro pulsar a cada batida do coração.

Hércules recuou.

— Não quero te machucar.

— Você não vai — sussurrou ela, quase incapaz de formular palavras. — Lembra? Eu sou como você.

Ele segurou o rosto dela entre as mãos.

— Tem certeza de que quer isso?

Naquele momento, era tudo que ela queria.

— Tenho.

Sua pele ficou arrepiada quando Hércules deslizou as mãos por baixo de sua roupa. Danae arfou, ondas de prazer vibrando por seu corpo quando os dedos chegaram nas coxas. Então ele a ergueu e a colocou sobre a pele de leão. Ela permitiu que Hércules tirasse sua túnica e estremeceu quando ele beijou sua barriga despida. Os lábios dele desciam lentamente, a agonia do desejo era tão maravilhosa que ela pensou que iria explodir.

Ela não ligaria se alguém os encontrasse, não se importava com Prometeu ou com a profecia. Tudo o que queria era desaparecer na euforia.

38. AREIA E ESTRELAS

O luar inundava os corpos emaranhados de Danae e Hércules. Eles estavam deitados de costas, cobertos de areia e suor, apesar do ar gelado.

Ela não conseguia parar de sorrir. Danae se deitara com Hércules. *O* Hércules. Mal podia esperar para ver a cara de Alea.

A distração a deixou no mesmo instante. Por um segundo, ela tinha se esquecido.

Hércules a puxou para mais perto.

— Foi sua primeira vez?

Bendito Tártaro, estava tão óbvio assim?

— Não. — Ela pestanejou para afastar o sal dos olhos, depois disse depressa: — Como foi essa?

Ela traçou uma cicatriz clara que cortava o abdômen do herói na forma de lua crescente.

Hércules olhou para a própria barriga.

— Foi a presa do javali de Erimanto.

— Deixa eu adivinhar: essa foi da hidra de várias cabeças?

Hércules riu.

— Não, só uma ferida comum de batalha.

— E essa aqui? — Ela passou o dedo pela cicatriz que cortava sua pele da sobrancelha até a mandíbula.

— Essa — ele segurou os dedos dela e os beijou — foi a pena de um daqueles pássaros que você... afogou?

Ela se sentou, repentinamente se lembrando de algo que lhe ocorrera mais cedo no navio.

— Como chegou até a praia ao mesmo tempo que a *Argo*?

— Coincidência. Dolos e eu avistamos as aves do lago Estínfalo algumas semanas atrás. Estávamos as seguindo. — Ele apontou para o próprio rosto. — Eu tinha alguns assuntos inacabados com elas.

Ele a puxou de volta para a areia, e os dois ficaram deitados por um tempo, encarando o céu noturno.

Hércules roçou os dedos pela curva da cintura dela.

— Dolos me disse que, se eu fizer a vontade de meu pai, ele vai me transformar em uma estrela quando eu morrer.

Danae olhou para as luzes cintilando acima deles.

— É isso o que você quer?

Hércules deu de ombros.

— É a mais alta honra que um deus pode conceder. Mas isso sempre me pareceu solitário. Queimando sozinho no firmamento, sempre olhando para a Terra. Sempre tão longe.

Ela se perguntou se o herói estava pensando em sua família. Danae sabia que, se ele pudesse, ficaria com a esposa e com os filhos. Quando a hora chegasse, ela sempre escolheria ficar com Alea.

— Minha mãe ama as estrelas. Ela conhecia as histórias de cada alma que os deuses colocaram lá em cima para brilhar por toda a eternidade. A maioria, pelo menos. Algumas ela com certeza inventou.

— Me conte sobre elas.

Danae apontou para o céu, traçando as luzes com o dedo.

— Aquele grupo é Cassiopeia. Ela está de cabeça para baixo como punição por ser vaidosa. — Hércules riu baixinho. — Aquelas três ali são o cinturão do gigante Orion, e aquelas são Andrômeda, a princesa resgatada das presas do monstro marinho por Perseu.

A mente dela ficou em branco. Danae baixou a mão, sentindo-se tola de repente. Uma fenda surgiu no casulo da intimidade dos dois. Uma pontada de culpa por estar perdendo tempo.

— Hércules. — Ela se ergueu sobre o cotovelo e olhou para ele. — Você desafiaria seu pai?

O herói franziu o cenho.

— Essa é uma pergunta e tanto para se fazer.

— Hércules! — um grito ecoou pelas dunas.

— Droga. — Danae lutou para encontrar sua roupa.

Assim que ela acabou de se vestir, Dolos apareceu. Hércules nem tentou se cobrir.

O curandeiro parou quando os viu. O olhar dele se tornou firme como ferro.

— Jasão está chamando vocês dois.

— Como está Peleu? — Danae ficou de pé rapidamente.

— Fiz tudo o que pude. A recuperação dele nos próximos dias será crucial. Aqueles pontos estavam horríveis, era de se esperar que infeccionassem. — Dolos pigarreou. — Mas, sem aquilo, ele certamente teria se esvaído em sangue. Você salvou a vida dele. Por enquanto, pelo menos.

Ela sorriu.

— Obrigada, Dolos. Fico feliz que tenha voltado.

O curandeiro assentiu de forma seca e se virou para Hércules.

— Você vem?

O herói abriu um largo sorriso, espreguiçou-se como um gato, então, lentamente, ficou em pé. Dolos batia o pé enquanto Hércules passava a saia pela cintura e tirava areia de sua pele de leão.

— Eu alcanço vocês — disse Danae quando os dois homens voltaram para a praia.

Enquanto os observava se afastando, uma preocupação se esgueirou para dentro de seu coração.

Nos braços dele, ela sentira intensamente que seu destino e o de Hércules estavam entrelaçados. Ele voltara para ela. Certamente isso significava que estavam fadados a seguir pelo mesmo caminho. As chances de ele reencontrar a *Argo* eram pequenas demais para ser coincidência.

Contudo, as palavras de Fineu ecoavam por sua mente. *Não confie em ninguém.*

Ela deslizou a mão para dentro do bolso da roupa e tirou a lasca de ônfalo de lá. Desde que aprendera sobre sua origem, ela a mantinha consigo o tempo inteiro. Danae a desembrulhou e deixou que rolasse, sem proteção, por sua palma. Imediatamente, seus fios da vida vieram para a mão, agrupando-se na pele como peixes procurando migalhas na superfície de um lago. Ela respirou lentamente enquanto os fios eram tragados para a pedra. Então mergulhou na escuridão, suspensa de seu corpo no vácuo.

Danae esvaziou a cabeça e formulou uma pergunta.

Hércules se juntará à minha busca?

Um único fio dançou pelo breu. Ela focou nele e sentiu o puxão familiar quando sua mente viajou por seu comprimento, tecendo a tapeçaria da vida. Assim, as fibras se desenrolaram e se juntaram para criar uma nova imagem.

Ela viu uma figura, usando a pele de leão impenetrável de Hércules, subindo o que parecia ser uma montanha envolta por uma tempestade. Deviam ser as montanhas do Cáucaso, onde Prometeu estava acorrentado.

Danae soltou a pedra e voltou para as dunas com um tranco nauseante. Tinha uma prova, a pedra não mentia. Não precisaria fazer isso sozinha.

Hércules iria com ela procurar por Prometeu.

❖❖❖

Quando Danae voltou para a praia, um acampamento fora montado. Um grupo de tendas enfileiradas na costa, e a *Argo* fora arrastada para a areia, com uma lona esticada por cima do convés para cobrir Peleu e qualquer outro que quisesse dormir a bordo. Ela viu Hércules sentado com Télamon e Atalanta ao lado de uma fogueira cercada por pedras.

— Daeira! — Télamon soltou a ave metálica que estava desmontando e a chamou com sua mão grande, revestida por várias luvas de couro.

Atalanta estava prendendo na ponta de suas flechas as penas descartadas.

A guerreira analisou a areia na pele de leão de Hércules e os grãos no cabelo bagunçado de Danae. Ela girou a pena que segurava com tanta força que o metal saiu da ponta da flecha e pousou entre os pés de Danae.

Os olhares delas se encontraram, e Atalanta a encarou com todo o desdém do primeiro encontro das duas, como se os meses viajando juntas tivessem sido apagados. Danae não sabia por que ela se importava tanto, mas doeu, como um soco no estômago.

Hércules colocou uma mão no ombro da guerreira.

— Daeira é uma de nós. Eu confio nela, e isso basta. — Seu tom era amigável, mas seu olhar era firme.

Os olhos de Télamon deslizaram do herói para Danae.

— Agora entendi por que Dolos foi emburrado ficar com os cavalos — disse ele, com um sorriso malicioso.

— Daeira!

Danae olhou pelo acampamento até encontrar Jasão, que estava sentado em um pedaço grande de madeira, chamando-a.

— Eu já volto — disse ela em um sussurro, e atravessou a praia.

— Sente-se. — Jasão apontou para o próprio lado quando ela se aproximou. — Por que ele voltou? — Danae se surpreendeu com a pergunta abrupta. — Você deve ter conseguido arrancar algo dele nas dunas.

A boca de Danae se retorceu. Ela se abaixou para se sentar em um tronco.

— Dolos e ele estavam seguindo as aves do lago Estínfalo, que os trouxeram até nós.

A carranca de Jasão ficou mais intensa.

— Ele não pode voltar à tripulação.

Uma onda de pânico a perpassou.

— Por que não?

— Os homens não estão contentes com isso.

Ela sabia a quais homens ele estava se referindo, e lançou um olhar mordaz para Castor e Pólux do outro lado do acampamento.

Tentando suavizar a preocupação em seu rosto, ela disse:

— Mas pense na força que você comandaria, com dois semideuses na sua tripulação.

Jasão riu.

— Aquele homem não respeita nenhuma regra. Ele é perigoso e volátil. Os outros não vão aceitar. Não agora que sabem sua verdadeira natureza.

Jasão era um covarde que não queria ser ofuscado. Aquela conversa era sobre isso.

— Eles farão o que mandar, capitão. — Antes que ele pudesse responder, ela acrescentou: — Deixe-me falar com meu pai antes de velejarmos amanhã. Seria sábio chegar à Cólquida sabendo o que o destino nos reserva.

Jasão a observou por um momento, depois assentiu.

Danae estava prestes a ir embora quando ele falou:

— Você deveria ter me contado.

— Eu expliquei...

— Eu sou seu capitão, você jurou lealdade a mim. Não faça com que eu me arrependa do que te ofereci.

— Sim, capitão.

Ela inclinou a cabeça e ficou de pé. À medida que se afastava, um sorriso surgiu em seus lábios. Fineu dissera que videntes eram mentirosos ou tolos. Ela estava prestes a provar que ele estava certo.

Danae garantiria que os agouros estivessem a favor de Hércules.

❊❊❊

Eles fizeram um funeral no mar para Tífis. Era o que ele teria escolhido. Danae declamou o pronunciamento fúnebre enquanto o corpo do navegador boiava para longe pelas ondas, com dois óbolos presos em sua roupa para o barqueiro.

Então Jasão instruiu os argonautas a construírem um altar.

Algumas horas antes do amanhecer, eles fizeram uma varredura na praia em busca de madeira e as empilharam na costa. Eles guardaram as coxas das aves do lago Estínfalo para assar na pira como oferenda a Poseidon. Foi uma descoberta estranha, mas bem-vinda, que as aves fossem de carne e osso como qualquer outra. Pela primeira vez em muito tempo, todos foram dormir de estômago cheio.

Danae garantiu que se parecesse com o papel que desempenharia. Ela pegou a capa preta como a noite para a ocasião e finalizou o efeito borrando carvão das cinzas da fogueira em volta dos olhos.

— Igual à primeira vez em que te vi — sussurrou Hércules quando ela passou.

Uma empolgação a inundou.

Castor e Pólux estavam um de cada lado do altar. Quando ela assentiu, eles jogaram tochas acesas na pira e se afastaram para se juntar aos outros.

Danae caiu de joelhos e ergueu os braços para cima.

— Pai Poseidon, ouça minha prece. Abençoe a *Argo* e todos os que nela velejam. Mantenha-nos seguros em suas águas, proteja a tripulação do mal. Peço isso como sua filha.

Ela cantou uma velha canção de Naxos sobre o amor de Poseidon por uma garota mortal que ele vira dançando descalça na costa da ilha. Orfeu criou uma harmonia cantarolando com a melodia dela, mas, enquanto cantavam o amanhecer, uma tristeza penetrou os ossos de Danae. Ela daria tudo para estar ao lado do pai.

Quando a música terminou, Jasão deu um passo à frente e colocou o corpo da ave do lago Estínfalo diante dela, depois lhe entregou uma faca. Danae baixou a lâmina e, com uma mistura de repulsa e fascínio, puxou as vísceras com os dedos, fingindo examinar os pedaços com sangue e cartilagem.

Silenciosamente, ela fez a própria prece. Danae não sabia se alguém podia ouvi-la, mas algo tinha lhe dado aqueles poderes. Talvez houvesse alguém ouvindo, quem quer que fosse.

Por favor, mantenha minha família segura. Ajude-me a voltar para eles um dia.

Ela ajeitou a postura, com o sangue pingando das mãos, e se virou para encarar a tripulação.

— Os agouros são claros. Os deuses estão satisfeitos com a punição que Hércules pagou por seus crimes. Para nossa missão triunfar, ele precisa se juntar mais uma vez aos argonautas.

O silêncio pairou pela praia. Os argonautas olhavam uns para os outros. Jasão parecia furioso.

— Não vou dividir um navio com um assassino de crianças — grunhiu Castor.

Houve um arquejo coletivo. Castor ou era muito corajoso ou incrivelmente tolo. Hércules podia esmagá-lo com a mesma facilidade com que respirava.

A tripulação cochichou entre si. Danae torceu para que a fé deles fosse o suficiente para convencê-los, mas claramente aqueles guerreiros precisavam ouvir no único idioma que realmente compreendiam: poder.

A areia tremeu. Então o mar perto do altar começou a se agitar, espuma marcava as ondas borbulhantes.

— Vocês ousam questionar os agouros? — Danae botou intensidade de fúria divina em suas palavras.

Castor empalideceu e meneou a cabeça.

Você é como uma deusa para eles, disse a voz.

Eu sei, pensou ela.

Danae deixou o mar se acalmar.

— Capitão.

Jasão olhou em volta para os argonautas, agora nervosos, depois a encarou de novo. Por mais que estivesse bravo, não podia contrariá-la sem renegar os deuses. Ele estava em uma armadilha.

Através dos dentes cerrados, Jasão falou:

— Nós obedeceremos aos agouros. Hércules e Dolos se juntarão aos argonautas.

Foi uma tripulação subjugada que carregou a *Argo* e voltou para o mar Negro. Sem o navegador, Jasão assumiu o controle do timão.

— Consultei os mapas de Tífis. Se mantivermos a costa à direita, chegaremos à Cólquida em um mês. Lá teremos de atentar a um rio que flui para o continente, que deve nos levar para mais perto da cidade. O fim está próximo, argonautas!

A tripulação explodiu em celebração.

E além da cidade ficavam as montanhas do Cáucaso. O peito de Danae se agitou em animação. Encontrar Prometeu era o farol que a guiara pelos momentos mais obscuros da viagem. Agora tinha se tornado algo tangível, como se ela quase pudesse tocar.

E não precisaria fazer isso sozinha.

Enquanto a tripulação se movimentava para tomar seus lugares nos bancos de remo, Hércules passou por ela, e seus dedos se tocaram.

Danae sentiu alguém a encarando e olhou em volta para ver Dolos se virando. Desde que se juntara à *Argo*, ele se portara como se Hércules fosse uma criança sob seus cuidados, em vez do herói experiente que vira mais perigos do que toda a Grécia. Talvez houvesse verdade no que Télamon dissera na praia. Talvez o coração de Dolos nutrisse mais do que amizade por Hércules.

✧✧✧

Durante as semanas seguintes, o frio se tornou violento. Danae nunca sentira um frio como aquele. Ela tremia constantemente, apesar das peles que a tripulação inteira vestia agora. Os dias com suor brilhando nas costas desnudas haviam passado. Os remadores trabalhavam com mãos dormentes, narizes vermelhos e lábios rachados. Pelo menos ter Hércules de volta nos bancos aliviava boa parte do esforço do resto dos argonautas, com sua força quase dobrando a velocidade. Os homens continuavam cautelosos com o herói, mas não podiam negar que ele era uma vantagem.

Desde o ataque das aves do lago Estínfalo, não houvera interferência dos deuses. Danae não se sentia confortável. Pelo contrário, isso a deixava mais inquieta. Parecia que estavam jogando um jogo, mantendo-a a uma distância segura e testando seus poderes. Estudando-a.

Contudo, apesar de sua situação perigosa, a mente de Danae estava em outro lugar.

Ela sabia que precisava contar para Hércules sobre Prometeu e sobre a profecia antes de chegarem à Cólquida, mas, apesar de seus esforços, ela não conseguira um tempo sozinha com ele.

Os argonautas faziam pausas no remo em turnos. Sendo tão poucos, apenas dois homens de cada vez recebiam trégua no trabalho, para comer rapidamente e saciar a sede, antes de voltarem a remar.

Danae estava encolhida na popa, com a pele de animal a envolvendo com tanta força que ela mal conseguia respirar fundo. O olhar dela buscava Hércules, quando Jasão gritou:

— Castor, Pólux, voltem aos bancos e rendam Hércules.

Ela sentiu o coração se apertar quando o herói soltou o remo e se virou, procurando o rosto dela. Seus olhares se encontraram, e as profundezas do oceano na íris dele a atingiram como um dos raios de Zeus. Sem hesitar, Danae desceu até o meio do convés e se esgueirou até o depósito. Assim que estava lá dentro, ela olhou em volta do espaço apertado, incapaz de se acalmar quando seu coração parecia ter afundado no peito.

Um momento se passou, depois outro. E mais um.

A vibração diminuiu em seu corpo, e ela sentiu as bochechas corarem. Fora uma tola: claro que ele não a seguiria. Olhou em volta para pegar algo que pudesse alegar ser o motivo de ter ido ao depósito. Decidiu pelo odre, depois se dirigiu à saída. Sua mão estava quase no trinco quando a porta abriu.

Hércules se apertou para dentro do cômodo. Danae soltou o odre quando o herói fechou a porta. Ele era tão alto que precisava abaixar a cabeça, os ombros encostando no teto da cabine.

Eles se encararam por um instante, então Hércules se ajoelhou, ficando quase na altura dela, e a puxou para perto. Os dedos deles se emaranharam na pele que cobria os corpos de cada um enquanto lutavam contra as coberturas que escondiam a epiderme por baixo. O calor dele sob as mãos de Danae incendiou a pele dela dos braços até a barriga. Ela arfou quando a boca de Hércules foi para seu pescoço, esfregando os dentes contra a pele dela. Danae afastou a pele de leão da cabeça dele e mergulhou o rosto em seus cabelos quando as mãos do herói agarraram suas costas. Ela absorveu seu cheiro, aquele almíscar inebriante que era só dele. Antes Danae hesitara, sem conhecer as complexidades do corpo de Hércules, mas, encorajada pelo prazer que agora sabia dar, ela o tocou.

A porta se abriu. Como se tivessem sido açoitados, eles pularam para longe.

Dolos estava na entrada, a imagem do desgosto.

— Os ventos morreram. Jasão quer que volte ao remo.

— Jasão pode ir se foder — grunhiu Hércules.

O vulcão que vinha se formando dentro de Danae entrou em erupção.

— Saia — disparou ela para o curandeiro, e as tábuas rangeram sob seus pés.

Por um momento, ela não se deu conta do que fizera, então viu o medo cintilar no rosto de Dolos e seguiu o olhar dele para baixo.

O curandeiro saiu da cabine, e ela ouviu Jasão gritando:

— Atingimos alguma coisa?

— Não — respondeu Dolos. — Um barril caiu no depósito.

Ela sentiu a reprimenda nos movimentos de Hércules quando ele reposicionou a pele de leão.

— Você precisa ter mais cuidado.

— Olha quem fala. — As palavras de Danae saíram com bem mais veneno do que era sua intenção.

Hércules parecia querer dizer algo mais, mas então se virou em direção à porta.

— Você vai voltar? — perguntou Danae.

— Isso foi uma tolice — disse ele, bruscamente. — Tivemos sorte por ser Dolos. Não podemos fazer isso de novo antes de chegarmos à Cólquida.

Mesmo naquele momento, tudo que ela queria era tocá-lo. Eles tinham conseguido um breve momento juntos, e ela desperdiçara atendendo os próprios desejos. As tábuas estreitas entre eles pareciam ter o tamanho de um continente, mas ainda havia tempo. Ela não podia deixar a oportunidade passar.

— Hércules, eu preciso te contar uma coisa.

Ele esticou a mão e roçou ao longo da mandíbula dela com a parte de trás dos dedos, traçando com o dedão o contorno de sua boca.

— Aqui não.

Então ele a beijou, pela última vez.

✱✱✱

Fiel à própria palavra, Hércules não procurou Danae de novo. Ela foi deixada para se reconfortar com a visão que a lasca do ônfalo lhe mostrara.

Hércules e ela encontrariam Prometeu juntos, estava escrito. Só precisaria ser paciente e esperar até atracarem na Cólquida para revelar o destino que compartilhavam.

Duas semanas depois, ela estava de novo no depósito, fazendo um inventário do que restava dos suprimentos, quando Peleu abriu a porta com tudo. Ela sorriu para ele. O homem ainda não estava bem o bastante, mas a cada dia ficava mais forte. Com Dolos ocupado, remando, Danae seguia com cuidado as instruções do curandeiro e ficava de olho em Peleu. Na manhã em que ele despertara pedindo por vinho, ela soubera que a batalha contra a febre fora vencida.

— Daeira, venha ver isso.

Ela o seguiu até o convés e quase deixou cair o pacote de biscoitos que carregava. Danae só vira neve uma vez, durante um inverno particularmente frio em Naxos. Acreditara que as estrelas estavam caindo do céu.

Ela inclinou a cabeça para o alto, rindo quando os flocos de neve derretiam em sua pele. Eles eram tão delicados, como fantasmas gelados das flores da primavera.

— Olhem lá! — Pólux estava apontando para algo ao longe.

Danae semicerrou os olhos na direção da neve. No horizonte, ela conseguia distinguir os montes pontudos e cinza subindo até as nuvens.

— É a Cólquida! — gritou Jasão.

As montanhas do Cáucaso. Prometeu. Estavam quase lá.

39. A COSTA MAIS DISTANTE

Enquanto viajavam por dentro do continente, Danae encarava as montanhas do Cáucaso crescendo ao longe e sentia um frio na barriga. Erguendo-se sobre as colunas de árvores verde-escuras que se amontavam às margens, os rochedos cobertos de neve dominavam o céu. Eram as maiores montanhas que ela já vira. Florestas de pinheiros cobriam os declives, abrindo espaço para rochas cobertas por neve nos cumes. Danae conseguia distinguir os grandes muros de pedra da cidade da Cólquida, que escondia o velo de ouro de Jasão, aninhada entre a floresta e as montanhas.

Ela se lembrou da Titanomaquia, de como os titãs supostamente haviam partido a terra até os Olimpianos acabarem com a fúria destrutiva deles. Diziam que as montanhas e as ravinas eram cicatrizes deixadas para trás.

O olhar dela viajou pela cordilheira do Cáucaso até o cume mais alto, com pouca visibilidade através das nuvens. Ela ali que Prometeu estaria. No pico mais alto da maior montanha. Era para lá que Hércules e ela deveriam ir.

Finalmente, o rio se tornou estreito demais para a *Argo*, e eles foram forçados a parar.

— Soltem os remos e prendam o navio. — Jasão pulou da popa e passou pelos bancos até a proa. — As primeiras três fileiras: peguem tudo que puderem para camuflar a *Argo*. As três seguintes: montem acampamento. Ao amanhecer, vigiaremos a cidade para ver o que iremos enfrentar.

A tripulação desembarcou, e Danae saltou para fora, com os pés envoltos em botas de pele de animal, esmagando o chão de neve. Havia um chiado a cada passo. O silêncio era opressivo naquela brancura. Quando as vozes da tripulação foram abafadas e nenhum pássaro cantava, a quietude se tornou ensurdecedora. Porém, também era bonito. As teias de aranha estavam penduradas, como colares luxuosos, em galhos de árvores congeladas, e as folhas pareciam estar envoltas em camadas finas de vidro.

Danae caminhou, com frio na barriga, até onde Hércules arrancava galhos de um pinheiro.

— Preciso te contar uma coisa.

Ele ajeitou a postura.

— Deveríamos ir para um lugar reservado — sussurrou ela.

— Hércules! — gritou Jasão da *Argo*. — Traga a árvore inteira.

O herói suspirou.

— Venha até mim de noite. Deixarei minha pele de leão do lado de fora da tenda... — Seus olhos azuis brilharam. — Para que não entre na errada.

Ela remexeu os lábios.

— Ah, não vou errar.

Danae sustentou o olhar dele, o desejo se espalhando pelo corpo.

— Hércules! — berrou Jasão. — Está esperando o quê?

Danae se afastou quando ele agarrou o tronco e o puxou da terra, fazendo chover espinhos. Ela ferveu de frustração enquanto o observava carregar a árvore para a *Argo*.

Ela só precisaria esperar por mais algumas horas.

O anoitecer demorou uma eternidade para chegar. Apesar do frio, Jasão os proibira de acender uma fogueira, para não alertar os guardas da cidade.

Danae se sentou na sua tenda improvisada, esperando escurecer. Com as pernas contra o peito, ela se balançava para a frente e para trás, tentando pensar no que diria a Hércules.

Sabe isso de você odiar seu pai? Bem, a boa notícia é que foi profetizado que eu vou destruí-lo. Quer se juntar a mim?

Ela grunhiu. Por que aquilo era tão difícil? Ela sabia qual seria o resultado. Tudo que precisava fazer era contar a verdade para ele.

Finalmente, o fragmento de luz desapareceu das fendas na lona. Deixando a bolsa lá dentro, ela colocou a faca no cinto e se esgueirou pela abertura. Sem fogueira para se reunirem, todos os argonautas tinham se retirado para suas camas. Do outro lado do acampamento,

Danae viu a pele de leão em frente à tenda de Hércules, apoiada em um galho que o herói enfiara no chão. Ela sorriu. Estava exatamente como ele havia prometido.

Tinha parado de nevar, mas o rastro branco ainda cercava os galhos das árvores. A respiração de Danae se condensava diante de si à medida que andava. Era isso: o momento em que o destino dela se tornaria dos dois.

Ali por perto, um graveto estalou ao ser pisado.

Ela se recolheu para a sombra de uma tenda e ficou imóvel. Uma figura disparou por entre as árvores. Era difícil ter certeza no escuro, mas o movimento era igual ao de Dolos.

Danae olhou de novo para a entrada da tenda de Hércules. Ela não podia se distrair. Aquilo era muito importante.

Siga o curandeiro, disse a voz.

Ela hesitou, dividida entre seu plano e a fagulha de intuição incendiada pela voz. Então se virou de costas para o acampamento e seguiu Dolos por entre as árvores.

Enfim, os pinheiros ficaram escassos, e Danae avistou uma clareira à frente. Ela ficou escondida entre os galhos.

Dolos estava parado ao centro, com o rosto borrado pelo luar. O curandeiro olhou em volta, como se esperasse por alguém. Danae ficou bem quieta, com as mãos tampando a boca para que sua respiração gélida não a entregasse.

Então, parou de respirar de uma só vez.

À espreita, nas árvores do outro lado da clareira, estava um par de olhos carmim. Os pinheiros oscilaram quando o espectro se moveu em direção a Dolos. O curandeiro ainda não o tinha visto.

Sem tempo para invocar seus fios da vida, Danae sacou a faca e correu pela clareira. Derrubou o corpo do espectro no chão, meio surpresa por ser uma forma sólida. Dolos gritava, mas ela não conseguia o ouvir por cima da pulsação acelerada enquanto enfiava a faca no espaço ondulante entre aqueles terríveis olhos vermelhos.

O sangue esguichou contra as peles que ela usava quando Danae o esfaqueou de novo e de novo, investindo até que o espectro parasse de se mover. Então Dolos a puxou para longe. Ela cambaleou para trás, encarando o corpo do espectro, perplexa. Conseguia ver. Com a morte, sua pele não era mais invisível, mas em um tom opaco de cinza, rachada e áspera como a de um lagarto. Parecia assustadoramente humana, da forma da cabeça e do rosto até a composição dos membros.

— O que você fez? — murmurou Dolos.

Ela virou para ele, ofegante.

— Acabei de salvar sua vida.

Dolos caiu de joelhos, apalpando o chão com neve ao seu redor. Ela o observou muito confusa. Então ele puxou uma bolsa das sombras das árvores. Atrapalhando-se com o fecho, ele a abriu rapidamente, tirando garrafa atrás de garrafa do tônico de saúde azul que ela o vira usando para reviver Hércules em Lemnos.

— Graças aos deuses — balbuciou ele. — Elas não quebraram.

Por fim, ele puxou de lá um pequeno amuleto. Danae reconheceu o formato. Ela demorou um momento para se lembrar de onde. Era idêntico ao que vira na cabana de Polyxo, exceto pelo brasão, que era em forma de raio.

Uma compreensão terrível surgiu na mente de Danae.

— Dolos, você estava esperando por aquela coisa?

O curandeiro encarou o amuleto, com uma expressão aflita. Ela não tinha certeza se ele sequer a ouvira.

— Por que aquele espectro estava carregando uma bolsa com o medicamento de Hércules?

Dolos permaneceu em silêncio enquanto devolvia os frascos e o amuleto para a bolsa. Depois se colocou de pé, apertando a bolsa contra o peito.

— Existem coisas em andamento que você nunca compreenderia.

— Tente.

— Não posso — sibilou ele.

— Se não me contar, pode se explicar para Hércules.

O rosto de Dolos ficou sério.

— Ele não pode saber.

Ela deu um passo em direção a ele.

— Por quê, Dolos?

O curandeiro parecia um roedor encurralado, o olhar passando de Danae para o espectro morto. Então o corpo do homem se curvou.

— O poder de Hércules não é dele.

Danae franziu o cenho, confusa.

A mão de Dolos tremia enquanto ele segurava a bolsa.

— O elixir o torna forte. Ele não sabe... ele acha que é apenas um tônico para ajudar com as feridas. Pode imaginar o que a verdade faria com ele?

Ela não conseguia entender o que ele estava dizendo.

— Ele é um semideus... por isso ele é forte.

— Não existem semideuses. — Os olhos de Dolos cintilaram de medo. — Os filhos mortais dos deuses não têm poderes.

Um frio desceu pela coluna de Danae.

— Claro que temos.

— Não precisa mentir. Eu sei a verdade.

O coração de Danae bateu em um ritmo nauseante.

— E os heróis de antigamente? Perseu, Belerofonte...

— Tudo mentira — sussurrou Dolos. — Ilusões tecidas pelos deuses para estender o alcance da divindade dos Doze. — Raiva, intensa e reprimida por muito tempo, contorceu o rosto do curandeiro. — Mas isso não era o suficiente para Zeus. Ele é obcecado por passar seus poderes divinos a um filho mortal. Ele acreditava que Hércules pudesse finalmente ser esse filho, mas não foi. Ainda assim, Zeus queria que ele fosse o maior herói que já existiu. Ele fez coisas terríveis para Hércules, coisas que ninguém, especialmente uma criança, deveria enfrentar. Hércules vem tomando o elixir há tanto tempo que morreria se passasse um ano sem tomar.

— Mas... todos os feitos dele... Hércules *é* um herói — disse Danae, em um tom fraco.

A tristeza lampejou no olhar de Dolos.

— Zeus organizou tudo. Ele plantou criaturas para Hércules derrotar: a hidra, o leão de Nemeia, o javali de Erimanto. Tudo para que os feitos heroicos de seu filho fossem parte de seu legado. — Ele soltou um riso triste. — Acha mesmo que um navio mercador estava passando por acaso no exato momento em que ele e eu precisávamos ser resgatados da costa dos dolíones? Eu mandei uma mensagem ao Olimpo. Eu nos tirei de lá e nos coloquei em curso, como sempre tenho feito.

A lenda de Hércules, apenas outra tramoia dos deuses.

— Esse tempo inteiro você vem trabalhando para o pai dele.

Dolos se contorceu, a raiva aparente em sua mandíbula.

— Eu escondo a verdade para que ele tenha algum tipo de alegria nesta vida que Zeus o forçou a seguir. Quando finalmente deixar o mundo mortal,

Hércules subirá aos céus por minha causa. Ele se transformará em uma estrela e brilhará para sempre, e tudo isso, toda essa dor, terá valido a pena.

O silêncio, ofuscante como a neve, pairou sobre os dois.

A mente de Danae virou uma cacofonia de confusão, mas um pensamento se ressaltava do resto. O curandeiro soubera todo aquele tempo que ela não era uma semideusa.

— Dolos, eu posso explicar... — Ela deu um passo até ele.

— Você também mentiu para ele. Mentiu para todos nós.

O medo a envolveu como fumaça. Porém, ela não tinha o que temer. Danae sabia que, acontecesse o que acontecesse, Hércules a acompanharia. A lasca de ônfalo não mentia. Era o destino.

— Você está certo. Nós deveríamos contar a verdade para ele. Juntos.

Dolos soltou um longo suspiro.

— Você não conhece Hércules como eu. Ele matará nós dois.

Danae deu mais um passo até ele.

— Não deixarei que isso aconteça.

Os olhos dele ficaram mais severos.

— O que quer que você seja, não é páreo para Zeus — sussurrou ele.

— Ninguém é.

Ela estava tão concentrada no rosto do curandeiro que não percebeu a faca que Dolos sacou do cinto. Não teve tempo de impedi-lo de enfiar a lâmina em sua barriga.

O sangue escorreu para a neve, escuro como tinta contra a brancura ofuscante.

Arfando, Danae cambaleou para trás e se encostou em uma árvore, com os pulmões se contraindo em agonia.

— Sinto muito — sussurrou Dolos, com a faca úmida. — Não deveria ter me seguido até aqui.

A dor borrava sua visão. A cada respiração, seu estômago parecia querer se partir.

Dolos recuou, com a faca ainda entre eles.

— Vou contar a verdade para Hércules. Que você o enganou, que seus poderes estavam longe de ser divinos, que você causaria a destruição dele se eu não a impedisse.

Gemendo de dor, ela tentou pressionar a ferida e manter os fios da vida dentro de si, mas eles escorriam como o sangue, passando por seus dedos.

Danae enfraquecia, sua energia voltando para o mundo, para a terra, a grama, as árvores.

As *árvores*.

Em todas as visões, ela vira a tapeçaria da vida que envolvia todas as coisas vivas. Não apenas mortais e animais, mas tudo que era vivo.

Lutando contra o peso excruciante no peito, ela colocou a mão ensanguentada no tronco atrás de si e sentiu os fios da vida da árvore. Eles não saíram deliberadamente como os da pantera e da harpia. Eles resistiram quando ela tentou tomá-los. A árvore estava saudável, não era hora de aquelas fibras voltarem para a tapeçaria da vida. Contudo, ela precisa consumi-las, ou morreria.

Danae cerrou os dentes contra a dor enquanto puxava, colocando cada pedaço de sua força, mental e física, em sugar os fios da vida da árvore para sua palma. Finalmente, eles atenderam ao seu chamado, subindo até a casca para perpassar a pele dela. Assim que a ligação foi feita, os fios fluíram livremente, como água rompendo por uma barragem. Respirando o mais profundamente que conseguia, ela tragou os fios para si.

— O que está fazendo? — O rosto de Dolos se contraiu de medo.

Em sua visão periférica, ela conseguia ver os espinhos do pinheiro caindo ao passo que os galhos secavam. Era diferente absorver a vida de uma árvore. Um brilho fraco e estável de calor em vez de um golpe inebriante. Contudo, assim como antes, suas feridas se fecharam e a dor na barriga desapareceu.

Ela saltou para se colocar de pé, uma fúria tempestuosa explodindo dentro de si ao imaginar as palavras distorcidas jorrando da boca de Dolos, o horror e o ódio na expressão de Hércules.

Dolos a encarou, de queixo caído, horrorizado, então se virou para fugir.

Porém, ele não foi rápido o suficiente.

Ele precisa ser silenciado, ordenou a voz.

Danae estendeu os braços, açoitando-o com uma lufada de vento tão forte que o curandeiro foi lançado pela clareira até as árvores ao longe. Um estalo nauseante ressoou. Ela vacilou, e o vento morreu.

— Dolos?

Não havia barulho algum, exceto pelo farfalhar do pinheiro.

Ela correu até o homem. O curandeiro estava caído, contorcido, na base de uma árvore. Tremendo, ela o virou.

O crânio dele estava partido até o nariz, o sangue escorrendo entre os olhos sem vida. Danae colocou a mão no peito dele e sentiu seus fios da vida. Eles já tinham partido.

O ouvido dela zuniu. O que fizera?

Ela cambaleou e quase tropeçou no corpo do espectro. Quando olhou para baixo, para a pele manchada de cinza, a compreensão recaiu sobre Danae.

Dolos trabalhava para Zeus, e o espectro provavelmente trouxera os medicamentos para Hércules a mando do deus.

Os espectros eram servos dos Doze.

E isso significava que os Olimpianos eram responsáveis pelos desaparecidos. A raiva perpassou seu coração ao se lembrar de Arius, da sua família desmantelada pelos deuses.

Corra, disse a voz. *Corra enquanto ainda pode.*

Ela pegou a faca ensanguentada do curandeiro e a bolsa com o elixir de força antes de correr de volta ao acampamento.

Quando chegou, ela soube o que precisava fazer.

Danae entrou em sua tenda, guardou a faca de Dolos com a dela e apertou a bolsa contra o peito. Então se esgueirou pelo acampamento e contornou a *Argo*, passando pelos galhos de camuflagem para ir até o depósito. Ela pegou apenas o que precisava: um pacote de biscoitos, algumas tiras de carne salgada, a ponta de um pão e um odre.

Por fim, ela foi em direção à tenda de Hércules.

Quanto mais perto chegava, mais seus membros tremiam. Danae ficou parada do lado de fora da tenda, com o sangue do amigo mais próximo de Hércules ainda em suas mãos. Ela queria entrar e se explicar. Dolos tentara matá-la, ele estava mancomunado com Zeus, não fora sua culpa. Contudo, dessa forma ela precisaria contar todo o resto. Dolos estava certo. Isso o destruiria. Hércules mesmo havia afirmado que tudo que tinha era sua reputação lendária. Saber que era apenas um homem comum o mataria.

Silenciosamente, ela colocou a bolsa com o elixir da força na entrada da tenda. Não queria que ele ficasse sem, agora que sabia o quanto precisava daquilo.

Danae se enchera de esperança quando acreditara que o destino ligara o caminho de Hércules com o dela. Porém, agora via que não passava de uma fantasia. Uma ilusão, como o próprio herói.

Ela olhou para a pele impenetrável de leão pendurada no galho fora da tenda, como se fosse uma fera de verdade, guardando a entrada. A visão a fizera acreditar que não precisava seguir sozinha. Contudo, agora ela via com uma clareza ardente o que a lasca de ônfalo lhe mostrara de verdade. Só havia uma pessoa subindo a montanha.

É você, disse a voz. *Sempre foi você. Você é a última filha. Só você é o acerto de contas.*

40. UMA MONTANHA NO FIM DO MUNDO

Danae protegeu a vista contra a neve abundante e olhou para o cume da montanha. A trilha terminara fazia tempo, mas ela prosseguiu, escalando as rochas congeladas até não conseguir ir além. Acima dela havia um lençol de gelo puro. Torrentes de flocos voavam tão depressa que a montanha parecia se mexer. Quanto mais tempo olhava, menor ela se tornava.

Não havia outra forma de subir.

Ela engoliu em seco. Tinha escalado rochedos íngremes assim em Naxos. Porém, lá eram iluminados pelo sol e Danae não usava peles grossas como aquelas em volta de seus membros. Naquele lugar de gelo e neve, mesmo quando o sol estava no auge, não esquentava.

Ela verificou se a pele de leão de Hércules estava presa em segurança em volta do peito, apertou as correias da bolsa e sacou as facas do cinto. Enfiou a primeira no gelo e balançou. Segurava. Ela afundou a segunda, então começou a escalar.

Quanto mais alto ia, mais difícil era manter o equilíbrio com o golpe do vendaval. Cada vez que a lâmina rompia o gelo, Danae prendia a respiração, esperando para espedaçar. Logo ela se acostumou tanto com a dor nos membros que não a sentia mais.

Em dado momento, o tempo perdeu todo significado. Ela tentou rastrear seu progresso contando cada guinada do corpo em direção ao cume. Porém, quando chegou por volta do cem, seus pensamentos divagaram. Imaginou sua casa, se viu correndo pela trilha de terra que vinha da praia, o cheiro dos bolos de mel de sua mãe pairando pelo quintal.

Então seu pé deslizou.

Danae se debateu, entrando em pânico. O mundo se fragmentou em um borrão branco, colidindo contra as rochas protuberantes enquanto ela caía no gelo.

Então seus dedos seguraram uma borda saliente. Ela ficou pendurada, inalando lufadas cortantes do ar frio, lutando para se recuperar. Ainda estava com a bolsa e uma das facas; a outra se perdera na tempestade.

Semicerrando os olhos marejados, ela olhou para cima. Uma barra preta cortava a neve que cobria a borda. Mais além, a montanha parecia se estender infinitamente até o céu.

Os dedos da derrota envolveram o peito dela. Horas de escalada desperdiçadas.

Danae esmagou a desesperança entre os dentes. Não podia desistir agora. Não quando tinha chegado tão longe. Grunhindo de dor, ela balançou o braço esquerdo para cima. A faca que restava retiniu contra a rocha enquanto seus dedos se agarravam na borda. Sentia que estava deslizando, as pernas escorregando inutilmente pelo gelo enquanto ela tentava se impulsionar. Juntando toda a sua força nos braços, ela se ergueu, o tendão gritando pelo esforço, e se jogou para a beirada.

Era a entrada de uma caverna.

Ela arrastou o corpo para a frente, puxando as pernas para cima da rocha. A dor se espalhava pelo corpo, fazendo-a perder o fôlego. Não havia espaço para ficar em pé. Mesmo que houvesse, isso não era possível para ela agora. Enquanto ficava deitada ali, sentiu uma calma recair sobre ela. Danae sabia que precisava se levantar, precisava continuar escalando, mas não conseguia se mexer.

Ela olhou para o interior escuro da caverna, sua respiração dançando como pequenos fantasmas no breu.

❄❄❄

As penas flutuavam no ar, ainda dispersas depois da luta com o grifo na noite anterior. O sangue em volta da carcaça da criatura secara durante a noite, manchando o chão da caverna com cor de ferrugem. Danae encarou sem emoção os restos medonhos. Era só uma coisa morta. Não podia mais machucá-la.

Depois de matar o animal, ela tinha empilhado as coisas acumuladas pelo grifo e construído uma fogueira com cada pedaço de madeira que pôde encontrar. Derretera o odre congelado, arrancara as penas da fera, cortara pedaços do peito e os assara sobre as chamas. A carne era suculenta e surpreendentemente macia. Foi a primeira refeição quente que comera desde as aves do lago Estínfalo.

Mesmo depois de várias horas de sono, o corpo dela formigava com os fios da vida do grifo. O cachimbo de Manto estava em seu colo. Ela devia ter adormecido fumando. Danae se sentia grata por ter algo para aliviar o fato de ter passado a noite em uma caverna congelante com apenas um grifo morto como companhia. Ela pegou o cachimbo e passou o dedo no contorno da árvore pintada na lateral.

— Estou quase lá — sussurrou ela.

Desejou que Manto pudesse ver quão longe chegara.

Danae colocou o cachimbo na bolsa, depois fatiou a carne que conseguia carregar e envolveu as porções nos restos de sua roupa. Depois da coleta, ela levou o resto do grifo para a entrada da caverna e empurrou o corpo pela beirada. Sentiu uma fagulha de satisfação ao vê-lo colidir sem cerimônia contra o gelo. Bem adequado, para uma criatura meio formada pela ave sagrada de Zeus.

Ela encheu os pulmões com o ar gelado. Havia calma na montanha. A tempestade se dissipara e raios de luz do sol perpassavam as nuvens que no dia anterior pareciam impenetráveis.

Após uma última varredura na caverna, ela amarrou a pele de leão em volta do pescoço e pendurou a bolsa cruzada contra o peito. Com a faca empunhada, Danae foi até a beira da rocha e continuou a escalar. Era difícil seguir com apenas uma lâmina. Estava à mercê de encontrar fixadores naturais e fragmentos de rochas protuberantes que no dia anterior a tinham ferido durante a queda. Porém, o açoitamento de neve tinha acabado, assim como a fraqueza de Danae, graças aos fios da vida do grifo.

Enquanto escalava o gelo, ela se perguntou se era verdade a lenda de que todo dia uma águia dilacerava o abdômen de Prometeu para se banquetear de seu fígado; então, toda noite, o órgão crescia de novo para ser devorado mais uma vez.

Descobriria em pouco tempo.

Ela parou por um momento para recuperar o fôlego, pressionando o corpo contra o gelo ao se virar para olhar ao redor.

Danae estava no topo do mundo. Era silencioso de forma sinistra, sem o assovio do vento.

A cidade da Cólquida parecia um brinquedo de criança abaixo dela, a floresta de pinheiros era uma faixa de musgo verde-esmeralda. Quando o sol se libertou das nuvens, iluminou a montanha de forma reluzente, tão brilhante que quase ofuscava, como se Danae estivesse escalando a superfície de um diamante.

Os argonautas deviam ter alcançado a cidade àquela altura. Ela torcia para que Jasão encontrasse o velo que desejava tão desesperadamente, e que todos voltassem para o navio ilesos.

O rosto de Dolos pairou em seus pensamentos, o olhar sem vida encarando o nada enquanto sangue escorria de sua testa. Ela bambeou e se pressionou contra o gelo para evitar a queda. Ela o matara. Assassinara o único homem que sabia a verdade sobre Hércules. O que aconteceria com o herói sem ele?

Ela mordeu o lábio e sentiu o gosto de metal. Isso a trouxe de volta à montanha. Não podia mais sentir as mãos ou os pés, mas precisava continuar. Tudo valeria a pena assim que chegasse a Prometeu. Tinha de valer.

Ela encarou o céu e continuou a subida.

Perto do topo, encontrou um cume estreito e inclinado. Danae se arrastou por ali, agarrando-se à faca e se puxando para ficar de pé, e andou de lado, arrastando os pés. Era perigosamente estreito. Ela soltou a faca e se pressionou contra a rocha gélida, esgueirando-se lentamente pelo comprimento.

Não sabia dizer se foram as horas de escalada, ou estar tão alto, mas se sentia mais zonza. Colunas de nuvens se estendiam ao redor, esfriando seu cabelo e a engolindo em névoas, só para serem afastadas de novo pelo sol ofuscante. Danae se lembrou da neblina que Atena conjurara na costa dos dolíones. Precisava ficar vigilante. Certamente não demoraria muito para os deuses descobrirem para onde ela estava indo.

Quando ela se aproximou do cume, o sol se escondeu atrás da montanha. O pico estava mais perto.

Um guincho perpassou o ar.

Ela estacou, com o coração palpitando, e analisou o céu. Um par de asas douradas a sobrevoava. Uma águia. Ela se pressionou contra a montanha, esperando a ave mergulhar em sua direção, mas o animal seguiu voando. Devia estar indo até Prometeu.

Andando o mais depressa que o gelo permitia, ela continuou a subir a crista.

O lado escuro do pináculo surgiu. Uma seção inteira de rochas se estendia para baixo, como se uma lâmina enorme tivesse cortado uma porção da montanha. A queda ficava envolta por sombras e terminava em um leito de neve, amontada no rochedo abaixo. Danae diminuiu a velocidade ao ver uma figura acorrentada à rocha.

O que quer que tivesse esperado, não era aquilo.

Prometeu estava pendurado em uma rocha por correntes enferrujadas que envolviam seus pulsos. O titã tinha a altura de um mortal e estava esquelético. Parecia mais apodrecido do que alguns dos cadáveres de Lemnos. Um anel de ferro, que um dia coubera em seu pescoço, estava solto sobre a clavícula, e seus braços espichados pareciam ter se deslocado havia muito tempo por carregar o peso do corpo.

Prometeu estava envolto em peles como Danae, mas suas extremidades estavam nuas e pretas por causa do enregelamento. Ele estava sem vários dedos, assim como a ponta do nariz e as orelhas.

A águia desceu e pousou no anel de ferro em torno do pescoço dele. O titã não se mexeu quando a ave subiu até seu rosto e abriu os lábios feridos dele com as garras.

Danae encarou, horrorizada, enquanto a ave prosseguia a regurgitar na boca de Prometeu. Não o estava torturando. A ave o alimentava.

Ao completar a tarefa, o animal se lançou para o alto, deixando arranhões no rosto e no pescoço de Prometeu. Sua cabeça recaiu para o lado, os olhos estavam fechados.

Danae esperou até a ave sumir de vista, depois andou pelo espaço que restava e subiu até o penhasco coberto por neve abaixo do titã.

— Prometeu?

Ele não se moveu.

Ela ergueu a voz por cima do assovio do vento.

— Eu sou a garota da profecia.

De alguma forma, era mais frio ali do que no cume. Eles estavam expostos aos elementos.

Prometeu entreabriu o olho esquerdo.

O coração de Danae palpitou forte.

— Eu sou a última filha.

Os dois olhos se abriram. Houve uma longa pausa em que os dois se encararam. Ela aguardou. Talvez ele não a tivesse ouvido.

— Eu sou a última filha! — Prometeu pestanejou. — Quando o profeta cair, e o ouro que cresce não produzir fruto, a última filha virá. Ela dará um fim ao reino do trovão e se tornará a luz que libertará a humanidade. — Ele continuou a encará-la. — Eu destruí o oráculo de Delfos. — A garganta de Danae doía ao lutar contra o vento. — Eu tive visões de uma macieira dourada. Como devo acabar com o reino do trovão e me tonar a luz que libertará a humanidade?

O titã inclinou a cabeça, seus ossos estalaram. Esperar que ele falasse era agonizante.

— Vim de tão longe para te encontrar. Descobri certas coisas sozinha, mas existem tantas outras que não compreendo... Mesmo com meus poderes, como posso ter esperança de um dia derrotar o Rei dos Deuses?

— Os deuses não existem. — Pela falta de uso, a voz dele aranhava como unhas sobre rocha.

Danae devia ter ouvido errado. Ele não podia ter dito o que ela pensava ter ouvido.

A garota se aproximou.

— Desculpe, o que você falou?

— Os deuses não existem.

Ela arquejou.

— Eu não...

O olhar de Prometeu se moveu para focar em algo atrás dela. Danae se virou.

Voando em direção a eles por entre as nuvens vinha uma biga puxada por dois corcéis alados, um deles castanho-avermelhado, o outro tão branco quanto a neve da montanha. Quem os conduzia usava uma armadura dourada revestida por filigranas de penas de pavão que combinavam com o arremate da capa ondulante roxa.

Quando a figura se aproximou, Danae conseguiu distinguir o rosto por baixo do elmo com pluma índigo. Chamar de bonito seria redutivo. Nada nas estátuas ou murais fazia justiça a ela. Até mesmos os traços radiantes de Alea teriam se tornado desajeitados ao lado dos dela. Sua pele era um ébano impecável, os olhos um ocre deslumbrante. Seu rosto era o de uma leoa e, ao mesmo tempo, da flor mais delicada. Um rosto formado com tanta perfeição que não parecia real. Era o rosto mais devastador que Danae já vira.

Hera, Rainha dos Deuses, estava ali.

41. O ÚLTIMO TITÃ

Hera puxou as rédeas da biga. Seus corcéis voadores bateram as asas magníficas ao trotarem no ar, lançando lufadas do vento gélido na direção do rosto de Danae. Como a de Atena, a armadura de Hera cobria cada centímetro do corpo, do pescoço aos pés.

A Rainha dos Céus ergueu a mão da manopla dourada.

O choque passou bem a tempo de Danae sair do caminho. Um jato de vento, tão poderoso que abriu um buraco na neve até a rocha, acertou o lugar de onde ela acabara de sair.

Hera mirou de novo. Danae tentou se mover, mas sua bolsa ficou presa num pedaço de rocha. Seus dedos dormentes eram desastrados com a luva, e foi por pouco que ela conseguiu se soltar para desviar do golpe. O gelo choveu em forma de granizo enquanto ela engatinhava para o canto mais afastado do cume.

O frio cortava seus pulmões a cada respiração ofegante. Freneticamente, ela sentiu seus fios da vida e os chocou contra a neve. Como fizera com a água do mar Negro, ela segurou as fibras cintilantes e as lançou para cima e, antes que Hera pudesse se mover, a biga da deusa foi engolida. Danae abaixou os braços e, por um feliz momento, pensou ter conseguido.

Então a biga se libertou, e os corcéis mexeram a cabeça para afastar a neve dos olhos.

Hera encarou Danae, com os olhos arregalados, descrente.

— É verdade. — A voz da deusa era mordaz e sonora como um vinho envenenado.

Hera soltou as rédeas e com as duas mãos fez seus fios da vida arrancarem pedaços de gelo da rocha. Ela manteve as placas congeladas suspensas no ar, depois as açoitou. Ainda no ar, elas se partiram em estilhaços afiados como facas, longos como galhos, que colidiram contra a montanha.

Danae se jogou para sair do caminho, tropeçando no rochedo e caindo, com um estalo nauseante, contra a rocha protuberante abaixo. Pontadas de dor surgiram em suas costas, mas ela não tinha tempo para pensar nisso, ou no fato de que o poder de Hera parecia ser uma versão mais forte do seu. Então reuniu mais fios da vida e os lançou contra a neve.

Hera foi mais rápida.

A deusa estalou seus dedos metálicos, e chamas explodiram das palmas de sua mão. Danae ficou boquiaberta. Hera manipulou o fogo, transformando-o em um orbe flamejante, até ficar do tamanho de sua cabeça, depois o arremessou para Danae. Ela ergueu um lençol de gelo diante de si bem a tempo de se proteger da maior parte do fogo, mas a pele que vestia foi queimada, assim como os pelos em sua face.

Hera tinha uma força inacreditável. A deusa sequer parecia estar enfraquecendo, enquanto Danae se sentia exausta a cada momento que lançava os fios da vida para fora do corpo. Não tinha energia para continuar se defendendo.

Trincando a mandíbula, ela enviou duas torrentes de fios pelo ar quando Hera fez surgir outra bola de fogo. Danae rodou as linhas por cima da cabeça, mais e mais rápido, até um turbilhão se formar sob a biga de Hera. A deusa estava prestes a descarregar o fogo quando cambaleou, então gritou quando o pequeno tufão a engoliu.

Danae podia sentir sua energia minguando. Ela estava perigosamente perto de perder fios da vida demais. Com um último esforço, puxou os fios e os soltou.

A biga cambaleou pelo céu, saindo de vista. Ela pôde ouvi-la colidindo com a montanha lá embaixo. Alguns momentos depois, o corcel branco alado reapareceu, zurrando e voando para longe da nuvem de neve.

Danae se encostou na rocha, com os membros pesados como ferro.

Entre os flocos de neve que caíam, ela viu um lampejo do brilho da armadura de ouro. Hera estava nas costas do corcel marrom, voando para as nuvens.

Danae grunhiu e voltou ao cume, estremecendo com os espasmos que atravessavam suas costas. A rocha parecia ter sido cortada por um machado.

E Prometeu tinha partido.

Ela olhou em volta freneticamente, então viu o titã caído na neve onde a rocha íngreme encontrava o penhasco abaixo. O ataque de Hera devia ter quebrado suas correntes.

Danae se lançou rapidamente até lá. Mesmo antes de chegar até ele, ela podia sentir os fios da vida deixando o corpo do titã. Quando se aproximou, ela viu lascas de gelo afiadas salientes sobre o peito dele. A pele de animal que o envolvia estava suja de sangue.

— Você está morrendo? — Não podia ser, ele era um titã. Era imortal. O rosto caveiroso de Prometeu estava plácido.

— Finalmente.

De perto, os olhos dele eram tão pálidos que quase pareciam brancos.

— Não. — Danae colocou as mãos sobre o peito dele. — Se eu posso me curar, você também pode.

— Qual é o seu nome, filha?

— Danae.

Prometeu fechou o que restava de seus dedos nodosos em volta da mão dela.

— Você deve afastar o medo, Danae, ou não será capaz de fazer o que precisa ser feito.

— Não estou com medo — mentiu ela. Prometeu esticou os lábios feridos no que um dia devia ter sido um sorriso. — O que quis dizer sobre os deuses?

Prometeu respirou, chiando.

— O mundo que você conhece é uma ilusão. Aqueles que você chama de deuses passaram séculos tecendo mentiras — balbuciou ele, quando uma tosse ofegante sacudiu seu corpo.

Ela esperou. Cada momento que passava alimentava seu desespero por compreensão.

— A religião para a qual você se escraviza é falsa. Sempre existiram só mortais, e aqueles mortais que escolheram se tornar titãs.

A cabeça dela parecia prestes a explodir.

— Mas... os deuses são reais. Eles criaram os mortais. *Você* fez o primeiro corpo humano no barro — disse Danae.

— Mentiras — esganiçou ele. — Humanos não foram feitos no barro. Deméter não manda nas estações, assim como Apolo não conduz o sol pelo céu. Hades governa o Submundo, mas lá não existe vida após a morte.

Danae sentia como se ele a tivesse empurrado da montanha e ela caísse sem parar na escuridão. Afastou as mãos das dele.

— O que quer dizer?

— Você é mais poderosa do que imagina. Assim como eu e aqueles que se denominam deuses... você é uma titã.

Ela o encarou, incapaz de compreender as revelações que Prometeu lançava contra as estruturas da realidade que a garota conhecia.

— Isso é impossível.

— Procure Métis na ilha de Delos... ela te ajudará.

A respiração de Prometeu estava tão rarefeita que mal ficava visível saindo de seus lábios balbuciantes. A pele das palmas das mãos de Danae começou a coçar, uma ânsia dolorosa que se espalhava pelos braços. A euforia estava ali, tão perto, ela conseguia sentir de novo.

Vai, disse a voz. *Tome os fios da vida de Prometeu. Ele está morrendo mesmo.*

Ela afundou as mãos na neve. O choque do frio a trouxe de volta.

— Onde minha irmã está?

As pálpebras de Prometeu começaram a tremular.

— Não! — Ela se jogou para a frente e agarrou a pele que o envolvia. — Minha irmã morreu. Se ela não está no Submundo, onde sua alma está?

— Eu... não...

— Prometeu! — Ela o sacudiu com tanta força que a mandíbula dele fez um ruído.

Contudo, quando o soltou, Danae não conseguia mais sentir os fios da vida do titã. Ele havia partido.

Ela soltou o corpo sem vida de Prometeu e gritou para o céu.

❋❋❋

Danae se sentou no pico mais alto da maior montanha no fim do mundo, encarando a rocha onde Prometeu fora acorrentado. Ela não sabia quanto tempo ficara ali. Não importava.

Você precisa partir, disse a voz. *Eles vão voltar.*

Ela não se moveu.

Procure Métis, como disse Prometeu.

Ela riu. Sua garganta queimava, mas não conseguia parar. A montanha ecoou o som de volta, como se estivesse troçando dela. Tudo que fizera, tudo que sacrificara, fora por nada. Os deuses nunca parariam de caçá-la. Nunca poderia voltar para casa.

Toda vez que tentava considerar a possibilidade de que as alegações de Prometeu fossem verdade, sentia-se caindo de novo. Sua irmã tinha de estar no Submundo. Todos os mortos iam para lá. Se não existisse vida após a morte, então o que aconteceria com as almas de todos os mortais depois que morriam?

A raiva vibrou em seu corpo. Danae lutara no fim do mundo. Mentira, manipulara e abandonara seus amigos, tudo para ouvir coisas que não podiam ser verdade.

Mas seus poderes são iguais aos dos deuses.

Ela passou as mãos pelo rosto. Queria poder bloquear a voz, mas ela invadia cada fissura de sua mente.

Sim, os Doze tinham mentido e exagerado sobre o escopo dos poderes deles para manterem os mortais na linha, mas como Danae e eles poderiam ser iguais? Eles existiam desde o início dos tempos. Eles eram imortais e...

Seu olhar deslizou para o corpo de Prometeu.

Imortais, mas não invulneráveis.

Então os deuses podiam ser mortos, como os humanos.

Algo relinchou atrás dela. Danae se virou e viu o corcel alado que escapara da queda da biga farejando sua bolsa. Ele mordiscou a alça para explorar, depois levantou a bolsa com a boca e a jogou na direção da garota, atingindo-a nas pernas.

Ela encarou a bolsa por um momento, depois se inclinou para a frente e abriu a fivela. Deslizando a mão para dentro, ela tirou de lá os restos esmigalhados do último biscoito e o colocou na palma da mão. O cavalo abaixou o focinho e mastigou. A sensação dos dentes da criatura roçando em sua luva era estranhamente reconfortante.

Ela ergueu a outra mão para acariciar o pescoço do animal.

— O que eu faço agora?

O corcel relinchou e flexionou as asas.

Com muito esforço, Danae se impulsionou para ficar de pé, pendurou a bolsa cruzada no peito e repousou a cabeça no pescoço da criatura. Era boa a sensação de tocar algo quente, algo vivo.

Ela não sabia mais o que era real e tinha perdido muitos fios da vida para fazer perguntas à lasca de ônfalo. A única coisa com a qual podia contar era com o que via à sua frente.

Ela ergueu a mão e segurou a crina do cavalo. Ele não se afastou como Danae esperava, e sim abaixou as patas da frente para que ela pudesse montar. Sentiu-se grata; ela não sabia se teria forças para subir nas costas dele.

Afundando os dedos enluvados na crina branca, ela supôs que deveria nomeá-lo.

— Não sei para onde vamos, Hilas, mas vou descobrir.

Procure Métis, cumpra seu destino.

Ela sabia que deveria ouvir a voz, que seu destino estava ligado à destruição dos deuses. Contudo, depois do que Prometeu alegara, a ideia de que a alma de Alea não estava no Submundo ameaçava destroçar Danae.

Ela precisava saber.

Só havia uma forma de descobrir com certeza se o fantasma de Alea estava no Campo de Asfódelos. Ela teria de ir ao Submundo. Não fazia ideia se sequer era uma possibilidade alguém vivo visitar o reino dos mortos, mas precisava tentar.

Assim, depois que encontrasse Alea e soubesse que a alma de sua irmã estava em paz, ela iria para Delos.

Danae respirou fundo, sentindo o ar gelado, depois cutucou Hilas com os pés e se segurou quando o corcel bateu as asas de gelo, carregando-a entre os raios de sol, para além das nuvens.

O destino podia esperar. Ela encontraria sua irmã.

EPÍLOGO

Olimpo

O corcel alado pousou na sacada, as patas arranhando o mármore polido ao deslizar até parar. A amazona escorregou das costas do animal e caiu com um baque no chão.

Um amontoado de ninfas, as servas mortais dos Doze, correram em direção a ela, falando incessantemente, preocupadas. Os vestidos transparentes ondulavam quando elas chegaram até lá e colocaram Hera de pé.

— Está machucada!

— Minha rainha, quem fez isso?

— Entre, vamos cuidar da senhora.

Uma mão coberta por manopla se ergueu e agarrou uma das ninfas pelo pescoço. Os olhos da garota se esbugalharam quando seus pés agitados saíram do chão. Hera respirou fundo, depois suspirou quando os fios da vida da jovem dispararam para seu corpo. A deusa quebrou o pescoço dela e soltou a ninfa morta, a dor em seus membros machucados desaparecendo ao andar para dentro.

Ela desafivelou sua capa ensopada pela neve e a deixou deslizar para o chão de topázio estampado. Uma ninfa correu e pegou a capa, antes de fugir de seu alcance.

Hera tirou o elmo e avaliou seu reflexo em um espelho ornamentado que cobria a parede inteira. O vestígio de um corte ainda esmaecia sobre uma das sobrancelhas perfeitamente esculpidas. Ela ajeitou seus cachos pretos. Um dos fios dourados que serpenteavam por seu cabelo estava levantado em um ângulo desagradável. Apesar de seus esforços, ela não conseguiu moldá-lo como queria.

Hera pressionou os lábios. Normalmente ela nunca saía de seus aposentos em tal estado, mas os eventos do dia foram sem precedentes.

— Onde está meu marido?

As ninfas trocaram olhares furtivos por trás da deusa. Criaturas patéticas.

— O Rei dos Céus está na sala do trono...

Ela podia sentir um "mas". Ele estava com aquele garoto de novo.

— Digam.

Duas garotas empurraram uma terceira para a frente. A ninfa estremeceu.

— Ele disse que não quer ser incomodado.

A garota se encolheu quando Hera enfiou o elmo em suas mãos trêmulas. Então a Rainha dos Céus passou pelas portas abertas.

Hera caminhou pelo corredor, o tinir de sua armadura ecoando pelas colunas de mármore. Os mosaicos nas paredes mudavam à medida que ela passava, sua presença os acionando para formar um desenho diferente. Dava para saber qual deidade passara por último dependendo da cena representada pelos pequenos pedaços de pedras preciosas. Elas sempre se agrupavam para exibir um friso triunfante da vida do deus presente. Seu filho, Hefesto, o fizera para honrar a família. Ela achava que era para ele poder vigiá-los.

O mosaico daquele momento mostrava Hera erguendo o bebê Ares no alto, o sol brilhando atrás deles como se o nascimento dele tivesse trazido a aurora. Hera não se deu ao trabalho de olhar. Depois de centenas de anos andando por aquele corredor, ela sabia a posição de cada gema.

Sob a luz tremeluzente do lustre, as nuvens de madrepérolas incrustadas nas portas do mégaro pareciam ameaçar um temporal. Trovões de ouro cortavam a cavidade inchada. Ela soltou um suspiro curto. Tivera o bastante dos elementos naquele dia.

Dois guardas estavam parados de ambos os lados. O rosto bonito deles ficou tenso e agitado com a aproximação dela. O olhar de Hera tremulou sobre eles com desdém. Eles sempre eram bonitos. Chamá-los de guardas era um exagero. A única coisa que guardavam era a infidelidade de seu marido.

Não naquele dia.

Ela ergueu o queixo. Podia vê-los ponderando o dilema. Enraivecê-la agora ou enraivecer Zeus mais tarde? De qualquer forma, o futuro deles não parecia próspero. Ela flexionou os dedos da mão direita coberta pela manopla.

O guarda da esquerda cedeu primeiro e abriu uma porta com seu atraente braço musculoso. Hera passou sem encará-lo. Ela se apressou pelo salão circular e cavernoso, passando pelos doze diamantes posicionados no chão, espalhados em volta do sol dourado, cada um revestido com a imagem dos animais favoritos dos deuses.

O Rei dos Deuses estava sentado em seu trono. Ficava no centro e era o maior dos doze. Grandes estátuas de mármore de cada deus estavam impassivelmente em volta do círculo, com os assentos das divindades reais esculpidos nos pés gigantes.

Zeus usava uma túnica cor de marfim por cima do corpo musculoso. Sua pele era tão pálida quanto a da escultura de mármore, o cabelo preto deslizava pela nuca, e os olhos azuis celestes, mais frios do que o céu no inverno, estavam fixos em Hera.

Empoleirado no braço do trono do marido estava Ganímedes. O rosto bonito do garoto paralisou de medo quando ela caminhou na direção dos dois. Ele cambaleou para ficar de pé e se afastou de Zeus.

— Saia.

O rapaz não se moveu.

O olhar de Zeus deslizou pela armadura da esposa, então ele assentiu para Ganímedes. Meio andando, meio correndo, o rapaz saiu da sala, curvando seu corpo frágil ao passar por Hera.

Ela se ajoelhou diante do marido.

— Meu senhor, eu fui atrás da garota.

A expressão de Zeus não mudou.

— Ares veio até mim depois que ela escapou da tentativa dele...

O Rei dos Deuses a encarou, analisando-a.

— Ela ainda está viva.

As mãos de Hera começaram a tremer. Ela tentou acalmá-las, mas seu temperamento levou a melhor.

— É a garota da profecia *dele*, e você não me contou. Como pôde mandar nossos filhos atrás dela sem saberem quem ela realmente é? Ela podia os ter destruído!

Zeus se ergueu do trono e caminhou lentamente pelos degraus de mármore. Hera recuou.

— Onde ela está agora?
— Nas montanhas do Cáucaso.
A expressão de Zeus ficou mais séria. Hera conseguia ver os fios da vida pulsando nos olhos dele.
— Você permitiu que ela falasse com Prometeu.
— Eu...
Zeus estalou os dedos. O tinir da manopla que ele usava na mão direita ecoou pela câmara. Um raio crepitou entre seus dedos.
Ele se aproximou dela.
— Eu te dei o mundo. Ergui nossa família aos céus, bani a morte de nossas moradas, e o que recebo em troca? A decepção gélida de uma esposa e filhos mimados, consumidos por jogos mesquinhos. Vocês todos se tornaram fracos e negligentes. Não mais.
Ele estava tão perto que o calor de seu trovão queimava as bochechas dela. Hera sabia que era melhor não fugir.
— Você estava certa sobre uma coisa, minha rainha.
O trovão se expandiu na mão de Zeus até quase se tornar ofuscante. Hera sentia o cheiro do próprio cabelo queimando. Ela se perguntou se desta vez ele a mataria.
Zeus jogou o raio no mosaico de sol. O chão explodiu ao redor deles, lascas da pedra vítrea colidiram contra as pernas de mármore dos deuses. Através das luzes estourando diante dos olhos de Hera, ela viu grandes rachaduras estilhaçando as estátuas de sua família.
Parado no centro de sua destruição, os olhos de Zeus se cravaram nela como duas estrelas flamejantes.
— Eu nunca mais irei subestimá-la.

AGRADECIMENTOS

Este livro nasceu do amor, do luto e de uma pandemia. Comecei a escrever *Filha do caos* no lockdown de 2020, depois da morte da minha mãe, porque esta era a história que eu precisava ler. Na época, não fazia ideia de que seria publicada. Tenho tantas, tantas pessoas a agradecer por fazerem isso acontecer.

Primeiramente, ao meu agente, Sebastian Godwin: obrigada por ser o melhor defensor do meu trabalho, por todos os cafés e almoços desperdiçados ouvindo a última ideia para um livro, e pela compaixão com a qual me apoiou durante a montanha-russa do meu ano de estreia. Obrigada também ao inimitável David Godwin e ao restante da equipe brilhante da DGA: Heather Godwin, Philippa Sitters, Aparna Kumar e Rachel Taylor. Vocês são os melhores agentes do mercado!

À minha editora na Penguin Michael Joseph, Rebecca Hilsdon: obrigada pela paixão, visão e dedicação de fazer esta história brilhar. Você fez meu sonho se tornar realidade. E agradeço ao restante da equipe da PMJ: Clare Bowron, Emily Van Blanken, Riana Dixon, David Watson, Hayley Shepherd, Serena Nazareth, Sriya Varadharajan, Kallie Townsend, Jessie Beswick, Courtney Barclay, Stephanie Biddle, Stella Newing, Colin Brush, Lee Motley, Becci Livingstone, Lauren Wakefield, Christina Ellicott, Emily Harvey, Kelly Mason, Richard Rowlands e Akua Akowuah. Agradeço também a Sarah Scarlett, Lucy Beresford-Knox, Lucie Deacon-Thomas, Beth Wood, Sophie Brownlow e o restante da equipe de direitos da Penguin Random House pelo esforço em levar este livro aos leitores de outros idiomas e pelo mundo.

À minha editora nos Estados Unidos, Dina Davis; desde a nossa primeira reunião eu fiquei impressionada com o quanto você amou a história de Danae. Agradeço a você por tudo que fez para ajudar a moldar este livro e ao restante da equipe Mira e HarperCollins: Margaret Marbury, Nicole Brebner, Evan Yeong, Tamara Shifman, Gina Macdonald, Tracy Wilson, Ana Luxton, Ashley MacDonald, Puja Lad, Randy Chan, Pamela Osti, Maahi Patel, Lindsey Reeder, Brianna Wodabek, Riffat Ali, Ciara Loader, Erin Craig, Elita Sidiropoulou, Denise Thomson, Reka Rubin, Christine Tsai, Nora Rawn, Fiona Smallman, Heather Connor, Loriana Sacilotto, Amy Jones, Katie-Lynn Golakovich, Stephanie Choo, Jennifer O'Keefe, Sara Watson, Carly Katz e todos do comercial e qualquer pessoa cujo nome esqueci que trabalhou por trás das cortinas.

Aos meu leitor de autenticidade, Hamza Jahanzeb, e às primeiras leitoras, Poppy Rowley e Sophie Quaile; os comentários honestos de vocês foram inestimáveis.

Aos meus colegas escritores de City Lit e aos meus tutores, Rowan Hisayo Buchanan e Jonathan Barnes; obrigada pela crítica naquelas primeiras cenas. Um obrigada especial a Jonathan por ser a primeira pessoa, além da minha família e amigos próximos, a elogiar meu trabalho e me encorajar a terminar o livro – você me deu esperança.

Obrigada a todos os escritores que me elevaram com gentileza e amizade nessa jornada maluca de estreia, especialmente: Saara El Arifi, Francis White, A.Y. Chao, Venetia Constantine, Kat Dunn, Marvellous Michael Anson e Kate Dylan.

A Southwark Playhouse e aos seres humanos incríveis que trabalham lá; obrigada por me apoiarem durante os momentos difíceis e por me animarem enquanto eu buscava ser publicada. Um agradecimento extra para Emma Bentley pelo bolo caseiro de pinguim.

À minha prima maravilhosa, Beatie Edney; obrigada por todo o amor e apoio, por me levar para Naxos e por sempre encorajar minha escrita.

Obrigada aos amigos que estiveram por perto o tempo todo: Constance Bamford, Hannah Griffith, Lucy Haworth, Lulu Branth, Natalie Otusanya, Tessa Rowse e Katharine Horgan. E a Vanessa Declercq, que mudou minha vida com sua orientação e sabedoria.

Aos familiares que não estão mais aqui – todos vocês vivem no meu coração. Em especial para: vovô Billy, que amava o mar e que, com um brilho no olhar, sempre me dizia para ler "só um capítulo" antes de dormir, sabendo que nunca seria só um. Meu glorioso pai; tivemos tão pouco tempo, mas seu talento vive e nunca falha em me inspirar. Minha mãe, minha heroína, a Lorelai da minha Rory, que me criou com histórias de magia, aventura e maravilhas, e me ensinou que tudo era possível. Sei que você estaria muito orgulhosa. Meu amor por você está nestas páginas. Queria que estivesse aqui para lê-las.

A Brian, o cachorro mais bobo e amoroso. Sei que você não sabe ler, mas estou te agradecendo mesmo assim pelo amor incondicional, pelas caminhadas lamacentas, e os chamegos longos e incríveis. Você é o melhor garoto.

A Sam, que lê cada palavra – este livro nunca teria sido terminado sem você. Em *O banquete*, de Platão, Aristófanes fala sobre os primeiros humanos sendo conjugados, apenas para serem separados por Zeus, as almas repartidas, por medo de que a força delas ameaçasse os deuses. Eu não acreditava em alma gêmea até te conhecer. Obrigada por seu incansável amor, companheirismo e gentileza. Você é o melhor ser humano que conheço, e sempre serei grata por você me fazer acreditar que valia a pena contar minhas histórias.

Finalmente, agradeço aos leitores que deram uma chance a este livro, por virem nesta jornada comigo (e permanecerem tempo suficiente para ler os agradecimentos). Esta história agora pertence a vocês.

**Acreditamos
nos livros**

Este livro foi composto em Graveur Variable e
Circe e impresso pela gráfica Santa Marta para
a Editora Planeta do Brasil em abril de 2025.